샹
그
리
라

# 샹그리라

초판 1쇄 찍은 날 § 2007년 1월 20일
초판 1쇄 펴낸 날 § 2007년 1월 30일

지은이 § 조례진
펴낸이 § 서경석

편집장 § 문혜영
편집책임 § 이종민
편집 § 한지윤

펴낸곳 § 도서출판 청어람
등록번호 § 제1081-1-89호
등록일자 § 1999. 5. 31
어람번호 § 제5-0125호

주소 § 경기도 부천시 원미구 심곡1동 350-1 남성B/D 3F (우) 420-011
전화 § 032-656-4452  팩스 § 032-656-4453
http://www.chungeoram.com
E-mail § eoram99@chollian.net

ISBN 978-89-251-0510-9 03810

# 샹그리라

조례진 지음

도서출판 청람

# 목차

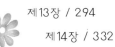

프롤로그

**지**구의 등뼈인 '눈의 보금자리' 산맥의 북쪽, 성자들이 사는 나라.

연꽃과도 같은 국토 안에 지고한 왕이 다스리는 찬란한 도시.

금강석처럼 굳건한 오색 빛깔의 빙하로 뒤덮여져 외부로부터의 침입을 절대 허가치 않는 천연의, 철벽의 요새.

우리 세상의 혼돈으로부터 벗어난 천국.

성스러움과 평화의 땅.


장대한 하늘을 떠받친 에베레스트는, 만년빙하 속에 수많은 생명을 잠재운 무덤은, 강철색의 암벽은, 순결한 베일로 제 몸을 감싼 저 여신은 해답을 내어줄까.

'샹그리라'가 그곳에 있으리라고.

텅 빈 대롱. 아영은 불현듯 그 단어를 떠올렸다. 텅 비어서는 허무한 바람 소리만 내며 허공에서 대롱대롱 흔들리는 그것. 기계처럼 머릿속에 인식된 패턴만을 따라 움직이는 자신. 둘이 다를 것이 무엇이겠는가. 아니, 대롱은 자신이 있어야 할 곳에라도 있지, 아영은 왜 자신이 이 분주한 파도 속에 섞여 있는지, 일순 그것마저 헷갈렸다.

"아영 씨! 한시가 급한데 왜 넋을 놓고 있어!"

갑자기 그 사색을 훼방 놓는 질책이 떨어졌다. 그제야 흑백으로 물들었던 아영의 시야가 저마다 빛깔을 뽐내는 컬러 화면으로 돌아오고, 재래시장 바닥 못지않게 시끌벅적한 소음들이 고막을 둥둥 울려왔다.

번뜩 정신을 차린 아영은 비닐봉지마냥 자신의 손에 들려 바스락거리고 있는 옷을 내려다보았다. 그것은 몹시 화려해서 도저히 길거리에 입고 나갈 수는 없을 법한 디자인이었다. 그럼에도 아영은 입고 있던 옷을 벗어내고 순식간에 그 옷으로 갈아입었다. 시간은 채 십 초가 넘지 않았다. 전쟁터처럼 일분일초가 급박한 상황인데다가, 이 세계에서 어느 정도 구르다 보면 싫어도 익히게 되는 솜씨였다.

아영이 옷을 갈아입기 무섭게 메이크업 아티스트와 헤어스타일리스트가 마치 허기진 짐승처럼 그녀에게 달려들었다. 그리고 화급히 움직이며 분칠을 하고, 머리를 틀어 올리며 능수능란한 손길로 그녀의 위에 차례차례 색을 입혀갔다.

"아영 씨!"

그때 빽빽한 사람들의 숲을 뚫고 온 한 스태프가 아영에게 전화를 건네주었다. 쇼의 시작까지는 십 분도 남지 않았다. 이런 상황에서는 모두 핸드폰의 전원을 꺼두고 있고, 만약 켜둔다 해도 이 혼잡함에 파묻혀 그 누구의 주목도 받지 못한다. 그런데 주최 측의 스태프가 곧 무대에 올라야 할 모델에게 얼른 받아보라며 전화기를 건네주는 걸 어떻게 해석해야 할까.

아영은 이제 제법 잔뼈가 굵어져 무대에 서기 전에도 여간해서는 크게 변화 없는 심장이 괜스레 펄떡이기 시작했다. 그래서 마파람에 게 눈 감추듯 전화를 끝내야 하는 걸 알면서도 느릿하게 전화기를 귓가에 대었다. 그러는 도중에도 사람들의 손길은 연신 그녀에게 왔다가 떠났다 하며 준비를 하느라 정신이 없었다.

[진아영…… 아니, 박향기 씨 되십니까?]

박향기. 얼마 만에 들어보는 본명인가. 세상이 알기로 그녀는 언제나 모델 진아영이었고, 하나뿐인 어머니조차 그녀를 아영이라 부르지, 박향기라고는 부르지 않았다.

불길한 전주곡을 연주하듯 심장의 박동이 목까지 전해져 올라와 쿵쿵 울려댔다.

"예, 그런데요."

[저는 박철운 씨의 산악 동료입니다.]

아버지의 산악 동료.

하지만 아버지란 이름은 아영의 가슴에만 남아 있을 뿐, 철운은 더 이상 호적상의 아버지가 아니었다. 아영이 열다섯 되던 해, 산을 사랑한 나머지 가정은 뒷전으로 미뤄둔 채 자신의 꿈만 좇아 달리는 아버지에게 어머니는 이혼을 요청했다. 남편의 꿈만을 뒷바라지하기엔 아영의 어머니는 너무나 평범한 가정을 원했고, 모든 걸 감내할 수 있을 만한 성격도 아니었다.

재판이 있던 날에도 철운은 히말라야의 K2에 오르고 있었기 때문에 가정법원은 그가 아영의 아버지로 부적절하다고 판단, 아영의 양육권을 그녀의 어머니에게 양도했다. 그 후 아영은 어머니와 단둘이 살아왔다.

그녀의 어머니는 한때나마 남편이었던 철운을 거의 증오하다시피 했다.

선으로 만나 번갯불에 콩 구워먹듯 해버린 결혼이었지만 사랑한다고 속삭여 주지 않았던가. 그랬으면서 어느 날부터 자신의 꿈을 좇아 떠나 버린 남편의 뒷모습을 기억해 낼 때마다 배신감에 치가 떨리는 모양이었다. 그러나 아영은 단 한 번도 철운을 원망하지 않았다. 비록 그는 가족 대신 모든 걸 바치듯 산을 사랑했지만, 자신의 이상향을 찾아 거침없이 질주하는 모습은 아영에게 있어 동경 그 자체였다. 그리고 좋은 남편은 아니었지만 더없이 훌륭한 아버지였다. 그래서 언제나 아버지란 이름은 아영을 뿌듯하게 만들었다.

그런 아버지. 그의 동료가 왜 갑자기 자신에게 연락을 취한 것일까.

[어디서부터 말을 전해야 할지…….]

준비는 모두 끝나 있었다. 순서가 오면 무대에 오를 차례만 남은 것이었다.

[향기 씨의 아버지께서…… 운명하셨습니다.]

쿵!

묵직한 메이크업 상자가 아영의 손에 떠밀려 둔탁한 소리를 울리며 바닥으로 떨어졌다. 전화기를 든 채로 벌떡 일어선 아영은 그러나 크게 휘청거리며 가까스로 화장대 끝을 붙잡았다.

"지금…… 지금 뭐라고……."

목소리가 미친 듯이 떨려왔다. 급작스러운 부고를 어떻게 받아들여야 할지 알 수 없어 눈물조차 솟아오르지 않았다. 그저 온 세상이 무너져 내리는 듯한 충격과 해일 같은 먹먹함이 쓸려와 가슴에 콱콱 비수를 박아댔다.

"아영 씨, 곧 차례야! 올라가야 해!"

모두들 아영의 표정이 심상치 않다는 걸 느끼긴 했지만, 그녀는 무대에 올라야 하는 모델이었다. 그리고 그녀의 순서는 바로 다음. 이제 와서 그녀가 주저앉는다고 해도 대타로 내보낼 모델도, 그를 구할 시간도 없었다. 제발 그녀가 필사의 힘을 다해 이 순간만은 견뎌주길, 그들은 바라야 했다.

[운명을…… 달리하셨습니다. 저희들도 무척 힘을 썼으나 추락사였던지라…….]

최대한 덤덤히 소식을 전하려 했던 남자의 목소리도 결국 떨려왔다.

아영은 수전증 환자처럼 푸들푸들 떨리는 손을 아프도록 꽉 그러쥐었다. 냉정을 찾아야 했다. 이성적으로 상황을 판단하고……
장례식의 상주는…… 시신은…….

이성적인 사고를 되찾으려 할수록 엉망으로 꼬여가는 머릿속
에, 아영은 결국 후들거리는 다리를 붙잡고 선 채 겨우 질문 하나
를 내뱉었다.

"아버지가…… 아버지가 제게 남긴 말은 없나요?"

그제야 아영의 눈에 눈물이 핑 고였다. 시야가 부옇게 흐려지고
콧속이 가슴만큼이나 먹먹해졌다. 순식간에 출렁이며 망막을 덮
어버린 눈물은 금방이라도 왈칵 쏟아져 내릴 것 같았다.

"아영 씨!"

그녀를 찾는 스태프의 목소리는 거의 애원조로 바뀌어 있었으
나 그 밑에 깔린 답답함과 미칠 것 같은 기분, 그리고 솟아오르는
화가 고스란히 느껴졌다. 그러나 지금 아영에게 그 목소리가 닿을
리 없었다. 아영은 아직도 귓가를 윙윙 울려대는 목소리에 서 있
는 것도 힘겨웠다. 언제나 발그스름하니 도홧빛을 띠고 있던 얼굴
색은 허옇게 질려 도저히 제 색을 찾지 못할 듯했다.

[마지막 순간에…… 남기셨습니다.]

"뭐라고……."

[너의 '샹그리라'를 찾을 수 있기를…….]

아버지.

아버지. 애틋한 그 이름. 그러나 조금은 슬플 수밖에 없었던 이
름. 너무나 소중한 이름.

비록 전해주는 것은 다른 이였지만, 그 한 마디는 꼭 철운이 바

로 곁에서 말하는 것처럼 생생하게 아영의 가슴을 울려왔다.

하늘이 시집가는 신부처럼 붉은 너울을 두른 어느 저녁의 일이었다. 두 사람을 감싸 안는 고즈넉한 공기 속에서, 철운은 말했다. 훈훈해진 정원에서는 쓰르라미가 쓰르륵 쓰르륵 열심히도 울고 있었다.

"향기야, 우리의 일생은 아주 짧단다. 극락정토에 계신 높은 분이 보기에 인간이란 한철 열심히 울고 가는 매미와 다름없지. 하지만 매미 중에는 결국 껍질을 벗지 못하고 죽는 매미도 있단다. 여름 한철 울기 위해 오랫동안 숨죽이고 있던 것에 비해서는…… 너무도 슬픈 일이지?"

"아빠를 매미에 비유하는 거야?"

"그래, 우리 향기 똑똑하구나. 결국 껍질을 벗지 못한 매미는 어떤 심정으로 숨을 거두었을까? 이기적인 말일지도 모르겠지만, 난 한철이라도 열심히 울고 가는 매미가 되고 싶구나. 산을 오르고자 하는 열망을 무시하고 싶지 않아. 향기도 그렇지?"

어린 아영은 꾹 입술을 다물었다. 철운은 아영이 아내의 등쌀에 밀려 시작한 모델 일보다 산을 좋아한다는 걸 직감적으로 알고 있음이 분명했다. 하지만…….

아직 세상사를 모두 알지 못하는 어린 마음속에서, 아영도 잘 알 수 없는 첨예한 생각들이 열심히 오갔다.

"아니, 난 산으로 가지는 않을 거야. 어머니가 슬퍼할걸. 어머니는 아빠 때문에 이미 많이 힘드셨어……."

정원에 숨은 쓰르라미에게서 아영에게 옮겨온 그의 시선이 조금 씁쓸한 것도 같았다.

그때 철운은 무슨 생각을 했을까. 어느 십대 소녀처럼 천덕꾸러 기이기는커녕 어른의 눈빛을 하고 있는 딸에게 미안함을 느꼈을까. 올바른 아버지가 되어줄 수 없는 후회에 가슴이 저며왔을까.

"착한 우리 딸. 이 아버지가 참으로, 못났구나. 하지만 이런 아버지라도 바란단다. 우리 딸이 인생을 다 살고 숨을 거둘 날에 임박했을 때, 부디 후회없는 인생을 살았노라 생각할 수 있었으면 하고. 길지 않은 인생에서 '샹그리라'를 찾았노라 말할 수 있었으면 하고."

아영은 잔영을 남길 듯한 동작으로 느릿느릿 무대를 바라보았다. 무대로 통하는 입구에서는 마침 아영의 전전 차례인 모델이 표정이 좀 굳었다며 울상인 얼굴로 내려오고 있었다.

만약 오늘이 내 생에 마지막 날이라면, 난 과연 생각할 수 있을 것인가? 후회없는 인생을 살았노라고. 어머니를 위한다는 명목 아래 산으로 가고 싶은 열망을 억누르고 살아온 오늘 내가 죽는다면…… 샹그리라를 찾았다고, 먼저 가신 아버지께 자신만만하게 이야기할 수 있을 것인가.

아영은 뭔가에 홀린 듯 서서히 전화기를 내려놓고, 밀랍으로 굳혀놓은 것처럼 뻣뻣한 다리를 움직여 무대 입구로 다가갔다. 이제야 스태프들은 노골적으로 안심하는 눈치였다.

혼잡하게 얽히는 발걸음. 폭염을 가르는 햇볕처럼 강렬하게 내리쬐는 조명. 모델들의 동작을 일거수일투족 형형하게 바라보고 있는 관객들. 그 머리 위를 투명 물고기처럼 유유히 유영하는 음악. 그 중심에 쭉 뻗은 런웨이(Runway). 그 런웨이는 마치 철운을 그가 그토록 염원했던 히말라야로 보내준 비행기가 기민하게 미끄러져 올라간 활주로 같았다.

그녀의 머릿속에서 너털웃음 짓는 철운의 얼굴이 슬프게 펼쳐졌다. 그레이트 트란고(Great Trango) 산의 정상에서 그 절경을 바라보며 세상을 다 가진 것처럼 환하게 웃었을 그 얼굴이…….

제1장

**다**국적 언어의 안내 방송을 들으며 공항에 발을 내리자 황사 내음이 풍겨오는 것만 같았다. 파키스탄의 수도, 이슬라마바드의 국제공항. 생각보다 깔끔하고 신식이라 악취는커녕 그 비슷한 것도 나지 않았지만, 중국에 인접해 있다 보니 그 황토색 대륙에서 내려온 황사 바람이 이곳까지 그 내음을 던져 둔 듯했다.

한국에서 파키스탄으로 오는 직항기는 아직 없기 때문에 일본을 경유해서 파키스탄에 도착한 아영은 자못 당차게 배낭을 고쳐멨다.

인천 공항에서만 해도 아영을 알아보는 사람들이 몇몇 있었지만, 이곳은 이역만리. 패션 분야에서는 꽤 이름있다고 해도 일개쇼 모델일 뿐인 그녀를 알아본다는 것 자체가 신통한 일이었으니,

이제 이곳에서는 혹시나 하는 사람들의 눈길에서 완전히 자유로우리라. 딱히 그것이 싫은 것만은 아니었지만, 아영은 이제 더 이상은 런웨이를 가로지르는 모델이 아니었다.

철운의 부고를 전해 들은 날, 쇼를 끝내고는 뒤풀이조차 하지 않고 아영은 자신의 은퇴를 알렸다. 그때 번지는 경악의 표정들이란. 그 소리를 듣자마자 모델 기획사 사장은 펄쩍 놀라며 오늘 쇼에서 사고가 날 뻔한 일은 아버지의 부고로 인한 것이었으니 힐책하지 않겠다, 그런 소리는 하지 마라, 아영을 만류했다.

열일곱의 나이로 모델계에 뛰어들어 올해 나이 스물아홉. 모델 나이치고는 황혼의 나이라고 해도 무색하지만, 아영은 현재 소속된 모델 기획사의 간판 모델이었다. 아직 세계를 내다보기에는 순수 한국인이라는 핸디캡이 있긴 했다. 하지만 보그(Vogue)지 한국판 표지 모델, 일본의 유명 패션 잡지 논노의 표지 모델, 크리스찬 디올의 한국인 모델 등등, 현 쇼 모델 계에서 그 입지는 가히 중심축에 가깝다 해도 과언이 아니었다. 하지만 아영은 두 번 번복하지 않고 그날로 모델을 그만두었다. 그녀의 어머니는 거의 게거품을 물었지만 아영은 더 이상 주저하고 싶지도, 후회하고 싶지도 않았기에 독하게 자신의 뜻을 관철했다.

한 번도 와본 적이 없는 나라이기 때문인지, 앞으로 펼쳐질 미지의 장소에 대한 기대감 때문인지 아영은 묘하게 가슴이 설레었다.

아영은 흥분된 마음을 진정시켜 보고자 배낭 안에서 가죽 지갑을 꺼내 들었다. 아니, 가죽 지갑이 아니었다. 폴더처럼 접히는 형

식의 가죽 케이스가 언뜻 보면 흔한 남성용 지갑처럼 보였지만, 그것은 휴대용 사진 케이스였다.

그것이 억만금을 숨긴 보물지도라도 된다는 양 조심스레 펼쳐 보자, 언제나 불변할 미소를 머금은 사진 안의 두 남자가 눈에 들어왔다. 아버지와 이름도 모르는 자신의 첫사랑 소년을 바라보는 아영의 고운 얼굴에 포스스 따스한 미소가 번졌다. 그 미소에서 묻어나는 애정의 색채에 지나가던 남자가 그녀를 흘긋 돌아볼 정도였다.

한참 그것을 지켜본 아영은 사진 케이스를 신주단지 다루듯 배낭 안에 고이 집어넣고, 다소 부푼 얼굴로 걸음을 내디뎠다.

가이드가 기다리고 있을 게이트 밖으로 나오자, 다른 사람을 마중 나온 것으로 보이는 사람들이 제법 붐비고 있었다. 아직 트래킹하기엔 제철이 아니라 한산할 줄 알았는데 꼭 그런 것만은 아닌 모양이었다. 그때 짙은 자줏빛 전통 복장을 입은 여자가 다가와 아영의 목에 장미꽃으로 엮은 목걸이를 걸어주었다.

귀한 사람이 오면 걸어준다는 장미꽃 목걸이. 장미의 붉고 진한 향기가 왠지 쑥스럽게 느껴졌다.

꽃목걸이를 전해준 여자는 아영과 눈이 마주치자 샐쭉 눈꼬리를 휘며 빙그레 미소 지었다. 밤처럼 검고 깊은 흑요석 빛 눈동자. 그리고 가무잡잡한 피부에 선이 짙은 이목구비가 묘하게 농염해 보였다. 하지만 칼날 능선처럼 높게 뻗은 코에서부터 드리워 내린 '니캅'이 턱 부분의 노출을 금하고 있어 정확히 어떻게 생겼는지는 알 수 없었다. 어떤 의미로는 여성 탄압의 증거. 그러나 아이러니하게도 그 니캅이 여자의 얼굴 반을 가려 신비로운 이미지를 더욱 증폭시켰다.

그러고 보면 어렸을 적 아랍계 공주님이 나오는 만화 영화를 보고 그녀의 함초롬한 입술을 가린 니캅에 막연한 환상을 품지 않았던가. 그것에 어떤 뜻이 담겨 있는 줄도 모르고 그때는 천둥벌거숭이처럼 그것으로 얼굴을 가려보고 싶었더라지. 그럼 그 공주님처럼 농염한 분위기를 풍길 수 있을까 싶어서.

휴지 조각으로 가리고 짜잔 철운 앞에 나서면 그는 잠시 놀란 듯 눈을 크게 떴다가 곧 우리 딸 예쁘다며 웃음을 터트리곤 했다.

갑자기 묘하게 깊어지는 동양인 여자의 눈빛이 이상했던지 니캅을 쓴 여자는 손을 합장해 모으고 신에게 기도 올리듯 경건하게 속삭였다.

「인샬라(Inch' Allah).」

신의 축복을. 파키스탄에서 자주 쓰는 인사말이라 충분히 알아들을 수 있었다.

마치 신전 앞에서 신을 경하하는 것 같은 여자의 정수리를 보고, 아영도 조용히 그녀를 위해 '인샬라'라고 읊조렸다. 그리고 자신의 이름이 쓰여 있을 패널을 찾자, 머지않은 곳에 투박한 글씨체로 'A—Young Jin'이라고 쓰여 있는 것을 발견할 수 있었다.

「진아영 씨?」

유창한 영어로 말을 건넨 것은 파키스탄인 특유의 검은 피부와 까만 머리카락을 가진 현지인이었다. 나이는 사십대 초반쯤 되었을까. 다소 허름한 흰색의 폴로 티셔츠를 입은 그는 볼톡 튀어나온 아랫배가 인덕일까 싶을 만큼 두루뭉술하니 사람 좋게 생긴 남자였다.

「반가워요. 당신이 카라쿰 씨?」

그는 두툼한 입술에 씩 웃음을 그려 보였다.

「씨는 그만둬요. 카라쿰이라고 불러도 됩니다. 하루이틀 함께 할 것도 아닌데요.」

그러면서도 그는 악수할 요량으로 손을 내밀지 않았다. 이쯤에서 악수를 해야 자연스럽지 않을까 싶어졌던 아영은 그제야 이곳이 한국과 문화권이 엄연히 다른 파키스탄이란 것을 기억해 냈다.

국민의 97%가 회교도인 파키스탄. 도시 쪽은 그나마 규율이 덜 엄격한 편이긴 하지만, 회교도의 여성들은 남편 외의 사람에게 얼굴 보이는 것도 허락되지 않는다. 그러니 아무리 상대가 외국인이라고 해도 카라쿰은 미혼 여성의 손을 잡으려고는 언감생심 상상도 못할 것이다.

「그럼 카라쿰도 아영이라고 불러줘요.」

「처음에는 아영 발음이 어려워서 한참을 중얼거렸었어요. 한국인과 중국인은 이름이 너무 힘들어요.」

그렇게 따지자면 아영 역시 인도인의 이름을 발음하다 혀가 꼬이기 일쑤였다.

「그런데 카라쿰은 이슬람교인가요?」

아영은 카라쿰이 공항 주차장에 세워둔 차에 올라타며 넌지시 물었다. 처음에는 파키스탄인이니 어련히 회교도려니 했지만, 카라쿰은 터번을 쓰고 있지 않았고 회교도의 복장도 하고 있지 않았다. 조금 오래 입은 것 같기는 해도 옷은 꽤 도회적인 느낌이었고, 라면 면발처럼 곱슬곱슬한 머리카락은 짧게 쳐서 깍두기 모양으로 정리한 채였다.

「아, 저는 라마교, 즉 [1]셰르파'입니다.」

아영은 짧게 '아' 하며 이해했다는 외마디를 흘렸다. 그리고는 더 이상 묻지도 덧붙이지도 않았지만, 카라쿰은 꽤나 이것저것 수다 떨기를 좋아하는 성격인지 쉴 새 없이 입술을 들썩거렸다.

「에베레스트가 처음으로 허락한 사람, 텐징 노르게이의 후손이죠.」

텐징 노르게이. 1953년 영국의 에드먼드 힐러리 경과 함께 지구의 대들보, 에베레스트에 올라 그 등정을 처음으로 성공한 셰르파였다.

기실 애드먼드 힐러리 경도 산이 그곳에 있어 오른다' 라는 명언을 남긴 조지 리 맬러리와 에베레스트의 초등자 자리를 두고 시비가 끊이지 않고 있긴 하지만, 일단 널리 알려진 공식 기록은 힐러리 경의 손을 들어주고 있었다.

어쨌든 셰르파는 평화주의와 샤머니즘이 혼합된 영적인 존재, 달라이 라마를 모시며 산에 대한 경외심을 잊지 않는 민족이었다. 주로 고산지대에서 농업과 목축업을 주요 돈벌이로 생활을 영위하는 민족이었는데, 고도에 순화된 강건한 체질 덕분에 산을 오르는 사람들의 길잡이로도 많이 유명해졌다.

---

1)셰르파: 히말라야 산맥의 남쪽 기슭, 소로쿰푸 지방을 중심축으로 해발 3000m 이상의 고산에 사는 티베트계 네팔인

카라쿰은 셰르파인 자신에게 자부심을 가지고 있는 모양으로, 그 감정이 순박한 얼굴에 온전히 드러났다.

「셰르파로는 보이지 않아서 이슬람교인 줄 알았어요.」

「하하, 어디에나 예외인 사람은 있기 마련이죠.」

그러는 새에 목적지인 호텔에 도착했는지, 카라쿰은 운전대를 크게 한 번 회전시키며 차를 주차했다. 그리고 카라쿰을 따라 차에서 내려 호텔로 들어가자, 역시 제철이 아니라 그런지 호텔 안은 고요했다.

「우선 방을 안내해 줄게요. 자, 아영은 몇 번 방으로 배정되었더라.」

카라쿰은 잠시 호텔의 방 번호가 걸린 안내 표지를 바라보다 알겠다는 표정으로 아영을 데리고 이층으로 올라갔다. 나무 계단이 아영과 카라쿰의 무게가 가해질 때마다 삐거덕거리며 비명을 질러댔다.

「여기예요.」

카라쿰이 열어준 방은 이층의 맨 구석에 마주 보고 있는 방 중 왼쪽이었다. 보통 사람이 쓰지 않으면 방문은 잠가두는 것일진대, 이곳에서는 그렇지 않은지 카라쿰이 손잡이를 밀자 문은 방문자를 허락한다는 양 쉽게 밀려났다.

「우선은 짐을 풀어둬요. 밖에 나간 사람도 있을 테니 조금 있다가 모이면 소개시켜 드릴게요.」

아영은 방을 천천히 둘러보았다. 가뭄이 든 땅처럼 쩍쩍 갈라져 있는 허름한 벽이나 낡은 가구들이 좀 신경 쓰였지만 이곳의 호텔

치고는 나쁘지 않았고, 애당초 사치를 누리려고 온 것이 아니니 감지덕지였다. 게다가 열대지방의 특성대로 꾸며둔 전경이 꽤나 운치있어 보였다. 그런데 소파에 시선이 닿은 순간, 아영은 그 옆에 방치된 것처럼 멋대로 구르고 있는 검은 가방을 발견했다. 가방의 지퍼가 백숙용 닭고기의 배처럼 뻐끔히 벌어져 안에 있는 물건을 부끄럼없이 모두 내보이고 있었다. 그리고 침대 아래에는 양말이 분명한 것이 너저분하게 떨어져 있고, 소파의 등받이에는 정체불명의 긴 천 뭉텅이가 시체처럼 늘어져 있었다.

사람의 흔적이 보이는 광경에 아영은 카라쿰이 방을 잘못 안내해 주었다는 것을 깨달았다.

「카라쿰, 여기 방이…….」

「어이! 현호랑 길은 어디 있어?」

하지만 말이 채 끝나기도 전에 카라쿰은 낯선 이름을 부르며 방을 벗어났다. 한 번도 소리 높여 누군가의 이름을 외쳐 본 적이 없는 아영은 버릇대로 카라쿰을 따라 나가 말하려고 하는데 그 순간,

「카라쿰, 왜?」

벌컥!

"꺄악!"

굵직한 남자 목소리가 들리며 방 안에 있는 문이 열림과 동시에 아영은 그녀답지 않게 새된 비명을 지르며 주저앉고 말았다. 마치 벽과 동화된 듯 굳건하던 문이었기에 차마 열릴 줄 몰라 마침 그 앞을 지나가고 있었기 때문이었다.

"꺄악?"

욕실 문을 열고 나온 남자는 웬 비명인가 싶어, 주저앉은 채로 자신을 올려다보는 아영을 내려다보았다. 그러고는 자신을 보고 비명도 모자라 유령이라도 만난 양 주저앉은 아영을 보고 자세를 삐딱하게 고쳤다. 그 모습에 아영은 더더욱 기함할 수밖에 없었다.

이 남자 뭐야? 알몸이면 다시 들어갈 것이지 왜 눈앞에 버티고 있는 거야?

엄밀히는 허리에 수건 한 장이 둘러져 있으니 전라는 아니지만, 매끈한 상체는 고스란히 여자의 시선 앞에 내놓은 채 거의 알몸이었다.

키는 190cm쯤 될까. 그냥 서서 봐도 모델 출신인 아영에게마저 거인처럼 느껴질 것 같은데 주저앉아서 올려다보자니 완전히 에베레스트 산처럼 보였다.

천성인지 인공인지 온몸은 햇볕에 잘 그을린 짙은 색이었고, 탄탄한 피부는 흘러내리는 물방울을 튕겨내는 듯했다. 허벅지는 웬만한 모델 허리만하지 않을까 싶을 만큼 굵었으며, 팔도 강철처럼 단단해 보였다. 황금비율 그 자체인 남자 모델들의 몸을 수없이 봐온 아영마저 일순 얼이 빠질 만큼 감탄을 자아내는 몸매였다.

게다가 그의 왼쪽 팔뚝에는 띠를 두른 것처럼 기하학적인 모양의 까만 문신이 새겨져 있었다. 거기에 더불어 군살 하나 없는 온몸이 근육으로 꽉 잡혀 있어 유연한 표범인 것처럼도 보였으나, 굉장히 미스 매치인 것이 있었다. 무성한 덤불이 무색하도록 덥수룩한 수염과 목덜미까지 엉망으로 길어 내린 머리카락. 그건 남성미를 온몸으로 외치는 몸매에 대한 범죄에 가까웠다.

얼굴이 아예 보이지 않을 정도로 기른 수염과 머리카락 때문에 그가 마치 히말라야에 산다는 전설의 눈 사나이 예티(Yeti)처럼 보일 지경이었다.

투욱, 남자의 젖은 머리카락 끝에서 물방울 하나가 중력을 이기지 못하고 떨어져 내렸다. 둥그런 구슬 같은 물방울이 떨어져 내려 바닥에 부딪히며 수은처럼 은빛으로 산산조각나더니, 바닥에 짙은 자국을 그렸다.

둘 사이에 단단하게 굳어 있는 침묵을 깨뜨린 것은 카라쿰이었다.

「헉! 현호, 뭐 하는 거야!」

카라쿰은 아영의 비명에 놀라 다시 방으로 돌아왔다가, 묘한 구도에 덩달아 비명을 내질렀다. 그러자 현호라고 불린 남자는 그 반응이 불쾌한지 마뜩잖다는 듯 말했다

「내가 이 여자를 덮치기라도 했어? 그 반응은 뭐야?」

불현듯 아영은 그가 한쪽 눈썹을 들어올리고 있을 거라 생각했다. 눈썹은 물론이고 심지어 얼굴도 보이지 않는데 묘하게 그것만은 직감으로 알 수 있었다.

약간 어눌한 발음의 카라쿰과 달리, 현호의 영어 발음은 미국 본토인과 크게 다를 것이 없어 더더욱 그의 국적을 헷갈리게 했다. 하지만 바닥에까지 낮게 깔린 듯 허스키한 저음이 그의 몸매만큼이나 근사하게 들려왔다. 밀어를 속삭이는 것처럼 여자의 가

슴을 탁 치고 들어와 둥지를 틀고는 절대 나가지 않을 것만 같았다.

「여기 현호 네 방이었어? 방을 착각했네. 아영, 미안해요.」

아영은 자신이 아직도 바닥에 엉덩이를 깔고 앉아 있다는 걸 깨닫곤 얼른 자리에서 일어섰다.

"아영? 진아영?"

현호는 아영의 이름을 이미 들어 알고 있는지 왠지 조금 삐딱한 음성으로 반문했다. 이번에 사용한 언어는 유창한 한국어였다.

"그런데요."

상대가 한국어로 물으니, 아영도 한국어로 대답해 주었다.

그런데 무슨 노출증 환자도 아니고 아슬아슬한 전라 주제에 남자는 지나치게 당당했다. 쇼의 무대 뒤에서는 여자고 남자고 할 것 없이 훌렁훌렁 옷을 벗어젖히곤 했고, 그 무리에 아영도 섞여 있었지만 그때는 일 초가 아까운 상황이라 불가항력이었다. 하지만 지금은 쇼의 무대 뒤도, 시간적 여유가 없는 상황이 아님에도 몸 사릴 줄 모르는 남자의 태도가 썩 유쾌하지 않았다. 그래서 저도 모르게 조금 가시가 섞인 목소리로 대답했다. 그래도 눈치 채지는 못했을 거라 생각했는데, 현호는 야생적인 감각이 꽤나 발달해 있는지 단번에 눈치 챈 듯했다. 그 증거로 입술을 삐뚜름하게 말아 올리는 것이 아영의 눈에 정확히 포착되었다.

「현호, 인사는 조금 있다가 하고 일단 샤워부터 끝내. 그리고 옷 입고 나와.」

보다 못한 카라쿰이 이야기하자, 현호는 텁텁한 뒷머리를 긁적이며 샤워실 안으로 사라졌다.

「아영, 정말 미안해요. 어서 이리 나와요.」

사실 요즘 세상에 남자 알몸 보는 거야 그리 경을 칠 일도 아니지만, 비명을 질러서인지 카라쿰은 아영이 무서움에 떨고 있다 오해한 듯했다. 그도 그럴 것이, 아무리 셰르파라고는 하지만 회교도적인 사고방식에 어느 정도 익숙해져 있을 테니 과거의 한국보다 남녀칠세부동석이라는 생각이 주입되어 있을 것 아닌가.

아영은 단지 그가 갑자기 등장해서 놀라 주저앉은 것이지만 이왕 그렇게 오해하는 거 딱히 고쳐 줄 마음은 없었다. 사실 등급으로 따지자면 현호의 몸매는 돈 내고 봐야 할 정도로 멋진 편이었으니까. 너무 근육질이라 모델로서 쓰기에는 힘들겠지만.

아영은 소파 위에 내려놓았던 가방을 들며 잠시 그 등받이에 걸쳐져 있는 천 뭉텅이에 시선을 멈추었다. 이게 뭔가 했더니, 그제야 그 정체가 뭔지 알 수 있었다. 바로 현호의 바지였다. 윤곽이 불투명한 검은색이기도 했고, 미처 뇌가 인식하지 못한 길이였기 때문에 순간 뭔지 깨닫지 못한 것이었다.


「이쪽은 진아영, 바로 오늘 이슬라마바드 국제공항에 내려 블랙 그라벨에 합류했습니다.」

카라쿰의 소개에 아영은 옅은 미소로 짝짝 박수 치는 사람들과 인사를 나누었다.

프로젝트 팀명 블랙 그라벨(Black Gravel).

뭔가 엄청난 국가 기밀급의 프로젝트처럼 번드르르하게 보이지만, 사실 정식 명칭은 아니었다. 그냥 사람들끼리 모여 한 달간 함께 대장정을 떠날 팀에 임의로 붙인, 반은 장난인 이름이었다.

블랙 그라벨. 해석하자면 그 뜻은 검은 자갈. 며칠 후부터 히말라야의 아름다운 타워, 그레이트 트란고(Great Trango)에 오를 등반 팀이었다. 아영은 그레이트 트란고에 오를 세 명의 등반가 중 한 명으로 발탁된 거였고, 카라쿰은 블랙 그라벨을 안내할 셰르파였다.

아영이 십여 년 넘게 계속해 왔던 모델의 길을 미련없이 버리고 택한 것은 산악의 길이었다. 산악인 박철운. 그녀의 아버지가 갔던 길.

모두가 그녀를 뜯어말렸다. 마음 같아서는 도시락이라도 싸들고 다니며 말리고 싶은 듯했다. 모델 진아영이 누구던가. 모델로서는 지나치게 예쁘장한 얼굴이 오히려 치명적 결함이라는 평가가 없는 것도 아니었지만, 그녀의 미래는 과속방지 카메라 하나 없는 고속도로처럼 탄탄대로였다. 게다가 아영은 맑은 눈망울과 곱게 자란 듯한 이미지로 여태까지의 입지를 쌓아왔다. 그런데 다른 누구도 아니고, 그런 그녀가 투박하고 거친 등반가라니.

특히 아영의 어머니는 거의 기절할 것 같은 얼굴로 절대 안 된다며 득달같이 화를 내었다. 하지만 아영은 어머니의 맹렬한 반대쯤은 당연히 예상했기 때문에 이번에는 절대 굽히지 않을 거라며 뜻을 관철했다. 여태까지는 아버지의 뒷모습에 눈물짓는 어머니가 안쓰러워서, 자신만을 바라보고 사는 그녀에게 실망을 주고 싶지 않아 자신의 모든 욕망을 꾹꾹 눌러왔다. 하지만 아영에게 있어 산은 사모해 마지않는 연인 같은 존재였다. 봐도 봐도 또 보고 싶고, 만나고 만나도 그리움이 깊어져만 가는 그런 연인.

어쩌다 한 번 만날 수 있는 아버지에게 산의 이야기를 들을 때면 공주님 이야기에 열광하는 어린 소녀처럼 달뜬 흥분을 감추지 못했다. 그가 으레 무용담인 양 늘어놓은 이야기를 듣고 온 날이면 크리스마스 전날처럼 잠을 설쳤을 정도였다. 하지만 그녀의 어머니는 일차적으로 철운을 미워했고, 이차적으로는 자신의 남편을 앗아간 산을 증오했다. 그녀의 앞에서는 산의 시옷 자도 꺼낼 수가 없었기 때문에 아영은 부풀어 올라 터질 것만 같은 욕망을 안으로 끌어내리며 침묵해야 했다. 가끔 스트레스에 숨이 턱턱 막힐 때면 몰래 인공 암벽 센터에 다니는 것으로 만족해 왔다. 하지만 철운은 열쇠를 하나 남겼다. 아영이 스스로 들어가 안에서 꼭꼭 잠가 버린 새장의 자물쇠를 연 열쇠. 그것은 그가 남긴 유언이었다.

"너의 '샹그리라'를 찾을 수 있기를."

일단 철운의 부고를 전해 들은 날의 무대는 무사히 마쳤다. 그것이 자신에게 할당된 일이었고, 내일 어떻게 된다고 해도 오늘은 걸어야만 했으니까. 하지만 그날 런웨이에서 내려올 때부터 아영은 산으로 가야 한다는 생각밖에 없었다. 후회하고 싶지 않았다. 이대로라면 죽음의 문턱에 섰을 때, 왜 스스로에게 솔직하지 못했나 통탄할 게 분명했다. 단 한 철이라도, 매미를 부러워한 철운이 그랬던 것처럼 혼신의 힘을 다해 울어보고 싶었다. 그것이 자신의 천운인 것만 같았고, 의무를 넘어선 운명처럼 느껴졌다.

산악 협회에 등록하고, 예측 못할 사고가 도사리고 있는 천연산에 오를 교육을 받는 반년 동안 좀이 쑤셔 죽는 줄만 알았다. 댐의 균열에서 새어나오기 시작한 물이 종내에는 거대해져 도저히 막을 수 없는 것처럼, 여태 용케도 참아왔다 싶을 지경이었다.

그렇게 아영은 자신이 여태 쌓아왔던 공든 탑도 모두 마다하고 머나먼 타지(他地)로 떠나왔다.

「카라쿰, 혹시…….」

아영은 모든 팀원과 하나하나 인사를 나누고는 카라쿰에게 조심스레 말을 꺼내었다.

「아까 그분이?」

「아아, 맞아요. 아영과 함께 그레이트 트랑고에 오를 동료 중 한 명이죠.」

아영은 신음이 흘러나올 것 같은 입술에 지그시 힘을 주었다.

그녀는 현호를 잘 알고 있었다. 물론 서로 안면이 있다거나 개인적으로 아는 것은 아니지만, 나름대로 만나길 기대했던 남자가 그런 사람이라니. 왠지 실망이 몰려들었다. 첫 만남으로만 따지자면, 그는 무척이나 뻔뻔한 남자였다.

일방적으로 혼자 기대하고 혼자 실망하는 것이 얼마나 바보 같은 짓인지, 상대에게 얼마나 폐가 되는 일인지 알고 있으면서도 사람 마음이 언제나 제 뜻을 따라주는 건 아니었다.

그때, 이제는 꽤나 익숙해진 삐걱거리는 소리가 울리더니 이층

계단에서 그가 모습을 드러내었다. 퍽이나 여유로운 걸음이 마치 먹이를 찾아 어슬렁어슬렁 초원을 거니는 야수를 떠올리게 했다.

그는 소파에 걸쳐져 있던 게 분명한 검은 바지에 강건한 몸매가 드러나 보이는 회색 티, 그리고 스키복 같은 점퍼를 대충 걸치고 있었다. 하지만 대체 얼마간 그 모습이었던 건지 얼굴이 보이지 않을 만큼 무성한 수염과 머리카락은 여전했다.

그의 알몸 쇼를 라이브로 봤다 보니 옷 입은 모습을 보고도 그 몸매가 생생히 떠올랐지만, 괜히 얼굴을 붉히진 않았다. 알몸 하나에 호들갑 떨 정도로 순진하지 않았고, 그럴 정도로 익숙지 않은 것도 아니었다. 하지만 금강석처럼 강인해 보이는 피부에 어우러지는 육감적인 몸매가 워낙 감칠맛있어 보여 계속 흘긋 시선이 가긴 했다.

「현호, 인사해. 방금 전에 좀 어이없이 만나긴 했지만.」

오래 불러온 듯해도 카라쿰이 부르는 그의 이름은 발음이 조금 어눌해 또박또박하게 '현호'가 아니라 '혀노' 쯤으로 들렸다. 그건 아영의 이름도 마찬가지라 카라쿰이 부르는 그녀의 이름은 '아영'이 아니라 '아녕' 정도였다.

인간적으로 그에게 썩 호감이 가는 건 아니었지만, 이러나저러나 생사를 함께 나눠야 할 사이니 아영은 슥 손을 내밀었다.

"진아영입니다."

현호는 잠시 뭔가 가늠해 보듯 아영이 내민 손을 내려다보더니, 곧 같은 생각이라도 한 건지 그녀의 손을 맞잡았다.

예상대로 키만큼이나 아영의 손을 폭 감쌀 정도로 크고 단단한 손이었다. 등산가이기 때문인지 조금 거칠긴 했지만 마치 포근한 이불처럼 따뜻한 느낌이었다.

「현호, 너도 말 좀 해.」

카라쿰의 지적에야 현호는 느릿하게 입을 열었다.

"아아, 지현호다. 별로 자랑은 아니지만 내가 떡국을 좀 더 먹은 것 같으니 말은 놓아도 되겠지?"

신문 등지에서 보아 현호의 나이를 알기 때문에 아영은 작게 고개를 끄덕였다. 그의 나이는 계란 한 판 하고 덤으로 네 개나 더. 스물아홉인 아영에 비하면 다섯 살이나 많았다. 한두 살 차이라면 다짜고짜 그렇게 물어오는 게 무례하다 느꼈겠지만, 아영이 막 태어나 옹알이를 할 때쯤 그는 이미 유치원에서 말썽꾸러기 짓을 하고 있었을 터였다.

그의 입장에서는 새파랗게 어린 여자에게 존댓말을 한다는 것이 좀 애매모호할 테고, 말 놓지 말라고 해도 그래 줄 것 같지가 않았다. 그래서 아영은 애초부터 그에게서 존댓말 듣기를 포기했다. 주지 않을 상대에게 무작정 그것을 바라는 건 상대도 짜증나는 일이겠지만, 그보다 먼저 스스로가 피곤하기 때문이었다.

"그런데……."

그가 갑자기 운을 띄어 바라보자, 장막 같은 수염 너머 그가 잠시 기연가미연가한 표정을 짓는 게 느껴졌다.

"예?"

현호는 의아한 눈으로 자신을 올곧게 바라보을 아영을 보았다. 머리카락 사이로 보이는 그녀의 얼굴은 확실히 '미인' 이라 할 만

했다. 인종마다 보는 눈이 다르니 카라쿰이나 다른 이들에게는 어떻게 보일지 몰라도, 동양인이 눈에 익은 현호에겐 그녀가 가진 아름다움이 온전히 보여왔다. 그녀의 내면까지는 아직 알 수 없었지만 완벽에 가까운 달걀형 얼굴의 선은 아주 가늘어서 섬세하게 보였고, 큼지막한 눈에는 깔끔한 쌍꺼풀 선이 온화한 곡선을 그리며 장식되어 있었다. 눈꼬리가 살짝 치켜 올라가 꽤 도도한 인상이었지만, 함빡 농익어 있는 듯 탱글탱글한 입술은 살짝 웃음기를 머금는 게 기대될 정도였다.

만년빙하를 지고 하늘 높은 위상을 자랑하고 있는 설산처럼 고고한 느낌. 감히 인간을 장엄한 설산에 빗대자면 '풍요의 여신' 안나푸르나 정도일까.

무엇보다 한눈에 시선을 잡아끄는 건 뒷머리를 치면 튀어나올 것처럼 큰 눈이었다. 그 눈이 어찌나 크고 맑은지, 사슴 같은 눈동자는 꼭 저런 눈을 말하는 건가 싶었다.

티티카카 호수. 안데스 산맥 위에 존재하는 하늘과 가장 가까운 호수. 일순 가슴이 먹먹해질 만큼 푸르른 천혜의 호수를 그녀의 눈 안에서 다시 보고 있는 것만 같았다. 현호는 어쩐지 청량음료라도 마신 것처럼 가슴이 싸해졌지만, 곧 뭐가 우스운지 피식 웃음을 뱉어냈다.

"아무것도 아니야."

그러더니 현호는 더 이상 볼일은 없다는 듯 호텔 정문 밖으로, 손을 한번 척 들어 보이더니 그 거대한 덩치를 감추었다. 아영은 묵묵히 그 뒷모습에 시선을 멈추고 있다가 카라쿰에게 의구심이 가득한 목소리로 물었다.

「저 사람이 정말 '지현호'인가요? 그?」

카라쿰은 긍정하듯 활짝 웃었다. 대자연의 위대함을 알고, 그에 대한 경각심을 잊지 않으면서도 결코 산을 지배하려고 하지 않는 셰르파. 그 민족 특성의 온순하고 명랑한 웃음이었다.

「물론이죠. 그가 14좌의 왕자, 지현호지요!」

에베레스트, K2, 칸첸중가, 로체, 마칼루, 초오유, 다울라기리, 마나슬루, 낭가파르바트, 안나푸르나, 가셰르브룸 1봉, 가셰르브룸 2봉, 브로드피크, 시샤팡마.

과학과 이성이 통하지 않는 해발 7000m 이상의 고산지대는 극한 체험이 무시로 일어나는 '신(神)의 영역'이다. 그런 그곳에서 히말라야의 죽음의 지대로 불리는 8000m급 14개 봉우리를, 산악인으로서는 젊은 나이에 모두 정복한 남자. 그가 현호였다.

어째서 왕자라는 별명을 얻게 된 건지는 영 이해 못할 일이지만, 어쨌든 그는 전 세계를 뒤져 보아도 열한 명밖에 이룩하지 못한 일을 열두 번째로 해냈고, 덕분에 한국은 14좌의 완등자를 배출한 일곱 나라에서 최초로 네 명을 내보낸 기염을 토했다.

그는 스물이라는, 이례적일 만큼 어린 나이로 등반계에 데뷔한 이래 히말라야의 14좌 외에도 수많은 산을 올랐고, 당당하게 세계 산악인들과 그 어깨를 나란히 하고 있었다. 히말라야에 끝없는 환상을 품고 있는 아영으로서는 철운 다음으로 동경할 법한 남자였다. 그렇기에 이번에는 그가 예전에 올랐던 산에 비해 비교적 낮은 6000m급의 그레이트 트란고에 동료로 같이 오르게 되었다는 소식을 접했을 때는, 은근히 만나기를 기대해 왔다. 하지만 조상님 가라사대 모르는 게 약이라고 하던가. 옛말 틀릴 거 하나 없다더니 그 말이 딱 맞았다. 만나본 '14좌의 왕자'는 꽤나 뻔뻔해 보였고, 왕자와는 거리가 이역만리보다 먼 남자였다. 하긴 산의 왕자라면 하면 말이 될 것 같았다. 척 봐도 덥수룩한 예티 같은 게 전형적인 산 사나이로 보이니까.

제2장

그레이트 트란고 봉우리가 우뚝 솟아 있는 발토로 산군 (Baltoro Muztagh)으로 떠나는 것은 일주일 뒤였다. 아직 블랙 그라벨 팀에 모이지 않는 인원도 있었고, 장비도 속속들이 도착하고 있는 중이었다. 그러니 사실 파키스탄에 도착하는 것은 좀 더 뒤여도 상관없었지만, 아영은 첫 등정인만큼 일찍이 와서 사람들과 안면을 트고 이국의 풍경을 음미하고 싶었다.

현지인 파키스탄과 한국은 별로 시차가 나지 않아 촬영 때문에 미국에 갔을 때만큼 초저녁부터 감당할 수 없는 졸음이 쏟아지거나 하지 않았다. 게다가 짐도 간소하기 그지없게 배낭 하나만을 메고 왔으니 풀고 말고 할 것도 없었다. 그래서 아영은 대충 샤워를 마친 뒤 음료수나 마실까 해서 로비로 내려왔다.

"이게 뭐지? 아는 거라고는 콜라밖에 없네."

자판기에 진열되어 있는 음료수 중에 낯익은 거라고는 콜라밖에 없어 아영은 하는 수 없이 그것을 뽑아 들었다.

아영의 어머니는 자신의 딸이 꽤 명성있는 모델이라는 것에 무척 자부심이 있었고, 그것이 이혼녀의 딱지를 완화시킬 유일한 출구인 양 집착에 가까운 모습을 보였다. 딱히 그것이 보기 추하다거나 하진 않았지만, 아영이 케이크라도 한 조각 먹으려 하면 펄쩍펄쩍 뛰어댔다. 아영을 꾸미기 위해서라면 명품족이라는 허위 명성에 물든 사람처럼 단순 소비를 넘는 사치를 아끼지 않았고, 생활 매니저처럼 그녀의 24시간을 관리했다. 그러니 그런 사이클 속에 아영이 콜라처럼 칼로리 높은 음식을 먹어볼 경험은 전무했다.

사실 혀를 톡 쏘며 자극하는 느낌 때문에 아영은 콜라를 별로 좋아하지 않았지만, 여태까지 허락되지 않았던 것에 뭉글뭉글 호기심이 생겼다. 그리고 토끼도 아니고 찔끔찔끔 풀만 뜯어먹고 살았던 모델 시설에 대한 묘한 반발심도 섞여 있었다.

아영의 어머니는 쿨럭쿨럭 흘러내리는 까만 액체를 보고 있으면 혐오스럽다 못해 우울해질 지경이라고 했다. 참 유별난 반응이긴 했지.

그때, 정문에서 두런두런 말소리가 들리더니 훤칠한 두 명 분의 인영들이 모습을 드러냈다.

「난 정말 히말라야가 러시아에 있었으면 하고 간절히 바란다니까.」

가장 먼저 보인 사람은 뻔뻔한 14좌의 왕자였다. 그리고 그 뒤로 유창한 네이티브 영어를 구사하는 한 남자가 보였는데, 그는 이야기를 들어 알고 있었음에도 다소 뜻밖의 사람이었다. 그래서 처음에는 그가 마지막 동료인지 스태프인지 헷갈렸지만, 본능적인 감이랄까. 이미지는 사뭇 달랐지만 현호와 비슷한 '산'의 느낌 덕분에 아영은 그가 마지막 동료라는 것을 눈치 챌 수 있었다.

　「이 대륙에 있기 때문에 히말라야가 히말라야인 거지.」

　「하지만 보드카의 고장! 술의 나라! 러시아에 있었으면 2)금주라는 착한 어린이 짓을 할 필요는 없잖아. 내가 이 나이 먹고 오렌지 주스나 빨아 먹고 있어야겠냐? 아, 진절머리가 난다.」

　상당히 술을 좋아하는 모양인지 그는 삐친 어린아이처럼 입술을 한 댓발 내밀고는 툴툴거리길 멈추지 않았다. 하지만 현호는 그저 한번 피식 웃어 보일 뿐, 별다른 반응은 보이지 않았다. 그는 보면 볼수록 천성적인 느긋함을 온몸에 피부마냥 두르고 있는 남자였다.

　「어? 못 보던 얼굴.」

　현호의 옆에서 걸어오던 남자는 자판기 앞에 서 있는 아영을 발견하고 호기심 어린 눈빛을 반짝였다.

　그는 게르만 계열의 외국인이었다. 멀리서 봐도 선천적인 것이 분명한 블론드에 푸른 눈동자. 금발벽안의 대표 격이라고 할 수 있는 외모에, 키는 얼추 180㎝ 중반대로 현호보다는 조금 작은 신장. 하지만 아영의 키가 175㎝이니 그녀에 비해서는 머리의 반이

---

2)금주:파키스탄은 무슬림 국가라 술, 도박, 돼지고기 등이 금지되어 있었다

더 쑥 올라가 있었다.

「아직 안 자고 있었나?」

외국인인 동료가 함께 있기 때문인지 그는 영어로 물어왔다. 아영은 가볍게 고개를 내저었다.

「시차가 별로 나지 않아서 안 졸리네요.」

현호가 그녀를 아는 듯 말하자 다른 남자는 반색하며 물었다.

「그쪽이 아영 씨?」

아영은 새로운 사람을 만날 때 늘 그랬던 것처럼 손을 내밀며 악수를 청했다.

「진아영이에요. 만나서 반가워요.」

남자는 거리낄 것 없다는 듯 아영의 손을 포옥 감싸 안아 잡고는 붕붕 흔들었다. 나이는 현호와 비슷해 보이는데 어딘지 소년 같은 남자였다. 게다가 민감하게 구는 건지는 몰라도 여자의 손을 잡는 남자의 본새가 왠지 묘한 기분을 들게 했다. 전혀 아무런 생각이 없어도 얘 혹시 나한테 관심이 있나 궁금하게 만드는 손길이랄까.

「길버트 버틀러입니다. 길이라고 불러주면 감사하고요.」

아까 카라쿰이 현호를 찾으며 같이 찾았던 '길'이 이 남자인 모양이었다. 그렇다는건 그 역시 아영, 현호와 함께 그레이트 트란고를 오를 등반가라는 의미였다.

「이거 소외감 느껴지네. 너랑 아영 씨는 둘 다 한국인이잖아? 나만 영국인이네.」

현호는 수염과 머리를, 극단적으로 말하면 지리멸렬하게 길어

내린 데다가, 오랜 산 생활로 인해 피부색이 짙어 언뜻 보면 도저히 한국인 같지 않았다. 그렇다고 파키스탄 현지인이나 셰르파로 보이는 것도 아니었지만, 혼혈 아랍계라면 납득할 수 있을 정도랄까. 하지만 어쨌든 국적은 한국이 맞으니 별다른 말은 하지 않았다.

「길은 영국인인가 봐요?」

「정확히는 웨일스인입니다.」

월드컵에도 통일된 '영국'이라고 출전하지 않고 스코틀랜드, 웨일스, 잉글랜드, 북아일랜드, 네 개의 나라로 나뉘어 개별적으로 출전하는 나라의 사람답게 그도 확실히 구분해 달라는 듯 소개했다.

「그렇군요.」

사람에게 무한한 호감을 심어주는 길의 활달한 말투가 마음에 들어 아영은 작게 웃었다. 그러자 상대의 미소 앞에 기분이 훈훈해졌는지 길도 부드럽게 웃음 지었다.

길은 현호와 꽤 친한 듯 보였는데, 길은 무뚝뚝한 그와 퍽이나 달라 아영은 묘한 조합이다 싶어졌다. 게다가 온통 꽉 잡힌 근육질의 몸매를 가진 현호에 비해 길은 산악인으로 보이지 않을 만큼 호리호리한 체형이라 조화로운 듯하면서도 다소 언밸런스했다. 하긴 둘 다 산만한 등치에 근육질이라면 등반팀에서 그 중간에 낀 아영이 다소 곤란하겠지만 말이다.

「아, 길! 어디 있다가 이제야 어슬렁어슬렁 나타나는 거야?」

마침 다른 방에서 자신의 방으로 돌아가던 카라쿰이 괴도처럼 신출귀몰하는 길을 발견하곤 매섭지 않은 질책을 터트렸다. 그러자 길은 뭘 새삼스럽게 구냐며 유들유들하게 웃었다.

「아영과는 인사했어?」

「물론. 이런 레이디가 왔으면 빨리빨리 알렸어야지.」

「네가 사라졌던 거잖아.」

애당초 영어에는 한국어처럼 위아래 높임이 두드러지게 있지 않지만, 둘이 대화하는 것을 들어보니 본래 격식이 없는 사이인 듯했다. 아영은 마음을 터놓고 막역하게 지내는 친구가 없다 보니 그것이 조금 부러워졌다.

자연과 함께 살아가는 셰르파. 문명과 발달의 중심 축이었고, 과거에는 난폭한 침략자이기도 했던 영국인. 같은 나라에서 나고 자라 같은 문화를 공유하는 현호가 이 자리에 있으면서도 아영은 어쩐지 홀로 이방인이 되어버린 느낌이었다. 하지만 난데없는 우울함을 느끼거나 섭섭해하기에는 아영은 기분 차가 심한 성격이 아니었고, 이 세 사람에게서 인간 관계적인 무언가를 기대하는 것도 아니었기에 실망스럽진 않았다. 기대하지 않으면 실망하는 법도 없다. 그것이 그녀의 지론이기도 했다.

「그런데 이런 미인이 뭐 하러 사서 고생길에 뛰어드시는 건지.」

길은 빙글빙글 웃으며 물었다. 말투만 보아하면 어째 비웃는 것 같이 느껴졌지만, 그의 얼굴에 새겨진 것은 순수한 궁금증이었다.

사실 외모로 보자면 매끄러운 외모의 길도 등반가에 어울리지 않는 건 매한가지였다. 하지만 아영에게는 여자라는 점이 더욱 작용한 것 같았다.

「그건……」

바로 오늘 만난 사람들에게 아버지의 부고와 그에 따른 상세한 내용을 이야기가 좀 꺼려져 어떻게 말을 꺼내야 하나 고민하는데, 현호가 넌지시 길을 거들었다.

「그러게. 모델이라나 뭐라나 하는 여자가……」

「응?」

「엉?」

현호의 읊조림에 카라쿰과 길은 동시에 반문했다. 한 치의 오차도 없이 똑같은 타이밍에 튀어나오는 외마디가 왠지 슬랩스틱 코미디처럼 우스워 보였다.

아영은 내심 놀랐다. 자세히 아는 것은 아니지만, 이산저산을 전전하느라 한국에 있는 날이 365일 중 50일도 되어 보이지 않는 현호가 자신을 알고 있을 줄은.

「모델이라니?」

「아? 몰랐어? 협회에서 말 안 해줬어?」

카라쿰과 길은 생소한 말이라는 듯 고개를 살래살래 내저었다.

「나도 몇 번 광고에서 본 적 있는데, 그녀는 모델 출신이야.」

기분 탓일까. '이 여자'라고 칭하지 않은 것만도 고마운 일이었으나, 영어 특성상 'She'라고 아영을 칭하는 그의 말에서 어쩐지 엄청난 거리감이 느껴졌다. 극성스러운 어머니 때문에 영어를 현지인처럼 능수능란하게 할 수는 있지만 많이 써먹어보지 않은 탓인지 영 낯설어 그럴 수도 있었다.

길과 카라쿰은 또 한 편의 코미디를 공연해 보이듯 동시에 아영을 바라보았다. 갑작스러운 주목에 아영은 다소 난감해졌지만, 그것을 표해 보이는 대신 빙긋이 웃음 지었다.

「모델 출신이라고요?」

「네, 그렇게 됐어요.」

그렇게 되다니, 뭐가 그렇게 되었다는 건지 말한 아영도 의아해졌지만 달리 대답할 만한 게 없었다.

「분명히 크리스찬 디올 광고였나.」

기억의 페이지를 알음알음 넘겨가며 중얼거리는 현호의 말에 길은 낮은 탄성을 터트렸다.

「크리스찬 디올! 어쩐지 미인이다 싶었지.」

「고마워요.」

언제나 음심 가득했던 남자들의 눈빛과는 사뭇 다른 길의 맑은 눈동자에 아영은 설핏 미소 지었다. 파스텔 빛처럼 주변으로 옅게 퍼져 가는 미소는 조금 수줍어하는 듯도 보였다. 아영은 미처 눈치 채지 못했지만, 남자들의 시선 앞에 오롯이 그 모습을 보인 미소에 현호의 눈매가 언뜻 가늘어졌다.

「그 비썩 골은 몸으로 산은 제대로 탈 수 있는 거 맞아?」

불현듯 현호의 입에서 빈정거리는 말투가 툭 튀어나왔다. 그러자 주변 온도가 갑자기 얼음물 세례라도 받은 듯 하강하며 얼어붙었다.

바로 얼마 전까지만 해도 현역 모델이었기 때문에 아영의 몸은 확실히 다른 여자에 비해서 마른 편이었다. 그러나 모델치고는 제법 통통한 편이었던 데다가 모델을 그만두고는 억지로라도 살을 찌우려고 꾸역꾸역 음식을 입 안으로 밀어 넣었다. 아무리 모델이라 한들 피죽도 못 얻어먹은 것처럼 배싹 골아서 쇄골이고 갈비뼈고 살가죽 밖으로 불쌍하리만치 모양을 드러내는 것이 마음에 들지 않았다. 그래서 어머니의 바람과는 달리 일부러 과도한 다이어트를 시도하지 않았는데, 현호가 보기에는 바람 불면 훅 하고 날아갈 것만 같은 모양이었다.

아영은 일순 목구멍까지 확 하고 치받쳐 오른 무언가를 꾸역꾸역 삼켰다. 비웃음과 비슷한 말투에 울컥하는 감정이 치밀어 올랐지만, 쓸데없이 목소리를 높이고 싶은 마음은 없었다.

아영은 광적으로 흔들어놓은 콜라처럼 뿜어져 나올 것 같은 화를 누르고 조용히 입을 열었다.

"저기 말이죠. 그런 말투는 그만둬 주세요. 어쨌거나 생사를 함께 나눌 사이잖아요."

쓴 소리 하는 것을 카라쿰과 길에게까지 알릴 필요는 없다 싶어 아영은 한국어로 입을 열었다. 수면 위에 동심원 하나 퍼뜨리지 않을 만큼 차분한 어조였다. 그러나 현호는 가당찮다는 듯 웃으며 그런 그녀를 비웃는 것처럼 비릿한 어조로 말했다.

"결혼하나?"

티티카카 호수의 수온은 11도로 거의 일정하다. 아영의 눈동자에 침체된 온도도 사람으로서 지니기에는 다소 낮은 그 11도 부근에 멈춰 있는 것 같아서, 파동이 이는 것을 보고 싶어진 걸까?

"이봐요."

아영은 폐라도 들어낼 듯 길게 한숨을 내쉬었다.

"지금 우리는 해발 6286m의, 수직으로 솟아 있는 산에 함께 올라요. 서로 나쁜 감정이 있어봤자 좋을 것 하나 없잖아요?"

"나쁜 감정이 있으면 뭐? 로프라도 자르게?"

아무리 나쁜 감정이 있다고 해도 사람의 생명을 담보로 하진 않겠지만, 그의 그런 말투가 전례없이 아영을 불쾌하게 해 그녀는 날카롭게 눈을 치켜떴다.

"그럴지도 모르죠."

저도 모르게 시베리아 벌판에 황량하게 부는 칼바람처럼 차가운 말투가 내뱉어졌다. 그러자 현호는 옆의 두 남자가 대체 무슨 말이 오가는지 몰라 어리둥절한 표정으로 주시하고 있음에도 신경 쓰지 않고 큭큭 웃었다. 그러더니 이내 퍽이나 오만하게 말했다.

"마음대로 해보시든지. 지옥에 떨어져도 기어오르는 데는 자신 있으니까 기어올라 갈지 또 누가 아나 그래."

그리고 현호는 자신의 말만 하고 남의 뒷말을 듣지 않는 것이 취미인지, 홀연히 자신의 방을 찾아 이층으로 올라가 버렸다. 덩그러니 남겨진 아영은 어이가 없어 짧게 한번 가슴을 들썩였다.

저 모습을 자신감에 차 있다고 해야 하는 걸까, 뻔뻔함 그 자체라고 해야 하는 걸까, 감히 대자연 앞에서 만용에 젖어 있다고 해야 하는 걸까.

「이상하네. 저 친구가 저런 적은 별로 없는데, 곧 트란고에 오를 거라 흥분했나 봐요.」

망나니가 물 뿜으며 칼춤을 춰댄 것 같은 분위기에 길은 주거니 받거니 한 게 어떤 말일지 대충 짐작하고 그를 두둔했다.

흥분하면 저런 반응이라. 거, 아내 될 여자는 무척 피곤하겠네.

「아무래도 저 친구에게 트란고는 특별하니까요.」

무슨 의미인지 알 수 없으나, 아영은 길의 말에 알았다는 듯 끄덕이고는 방으로 돌아왔다. 콜라 캔을 계속 손에 꾹 쥐고 있었기에 콜라는 이미 뜨뜻미지근해져 마시고 싶은 마음이 싹 가셔 버렸다.

여태까지 아영이 올랐던 것은 모두 특별히 별다른 장비가 필요하지 않은 트레킹용 산이거나 인공의 산물인 플라스틱 암벽뿐이었다. 고동치는 듯한 산의 생명력이 전혀 느껴지지 않는. 그렇기 때문에 첫 시작이라 할 수 있는 이번 등반은 최고로 시작해 최고로 끝내고 싶었다. 하지만 어째 그 근처에 가기 전부터 꼬이는 것 같아 기분이 영 편하지가 않았다.


아영은 새벽의 청아한 공기를 느끼며 그 공기를 자신의 안에 가두려는 듯 깊게 호흡했다.

코로 들이마시고, 입으로 서서히 내뱉는다.

이미지를 그리면 공기의 움직임이 훤히 보일 것 같은 호흡법으로 여러 번 맑은 공기를 음미한 아영은 덮개를 걷어내듯 천천히 눈꺼풀을 밀어 올렸다.

푸른 여명의 막이 걷히고 있는 하늘에는 진한 솜사탕 같은 구름이 바람에 휩쓸려 지나가며 산의 정상에 걸려 마치 깃발 같은 형상을 그리고 있었다. 그 아래 위용을 자랑하고 있는 히말라야는 그 어떤 것에도 침범당하지 않을 듯 웅장한 위엄을 품은 채였다.

창문 너머로 멀리서도 훤히 보이는 히말라야는 정말 달콤한 설탕을 뿌려놓은 초콜릿 케이크인 것만 같았다. 판판한 대지가 밑판이라면, 그 위에 세모꼴 모양으로 우뚝 솟아 있는 검은색의 초콜릿 케이크 위에 설탕을 사르륵 뿌려놓은 듯한 모양이었다.

처음에 히말라야를 초콜릿 케이크라고 묘사한 사람은 철운이었다. 히말라야의 첫 등정을 끝내고 돌아온 그는 그토록 바라던 선물을 받은 어린아이처럼 완전히 흥분해서, 멀리 보이던 히말라야는 마치 세상에서 가장 달콤한 초콜릿 케이크 같다고 묘사했다. 아마 그때부터였을 것이다, 아영이 히말라야에 환상을 가지게 된 것은.

아영은 철운의 표현이 꽤나 적절했다고 동감하며 입가에 미소를 퍼뜨렸다. 동시에 어젯밤에 길이 마지막으로 했던 말이 기억났다. 현호에게 트란고는 특별하다는 그 말이.

'특별……'

그렇다. 아영에게도 트란고는 특별했다.

파키스탄 대카라코람, 발토로 산군 서부에 위치하여 K2의 서남서 32㎞ 정도 떨어진 곳에 존재하는, 그 아름다움이 처연하기까지 한 트란고 타워. 산악인 박철운이 마지막으로 오른 산이자, 그의 목숨을 앗아가고 만 잔인한 여신.

아영은 산이 너무도 좋았다. 철운을 따라 처음으로 올랐던 북한산의 청명한 공기는 아직도 그녀의 폐부 깊은 곳에 생생히 살아 있는 것만 같았다. 하지만 얼마 전까지는 이러지도 저러지도 못해 뜨뜻미지근한 경계선에 서서 우왕좌왕하고 있었을 뿐이었다. 그러나 아영은 드디어 왔다. 깎아지는 듯한 수직의 절벽에 황토색 옷을 입은, 잔인하고도 한없이 다정한 트란고로.

정좌한 채 앉아 호흡을 고른 아영은 춤사위를 준비하듯, 행여 부스럭거리는 소리라도 날까 천천히 몸을 일으켰다. 카펫의 부슬부슬한 느낌이 발바닥을 스치고, 발가락 사이에서 속살거리며 흔들렸다.

한 다리에 중심을 의지한 채 서서히 몸을 일으킨 아영은 삼라만상을 그 손끝으로 구현하듯 움직임을 시작했다.

동장군(冬將軍)이 기승을 부리는 겨울철 내내 몸을 움츠리고 있던 새싹이 봄을 맞아 태동을 시작하는 양, 안으로 접었던 손을 펴 하늘을 떠받드는 것처럼 부드럽게 공기를 휘감았다.

막 아침이 밝아오는 차가운 공기를 가르며 움직이는 아영은 마치 나비 같았다. 분명 몸을 움직이며 동작을 계속하고 있는데 그 어떤 소리조차 들리지 않았고, 기개와 절제가 느껴지는 무술을 연마하는 것 같으면서도 발레를 추듯 우아했다.

강물 흐르듯 유순하게. 만년설이 녹은 지하수처럼 힘차게.

한참이나 새벽의 푸른 온도 속에서 몸놀림을 계속하던 아영은 깊게 심호흡하는 것을 마지막으로 동작을 끝냈다.

때론 뒤돌려 차기 하듯 뛰어오르고, 바람을 등지고 포복하는 사자처럼 몸을 낮추기도 하며 한참 움직였지만 아영은 방석만한 크기의 카펫에서 한 걸음도 벗어나지 않은 상태였다.

진가 태극권. 철운의 손에 이끌려 여덟 살 때부터 처음 배우기 시작했던 무술로, 아영은 부모님이 이혼하고도 그것을 그만두지 않았다. 그녀의 어머니는 남편의 모든 흔적을 지우려는 듯 그만두길 종용했지만 아영은 건강 유지의 명목으로 완고하게 계속해 왔다. 그래서 현재 이십일 년이라는 길다면 긴 세월 동안 진가 태극권을 연마해 상당한 수준의 달인이라 해도 좋았다.

진가 태극권은 초인의 체력을 필요로 하는 산을 오르기 위해 철운이 먼저 시작한 것으로, 아영의 기초 체력을 강인하게 유지해 주기도 했다. 그렇기에 모델을 그만두고 얼마 지나지 않아 천연산 등반에 도전할 수 있는 것이었다.

아영은 희미하게 배어나는 땀을 손등으로 스윽 훔쳐 냈다. 그리고 다시 한 번 창밖으로 시선을 던졌다.

아버지, 저는 두려워하고 있었는지도 모르겠습니다. 불확실한 확률에 의지한 채 도전한다는 것 자체를, 저를 감싸고 있는 안정적인 현실에서 일탈한다는 것을. 그래서 어머니를 위한다는 허울 좋은 명목 아래 모델로서의 명예만을 쫓아온 걸지도요. 하지만 이제 제 발길 닿는 저곳을 두려워하지 않겠습니다. 제가 원하는 길에서 주춤하지도 않겠습니다. 당신이 그랬던 것처럼 후회하지 않기 위해서, '샹그리라'를 찾으러 가겠습니다.

아영은 부득이한 일이 있지 않고서야 하루도 거르지 않는 아침 연마를 끝내고 그녀의 신께 인사하며 두 손을 모았다. 그런 그녀의 앞에 세워진 벽에는 먼 곳을 떠날 때마다 늘 들고 다니던 천이 걸려 있었다.

열어둔 창문으로 스며들어 오는 옅은 바람에 출렁이는 호박색의 천. 거기에는 금방이라도 그 업을 베풀듯 온화한 얼굴을 한 부처님의 그림이 화려한 색채로 그려져 있었다.

한땀한땀 정성스레 새긴 듯한 그림은 오랜 세월을 버텨온 것인지 상당히 지저분하고 헤진 채였다. 하지만 태양빛 아래 반짝거리는 강의 물비늘처럼 고아한 윤기만은 여전했다.

아영은 부처님 그 자체를 받들듯 그 천을 향해 청아한 마음으로 기도를 올렸다. 그리고 한참이나 그렇게 두 손을 모으고 있다가 가뿐하게 허리를 일으켜 세웠다.

아침에 해야 하는 일을 모두 끝냈고, 마침 배꼽시계도 꼬로록 밥을 달라 앙탈 부리고 있으니 어서 가서 한 그릇 뚝딱 해치워야 할 성싶었다.

아영은 벽에 걸린 천을 떼어내 소중하게 말았다. 그리고 거실로 쓰인다고는 하지만 별다른 가구가 없어 휑한 방에서 나서려고 걸음을 움직였다.

아영의 방에는 여러 가구가 놓여 있어 몸을 움직이기에 충분하지 않았기에 다른 사람들이 일어나기 전 새벽에 거실을 쓴 것이었다. 산 사람들은 모두 아침잠이 없으니 누군가 내려올 수도 있었지만 태극권의 동작을 시전하고 있을 때는 누가 와도 잘 모르니까 상관은 없었다.

거실의 문을 열고 나오던 아영은 순간 큰 벽에 살짝 부딪혔다.

"앗……."

탄탄한 벽에 코를 박아버린 아영은 문 앞에 이런 벽이 있나 싶어 고개를 들었다.

"아침부터 뭐 해?"

고개를 들어보니, 벽이라고 착각한 것은 벽처럼 보이는 현호였다.

"그러는 현호 씨는 아침부터 여기서 뭐 하세요?"

그가 썩 마음에 들지는 않았지만, 역시 사이가 틀어져서 좋을 것은 없기 때문에 평소와 다를 것 없는 어조로 말했다. 하지만 현호는 대체 뭐가 그리 마음에 들지 않는지 또 선이 강한 입술을 살짝 비틀었다. 그리고 한없이 여유로워 보이는 동작으로 팔짱을 꼈다. 그 동작을 따라, 간단한 티만을 걸치고 있는 현호의 강철 같은 근육이 불거져 올랐다. 정말 그의 근육은 강철을 담금질해 만든 것처럼 바늘로 찔러도 피 한 방울 배어나오지 않을 듯했다.

그는 너무나 진한 남성 향을 풍기는 남자였다. 산발 같은 수염과 머리카락만 아니면 좀 더 그럴 테지만, 산 생활로 인해 자연스레 붙은 근육은 뭇 여자들을 아찔함으로 몰아넣기에 충분했다. 기실 얼굴을 알 수 없는 것에 더욱 몸매가 부각되어 보여 그런 걸지도 몰랐다. 저런 근사하기 그지없는 몸매에 평범한 얼굴이라면 환상이 좀 깰지도 모르니까.

이제는 버렸다 해도 오랫동안 모델로서 살아온 버릇은 여전한 모양인지, 아영은 자꾸만 어디 하나 나무랄 곳이 없는 그의 몸을 훑어보고 있었다.

"그렇게 안 봤는데 의외로 꼼하는 성격인가 보지?"

아영은 한 번쯤 매달려 보고 싶게 만드는 튼튼한 팔뚝에 신경이 쏠려 있다가 번뜩 정신이 들었다. 이런 남자에게 한순간이나마 넋을 놓고 있었다니.

"무슨 말이죠?"

"어제 내 말을 마음에 담아두고 있는 것 같아서 말이야."

전혀 그런 내색은 하지 않았는데, 자연과 함께 살다 보면 싫어도 감각이 발달한다는 소리가 맞긴 맞는지 사람 마음도 꿰뚫어볼 수 있게 된 모양이다. 그를 내켜하지 않는다는 걸 재주 좋게도 눈치 챈 걸 보니. 하긴 어제 그렇게 모난 것처럼 굴고도 상대가 좋아할 거라 믿는다면 뇌에 개념이나 심으라고 일갈을 가해줄 테지만.

"현호 씨가 그렇게 믿는다면 그런 거겠죠."

즉, 알아서 생각하라는 말이었다.

"게다가 어제 같은 말투, 보통 하루 만에 싹 잊기는 좀 힘든 거 아닌가요?"

"보통 그러나 보지?"

"보통 그렇다던대요."

그의 말이 떨어지기 무섭게 반박하고 보니 어째 제삼자가 말한 것 같아 좀 미묘했지만, 일부러 다시 입을 열어 그 말을 고치지는 않았다.

거기까지 대화를 나눈 현호와 아영은 순간 침묵했다. 곧 현호는 난감하다는 듯 웃었다.

"이상한 여자로군?"

"눈앞에 대고 그런 말 하는 건 실례 아닌가요?"

순간, 두 번 생각할 것도 없이 다소 사나운 말투가 툭 튀어나갔다.

다시 찾아드는 침묵.

아, 정말 이상했다. 웬만해서는 남과 충돌하지 않고, 늘 차분함을 잃지 않았는데 이 남자만은 이상하게 그녀의 승부욕을 자극했다. 어쩔 수 없는 일인 걸 알면서도 눈앞의 이 남자가 세운 기록에 도전하고 싶어져서인 걸까. 그는 이미 십 년도 넘게 산을 탔고, 자신은 이제 막 산을 알게 된 신참내기다. 그리고 척 보기에도 육체적으로 상당한 차이가 있다. 하지만 그렇기 때문에 더더욱 이 남자에게 지고 싶지 않은 걸지도 모르겠다.

처음엔 어이없다는 표정으로 아영을 바라보던 현호는 쿡쿡 낮은 웃음을 흘렸다.

"그거 실례했군."

"볼일이 없으면 실례할게요."

아영은 아침부터 일어나 몸을 움직였기 때문에 무척 배가 고팠다. 게다가 여기서 괜히 그를 상대하다가는 기운만 뺄 것 같고, 자신 안에 스며든 평온이 흐트러질까 봐 그를 스쳐 지나갔다.

"근데 그건 뭐지?"

그쪽도 별로 자신을 탐탁지 않아하는 것 같은데 왜 자꾸 말을 거는 건지. 하지만 그렇다고 대놓고 무시할 수는 없기에 아영은 자신의 손에 들린 호박색 천을 가리키는 현호를 돌아다보았다.

"제 신이죠."

현호는 손끝에 걸리는 수염을 쓸어 올리며 턱을 매만졌다.

"신 같은 것을 믿나?"

"불교예요."

아영의 어머니는 남편에게서 받은 게 중년이 되어 이혼하게 된 상처밖에 없다고 했다. 하지만 아영이 철운에게서 받은 것은 무한했다. 산을 사랑하는 마음도 그랬고, 신을 믿는 마음도 그랬고, 그 외에도 수많은 것을 선물 받았다.

아영은 그런 철운을 좋아했고, 사랑했으며, 존경했다. 그래서 이혼하고 난 후에도 그녀의 어머니 몰래 철운을 만나러 가곤 했다. 그것도 현호처럼 늘 산에 사는 철운이 어쩌다 한 번 돌아올 때만 가능했지만, 그때마다 그가 신의 영역에 발을 디뎠던 경험담에 시간 가는 줄도 몰랐다.

그건 무채색인 듯 단조롭고 일상적인 아영의 하루하루에 단 하나의 즐거움이자 빛이었다. 아영이 그렇게 말할 때마다 철운은 행복—혹은 즐거움—은 자신이 현재 서 있는 곳에서도 발견할 줄 알아야 한다고 제법 근엄하게 말했지만, 그래도 역시 산만한 곳이 없다며 짐짓 너털웃음을 터트리고는 했다.

"부질없는 짓이군."

"예?"

다소 파동이 일긴 했어도, 여태까지는 크게 변화없었던 아영의 마음에 현호가 말로서 툭 돌을 던졌다. 그 돌에 의해 마음속에 강한 진동이 퍼져 나가기 시작했다.

"신은 그저 그런 것이 존재하길 바라는 인간들이 만들어낸 허상에 지나지 않아."

"신의 비호를 받고 산에 오르는 사람으로서 할 말이 아니지 않나요?"

자신의 품속으로 걸음을 허락하는 신에게 감사하는 마음이 없다면 어떻게 히말라야의 14좌에 모두 오를 수 있었을까.

다소 편파적인 발언이라는 걸 모르는 바는 아니었으나, 신을 부정하는 자들도 히말라야의 앞에서는 신을 향해 기도 올린다 한다. 하지만 현호는 아영의 말이 개그맨의 만담이라도 된다는 양 거침없이 비웃었다.

"신의 비호? 그런 게 존재할 것 같나?"

"믿고자 하지 않는 사람에게 종교를 권하는 취미는 없어요. 하지만 현호 씨만큼은 신의 비호를 받고 있는 사람이라고 생각했는데요."

물론 개인의 능력과 오르고자 하는 강한 마음이 없다면, 무형으로 존재할 뿐인 신의 가호 같은 건 하등 쓸모가 없을 것이다. 하지만 신의 영역에서는 지상의 이성과 과학이 무용지물임은 마찬가지일 터. 그런 곳에서 살아 돌아올 수 있는 건, 비단 종교인이 아니라 해도 그나마 신이 허락한 사람이라는 생각이 들 수밖에 없지 않을까?

"산을 오른다는 건."

현호는 팔짱낀 팔을 슥 풀더니 자신의 한쪽 관자놀이를 짚었다.

"본능적인 오름 짓, 손발의 기술, 강담, 판단력, 그리고 육감이 전부일 뿐이야."

설마 하는 것도 아니고, 행여 물음도 아닌 그것은 저 나름대로의 확신이었다.

분명 그의 말은 사실일 수도 있었다. 아영도 신을 믿어야 죽어서 천국이든 극락정토든 간다고 막연히 믿는 건 아니었다. 철저한 종교인들이 들으면 어떻게 받아들일지는 모르지만, 산이 그곳에 있어 오르듯 믿고 싶기에 믿을 뿐이었다. 하지만 철운과 자신의 신을 모독하는 그의 말에 이가 악물렸다.

"재차 말하지만, 믿지 않는 사람에게 믿으라고 하지 않아요. 하지만 믿는 사람 앞에서 그 신을 부정하는 건 어디 나라 예의인지 모르겠군요."

현호는 아영이 그리 말할 줄 알았는지, 별것 아니라는 양 어깨를 들썩였다.

"그렇게까지 순수하게 믿는 걸 보면 흐려보고 싶잖아?"

무례한 남자!

"정말 성격 제대로 삐뚤어졌군요."

현호는 문득 복수를 꿈꾸는 악동처럼 씩 웃음 지었다.

"사람 면전에 그런 말을 하는 건 실례 아닌가?"

아까 말을 그대로 돌려주는 현호의 모습에 아영은 아예 어이가 가출해 버렸다. 그러자 현호는 그런 아영이 재미있다는 기색을 감추지 않고 몸을 돌렸다. 그리고는 복도 끝으로 모습을 감추기 전에, 자신을 끝까지 바라보고 있는 아영을 흘긋 돌아보고 마지막 한 마디를 잊지 않았다.

"네가 말하는 신의 가호가 있다는 곳에 수많은 동료를 묻어봐. 그럼 신을 증오하는 널 볼 수 있을걸."


아영은 새가 모이를 알음알음 쪼아 먹듯 밥을 먹고 있었다. 아까까지만 해도 두 그릇은 비울 것만 같은 식탐이 자취도 없이 싹 달아나 버린 탓이었다. 그렇다 보니 반찬 한번 후비적후비적, 밥 한번 깨작깨작. 마치 지뢰 묻어둔 밭을 모조리 뒤집는 것마냥 버릇없이 밥숟가락으로 이리저리 음식 사이를 종횡하고 있었다.

결국 아영은 더 이상 먹기를 포기하고 옅은 한숨과 함께 숟가락을 내려놓았다. 몸매 문제도 있지만, 건강 문제도 있기 때문에 원래는 먹고 싶지 않아도 끼니만은 채우던 그녀였다. 게다가 깨작거리며 먹는다면 당장 그가 나타나 '이것 보라지. 그렇게 먹어서 그레이트 트란고 근처에나 갈 수 있겠어?' 라고 빈정댈 것 같아 억지로라도 먹으려고 노력했다. 하지만 그의 말을 되새김질하면 할수록 밥맛이 절로 딱 떨어졌다.

모든 사람과 탁 트고 지낼 사교성은 아니었지만, 그렇다고 대놓고 적의를 팍팍 날려주는 사람이 있지는 않았다. 하지만 현호를 보고 있자니 노골적인 적의가 이런 건가 싶어져 절로 관자놀이가 욱신거렸다.

대체 뭐가 그렇게 마음에 들지 않는 건지, 아니면 본래 성격이 그리 까칠한 건지.

그때, 소년 같은 억양의 밝은 중저음이 들려왔다.

「밥상 앞에서 제사 지내요?」

산 사나이로는 보이지 않을 만큼 깨끗한 몸가짐을 하고 있는 길이었다. 자라나는 수염과 머리카락을 방목하는 현호와 달리 길은 매일 아침 수염을 말끔하게 깎고 머리를 손질하는 듯했다.

그의 모습이 신기하기 잠시, 아영은 한국적인 말에 피식 웃었다.

「그건 지현호 씨가 알려준 말인가요?」

길은 짧게 아아 하는 소리를 흘렸다.

「워낙 오래 함께 있다 보니까 자연스럽게 배우게 되더라구요. 뭐, 그 녀석이 어디 친절하게 말이나 가르쳐 주고 있을 위인으로 보입니까?」

네버. 절대 그렇게 보이지 않지.

역시 오래 알아왔다고 길은 그에 대해 잘 파악하고 있는 모양이었다.

「하긴요.」

길은 머그잔을 들고 쿡쿡 웃으며 옆 자리에 앉았다. 그가 다가오자 향긋한 헤이즐넛의 커피 향이 진하게 풍겨왔다. 그야말로 아침이라는 것을 알려주는 향이랄까.

「무슨 고민이라도 있는 것 같은데요?」

아영은 자신의 식판을 물끄러미 내려다보았다. 그리고 한참 거기에 시선을 멈추고 있나 싶더니, 조금 한숨 같은 어조로 물었다.

「길은 신을 믿지 않나요?」

「신? 예수님이나 부처님 그런 거요?」

「예.」

길은 잠시 고민했다. 왜냐하면 그도 신을 믿지 않는 쪽이었기 때문이었다. 엄밀히는 있어도 없어도 그따위 것이 내 일생에 무슨 상관이랴 하는 쪽이었지만, 안 믿는다고 했을 경우 아영이 신을 믿는 사람이라면 좀 어색한 분위기가 연출될 듯했다.

「아영은요?」

길은 우회해서 그녀를 먼저 떠보기로 했다.

「저는 믿는 쪽이에요. 하지만 신을 믿는 건 개인의 차이니까 믿지 않는다고 대답하셔도 괜찮아요.」

아영은 길이 섬광 스치는 것처럼 짧은 시간에 무슨 생각을 했는지 읽었다는 듯 말했다.

「그럼 솔직히 이야기할게요. 안 믿는 건 아니지만 믿지도 않죠.」

아영은 다시 한숨을 내쉬었다. 그리고 독백하듯 중얼거렸다. 왠지 이 등정이 끝나고 나면 한숨 쉬는 게 버릇이 되어 있을 것 같았다.

「보통 이런 반응일 거라 생각하는데 말이죠.」

「네?」

「신을 믿든 말든 개인의 차이인 건 알아요. 그리고 믿지 않는다는 사람한테 강요할 생각도 전혀 없구요. 하지만 믿는 사람 앞에서 그 사람의 신을 부정하는 건, 아무리 생각해도 조금 불쾌하네요.」

사람이 고이는 자리에는 언제나 뒷말이 창궐하는 전염병처럼 성행한다. 모델계도 예외는 아니었다. 오히려 전혀 근거없는 악성 루머도 진실인 것처럼 퍼지고, 서로를 깎아 내리기에 정신없는 곳이었다. 그런 세계를 몸소 경험해 온 아영이지만, 그것은 인간으로서 지켜야 할 마지막 선인 듯해 그녀는 뒷말을 즐기지 않았고, 사람들 틈에 끼기 위해 즐기려고도 하지 않았다. 그래서 그 사람이 없는 자리에서 불만을 토로하는 게 몹쓸 일처럼 느껴졌지만,

누군가에게라도 말해야 이 속이 풀릴 것 같았다.

어차피 트란고의 등정이 끝나면 상관없어질 남자니 이렇게 열을 내봤자 쓸모없는 일인 것도 알고 있다. 하지만 자신에게 부처님을 알려준, 돌아가신 아버지까지 부정당하는 것 같아 도저히 불유쾌함이 가시질 않았다.

게다가 그는 이번 트란고 등정에서 아영의 선등자였다. 선등자는 말 그대로 앞에 올라가는 사람을 이야기하는데, 불가항력으로 더 많은 짐을 지고 가야 하는 선등자는 셋 중에 가장 체격이 좋은 현호가 될 수밖에 없었다.

후등자는 선등자가 만들어놓은 길을 따라 등반한다. 셋이 같이 등반하는 이상 셋 모두가 서로의 목숨을 책임지게 되는 것이지만 선등자는 어쩔 수 없이 더 책임을 지게 된다. 그렇다고 그에게 모든 것을 의탁하고 기대려는 건 아니지만, 그런 남자에게 한순간이나마 목숨을 맡겨야 한다는 건…….

길버트는 애매모호하게 웃었다.

「그거 현호 이야기죠?」

「예.」

아영은 다소 평온해진 억양으로 입을 열었다.

「그 사람이 정복한 산만큼 많은 동료를 떠나 보냈다는 거, 알아요.」

어떤 산악인은 에베레스트를 정복하기 위해 셰르파를 열다섯 명이나 신의 곁으로 보내지 않았던가.

「그렇다고 해서…….」

아영은 이내 말하기를 포기했다. 말은 하면 할수록 기분은 전혀 나아지지 않고 오히려 비생산적인 일로만 느껴졌다.

아영 역시 너무도 사랑하는 철운을 산에게 빼앗겼다. 신이 그를 데려간 것이다. 하지만 그렇다고 해서 아영은 철운이 인생을 걸고 믿어온 신을 부정하지는 않았다. 철운을 이승에서 다시 볼 수 없다는 건 절망할 만큼 슬프고, 그의 장례식에서는 눈이 녹아내릴 만큼 울었지만, 분명 부처님은 그를 인도해 주었을 테니까. 그를 데려간 신을 저주하기보다는 더욱 믿고 내세에서 만날 수 있길 기원했다.

「워낙 자신을 믿는 남자라 그렇다 생각하고 넘겨요.」

분명 오랜 산 생활로 산에 가장 맞게 단련된 그의 몸은 등반에 있어 가장 믿음직스러운 것인지도 모른다. 하지만 인간에게 물질이 전부가 아니듯, 꼭 그렇게만 결론지을 수 없는 것 아닐까.

「자신의 몸만을 맹신하는 건 자만이 아닐까요?」

물론 그저 신에게 기대고 있는 것보다야 낫겠지만.

「자신을 믿지 못하면 할 수 없는 게 등반이기도 하니까 너무 화내지 말아요.」

길은 그래도 친구라고 계속 현호를 옹호하며 아영을 위로하려 애썼다.

「알고 보면 무척 괜찮은 남자예요. 저는 현호와 적지 않은 산을 함께 올랐지만, 한 번도 그가 자신의 몸만을 믿고 자만하는 건 본 적 없어요.」

「무슨 속셈이냐?」

현호의 기가 차다는 듯한 음성이 들려온 것은 그때였다.

「응? 무슨 속셈이냐?」

언제부터 대화를 듣고 있었던 건지 현호는 팔짱을 낀 채 문턱에 기대 서 있었다. 아침밥을 먹으러 식당에 슬슬 내려왔다가 우연히 이야기를 엿듣게 된 모양이었다. 하지만 길은 그의 뜬금없는 등장이 익숙한 표정이었다.

「네가 내 칭찬을 해주다니, 마시지도 않은 술이 덜 깼나 보지?」

둘이 오래된 친구인 것은 분명한데 지금의 현호는 묘하게 악의에 찬 말투였다. 길이 자신을 칭찬하는 게 도무지 믿기지 않는 듯했다.

「길은 지금 현호 씨 칭찬을 해주고 있는데요.」

상대하려니 시작부터 피로해져, 아영은 거의 자포자기식으로 말했다.

「이 녀석이 내 칭찬하는 걸 들어본 적이 있어야지 말이야. 보통은 음모가 있다고 생각하게 되지 않나?」

「길은 당신 친구잖아요?」

「친구라고 다 서로 호호거리며 칭찬하는 것만은 아닐 텐데?」

순간 아영은 길과 현호가 호호 웃으며 칭찬하는 장면을 상상해 버리고 말았다. 아무리 길은 번듯한 외모가 심히 산 사나이로 보이는 건 아니라 해도, 건장한 남자 둘이 그러고 있는 걸 상상하니 조금 속이 매슥거렸다.

그런 아영을 눈치 챈 듯, 현호는 어이없다는 얼굴로 말했다.

「말이 그렇다는 거지, 상상하지 말아주겠어?」

아영은 뜬금없는 속내를 들킨 것 같아 작게 흠흠 소리를 내뱉었다.

「어쨌든 신을 믿는 사람 앞에서 그 신을 부정하는 것도 그렇고, 칭찬하는 친구한테 무슨 속셈이냐고 묻는 것도 그렇고. 그런 삐뚤어진 마음으로 용케도 산에서 돌아왔군요.」

타인에게 싫은 소리 하는 것은 성격에 맞지 않는데, 현호는 재주도 좋았다. 요리조리 찌르고 들어오는 말투로 두 번 생각할 것도 없이 가시 박힌 말투가 튀어나가게 만드니 말이다.

「적어도 난 거짓말은 하지 않잖아? 나름대로 순수한 걸지도 모르지.」

아영은 감출 생각도 없이 핫 하고 웃었다.

「언제부터 뻔뻔함의 사전적 의미가 순수함으로 바뀌었는지 모르겠군요.」

「오늘부터.」

아영은 한 마디도 지려고 하지 않는 현호를 보며 댐의 수문이 막히듯 말문이 턱 막혀 버렸다. 뻔뻔함을 넘나드는 저 과도한 자신감은 대체 어디서 나오는 걸까? 온몸에 강철 갑옷처럼 둘러진 근육에서? 얼굴을 가면처럼 가리고 있는 수염과 머리카락에서?

둘이 거의 싸울 것 같은 분위기로 치달아가자, 부엌에 있던 사람들은 어리둥절한 표정이었다. 그런데 일촉즉발의 그 순간, 갑자기 발작적인 웃음이 터져 나왔다.

「푸하하!」

당장이라도 끊어져 튕겨오를 것 같은 긴장감을 허무하게 싹둑 잘라 버리는 웃음소리. 그 주인공은 길이었고, 그는 탁자 위에 엎어져 웃음이 폭발하는 걸 참을 수 없는 듯했다.

「왜 웃어요?」

머그잔 안에 담긴 커피가 출렁이도록 탁자까지 내려치며 웃던 길은 간헐적인 웃음이 섞인 목소리로 말했다. 그의 어깨는 간질든 사람처럼 덜덜 떨리고 있었다.

「어린애들도 아니고 대체 뭐야? 둘이 완전 개그라고!」

길은 오히려 자신이 더 어린애처럼 배까지 붙잡고 낄낄 웃는 것을 멈추지 않았다. 분위기는 점차 험악해져만 가는데 대체 뭘 보고 개그라고 하는지 알 수가 없었다.

「둘이 대화하는 게 완전히 코미디야! 게다가 현호 네가 순수…… 풉! 어제 먹은 3)짜암에 오징어라도 들어갔었냐?」

오징어? 갑자기 웬 생뚱맞은 오징어 타령?

갑자기 현호가 척척 길에게 다가가더니, 곰도 때려잡을 수 있을 것 같은 두터운 손으로 사정없이 그의 뒷머리를 가격했다.

퍽!

사방으로 울려 퍼지는 소리가 어찌나 큰지, 아영은 길의 두개골이 깨진 건 아닌가 하고 일순 걱정될 정도였다.

「6000m에서 굴러 떨어져 보고 싶으면 계속 웃어라.」

「크크큭! 자기가 말하고도 쪽팔린 모양이네? 어이구, 부끄러운 현호 씨!」

---

3)짜암(Champ): 파키스탄의 전통 음식. 고기를 잘게 다져서 야채와 함께 철판에서 볶아낸 것으로 한국의 불고기와 비슷하다

두개골이 쪼개지는 것 같은 소리가 날 정도로 머리를 세게 얻어 맞고도 길은 전혀 아파 보이지 않았다. 심지어 맞은 곳을 문질러 보지도 않는 게, 저게 남자의 터프함이라는 건가 싶어졌다.

아니, 터프함이 아니라 신경 회로가 마비된 거 아냐?

「오냐, 8000m에서 떨어지고 싶다고?」

그러더니 현호는 당장 길을 해발 8000m의 정상에 끌고 가려는 양, 그의 목덜미를 고양이 뒷덜미 잡듯 낚아채서는 질질 끌고 부엌 밖으로 사라졌다.

별안간 혼자 남은 아영은 꾸욱, 지끈거리는 관자놀이를 감싸 쥘 수밖에 없었다.


「큭큭큭.」

「좋은 말로 할 때 그만 웃어라.」

「하지마안.」

끌려 나와서도 터진 웃음을 추스를 줄 모르는 길에게 현호는 아 낌없이 불쾌한 기색을 드러내었다. 하지만 말리려 해봤자 소용없 다는 걸 누구보다 잘 알고 있기 때문에, 길이 알아서 웃음을 멈출 때까지 기다렸다.

「개그는 내 전담이라고 생각했는데 네가 개그 캐릭터가 되는 날이 올 줄은 몰랐다.」

후우, 현호는 바닥에까지 깔린 듯 낮은 한숨을 내쉬고, 길의 뒤 통수를 우그러뜨릴 듯 한 손으로 꽉 쥐었다.

「계속 나불거리는 건 이 입이냐?」

「어머낫, 현호 씨! 이러지 마세요!」

길이 실감나게 손을 내저으며 겁탈당하기 전의 여자를 연기해 보이자, 현호는 오싹 소름이 돋아 거의 내팽개치듯 그의 머리를 놓았다. 필리핀에서 그에게 속아 따라 들어갔던 트랜스젠더 바(Bar)의 마담이 오버랩된 까닭이었다. 그러자 길은 그럴 줄 알았다는 듯 또 낄낄거리며 웃었다.

그 바에 들어가기 전에, 모종의 음모를 꾸미는 것처럼 음흉함이 느글느글 떨어지던 길의 눈빛을 끝까지 추궁했어야 하는 건데, 꽤 술기운이 올라 있어 미처 거기까지 생각이 닿지 않았다. 그러고 나서 들어간 바(Bar) 안에는 사향처럼 짙은 향이 감돌고 있었다. 그 향은 왠지 고대 중국의 춘약(春藥) 내음 같기도 했고, 신전 앞에서 눈이 따끔따끔하리만치 진하게 퍼져 오르던 향내 같기도 했다. 그리고 느른하게 퍼져 오는 음악이 어찌나 끈적끈적한지, 음악이 스며드는 귓가에 솜털이 오소소 일어날 만큼 음란한 분위기였다.

그 분위기에 여긴 아니다 싶어져 나가려 했지만, 길이 막무가내로 그를 이끌어 자리에 앉았다. 그때쯤에 아무리 길이 피라냐처럼 바짓가랑이를 붙들고 늘어져도 나왔어야 하는 건데, 알싸하게 오른 알코올은 현호에게서 날카로운 판단력과 정확한 직감까지 앗아가 버렸다. 그리고 거기서 마치 제 것인 양 가슴을 음탕하게 쓸어오던 마담의 손길!

그 후로 현호는 한동안 마담의 헤죽거리는 웃음이 떠올라 악몽에 시달리기도 했다. 덕분에 그때만 떠올리면 자다가도 벌떡 일어나 길의 목을 꺾어버리고 심정이었다. 다행히 마담의 그 웃음에 술기운이 삼십육계 줄행랑을 쳐버려 거의 도망치듯 바를 나섰지만, 그때의 기억은 지현호 삼십사 년 인생 중 최고로 끔찍하다 해도 좋았다.

전례없이 깜짝 놀라 펄떡거리는 심장을 추스르고 있는데, 뒤에서 한 건 해냈다며 여유작작한 얼굴로 바에서 나오던 길의 모습이란.

현호도 딱히 그런 사람들을 혐오하지는 않았고, 그럴 수도 있으려니 하긴 했지만, 그것은 어디까지나 이 넓은 행성 어딘가에는 있을 불특정 소수, 즉 자신과 관련없을 때의 이야기였다. 그러니 길은 현호가 펄쩍 뛸 것을 알고 일부러 그 바에 데려간 것이 분명했다.

물론 그렇다고 길이 그쪽 취향인 것은 아니었다. 길은 완벽한 헤테로였다. 그것도 지나칠 만큼. 비단결 같은 피부가, 한번 빠지면 헤어나올 수 없는 늪처럼 남성을 받아들이는 습한 동굴이, 봉긋 그 자태를 뽐내는 젖무덤이, 여성의 낭랑한 음성이 좋아 미칠 것 같다는 남자였다. 그는 그저 나이도 먹을 만큼 먹어서는 아직까지 또래 여자아이 치맛자락 들치는 악동 같은 짓을 즐기는 것이었다.

그때의 기억이 거의 트라우마로 남아 있다는 걸 알면서도 이런 장난이나 해대는 녀석을 친구라고 계속 같이 지내야 하는 건가 한심해졌지만, 현호는 순순히 입을 열었다.

「미안했다.」

갑작스러운 사과였으나 길은 무엇에 대한 사과인지 알겠다는 얼굴이었다.

「아아, 정말 요령없는 놈이라니까. 너.」

「뭔 요령?」

「내가 널 모르냐. 그렇게 말한 거 진심 아니라는 거야 이미 눈치 까고 있었지.」

길은 처음부터 현호가 '무슨 속셈이냐?'라고 물은 게 진심이 아니라는 걸 알고 있었다.

알게 된 지는 길다면 길고, 짧다면 짧은 삼 년 정도가 되었지만, 열 길 물속은 알아도 한 길 사람 마음은 모른다는 속담과 달리, 때론 사람 마음이란 것이 열 길 물속보다 투명한 것일 수도 있었다. 그렇다고 현호가 투명한 남자라는 건 결코 아니지만, 길은 현호가 가끔 마음에도 없는 말을 한다는 걸 간파하고 있었다.

자신을 속속들이 알고 있다는 길의 말투에 현호는 피식 웃었다.

「하지만 네가 내 칭찬을 하는 일은 정말 없잖아? 안 그래, 돈쥬앙?」

「어허, 누가 들을라.」

그래 놓고 돈쥬앙이라는 칭호를 부정하는 이유는 무엇일꼬?

「여자 앞에서 내 칭찬을 하다니, 영 없던 일이라 나도 놀랐지 뭐냐?」

히틀러가 그리 울부짖으며 찬양했다는 순수 게르만 계열의 남자. 그리고 금발벽안을 가진 길은 나름 미끈한 몸매와 부드러운 인상으로, 금발의 남자와 로맨틱한 사랑을 꿈꾸는 여자라면 누구나 한 번쯤은 혹할 법한 남자였다.

길은 스스로도 그 사실을 잘 알고 있었고, 그것을 잘 이용할 줄 아는 응용력도 있어 거의 하렘의 주인이라고 해도 좋았다. 그래서 돈쥬앙의 화신이라고 해도 과언이 아닌데, 돈쥬앙은 카사노바와 함께 여성 편력이 심한 남자의 대표격 이름인데도, 두 호칭이 뭐가 다를 게 있다고 길은 카사노바로 부르느니 돈쥬앙이라 칭해달라고 하곤 했다.

그렇다고 남자에게 의리가 없는 것도 아니라, 길은 성별을 막론하고 누구에게나 호감을 주는 편이었다. 그래도 풍객(風客)인 길이 여자 앞에서 자진해서 다른 남자를 칭찬하는 일은 별로 없었다. 그러니 놀라울 수밖에.

「아영은 꽤 미인이긴 하지만 내 취향은 블론드인 거 알잖아?」

스트라이크 존이 아니니 칭찬을 하든 뭘 하든 별로 상관없다는 의미인 모양이었다.

「그런데.」

불현듯 길은 색이 옅어 백금색으로 보이는 속눈썹을 슬며시 내리깔며 가자미눈을 했다. 마치 좋은 말 할 때 부르는 듯이.

「넌 꽤 마음에 두고 있는 거 아냐? 그러니 그렇게 틱틱거리지.」

현호는 대답하기도 귀찮다는 듯 큰 손으로 앞머리를 한번 쓸어 올렸다.

「난 신 따위를 좋다고 떠받드는 여자는 사양이거든?」

더부룩할 대로 더부룩하고, 주체되지 않을 만큼 어수선한 머리카락. 그것은 보통 현호의 얼굴을 가리며 커튼처럼 내려와 있지만, 쓸어 넘기는 그의 손길을 따라 뒤로 걷혔다. 그리고 그 아래

드러나는 깊은 눈매는 농후할 정도로 남성적인 관능을 담고 있었다.

머리카락과 별다를 바 없는 수염 때문에 여전히 턱 선은 잘 보이지 않았으나, 머리카락이 걷히고 나타난 현호의 외모는 눈이 휘둥그레해질 정도였다.

고산의 햇볕 아래 금빛으로 익은 피부, 미끄럼틀 부럽지 않게 쭉 뻗은 콧날, 썰면 세 접시까지는 아니지만 제법 두툼한 입술.

무엇보다 절로 시선을 확 잡아가는 것은 그의 깊은 눈이었다. 눈처럼 깨끗한 흰자위에 또렷한 선으로 두드러지는 까만 홍채. 낮게 가라앉은 듯도 한 눈은 묘한 우수에 젖어 있어 자못 그윽하게 보였다. 계속 바라보고 있으면 그 깊은 색에 빨려 들어가지 않을까 싶을 만큼.

능선이 절경인 사막의 모래 색을 닮은 피부에 어우러지는 외모에는 길이 다 아찔해질 지경이었다.

기습적으로 드러난 현호의 얼굴에 길은 앞서 이야기하던 주제와는 다른 이야기로 입을 열었다.

「정말 그놈의 수염 좀 밀어라.」

부스스하게 흘러내리는 머리카락을 막 다시 한 번 쓸어 올리던 현호는 무슨 소리냐는 눈으로 길을 쳐다보았다.

「이 몸이 인정할 정도의 얼굴이면서 왜 그렇게 답답하게 하고 다니는지 도저히 알 수가 없다니까? 나도 네가 면도한 모습은 몇 번 못 봤으니 얼마나 그렇게 있었는지 알겠냐?」

현호는 그런 길을 이해할 수 없다는 듯 자신의 턱을 매만졌다.

아주 단순한 동작이었지만, 어떻게 보면 투박해 보일 수도 있는 긴 손가락이 어찌나 유려한지 그 손길이 마치 애무하는 것처럼도 보였다.

「내가 몇 번 이야기하냐. 이게 얼마나 따뜻한데. 위에 올라가면 이만한 게 없어.」

「그래도 비주얼이 조금…….」

「비주얼로 산 타냐?」

「넌 그럼 평생 산하고만 살 거냐?」

길은 종종 바가지 긁는 마누라처럼 수염 밀라는 잔소리를 하곤 했지만, 오늘만큼 끈질긴 적은 없었다.

오늘은 여자 앞에서 자신을 칭찬하질 않나, 수염을 밀라고 끈질기게 잔소리를 해대질 않나, 현호는 길이 하도 방탕하게 놀다가 성병에라도 걸렸나 싶어 슬쩍 한쪽 눈썹을 밀어 올렸다.

「그럴 건데?」

너무나 쉽게 긍정하는 현호의 말에 길은 허무한 한숨을 내뱉었다.

「에라이, 이 쌍방울 썩어 문드러질 놈. 그 큰 물건을 썩히고 있는 건 범인류적 손실이다.」

언젠가 현호와 함께 갔던 온천에서 그의 홀딱 벗은 알몸을 본 적이 있는데, 그의 사이즈는 도저히 동양인의 것이 아니었다. 키나 근육으로는 그에게 져도 그 사이즈만큼은 자신있었건만, 그 사이즈는 굳이 키에 비례하는 게 아닌데도 남자의 자존심을 일그러뜨릴 정도였다.

굵직하고 퍽이나 장대한 것이 흡사…… 아르헨티나에서 발견되었다는 호수의 괴물 수준?

욱, 불현듯 길은 속이 울렁거렸다. 내가 왜 남자의 물건을 떠올리고 있는 거냐.

현호는 갑자기 임신한 여자처럼 헛구역질하는 길을 이상하다는 듯 쳐다보았다. 그제야 길은 흠흠 목을 가다듬었다.

「하여간…….」

「피곤하게 물고 늘어지지 마라. 네가 뚜쟁이냐?」

길은 자못 심각하게 이야기하던 어투를 치워 버리고는 능글맞으리만큼 씩 입술을 말아 올렸다.

「아니, 집사인데?」

길의 풀 네임은 길버트 버틀러(Gilbert Butler). 버틀러는 그의 성이었지만, 영어 단어의 직접적인 의미로는 집사. 자신의 이름을 이용한 말장난이었다.

「묻어버린다?」

「거, 무서워서 농담 한마디 하겠나.」

현호는 짜증난다는 표정으로 말했다.

「하여간 협회 놈들도 마음에 안 들어. 팀 짜는 게 왜 이 모양이야?」

「또 뭐가 마음에 안 들어서 그래?」

「남자 둘에 여자 하나가 가당키나 해? 게다가 그 여자랑 내 체격 차를 보라고.」

모델이었기 때문인지 아영은 여자 중에서는 무척 훤칠한 편이고, 빈정댔던 것과 달리 몸도 꽤 다부져 보였지만, 키가 거의 190㎝에 육박하고 근육 때문에 보이는 것보다 체중이 더 나가는 현호에 비할 수는 없었다.

「설마 협회가 목숨을 담보로 장난질이라도 하겠어? 다 생각이 있어서 그런 거겠지.」

현호는 숨김없이 쯧 혀를 내찼다.

「마음에 안 들어.」

현호가 몸을 돌리자 걷어 올려졌던 머리카락이 흔들리며 원상복귀되어, 그의 수려한 외모를 감춰 버렸다.

「베테랑, 초보의 그녀를 잘 이끌어주라고.」

「시끄러워.」

길은 친구의 뚱한 어조에 낄낄 웃었다. 귀여운 자식 같으니.

제3장

**똑**똑.

아영은 방문을 두드리는 소리에 고개를 돌렸다. 이미 문을 열고 아영의 주의를 끌기 위해 두드린 것인지 카라쿰이 방문 사이로 빠끔히 고개를 내밀고 있었다.

아영은 읽고 있던 책을 내려놓고 살포시 미소 지었다.

「카라쿰.」

「뭐 하고 있어요?」

그러면서 곁으로 다가온 카라쿰은 아영이 보고 있던 책을 보고는 짧은 외마디를 흘렸다.

「관광하고 싶어요?」

아영이 들고 있는 책은 파키스탄 관광안내 책자였다.

「할 수 있나요?」

식사를 끝내고 와서는 안내책자를 뒤적거리는 것 외에 딱히 할 일이 없었던 터라, 아영은 카라쿰의 제안이 몹시도 반가웠다.

금세 반짝거리는 아영의 눈동자에 카라쿰은 당연하다는 듯 고개를 끄덕였다.

「물론이죠. 워낙 정세가 손바닥 뒤집히듯 왔다 갔다 해서 위험하긴 하지만 아직 훤한 대낮이고, 함께 가면 괜찮을 거예요.」

「그럼 가고 싶어요.」

「그렇게 할래요? 그럼…….」

카라쿰은 아영에게 이리 오라는 듯 손짓했다.

아영은 일단 그를 따라나서기 전에 자신의 옷차림을 점검했다. 아무래도 파키스탄은 회교도 국가니 외국인 여성이라고 해도 살갗을 내놓은 채 다니는 건 좋지 않다고 들었다. 중동 지역 특유의 더위 때문에 위에는 반팔이지만, 아무리 호텔 안이라고 해도 다리까지 내놓기는 좀 그래서 긴 바지를 입은 채였으니 간단한 점퍼를 들고 나가면 될 것 같았다.

아영이 배낭 안에서 점퍼를 꺼내어 들고 뒤따르자, 카라쿰은 방문을 나서더니 반대쪽 문을 노크도 없이 벌컥 열어젖혔다.

어? 거긴…….

「현호!」

카라쿰의 바로 뒤에 서 있어서 시선 피할 틈도 없이 그의 방 안 전경을 훤히 보게 된 아영은 신음을 삼켰다. 무슨 타이밍이 이렇게 척척 맞는 건지, 현호는 마침 티를 갈아입는 중이었다. 그래도 불행 중 다행으로, 티를 막 입은 참이라 마치 새끼줄 꼬아진 듯 틈 없이 엮여 있는 탄탄한 근육이 금방 그 아래로 모습을 감추었다.

카라쿰의 부름에 '응?' 하고 고개 돌린 현호는 아영을 발견하더니, 당연한 것인 양 비웃듯 한쪽 입꼬리를 말아 올렸다.

"훔쳐보는 게 취미인가?"

그 말 나올 줄 알았다.

아영은 가슴 안에서 부싯돌 부딪힌 듯 불꽃이 파박 일어났다.

"제가 모델이었던 걸 알고 계셔서 하는 말인데, 남자 알몸쯤은 수없이 봤거든요?"

물론 현호만큼 실한 근육질 몸매는 쉬이 찾아볼 수 없었지만.

그 말이 끝나자마자 뭐가 그리 마뜩찮은지, 곡선을 그리며 위로 솟구쳤던 현호의 강직한 입술 선이 일자로 굳었다. 하지만 곧 다시 입술을 비틀고는 묘하게 흥미로운 어조로 말했다.

"관음증?"

관음…… 돌았어!

하지만 확 붉은 기를 띠는 속마음과 달리 아영은 지지 않겠다는 양 그를 향해 톡 쏘았다.

"그렇다면 어쩔 건데요?"

"저런, 어디 무서워서 곁에 가겠어?"

"오라고도 하지 않아요."

"어딜 가든 내 마음이지."

"그럼 마음대로 하시든지요. 카라쿰, 가요."

하지만 카라쿰은 얼떨떨한 표정으로 아영을 바라보고 있을 뿐이었다. 그제야 아영은 현호에게 말하던 여파로 카라쿰에게까지 한국말로 했다는 것을 깨닫고 애매모호하게 웃었다.

「가요, 카라쿰.」

「어디를요?」

「네?」

카라쿰, 설마 이 남자 해리중후군(단기 기억상실증) 환자인 건가?

순간 자신을 놀리는 건가 싶었지만, 짧게나마 봐온 바에 의하면 카라쿰은 그런 성격이 아니었다. 게다가 반질반질하다 못해 초롱초롱하기까지 한 맑은 눈동자는 정말 어디를 가는 거냐며 궁금해하고 있었다.

「밖으로 나가는 거 아니었나요?」

「아, 물론 가는 거죠. 현호와 함께!」

가슴에서부터 살얼음 막 같은 서리가 싸하게 올라오는 기분이란 이런 걸까.

괜스레 원망스러운 눈길로 현호를 바라보자, 그도 뜬금없는 발언에 놀란 듯이 카라쿰을 바라보고 있었다.

쩌쩍 얼어붙는 분위기와 두 사람의 시선이 동시에 집중되자 카라쿰은 잠시 당황한 듯 현호와 아영을 번갈아 보았다.

「현…… 응? 여기 분위기 왜 이래?」

그때, 마침 현호의 방에 오던 참이었는지 길이 그 특유의 활발한 음성으로 무거운 침묵을 갈랐다.

「카라쿰, 그냥 혼자 갈게요.」

저 남자와 함께 나가서 사사건건 부딪치느니, 차라리 조금의 위험을 무릅쓰고 혼자 돌아다니는 게 백번천번 나을 것이다. 그래서 질문이 아닌 확신으로 말했지만, 카라쿰은 절대 안 된다는 듯 펄쩍 뛰었다.

「여자 혼자 돌아다니는 건 좋지 않아요. 외국인이니까 어느 정도 안전이 보장되긴 하겠지만, 오히려 외국 여자이기 때문에 쉽게 생각하는 사람들도 있어요. 이곳을 다닐 때는 늘 남자가 낀 그룹에서 함께 다니거나, 최소한 둘 이상 다니는 게 좋아요. 추행이 부지불식간에 일어나니까요.」

주의라기보다는 엄포에 가까운 목소리는 거의 딸을 걱정하는 아버지였다. 그리고 보면 카라쿰 정도의 나이라면 제법 아가씨 티나는 딸이 있을 법한 데다가, 인종이 다르다 해도 아영은 상당한 미인의 범주에 들어가니 행여 무슨 일이 생길까 극도로 신경 쓰이는 듯했다.

혹여 나중에 파키스탄에 가게 된다면 보디가드 하나는 대동하고 다니라 했던 철운의 말이 기억나자, 아영은 자신의 섣부른 발언이 조금 민망해졌다. 하지만 현호와 함께 다니며 괜한 피로감을 쌓느니 그냥 호텔 안에 있는 게 나을 것 같아 입을 열려는 찰나, 다른 목소리가 먼저 울렸다.

「그러지.」

또 무슨 속셈인지, 잠시 재보는 듯하던 현호는 의외로 흔쾌히 카라쿰의 말에 응했다.

「그럼 결정된 거군요. 현호의 등치가 워낙 이러니 보디가드로는 더없이 좋을 거랍니다. 게다가 외국인 그룹에는 섣불리 손대려고 하지 않을 테니, 걱정 꽉 붙들어 매고 함께 다녀와요.」

아영은 여태 있는 대로 퉁명스레 굴다가 왜 함께 나가려고 하는지 알 수 없는 현호의 속내에 어안이 벙벙하다가, 자신도 모르게 그만 본심을 털어놓고 말았다.

「터번만 두르면 현호 씨는 현지인으로 볼 것 같은데요.」

「풉!」

또 분위기에 어울리지 않는 웃음을 터트린 길은 세 사람의 시선이 자신에게 꽂혀도 아랑곳하지 않고 키들거리며 말했다.

「아영이 정확히 봤네. 전 현호 처음 봤을 때 영어 할 줄 아냐고 물어봤다니까요. 거기서 저 녀석의 반응이 더 골 때렸죠. 우르두어로 지껄이지 뭐예요. 그래서 한동안은 아랍 계열인 줄 알았어요. 한국인이라는 거 알고는 어찌나 놀랐던지. 그러고 보니 지현호, 감히 이 몸을 상대로 사기를 쳤겠다?」

헤에, 파키스탄의 공통어인 우르두어를 할 줄 아는 건가. 하긴 등반계에 데뷔한 이래 십 몇 년간 거의 히말라야와 그 부근에서 살다시피 했을 테니 편의를 위해서라도 언어를 익혔을 것이다.

「속이는 사람보다 속는 사람이 더 나쁘다는 거, 네 지론 아니던가?」

「내가 하면 속는 사람이 나쁜 거지만 남이 하면 속이는 사람이 나쁜 거지, 인마!」

「궤변이야. 시끄러워, 그만 짖어.」

주거니 받거니 하던 그들의 대화는 현호가 단 세 마디로 일축하면서 끝이 났다.

아영은 피로색 짙은 한숨을 푹 내쉬고는 길에게 말했다.

「그럼 길도 함께 가요.」

길은 아영의 제안에 왜인지 점사 묵묵한 표정의 현호를 쳐다보더니, 그의 트레이드마크인 양 상큼한 웃음을 지어 보였다. 얼굴 만면에 확 퍼지는 미소가 어찌나 찬란한지, 눈부신 미소란 게 과연 이런 미소구나 싶었다.

「레이디의 청인데 물론이죠.」

그 순간 현호의 입술이 아까처럼 한일자로 변했지만, 누구도 발견하지는 못했다.


공식국명 파키스탄 무슬람 공화국은 동쪽으로 인도에 인접해 북서쪽에는 전쟁으로 한참 시끄러운 아프가니스탄을 맞대고 있고, 서남쪽에는 이란과 이웃해 있었다.

아프가니스탄은 위대한 시인의 나라, 풍요로운 페르시아 제국의 일부로 그 특유의 문화를 화려하게 꽃피워 왔지만, 1994년 정권을 강탈한 수니파 무장 이슬람 조직 탈레반과 미국의 정치적, 군사적 대립으로 인해 거의 초토화 상태였다.

이웃집에 부부싸움이 나면 그 소리에 밤잠 들기 힘들기 마련. 국경 너머의 일이지만 파키스탄도 적잖이 그 격랑에 휩쓸리고 있었고, 당최 대외부채가 339억 불에 이르러 최빈국에 속하는 나라였다. 게다가 아프가니스탄뿐만 아니라, 파키스탄은 예로부터 인도와 종교 분쟁이기도 하고 지역 분쟁이기도 한 카슈미르 분쟁을 계속해 오고 있었기 때문에 항시 위지(危地)였다. 더욱이, 블랙 그라벨 팀이 현재 상주하고 있는 이슬라마바드는 중앙정부가 자리 잡은 수도인데도, 이 인근에서는 호환마마보다 무섭다는 4)말라리아가 창궐해 있었다.

4월 초, 세상을 하얗게 얼리던 겨울이 물러가고 봄에게 그 자리를 내어주는 계절. 만발했던 벚꽃과 살구꽃은 온몸을 흐트러뜨리며 지고, 푸른 싹이 푸릇푸릇하게 돋아날 때였다. 하지만 기아와 전쟁으로 참담해진 국토의 현실을 나타내듯, 이슬라마바드는 여전히 회색 빛으로 물든 도시였다.

절그럭거리는 흙바닥에 주저앉아 구걸을 하고 있는 남자, 곡괭이를 들고 일하러 가는 노인의 무표정한 얼굴, 탁한 모래 먼지를 뽀얗게 일으키며 사라져 가는 톡톡. 톡톡의 비좁은 자리에 꼭 끼어 앉은 가족들의 얼굴에도 웃음의 그림자는 보이지 않았다.

배꽃 색으로 하얗게 칠해진 건물들은 그나마 깨끗해 보였지만, 사막의 그것처럼 드문드문 초록색 모습을 보여주는 잔디들이 오히려 그 인상을 척박하게 만들었다. 하지만 사람 사는 곳이 어디 크게 다르랴. 한산한 구역을 지나 가장 번화가라고 할 수 있는 5)바자로 나가자, 그곳에는 저마다 갈길 바쁜 사람들의 발걸음이 소란스레 얽혀 있었다. 그리고 도란도란 대화를 나누는 시장 아주머니의 모습도 쉬이 눈에 띄었다.

가장 이채로운 것은 푸줏간쯤으로 보이는 노상 가게의 모습이

---

4)말라리아: 오한, 발열, 발한, 구토, 설사 등을 일으키며 잘못 방치하면 합병증에 의해 죽음에까지 이를 수 있는 전염병. 예방약이 있지만 후유증과 부작용이 무섭다
5)바자: 시장

었다. 바지랑대 같은 걸이에는 벌건 속살을 오롯이 드러낸 고기들이 감나무에 감 열리듯 주렁주렁 매달려 있었고, 그 가운데 앉은 남자는 발가락 사이에 칼을 끼운 채 고기를 다듬질하고 있었다. 사실 그다지 위생적으로 보이지 않는 광경이었지만, 발가락 힘으로 고기를 다지는 걸 보니 신기하기 그지없었다.

「아까 거리와는 무척 인상이 다르네요.」

아영이 신기한 듯 중얼거리자, 바로 곁에서 걷고 있던 길이 그녀를 바라보았다.

「시장이야 어느 나라나 다 시끌벅적하죠.」

아영은 흘긋, 자신들보다 두 걸음 정도 앞서 걷고 있는 현호의 너른 등을 바라보았다. 몇 년이나 입은 건지 의구심을 들게 하는 예의 그 검은 바지와 그의 몸에도 헐렁거리는 아미고 색 티. 그 티는 모슬렘 복식의 재질과 비슷한 것으로, 한국의 모시쯤 되는 걸 보아하니 현지에서 구입해 입은 것 같았다.

티가 어찌나 큰지, 언뜻 봐도 만약 아영이 입게 되면 '6)부르카'를 입은 것처럼 보일 듯했다. 그만한 크기는 이 나라 사람 중에서도 드물 것 같은데 잘도 구했다 싶었다.

지금 저 구석에 앉아 구걸하고 있는 거지와 크게 다르지 않은 머리와 수염만 해도 그런데, 옷까지 저러니 거의 해탈의 경지에 이른 것처럼 보였다. 아니면 엄청난 적응력이라고 해야 할지도.

아영은 대체 누가 저 사람을 한국인이라고 믿어줄까 누차 궁금해졌다. 길이 처음에 아랍계열인 줄 알았다고 한 것도 무리는 아

------

6)부르카: 몸 전체를 가리고 눈 부위만 망사로 되어 있는 아프가니스탄 여성 의상

니었다. 게다가 예전에도 그랬다면 지금은 어떻겠는가. 하지만 왜인지 그 강렬한 보헤미안적 이국 향이 묘한 향수를 불러일으키는 듯도 했다. 왠지 철운을 떠올리게 한달까.

"어이."

잠깐 생각에 빠져 있던 아영을 부른 것은 여전히 삐딱한 현호의 음성이었다.

본디 인간에게는 고유의 이름이 있는 것인데, 마치 개를 부르듯 괜히 그를 쳐다보는 아영의 시선이 날카로워졌다. 하지만 현호는 아영이 그러거나 말거나 한 가게의 가판대에서 물건을 들더니 무례하게도 그녀에게 휙 던졌다.

"이건?"

까만색의 천 뭉텅이가 의아해 펼쳐 보자, 보자기도 아니고 옷도 아닌 것이 정체가 모호했다.

"종교 경찰에게 걸리고 싶지 않으면 걸치는 게 좋을걸."

「어이, 이건 7)챠도르잖아.」

길도 뭔가 싶어 손끝으로 아영의 손에 들린 천을 슬쩍 들어보더니 이건 좀 과하지 않냐는 듯 말했다.

「8)히잡 정도면 되지 않아?」

「잡히는 대로 던진 거야. 챠도르면 어떻고 히잡이면 어때.」

챠도르를 꾹 붙잡고 선 아영은 묘한 수치심을 느꼈다. 피해망상

---

7)챠도르: 무슬림 여성의 전통 복장. 많이 현대화된 지금에는 아직 엄격한 집안에서 남자를 유혹하는 모든 것을 가려야 한다며 눈만 제외하고 모두 가릴 때 입곤 한다
8)히잡: 무슬림 여성의 전통 복장 중 하나. 한국의 숄쯤으로 볼 수 있다

일까. 만약 상대가 현호가 아니었다면 이런 생각은 하지 않았을지도 모르지만, 아무리 잡히는 대로였다 해도 챠도르를 던진 그의 태도가 마치 자신을 깔보는 것 같았다.

화장기 없는 도톰한 입술을 꼭 깨문 아영은 척척 걸음을 옮겨 현호의 품에 확 소리 나도록 챠도르를 건네주었다.

"제가 고르죠."

얼떨결에 챠도르를 받아 든 현호의 눈썹이 활처럼 휘었다. 역시 장막 같은 머리카락에 가려져 보이진 않았지만, 아영은 왠지 그가 그러고 있으리란 것을 느낄 수 있었다.

"이봐, 오해하는 것 같아서 해두는 말인데."

"오해하고 있는 것 없는데요."

"그렇다고 하기에는 네 표정이 상당히 좋지 않은데."

"그렇다면 그건 현호 씨를 향한 적의 때문이겠죠."

결국 말해 버리고 말았다. 하지만 현호는 그다지 불쾌해하는 기색 없이 미국식 제스처로 어깨를 으쓱해 보이더니 말했다.

"챠도르나 부르카를 여성 탄압의 상징쯤으로 생각하고 있는 것 같은데 말이야."

"그럼 아닌가요?"

아영은 이제 어디 해보라는 듯 도전적인 얼굴이었다.

그 얼굴을 바라보는 현호의 표정이 일순 미묘해지나 싶더니, 곧 손에 들린 챠도르를 아영의 눈높이까지 들어올렸다.

"한국과 여기의 문화는 확연히 다르다고. 몇몇은 꽤나 관대하게 문화의 차이라고 이해하는 척해도, 결국은 자신들의 잣대에 대고 다른 문화를 평가해 버리는 맹점을 낳곤 하지. 혹시 그거 아나? 여러 이슬람 여성들은 남과 자리를 함께할 때 남자들의 오른쪽에 앉아. 왠지 알아?"

뭐야? 이 남자 갑자기 왜 이렇게 말이 청산유수야?

아영이 자신을 멀뚱히 바라보고만 있음에도 현호는 상관없는 듯 말을 이었다.

"부르카의 라벨이 왼쪽에 붙어 있기 때문이지. 그걸 보여줌으로서 자신은 이렇게 감각적이고 패션을 안다고 이야기하고 싶은 거다. 그리고 시초는 뭇 사람들이 아는 대로 여성 탄압에서 시작했을지도 모르지만, 이건 이들의 전통 의상이야. 전통 의상이 전통 의상으로 있을 수 있는 이유가 뭐라고 생각하지? 이들에겐 이 전통 의상을 향한 나름대로의 자부심이 있는 거라고. 그리고 서양과 달리 외모로만 사람을 평가하지 않겠다는 '평등 의식'이 숨어 있기도 해. 얄팍한 지식에 의거한 믿음으로 멋대로 평가를 내리는 건 이 문화를 찬양하고 있는 사람들을 모독하는 거나 다름없다고 생각하지 않나?"

반박할 틈도 없이 쏟아내는 말투는 어떻게 보면 힐책같이 들렸으나, 아영은 현호가 그녀의 잘못된 생각을 비웃는다기보다는 정정해 주고 있는 거라는 걸 알 수 있었다. 여태까지의 그를 보면 그런 것도 모르냐 빈정거린다고 받아들이겠지만, 왠지 그것은 아니라는 생각이 들었다.

아영은 잠시 현호가 들어올린 챠도르를 바라보다, 평온해진 어조로 자신의 잘못을 시인했다.

"미안해요. 미처 그런 건 줄은 몰랐어요."

현호의 손이 아영의 머리 위로 올라온 것은 그때였다. 그의 커다란 손이 아영의 머리를 폭 덮고는, 마치 귀여운 강아지 쓰다듬듯 슥슥 문질렀다.

아영이 놀란 듯 그를 올려다보자, 그의 손이 한순간 움찔 떨리는 게 확실히 전해져 왔다. 하지만 짐짓 태연하게 손을 치우고는 중얼거린다는 말이,

"미안. 친구의 아내를 닮아서 그만."

조카도 아니고, 사촌 동생도 아니고, 친구의 아내? 변명이라고 보기에는 무척 조악했다.

"친구의 아내요? 보통 조카쯤으로 말하지 않아요?"

가판대 위에 챠도르를 내려놓던 현호는 문득 아영을 머리끝에서 발끝까지 시선으로만 훑어보았다.

"내 조카라 하기에는 나이가 좀 많지 않아?"

"말이 그렇다는 거죠."

"싫은 상대에게도 자신이 잘못한 건 잘못했다 인정할 줄 아는 모습이 닮았다고."

흠, 친구의 아내가 떠올랐다는 말이 거짓말은 아닌 모양이었다.

"저 별로 현호 씨 싫어하지 않는데요."

"호오, 그래? 매저야?"

허참, 자신이 화나게 만들었다는 건 자각하고 있는 건가.

"아무리 싫어해도 싫어하지 않는다고 말하는 게 사회를 원만하게 살아가는 방법이죠."

"그래서 결론은 싫어한다는 거야, 아니라는 거야?"

"그건 현호 씨가 고민해 봐야 할 몫 같은데요."

「이봐들, 난 한국어 못하거든?」

그제야 아영은 현호와의 대화에 정신이 팔려, 기꺼이 함께 와준 길을 잊고 있었다는 걸 깨달았다.

「아, 미안해요. 길.」

직업 특성상 외국에 자주 나가곤 했던 아영은 눈앞에서 자신이 모르는 언어로 숙덕거리는 게 얼마나 기분 상하는 일인지 알고 있기 때문에 얼른 사과했다. 물론 현호와 자신이 무언가 비밀을 나누듯 숙덕거린 것은 아니지만.

길은 괜찮다는 듯 빙긋이 웃더니 가게 주인에게 질문하고 있는 현호의 등을 가리켰다. 아영과 길이 무슨 말인지 알아들을 수 없는 거 보니 현호는 우르두어를 사용 중인 듯했다.

「현호가 무슨 이야기 했어요?」

아영은 길에게 간략히 줄거리(?)를 읊어주었다. 보통이라면 자신의 과실을 부끄러워해 어영부영 넘어갈지도 모르지만, 아영은 이제라도 생각을 달리했으니 별로 숨길 만한 것이 아니라 생각했다.

「호오?」

길은 짧은 탄성을 흘리며 마침 히잡 하나를 두고 가게 주인과 흥정에 들어간 현호를 바라보았다. 곧 보석을 세공해 놓은 듯 다채로운 그의 아이스 블루 눈동자에 기묘한 빛이 발화했다.

주황색 도트가 찍힌 히잡의 가격은 칠십 루피. 형광색에 가까운 주황색이 퍽이나 촌스러워 이걸 고른 현호의 미적 감각이 심히 의심되었지만, 가격에서는 꽤나 흡족한 편이었다. 원래 가게 주인이 부른 가격은 백이십 루피였는데, 우르두어를 유창하게 구사하는 현호가 총대 메고 나서 한참을 입씨름하자, 가게 주인은 구십 루피로 흥정을 보려고 했다. 하지만 현호는 단호하게 고개를 내젓고는 다른 곳으로 가려고 폼을 잡는 것이 아닌가.

돈 낭비를 하는 타입은 아니지만, 그냥 도와주는 차원에서 아영은 구십 루피도 괜찮다고 했지만 현호는 한마디로 일축해 버렸다.

"거지에게 적선하는 건 도움이지만, 상인에게 적선하는 건 가난하다고 깔보는 거야."

이 남자, 한 번씩 툭툭 내뱉는 말이 참 사람 할 말 없게 만든다. 하지만 이번만큼은 아영도 반박할 말이 있었던 터라, 지지 않고 맞받아쳤다.

"하지만 이렇게 모질게 깎아대는 건 실례일 수도 있잖아요?"

"이봐, 아무리 나라가 다르다 해도 우리는 엄연한 소비자야. 흥정할 권리가 있다고."

아, 예. 그 생활력이면 무인도에 던져 놔도 몇 달 뒤에는 [9]'캐스트 어웨이'를 찍고 있겠구만.

어쨌든 현호가 뭐라고 하면서 가려고 하자, 가게 주인은 화들짝 놀라며 만류하더니 결국 팔십 루피까지 내렸다. 하지만 이 악독한 남자가 거기서 만족을 할쏘랴. 마진이고 뭐고, 기름 쫙 뺀 콩기름

---

9)캐스트 어웨이(Cast Away): 톰 행크스 주연의 무인도 적응 영화

처럼 쪽쪽 짜내더니 결국 칠십 루피로 낙찰.

가게 주인은 팔고도 한참 거무죽죽한 살가죽 색이 붉으락푸르락하더니, 이내 현호가 대단하긴 했던지 껄껄 웃어버렸다. 그러자 현호는 고맙다는 듯 씩 웃으며 한마디 남기고는 가게를 나섰다. 아마 또 오겠다는 말쯤인 듯했다.

"대단하다고 해야 할지, 꼭 그렇게까지 해야 하냐고 할지."

아영은 손에 들고 있는 히잡을 묘한 눈길로 내려다보며 중얼거렸다.

"비 맞은 땡중처럼 뭘 그렇게 중얼거리고 있어? 어서 걸치기나 하시지."

아영은 입 안으로만 끌끌 혀를 내찼다. 말하는 본새 하고는. 아주 곱기도 하지. 너무 고와서 두 번 고우면 살심이 들끓겠다.

아영은 낮은 한숨을 내쉬고 히잡을 머리 위로 둘러 걸쳤다. 사라락, 나비 날개처럼 흐물거리는 재질의 천이 모래 바람과 함께 낮게 나부끼며 아영의 뽀얀 피부 위로 드리워졌다. 그때 마침 꼬마 하나가 까르륵 웃으며 팔락팔락 뛰어가는 통에 모래 먼지가 더욱 짙게 일어났다. 훅 콧속으로 밀고 들어오는 탁한 먼지에 히잡의 끝으로 입가를 살짝 가리고 나자, 찌르는 듯한 시선이 피부로 느껴져 아영은 고개를 돌렸다. 그러자 아마 자신을 보고 있었던 것으로 추측되는 현호가 뭐에 덴 듯 휙 고개를 돌리고는 왠지 뚱한 걸음으로 앞서 버렸다.

진짜 이상한 남자라니까.

「크흐흐.」

그런데 길이 갑자기 목소리를 낮추고 혼자서 음흉하게 웃는 게 아닌가. 마치 비 오는 날 머리에 꽃 꽂고 깔짝깔짝 웃어대는 광년이처럼.

「왜 웃어요?」

그것이 의아해 아영이 물었지만, 길은 즐거워 죽겠다는 양 얼굴 전면에 퍼져 있는 미소를 거둬들일 생각은 하지 않고 아무것도 아니라며 손을 내저었다. 그리고는 혼자만 느긋한 어조로 웅얼거렸다.

「아니, 뭐어.」

미묘하게 말끝을 늘이며.

「협회 놈들은 이걸 알고 팀 배정을 했을까 싶어서요.」

「이걸?」

「아영이 미인이라는 거요.」

길은 마치 상대를 유혹하는 것처럼 빙그레 입가에 웃음을 지어 보였다. 하지만 아영은 어째 목에 생선가시가 걸린 듯이 찝찝한 게, 그 말에 순수하게 고맙다고 기뻐할 수만은 없었다. 그래도 뭐가 그리 즐거운지 빙글빙글 웃어대는 길의 모습을 보아하니 더 이상 말해줄 의사는 없는 것 같아 묻지 않기로 했다. 말하고 싶은 거라면 묻기 전에 이미 이야기했을 테니까.

「뭘 숙덕거리고 있어? 어서들 오시지.」

「아, 거 성격 급하네. 누가 쫓아오냐? 간다, 가.」


"뭐 하는 거예요?"

그렇게 묻는 아영의 시선은 현호의 밥그릇에 멈춰 있었다.

"뭐 하긴, 밥 먹는 중이지."

현호는 포크질을 멈추지 않고 무덤덤하게 대답했다. 하지만 아영의 시선은 반복적인 행동을 계속하고 있는 그의 손에서 떠나지 않았다.

"이건 '밥을 먹는다'라고 정의되는 행동이 아닌 것 같은데요."

"그 일부쯤이지."

연신 대수로울 것 없다는 말투에 아영은 기가 차서 그의 얼굴을 올려다보았다. 고개를 살짝 숙이고 있는데도 아영의 위치에서는 덥수룩한 털만 보일 뿐, 그의 얼굴이 보이지 않았다.

"어린애도 아니고 뭐 하는 짓이에요?"

다소 한심하다는 어조로 말하자, 그제야 현호의 손이 우뚝 멎었다. 그의 손끝을 따라 에베레스트 정상의 칼날 능선처럼 쭉 이어진 삼지창 포크 끝에는 오징어가 꽂혀서는 하얀 속살을 수줍게 내보이고 있었다. 그리고 그의 밥그릇 한구석에는 사이즈가 천차만별인 오징어 조각이 탱글탱글 굴러다녔다. 그것도 열기에 적당히 익은 듯 불그스름한 도홧빛이 맛깔스레 오른 조각들이.

보기에만도 군침이 절로 꿀떡 넘어가는 오징어를 왜 한 조각도 남김없이 말살해 버리려는 듯 골라내는지 이해불가능이었다.

길은 이미 자신의 몫으로 시킨 10)사모사를 거의 다 먹었고, 아영도 11)차파티를 반이나 먹었는데, 현호는 둘이 대화를 나누며 식사

--------------------------------------------------

10)사모사(Samosa): 고기나 야채를 넣은 페스트리를 튀긴 음식

11)차파티(Chapati): 소맥분을 반죽하여 그대로 철판에 구운 빵

를 하는 동안 오징어를 열심히 골라내더니 아직까지도 그 작업에 착수 중이었다. 버릇없게스리 팔 한쪽을 식탁 위에 턱 얹고는 한 손만 부지런히 놀리며.

처음에는 길과의 대화에 정신이 팔려 그가 뭘 하는지 신경을 안 썼는데, 그의 포크가 전혀 입으로 갈 생각을 하지 않자 의아해진 것이었다.

「어? 오징어 들어 있어?」

길도 그제야 현호가 주문한 음식이 뭔지 발견한 듯 쯧쯧 혀를 내차며 물었다. 그러자 현호가 이를 갈며 낮게 읊조렸다.

「오징어 빼라고 말하는 걸 깜빡했어.」

「골라내느라 수고한다.」

후, 현호는 긴 한숨을 한번 내쉬고는 포크를 내려놓았다. 그리고 개밥 그릇 들듯 자신의 밥그릇을 들더니 긴 팔을 뻗어 길에게 쑥 내밀었다.

「바꿔.」

「내가 왜?」

길은 그런 현호를 약 올리듯 사모사 한입을 자신의 입으로 쏙 집어넣어 버렸다.

「그럼 내가 잘못 먹고 경기 일으키면 네가 뒤처리 다 할 거냐?」

우물우물, 일부러 강조해 보이려고 사모사를 열심히 씹어대던 길은 갑자기 입안으로 욕지거리를 뇌까렸다.

「아, 젠장. 미처 생각 못했군.」

「경기……요?」

어째 둘을 만나고부터는 질문만 하고 있는 것 같지만, 아영은 일단 이해할 수 없는 단어가 궁금해 넌지시 물었다.

길은 현호를 엄지손가락 끝으로 가리키더니 낭패스럽게 말했다.

「오징어 알레르기 있어요, 이 녀석.」

아, 그래서 아침에 어제 먹은 짜암에 오징어라도 들어갔었냐고 물었던 건가.

「그게 꽤 심해서, 잘못 먹었다가는 오장육부라도 들어낼 것처럼 토해대고, 온몸에 불덩이처럼 빨갛게 열이 올라서는 완전히 기진맥진한다니까요. 나중에 이 괴수를 쓰러뜨리고 싶으면 오징어 먹여 버리세요. 한 방에 갑니다. 그리스 신화에서 철인 아킬레스에게는 발목이 약점이었듯, 약점없는 사람은 없기 마련이죠.」

아영은 주변에 심한 알레르기를 가진 사람이 없었고, 본인도 음식에 관해서는 딱히 가리는 것도, 문제도 없다 보니 그런 현호가 신기해져 낮게 탄성을 흘렸다. 그러자 현호는 아영이 나중에 정말 그럴지도 모른다는 위기감이 든 모양이었다.

「잘못돼서 병원에 실려가면 손해배상 청구할 거야.」

흐응?

「그렇단 의미는 오징어 알레르기 때문에 병원에도 실려가 봤다는 거네요?」

「빙고.」

입을 다물어 버리는 현호 대신 길이 낄낄거리며 그 말에 긍정했다.

아영은 알레르기 때문에 음식도 마음 편히 먹지 못하는 현호가 조금 측은해져서 손을 뻗었다. 그리고 그의 밥그릇 구석에 굴삭기로 민 토사더미처럼 쌓여 있는 오징어 더미를 포크로 쿡 찍었다.

「이 맛있는 걸, 안됐네요. 제가 먹을게요.」

어차피 남긴 거 버려야 할 테니 현호가 거부하리라 생각하지 않은 아영은 대답을 듣기 전에 입속으로 쏙 오징어를 밀어 넣었다. 그리고 입속에서 치아를 밀어내듯 탄력있게 튀는 오징어를 오물오물 씹…… 다가 싸한 바람밖에 흐르지 않는 분위기가 이상해, 눈만 데구르르 굴려 두 남자를 쳐다보았다.

두 남자는 뭐에 그리 어안이 벙벙해진 것인지 얼떨떨한 표정으로 아영을 빤히 주시하고 있었다. 그 나름 뜨거운 시선에 아영은 굵직한 오징어 조각을 그대로 꿀꺽 삼켜 넘겨 버렸다.

「왜 그렇게 쳐다봐요?」

「아니, 그 뭐랄까. 그런 무방비한 모습은…….」

아영은 필사적으로 적당한 단어를 고르고 있는 길을 보고 살짝 고개를 갸웃했다.

「음식 먹는 거랑 무방비한 모습이랑 무슨 상관인데요?」

잠시 암전.

「흠흠, 화장실 좀…….」

「난 다른 거 시키러…….」

두 남자는 구차한 핑계를 대고는 일사불란하게 흩어졌다. 또다시 별안간 혼자 남게 된 아영은 두 남자의 훤칠한 뒷모습을 시선으로 좇으며 이상한 궁금증에 시달려야 했다.

음식을 먹었을 뿐인데 왜 거기서 무방비한 모습이라는 결과가 나온 거지?

단지 문제가 있었다면 일단 그 음식의 주인이 현호였다는 거지만, 죄를 미워하되 인간은 미워하지 말라는데, 인간을 미워하되 아무 죄 없는 음식을 미워해서는 안 될 것 아닌가? 그대로 놔두면 아무리 빈민국이라지만 먹다 남은 음식을 누가 먹을 것도 아니고, 손대지 않은 거였으니 그냥 집어먹었던 건데…… 그런데 그게 대체 왜 '무방비'라는 단어와 연계가 되는…… 가만? 그 오징어는 원래 현호의 것이었다. 현호는 남자고. 그것을 집어먹은 자신은 여자다. 여자가 이성의 음식을 그냥 집어먹는다는 것은 동성끼리도 서로 상당히 친밀하지 않은 이상은 하지 않는 행동이고…… 그건 꼭, 꼭…… 연인 같은!

아영은 긴 생각 후에야 길이 말했던 '무방비한 모습'의 뜻을 알게 되자 일순 얼굴에 홧홧한 기운이 확 끓어올랐다.

아, 지금 내가 뭘 한 거야!

오늘 하루 종일 파키스탄 시내를 다니며 더위에 찌들고 모래 먼지를 홀딱 뒤집어쓴 아영은 샤워를 마치고 나와 수건으로 가볍게 머리를 털었다. 평소에는 질끈 한 갈래로 묶어 올린 채지만, 지금 담뿍 젖어 들큼한 물 내음을 풍기고 있는 머리카락은 가슴 밑까지 오는 길이였다.

물기에 젖어 더욱 순도 높은 검은색으로 짙어진 머리카락을 털어낸 아영이 휙 고개를 돌리자, 그 머리끝에서 동그스름한 물방울이 타탁 튀어 올라 허공에 수를 놓는 듯했다.

전력이 약하기 때문에 조명이 약해서 그 빛이 희끄무레하게 번지는 방 안을 가로질러 걸어간 아영은 침대 위에 걸터앉았다. 그러자 침대의 낡은 매트리스가 끼익 소리를 울리며 조금 밑으로 꺼져 내렸다.

한참 머리를 말리던 아영은 벽면에 곱게 세워져 있는 배낭의 앞주머니를 열었다. 그리고 사진 케이스를 꺼내 들었다. 그것은 아영이 이슬라마바드 국제공항에 막 도착해 펼쳐 보았던 것이었다.

꽤 오래 사용한 듯 끝이 낡고 헤진 케이스를 열자, 아영은 새삼 눈이 부신 듯했다. 밤거리를 비추는 가로등의 주황 불빛같이 어슴푸레한 불빛 아래서도, 사진 안의 인물이 함박 짓고 있는 웃음 때문일까.

"아버지."

아영은 슬픔 어린 듯 아주 낮고, 연민에 물든 듯 깊게 일렁이는 음성으로 읊조리고 손끝으로 사진의 표면을 살짝 쓸어보았다. 이미 망자의 강을 건너 버린 아버지의 온기처럼, 사진을 가린 투명 비닐의 느낌은 차가웠다.

철운은 파란 물감을 뿌린 듯한 하늘을 등지고 너무나 해맑게 웃고 있었다. 정지된 시간을 나타내듯 그의 뒤로 펼쳐진 나뭇잎들은 계절이 바뀌어도 늘 싱그러운 녹색으로 물든 채였다.

지금도 그의 등치만한 가방을 진 채로 바람같이 달려와 자신을 안아줄 것만 같은데.

드디어 철운의 영혼의 고향이기도 한 히말라야로 왔지만, 그는 이곳에도, 한국에도 없었다. 더 이상은.

사진을 보고 있으니 그의 부재가 더더욱 뼛속까지 사무치는 느낌이었다. 그래서 처음에는 한국에서 떠나올 때 늘 부적처럼 지니고 다니던 이 사진을 놓고 올까 했지만, 너무 오랫동안 지니고 있던 것이기 때문일까. 이것 없이는 왠지 안정되지 않아서 자연스레 짐 속에 끼워 넣었다.

아영은 배낭 앞에서 쭈그려 앉아 있다가 다시 침대 위에 앉았다.

아영이 이 사진을 늘 가지고 다니는 것은 철운도 모르는 사실이었다. 물론 그녀의 어머니도, 그 누구도 모르는 혼자만의 은밀한 비밀.

아버지의 사진을 가지고 다니는 거야 부끄러운 일도 아니지만, 아영이 이것을 누구에게라도 들킬까 품속에 몰래 고이 간직해 온 이유가 달리 있긴 했다. 바로, 철운의 옆에서 웃고 있는 소년 때문이었다.

지금의 아영만큼이나 뽀얗고 잡티 하나 없이 맑은 피부. 큰 웃음을 짓느라 가늘어져 밉지 않은 주름이 살짝 잡힌 눈매. 손을 대면 물기가 촉촉하게 묻어나올 것만 같은 입술. 바람결에 부드럽게 흩날리는 가는 머리카락. 미처 '남자' 가 되지 않은 나이인지, 턱에는 푸르스름한 수염 자국이 눈에 띄지 않을 정도로만 그려져 있을 뿐. 그는 소년 특유의 해사한 웃음으로, 에베레스트의 정상에 쏟아져 내리는 햇빛처럼 반짝반짝 빛나고 있었다.

철운과 꽤나 친근한 사이인 듯 둘은 나이를 초월한 친구처럼 서로 어깨동무를 하고 있었고, 두 남자는 모두 큼지막한 배낭을 짊어진 채였다. 아마 차림과 배경으로 보건대, 어디 가볍게 등산이라도 나섰을 때인 것 같았다.

하지만 이름은 몰랐다. 외모로 대충 고등학생쯤이라고 추측할 뿐, 나이도 자세히는 몰랐다. 심지어 철운과 어떤 관계인지도.

다만 이제는 전생의 기억처럼 희미해진 과거에, 철운의 집에 놀러갔을 때 우연히 펼쳐 든 앨범 속에서 이 사진을 발견했다.

그때의 기분을 어떤 언어로 형용해야 할까? 심장이 격렬하게 쿵덕쿵덕 떡방아를 찧어대고, 얼굴에 확 몰린 열 때문에 피라도 토해낼 것 같은 기분이라고 설명해야…… 그때의 그 기분 근처에나 갈 수 있을까.

사실 나이가 들고 생각해 보니 잘생긴 소년의 외모에 혹했던 것 같기도 하지만, 아영의 첫사랑이라고 할 수 있었다. 이름도, 나이도, 어떤 성격인지 몰라도 사랑에 빠질 수 있다고 한다면. 아니면 뇌 속이 온통 핑크빛으로 물들어 있는 어린 소녀의 단순한 감성이었을지라도, 이 소년이 아영의 가슴을 처음으로 설레게 했다는 것만은 분명했다.

어린 아영은 그 기분을 주체 못해 몰래 앨범에서 사진을 빼돌렸다. 솔직히 철운에게 달라고 했다면 그는 흔쾌히 주었을 테지만, 그때는 그 생각을 못할 정도로 어렸고, 그가 자신의 마음이라도 알까 봐 괜한 부끄러움을 탔던 탓이었다.

아버지에게서 도둑질을 했다는 죄책감에 시달리다가도, 그 사진만 보면 그녀답지 않게 헤벌쭉 벌어지는 입을 추스를 수가 없었다.

그것이 생애 최초이자, 현재까지는 최후로 아영이 사랑 때문에 바보짓 하며 가슴 설레었던 순간이었다. 물론 그때는 그 감정을 사랑이라 불러야 하는 건지도 몰랐지만 말이다.

후에 철운이 앨범에 있던 사진 하나가 사라졌는데 봤냐고 물어봤을 때는 적잖이 놀라긴 했다. 하지만 그가 당장이라도 사진을 빼앗아갈까 봐 시치미를 뚝 뗐다. 그러자 철운은 빙긋이 웃을 뿐, 그냥 넘어가는 듯했다. 그러나 그가 '참, 도둑질보다 거짓말이 나쁘다는 거 알고 있지?' 라고 덧붙였을 때는 그 자리에서 펄쩍 뛰어오를 뻔했다.

아영은 십 몇 년이 지나도 전혀 변화없는 사진을 바라보며 피식 웃었다.

"생각해 보면, 아버지는 알고 계셨는지도 모르지."

아영이 그 사진을 가져갔었다는 걸.

처음부터 아영의 마음을 눈치 채고 이 사진을 선물로 주었던 건지도 모른다. 그는 상당한 로맨티스트였으니까, 사랑에 빠진 소녀를 붙잡고 왜 거짓말했냐고 할 만한 남자가 아니었다. 사랑이 모든 것의 면죄부가 될 수는 없지만, 어느 정도는 허용된다는 게 그의 믿음이기도 했다. '사랑' 이라는 감정이 아영에게 도망갈 길을 만들어주었던 것이다.

아영은 철운의 얼굴을 쓰다듬던 손을 슬쩍 옮겨 소년의 머리 부근에서 맴돌았다. 차마 그 얼굴을 쓰다듬지는 못하고 그 주변만 맴도는 것이, 첫사랑에 밤잠 설치던 소녀는 이제 없지만 그래도 설레는 기분이 고스란히 전해졌다.

"잘생기긴 잘생겼단 말이야. 어떻게 컸을까."

대충 철운의 말을 조합해 보면 이 사진을 찍었을 때가 아영이 중학생 때쯤인 것 같으니, 지금은 꽤나 신수 훤하게 장성했을 것이다. 아마 결혼을 했을 거고, 떡두꺼비 같은 아들이랑 토끼 같은 딸을 낳고, 여우 같은 아내와 도란도란 살아가고 있겠지. 사각의 도시 어딘가에서. 비록 캐주얼하게 입고는 있지만 이미지가 도회적이고 인텔리 하니까.

아버지랑은 어떤 관계였을까? 산으로 떠나기 전에 아버지는 중학교 선생님이었으니 그 제자? 아니면 산악회에서 알게 된 청소년 단원?

오랜만에 사진을 보고 있자니, 눈 덩어리처럼 불어난 상상력은 그 끝을 모르고 뻗어나가며 종내에는 아영의 입술 사이로 키득거리는 웃음까지 흘러나오게 만들었다.

똑똑.

「예?」

갑자기 노크 소리가 들려 대답하자, 작게 문이 열리고 그 사이로 살짝 안을 정탐하는 듯한 길이 보였다.

「길? 이 시간에는 웬일이에요?」

「즐거운 일 있어요? 현호 방에 가는 중인데 웃음소리가 들려서요. 여기 방음이 안 돼서 작은 소리도 다 들리거든요.」

그러고 보니 자주 투닥거리긴 하지만, 길은 시간만 나면 현호에게 쫓아가는 걸 보니 그를 꽤나 좋아하는 모양이었다.

「아아, 잠깐 옛날 생각 좀 하고 있었어요.」

「무슨 생각을 그렇게 재밌게…… 응? 그건 뭐예요?」

한걸음에 아영의 방으로 들어온 길은 그녀가 들고 있는 케이스를 보더니 물었다. 잠시 그것을 내려다본 아영은 이제 흔적으로밖에 남아 있지 않은 첫사랑이니 관계없겠다 싶어 길에게 순순히 그 사진을 보여주었다.

「오? 누구예요?」

「왼쪽은 제 아버지구요, 오른쪽은…….」

휙, 휘파람을 분 길은 아영의 뒷말이 들리지 않자 살짝 고개를 들었다.

「음, 그게…….」

지나간 소싯적의 사랑이라지만 입 밖으로 내어 말하려니 왠지 쑥스러워졌다.

「혹시 옛날 남자 친구?」

의심이 짙은 목소리에 아영은 피식 웃었다.

「그런 건 아니고, 그냥 혼자 짝사랑?」

「아영이 뭐가 부족한 게 있다고 혼자 앓았어요?」

아영은 기분이 조금 묘해졌다. 여태까지는 그냥 그런가 하고 넘겨왔는데, 종종 길의 직설적인 표현이 좀 바람둥이같이 보였던 것이다. 하지만 기면 기다 아니면 아니다, 의견을 확실히 할 것을 배우고 자란 외국 남자라 그럴 거라 생각하고 넘어갔다.

「제가 아주 어렸거든요. 그리고 상대는 제가 이 세상에 존재하는지도 모르고, 저도 그 사람의 이름이나 나이, 아무것도 모르는 걸요.」

「헤에, 그거 흔히 외모에 혹한다고 하지 않나?」

「그럴지도 모르죠.」

「하긴 상당한 미소년이네요.」

「그렇죠? 게다가 미소가 너무 예쁘잖아요.」

아무리 정거장을 지나간 감정이라고 해도 길이 소년을 칭찬하자, 아영은 마치 자신이 칭찬을 들은 양 신나서 긍정했다. 그러자 길이 잠시 흘긋 아영을 바라보더니, 떠보고자 물었다.

「혹시 아영은 이런 타입 좋아해요?」

「음? 아뇨, 딱히 그런 건 아닌데…… 왜, 어렸을 때는 다 미소년 타입을 좋아하기 마련이잖아요. 왜요?」

「음, 여자들은 보통 꽤 근육 있는 남자를 좋아하지 않나 해서…….」

아영은 길의 말 뒤에 깔린 의미를 눈치 채지 못하고 영문을 모르겠다는 듯 말했다.

「너무 근육질인 건 싫은데요. 둔해 보이잖아요.」

「풉! 푸흐흐흐!」

길버트 버틀러. 이 남자, 또 웃는다. 아니, 이제는 낙엽만 굴러가도 웃을 나이도 아니고, 그런 소녀도 아니면서 왜 이리 수시로 웃어대는지.

그런데 기실 너무 근육질이면 둔해 보이는 것이 사실이긴 하지만, 미스터 코리아 말고 현호처럼 늘씬하게 잡혀 있는 정도라면 비리비리한 것보다 아영의 취향이었다.

헉, 내가 무슨 생각을? 정신 차려라, 진아영. 아니, 박향기. 그 남자는 뇌까지 근육으로 되어 있을 거라고. 아니, 뭐. 바자에서 전통 의상에 대해 말했을 때는 꽤 개념이 제대로 서 있는 사람 같긴 했지만.

「시끄러워, 길버트 버틀러. 넌 여기서 뭐 해?」

현호는 아영와 길이 문을 열어놓고 떠드는 소리가 거슬렸는지 어느새 다가와 문전에 삐뚜름하게 서 있었다.

역시 제 이미지대로 호랑이를 하려나 보다. 하지만 양반 호랑이는 못 되는군.

「아, 아영의 첫사랑 사진 보고 있었지.」

길은 어린아이가 용용 죽겠지, 라고 상대를 놀리듯 요것 보라며 그에게 한달음에 뛰어가려고 했다. 하지만 아영이 더 빨랐다. 길이 뛰어가기 전에 잽싸게 그의 옷자락을 붙잡고 살래살래 고개를 내저었다. 그에게까지 첫사랑 소년을 내돌리고(?) 싶지는 않았다. 게다가 아주 어렸을 때부터 보물 1호로 소중하게 품고 다니던 것이니, 이 사람 저 사람 손에 옮겨 다니는 게 마음에 들지 않았다.

「아아, 우리 근육맨 지현호 씨는 죽었다 깨어나도 될 수 없는 상큼한 미소년이던데.」

아영이 얼른 사진을 받아 배낭 속으로 넣어버리자, 길은 이죽거리며 현호를 놀려댔다. 그러자 현호는 입에 금덩이라도 담은 양 꾹 입술을 다물고 있더니 마치 화난 사람처럼 성마르게 몸을 돌려 방으로 돌아가 버렸다.

「왜 신경질이야? 생리하나?」

그렇게 중얼거리면서도 길의 목소리는 묘한 즐거움에 젖어 있었다.

「아, 그러고 보니 저 녀석도 늘 사진 한 장을 신주단지처럼 모시고 다니던데…….」

길의 중얼거림에 아영은 의아한 표정이 되었다. 그도 사진을? 하지만 아영이 뭐라고 물어보기도 전에 길은 '뭐가 그리 소중하다고 절대 보여주지는 않지만' 이라고 불만족스럽게 홀로 말하고는 그녀를 돌아보았다.

「그런데 아영.」

「예?」

「그 첫사랑 소년, 지금은 어떻게 지내는지 알아요?」

알면 진짜 재미있을 텐데…… 라는 식으로 들린 이유는 뭐였을까?

「아뇨, 하지만 뭐…… 저보다 나이가 많은 것 같으니 결혼해서 잘살고 있지 않을까요?」

「헤에, 지나간 옛사랑이라는 건가요?」

「풋사랑에 가슴 설렐 나이는 지났으니까요.」

그때, 태풍이 몰아쳐도 꿈쩍없을 듯한 현호의 등처럼 굳건히 서 있는 그의 방문 너머로 으르렁거리는 목소리가 흘러나왔다.

「길버트 버틀러, 가서 자라.」

거기서 길의 말이란.

「지현호…… 생리대 사다 주랴?」

난감. 또 난감.

제4장

드디어 '신의 품속'으로 떠날 날이 오자, 아영은 그 기대감 때문인지, 난생처음 발걸음을 딛는 미지의 공간에 대한 호기심 때문인지, 이른 새벽부터 잠에서 깨어났다. 첫사랑에 빠진 소녀처럼 밤잠을 설치고 네 시간쯤 잤을까. 불현듯 의식이 수면 위로 떠올라 눈을 뜨자, 싸한 기운이 이불 바깥으로 삐죽 튀어나와 있는 발끝에 걸려 있었다.

아영은 조금 멍하니 파란 기운이 깔려 있는 천장을 올려다보다가 벌떡 몸을 일으켰다.

창밖에는 히말라야가 준비되었느냐고 묻듯 화창하게 빛나고 있었다. 폭신폭신한 구름이 뾰족한 첨단 같은 정상과 칼날인 듯 매끄러운 능선을 하얗게 꾸민 채였다.

아영은 놀이공원에라도 놀러가는 어린아이인 양 얼른 거실로 가 태극권 연마를 마쳤다.

태극권을 연마할 때의 필수 요소는 평안. 그 마음에 일채 흐트러짐이 없어야 하나, 아영은 얼른 한달음에 달려가고 싶어져 자꾸만 조급해졌다. 하지만 창문 너머의 히말라야가 웅장하게 빛나며 거듭 경건함을 강조하는 것 같아, 아영은 연마에 앞서 정좌한 채 눈을 감아 내렸다. 사르륵, 화장기 하나 없이도 길기만 한 속눈썹이 눈 밑으로 그림자를 드리우고, 거실 안에 남은 것은 산들바람 소리조차도 없었다.

티베트 불교를 일으킨 고승 파드마 삼바바는 '비어 있음'이 마음의 진정한 본성이라 했다.

마음은 텅 비어 있는 공간처럼 실체가 없는 것이다. 하지만 자신의 마음을 관조해야 할 것인데, 비어 있다고 해서 아무것도 없음이 아니기 때문이었다. 마음은 태양처럼 스스로 밝은 지혜로 충만한 '비어 있음'이고, 유유히 흘러가는 강물처럼 아무런 걸림이 없는 순수한 지혜요, 산들바람처럼 움직이기 때문에 생각으로는 그 자취를 잡을 수 없다 했다. 그러니 모든 것의 처음은 마음을 비우고부터 시작해야 함이, 철운이 말하는 올바른 시작이었다.

비록 아영이나 철운이 파드마 삼바바의 가르침을 승계하는 라마교인인 것은 아니지만, 해탈의 진리를 깨달은 고승의 가르침 역시 홀대할 만한 것은 아니었다.

보통 사람이라면 엉덩이에 좀이 쑤셔 안절부절못할 만한 시간을 미동도 없이 앉아 있던 아영은 몸을 일으켰다. 그리고 비어 있는 마음의 수면 위에 태극권의 동작을 처음부터 다시 인식해 가듯 움직임을 계속했다.

막 그것이 끝날 때쯤일까. 갑자기 아래층에서 분주한 발걸음 소리가 들리더니 파티라도 성대하게 열린 듯 왁자지껄한 목소리가 뒤엉켜 이층으로 올라왔다. 보통 이런 시간에는 다들 서로에게 피해라도 줄까 봐 고양이처럼 살금살금 다니곤 했는데, 오늘은 어째 시끌시끌했다. 그것이 의아해진 아영은 단아한 이마를 적신 땀만 대충 닦아내고 아래층으로 내려가 보았다.

「무슨 일이에요, 카라쿰?」

마침 카라쿰이 앞을 지나가기에 붙잡고 묻자, 그는 당장이라도 떨어질 듯한 함박웃음을 머금었다.

「마지막 동료들이 도착했거든요. 원래는 12)베이스캠프에서 합류하기로 했는데 다른 일이 빨리 일단락되어서 출발하기 전에 부랴부랴 도착했다는군요. 아영에게도 소개시켜 줄게요.」

차림이 썩 단정하지 않았기 때문에 아영은 일단 옷을 갈아입고 내려오려 했는데, 모래 먼지처럼 부옇게 모여 있는 사람들의 홍해를 헤치고 여자 모세가 먼저 등장했다.

"진아영 씨인가요?"

외국인 특유의 어눌한 발음이 전혀 없는 유창한 한국어.

블랙 그라벨 팀에 현호를 제외한 한국인이 있다는 소리는 못 들었기에 의아하게 바라보자, 그녀는 발갛게 칠한 입술에 곡선을 그렸다.

---

12)베이스캠프: 지리적으로 무난한 곳에 설치하는 중심 캠프

나이는 아영과 비슷해 보였고, 외모는 빼어난 미인이라고는 할 수 없었다. 하지만 눈이 아영 못지않게 큼지막하고 생김새가 시원시원 그 자체라 가히 거기서부터 그녀의 성격을 짐작할 수 있었다.

머리카락은 검은색에 가까운 진한 고동색에 눈동자도 그 색과 별반 다르지 않았지만, 이목구비가 묵필로 그려놓은 듯 성큼성큼 하달까, 굵직하달까, 덕분에 확실히 외국인으로 보였다. 그러다 보니 그녀의 입술이 활달하게 뱉어내는 한국어가 퍽이나 언밸런스했다.

"제인 핸트키(Jane Hantke)예요. 반가워요."

정중하게 소개하는 어조였지만, 천성적으로 목소리가 큰지 소리라도 크게 지르면 우레가 내려치듯 쿵쿵 울려댈 것만 같았다. 뭐랄까, 늘 한시도 쉼없이 박동 치는 심장 같은 사람이었다. 에너지가 넘치는 것 같으니 아영처럼 조용한 것을 좋아하는 사람으로서는 피하고 싶은 상대일 수도 있겠지만, 의외로 아영은 기운찬 사람을 좋아했다. 자신이 그렇지 못하고 다소 정적이기 때문일까?

아영은 손을 내밀었다.

"진아영이에요. 한국어를 무척 잘하시네요."

제인은 보란 듯이 한쪽 눈으로 찡긋 윙크해 보였다.

"한국계 영국인이거든요. 어머니가 한국인이시고 아버지가 독일계 영국인이세요. 제 한국 이름은 신아구요. 제인이라 부르셔도 되고, 신아라고 부르셔도 무방해요."

그러고 보니 어딘가에서 혼혈아 느낌이 나는 듯도 했다.

아영과 키가 비슷했지만, 더 어깨 빨이 있어 그런지 신아는 그
녀보다 커 보였다. 하지만 동양인에 비해 골격이 굵직한 서양인이
기 때문에 그 나름대로 밸런스를 잘 유지하고 있어서 신아도 약간
마른 듯한 인상을 주었다.

"그런데 일단……."

신아는 아영과 악수를 끝내기 무섭게 두리번거리며 누군가의
그림자를 찾았다.

「카라쿰! 우리 털북숭이 씨는 어디 있어요?」

신아는 블랙 그라벨 팀과 꽤나 오래 함께해 왔는지, 이례적으로
아침부터 일어난 이 소란은 그녀가 도착했기 때문인 듯했고, 카라
쿰과도 안면이 있어 보였다. 게다가 왠지 누구를 칭하는지 단번에
알 법한 별명을 거침없이 외치는 걸 보니, 뻔뻔한 14좌의 왕자와
도 친분이 있는 듯했다.

「아마 현호는 이층에 있을 거고 길은…….」

「그 녀석이야 뭐 아직까지 꿈나라겠죠!」

사실이었다. 현호는 오랜 산 생활로 일찍 일어나는 습관이 몸에
밴 듯 늘 아영과 엇비슷한 시간에 일어나 먹이를 찾는 표범처럼
호텔 안을 어슬렁거렸으나, 길은 가장 마지막까지 침대 위에서 뒹
굴거렸다. 그 역시 오래 산 생활을 해왔음에도 불구하고 말이다.
그 생활 습관도 어찌나 극단적인지, 둘의 조합은 날이 가면 갈수
록 미묘한 것이었다.

신아는 자신있게 단언하더니, 계단이 시끄러운 비명을 질러대
든 말든 쿵쾅거리며 이층으로 올라가 버렸다. 다른 스태프들은 신

아와 함께 온 후발팀과 해후의 기쁨을 나누고 있으니, 졸지에 덩그러니 남은 아영은 카라쿰의 어깻짓을 뒤로하고 이층으로 올라왔다. 그런데 신아가 간 곳은 길의 방이 아닌 현호의 방이었는지, 언제나 지옥의 수문처럼 꾹 닫혀 있던 방문이 훤히 열려 있었다.

저번에 봤을 때와 달리, 떠나는 날이라 그런 건지 그의 방은 깨끗이 정리된 채였다. 하지만 자고 일어난 침대는 정리하기 전인 듯 그의 큰 몸이 누워 있던 흔적이 고스란히 남아 있었다.

아영은 슬쩍 뒷목을 긁적거렸다.

왠지…… 남자가 누웠다 떠난 자리가 묘하게 야해 보이는 이유는 뭘까.

"지현호!"

"헉!"

그런데 그 순간, 신아의 우렁찬 음성을 따라 웬만해서는 꿈쩍도 하지 않을 강철 심장 현호의 단말마가 들려왔다.

"이야! 털북숭이는 여전하네! 그놈의 수염 이제 정들어서 밀라고도 못하겠어? 잘 있었어?"

"최신아! 이것부터 놓고 말해."

문전에서는 둘의 모습이 보이지 않아 뭘 하고 있는 건지 아영도 대충 짐작만 해야 했다.

무척 가까운 사이로 보이는데…… 설마, 애인?

"왜에~"

애교 부리듯 끝을 늘리는 말투에 이유도 없이 아영의 눈살이 살짝 찌푸려졌다.

"내가 이때 아니면 언제 남자의 허리를 더듬거려 보겠어? 흐흐흐, 나이가 들면 들수록 더 실해져 가, 지현호 군?"

허리를 더듬…….

"어이구, 이 갑빠 보게. 힘 좀 줘봐. 힘!"

갑…… 빠.

"탄탄하니 먹음직스러운 엉덩이는 그대로야?"

아영은 더 이상 생각하길 그만두었다.

생각보다 현호와 신아는 가까운 사이인 듯했다. 그런데 일단 그렇게 내린 결론에 그런 게 아니라고 부정이라도 하듯 이어 현호가 으르렁거렸다.

"놓으라고 했다."

"어이구? 임자없는 몸 좀 그전에 맘껏 더듬어보겠다는데 닳는 것도 아니고 뭐가 어때서?"

"닳는다."

"그래? 어디 한번……."

"최신아."

낮게 경고하는 음성이 마치 방금 구유(九幽)에서 기어올라 온 것 같아 어린애라면 듣는 순간 울음을 터트릴 만했지만, 신아는 전혀 주눅 들지 않고 진정 아쉬운 듯 쩝쩝 입맛까지 다셔댔다.

"거, 가증스러운 처녀처럼 굴기는. 제이크 주제에."

"네가 그러니까 길한테 변태 소리를 듣는 거다. 나 아직 씻는 중이니까 길한테나 가봐. 그리고 제이크라고 부르지 말랬지."

제이크는 또 뭐야?

"음흐흐, 그럴까? 오랜만에 누런 구렁이 속이나 뒤엎으러 가볼까나~"

발랄한 걸음으로 사뿐사뿐 걸어나오던 신아는 복도에 망연자실하게 서 있는 아영을 발견하고는 얼른 다가와 말을 걸었다.

"제가 너무 급하게 자리를 비웠죠? 현호랑은 진짜 오랜만에 만나는 거라 반가운 마음이 앞서서요."

"아뇨."

아영은 빙긋이 웃었지만, 그녀는 자기 자신의 상태에 대해 누구보다 잘 아는 사람이었다. 가슴속에서 묘한 불쾌감이 똬리를 틀고 있다는 것만은, 어찌 부정할 수 없었다. 왜, 어째서, 어떤 일로 기인된 것인지는 알 수 없지만, 현재 상태가 그렇다는 건 분명했다.

신아는 호탕해 보이는 성격이 충분히 호감을 끌어낼 만했고, 번뜩이는 재치나 광범위한 사교성이 돋보여 그 자체는 좋은 사람임이 확실했지만, 차마 알 수 없는 미묘한 무언가가 있었다.

아무리 같이 산을 오를 거라 해도 다리 건너 사이에 불과한 사람들과 현아는 거리낌이 없어 보여서? 그로부터 귀결된 묘한 호승심?

남과 앞 다퉈 경쟁하는 것은 아영이 즐기는 바가 아니었지만, 그녀도 사람은 사람이었다. 승패를 겸허히 인정한다 해도 지면 분하고, 남 잘됨을 진심으로 축하할 줄 알아도 부러울 땐 부러운 것이었다.

"참, 저 아영 씨가 요번 등반팀에 배정된 거 보고 엄청 놀랐어요."

"예? 왜요?"

신아는 씩 웃었다.

"저 모델로 활동하는 아영 씨 본 적 있거든요! 친구들이랑 디올의 영국 모델보다 낫다 했는데 아영 씨랑 한 팀이 될 줄 누가 알았겠어요? 그런 거 보면 세상이 넓다 해도 좁긴 좁은가⋯⋯."

「어이! 행키 뱅키(Hanky Panky)!」

신아의 말이 끝나기도 전에 둘 사이에 불쑥 끼어든 목소리가 적나라한 말로 그녀를 칭했다.

아무리 아영이 그녀의 어머니 때문에 맑고 깨끗한 교과서 영어를 배웠다 해도 길이 외친 말이 무슨 뜻인 줄은 알기 때문에 그의 의도가 의아했다. 게다가 다가오고 있는 길의 표정이 자못 마뜩찮아 더욱 그랬다. 평소의 그는 언제나 여유롭고 온 천지에 난리가 나도 혼자만 느긋할 것 같았는데, 지금은 끓어올라 넘치기 일보 직전의 냄비 같으니 아니 그럴까.

「여어, 누런 구렁이. 오랜만이네?」

신아도 희미한 적의가 섞인 말로 툭 내뱉었다. 그것도 팔짱까지 제법 오만하게 껴 보이며.

「너 또 현호한테 변태 짓 했냐?」

「같잖은 바람둥이 짓 하며 온 여자들의 한을 다 사는 누런 구렁이 너만 할까?」

아영은 살짝 고개를 갸웃했다. 바람둥이?

길은 불현듯 아영의 존재를 눈치 채고 자신의 년간을 속속들이 알고 있는 신아가 또 뭘 드러낼지 몰라 은근히 목소리를 낮추었다.

「세상 천지에 깔린 게 기술자인데 왜 하필 네가 온 거냐?」

「내가 어딜 가든 너와 무슨 상관? 너야말로 금붕어 똥처럼 현호의 뒤 꼬랑지 따라다니는 짓은 그만 하시지.」

「현호가 네 친구냐?」

아영은 영문도 모르고 두 사람의 불꽃 튀는 접전을 바라보며 무언가 생각날 듯 말 듯했다.

왠지 저 모습이……. 하지만 선뜻 그 단어가 떠오르지는 않고 모호한 잔재만이 애매하게 아영을 괴롭혀 왔다.

아, 이런 관계를 보고 뭐라고 하더라.

「어우, 유치하긴. 네가 일곱 살 먹은 어린애냐? 네 친구 내 친구 따지게?」

「적어도 너처럼 무개념인 것보다는 낫거든?」

「호오, 오십보백보란 말을 아시는지?」

손톱 끝까지 호호 불어대며 여유작작하게 반격하는 신아의 말에 길은 회심의 미소를 지었다. 속담에서는 약할 수밖에 없는 그지만, 그 속담은 알 뿐만 아니라 한 방 먹일 수 있는 기회인 까닭이었다.

「적어도 오십보와 백보에는 확실한 차이가 있다는 말이겠지.」

「저기 말이다, 누런 구렁이. 아무리 다른 나라의 조상이라지만 신성한 말씀을 멋대로 해석하지 말아줄래?」

그때, 다른 사람과 비교해도 훤칠한 세 사람의 머리 위로 슥 검은 그림자가 드리워졌다. 그리고 그 머리 위의 그림자에서 음산한 목소리가 새어져 나왔다.

「시끄러워.」

「아!」

신아와 길은 현호의 말에는 어떻게 대적할 수 없는지 금방 꼬리 내린 투견처럼 깨갱거렸지만, 아영은 오히려 반색하며 외마디를 터트렸다. 그러자 신아와 길을 포함한 현호의 시선까지 아영에게 돌아왔다.

「뱀과 망구스!」

「예?」

「무슨 말이에요?」

「…….」

단어가 떠올랐다는 기쁨에 앞뒤 재보지 않고 단어부터 내뱉고 본 아영은 이 타이밍이 아니구나 싶어 대충 수습하려고 했지만, 현호가 먼저였다.

「너희 둘을 보자니 뱀과 망구스가 생각난다는 말이겠지.」

신아는 뭐가 그리 즐거운지 깔깔거리며 웃기 시작했다.

「뱀! 누런 구렁이라는 별명에 아영 씨도 동감하는 거군요!」

길의 자못 원망스러운 눈길이 아영에게 돌아왔지만, 뭐라고 하기도 전에 뜻밖에도 현호가 그녀를 구해주었다.

「빨리 안 흩어지냐. 두 시간 뒤면 출발한다. 그때까지 미적거리고 있으면 반드시 버리고 가주마.」

크루크숨(Kruksum)의 북봉에서 남으로 뻗어 내린 주릉 쪽으로 들어서자, 웅장한 그레이트 트란고의 전경이 눈에 들어왔다. 일렬

종대로 잘 정리된 채 나아가는 사람들 사이에서 아영은 점차 가까워지는 그레이트 트란고를 올려다보고 옅은 탄성을 흘렸다.

산 위에는 희미한 한기가 감돌고 있었지만, 예상보다 춥지는 않았다. 이곳의 성스러움을 느낄 수 있는 딱 좋은 정도의 온도였다. 게다가 추워지면 날씨가 맑다는 증거이기 때문에 히말라야를 오르고자 하는 사람들은 추운 날씨를 오히려 반겼다. 가끔 그 대가로 손과 발에 평생 지고 살아야 하는 동상을 얻을 수도 있지만, 날씨가 나쁘다가는 목숨 하나 부지하기도 힘드니 다행이라 할 수 있었다. 그리고 감히 대자연에 도전한 대가가 동상 정도로 끝나는 거라면, 싸게 먹힌다고 할 수도 있지 않을까.

철운에게 듣기로, 그가 시샤팡마를 오를 때는 처음부터 만만치 않아서, 중국의 장무를 통해 오르려다 처음부터 홍수와 고비를 만나 베이스캠프까지 가는 것만 해도 큰일이었다고 했다. 장무는 여름에는 산사태로, 겨울에는 눈사태로 유명한 곳이었다.

물론 시샤팡마는 해발 8027m의 가혹한 얼음산으로, 쉽게 인간을 허락하지 않는 히말라야 14좌 중 한 봉우리로 이름이 높다. 그러니 황토색 일색인 바위산 그레이트 트란고와는 조금 다르겠지만.

'황량한 땅' 시샤팡마. 시샤팡마로 가는 마지막 마을, 해발 3700m에 있는 니알람 마을의 이름 뜻이 '지옥으로 가는 문'이라고 하니 가히 그 잔인함을 알 수 있지 않은가.

아영은 고개를 돌려 묵묵히 걷고 있는 블랙 그라벨 팀을 바라보았다. 마치 그 옛날 유현덕을 하늘로 모시고 모사 제갈공명을 굳건한 대지로 믿으며 하늘 높은 줄 모르는 사기로 행군을 계속한 병마들을 보고 있는 것만 같았다. 총 무게가 이 톤에 이르는 짐 때문에 현지에서 조달한 야크들이 줄지어 행군을 따르고 있는 걸 보니 더욱 그랬다.

"언제 와도 이곳은 놀라워요."

그때, 앞서 가고 있던 신아가 조금 걸음을 물려 아영에게 다가오더니 진정 감탄하듯 중얼거렸다.

"이곳에만 오면 괜스레 숙연해지는 거 있죠."

한차례 폭풍이 지나고서야 다시 자세히 소개 받은 신아는 블랙 그라벨 팀의 통신 기술자 중의 한 명이라고 했다. 어쨌든 중요한 스태프 중 한 명인 셈인데, 본국인 영국에 잠깐 일이 있어서 후발대로 온 것이라고도 덧붙였다.

"참, 신아 씨. 궁금한 게 있는데……."

아까부터 궁금하긴 했지만 미처 물을 틈이 없어 묻지 못했던 것이 있어 슬쩍 운을 띄우자, 신아는 뭐냐는 듯 시선으로만 질문해 왔다.

"왜 길이 신아 씨를 행키 뱅키라고 부르는 거죠?"

그 뜻은 협잡, 속임수, 혹은 부질없는 행위 등등. 여러 가지로 쓰이긴 하지만 공통점은 어쨌든 노골적일 만큼 좋지 않은 의미였다.

"아아."

신아는 그렇게 불리는 게 익숙한지 별것 아니라는 얼굴로 말했다.

"제 성이 핸트키잖아요. 어감이 비슷한 데다가, 저랑 별로 사이가 좋지 않으니…… 뭐."

끝을 어물어물 흘리며 신경 쓰지 않는다는 듯 끝점을 달아 보이는 신아의 표정이 약간 묘했다. 특별히 이상하다 할 만큼은 아니었지만, 여자의 직감과 비슷한 류의 날카로운 눈치만이 알아챌 수 있는…… 실망감? 배신감? 씁쓸함?

「제인!」

앞쪽에서 신아를 찾는 바람에 그녀는 아영에게 미안하다 손짓해 보이고는 후다닥 사라져 버렸다. 그러자 잠시 후에 이제는 뒤에서 따라오던 현호가 긴 다리로 성큼성큼 나아가더니 아영을 흘긋 돌아보았다.

"힘들지 않아?"

말투는 여전히 정떨어질 만큼 무뚝뚝했으나, 갑작스러운 배려에 놀라 대답하려는 찰나, 현호의 입꼬리가 슬쩍 하늘로 솟구쳤다.

"그 비리비리한 몸으로 제 몸만한 배낭을 지고 가려니 힘들기도 하겠지."

이 남자가 정말!

"까칠하게 구는 게 취미예요?"

"별로?"

"충분히 그래 보이는데요."

"나름대로 원활한 커뮤니케이션을 위한 노력이었는데?"

"아무도 그렇게 생각 안 하거든요."

가만히 생각해 보자니, 지금 현호와 자신이 아까의 길과 신아를 닮은 듯도 했다. 어째…… 이 팀은 앞길이 그다지 순탄치는 못할 것 같았다.

「무슨 이야기들 해요?」

그때, 카라쿰이 다가왔다. 그는 블랙 그라벨 팀을 안내하는 셰르파로 처음에는 가장 앞서 가고 있었지만, 베이스캠프를 칠 곳이 바로 눈앞에 보이자 상관없어졌는지 좀 뒤에 따라가고 있는 현호와 아영에게 다가왔다. 그리고 말을 주거니 받거니 하던 둘이 궁금했는지 물었다.

「별거 아니었어요.」

현호와 사이가 썩 유하지 않다고 광고할 것도 아니고, 대충 얼버무리자 카라쿰은 아영에게 이야기해 주고 싶은 게 있다는 듯 눈을 반짝거렸다.

그는 손끝으로 트란고의 정상을 가리켰다.

「히말라야의 뜻을 아십니까?」

「부처님께서 육 년간의 고행 끝에 성불하셨다는 산 아닌가요?」

「그것도 맞지만, 히말라야란 이름의 뜻을 말하는 거랍니다.」

아영은 다시 한 번 트란고의 정상에 시선을 멈추었다. 하지만 신의 후광 같은 햇빛이 정상에 걸린 채 빛나고 있어 자세히는 보이지 않고 그저 눈만 부셔왔다.

「뭔데요?」

「히마(Hima)는 고대 산스크리트 어로…….」

「눈.」

그런데 작은 지식을 전수해 줄 기대감으로 눈을 빛내던 카라쿰의 말을 자르며 먼저 뜻을 발설해 버린 사람이 있었다. 아니나 다를까, 현호였다.

아영은 눈이 부셔 눈살을 찌푸리면서 정상을 보고 있다가, 그에게로 슥 고개를 돌렸다. 현호 역시 눈이 부셔서 쉬이 볼 수 없는 정상에 시선을 못 박고 있었다.

「그리고 알라야(Alaya)는 거처. '눈의 거처'라는 뜻이지.」

'눈의 보금자리' 혹은 '만년설의 집.'

트란고는 완벽한 바위산으로, 드문드문 흰색 모자를 쓰고 있기도 하지만, 6000m의 높이치고도 그 위에 만년설은 없었다. 하지만 그 정상의 정취를 그려보기에는 더없이 어울리는 이름이었다.

무언가를 그리듯 트란고의 끝을 올려다보던 현호는 문득 쓸쓸한 웃음을 머금고 고개를 내렸다.

「히말라야보다 슈갈라야라는 이름이 더 어울린다니까.」

한순간은 쓰게 웃는가 했더니, 걸음을 움직이자 그의 말투는 평소처럼 돌아와 있었다.

「슈갈라야?」

어디서 온 건지 영문을 알 수 없는 이름에 아영이 궁금해하자, 카라쿰이 피식 웃으며 현호의 뒤에서 해답을 알려주었다.

「설탕(슈거:Sugar)을 말하는 거예요. 멀리서 보면 만년설이 설탕으로 보인다나? 현호, 은근히 어린애 같은 구석이 있다니까요.」

순간 그 말과 옛 기억이 연계되며 아영의 눈이 설마 하는 의구심에 물들었다.

히말라야의 정상을 장식하고 있는 만년설이 마치 초콜릿 케이크 위에 뿌려놓은 설탕처럼 보인다고 했던 철운. 그리고 히마(Hima) 대신 슈거(Sugar)를 넣어 히말라야를 슈갈라야라 칭하는 현호.

　우연일 따름인 걸까?

제5장

베이스캠프를 칠 평지의 고도는 약 3500m. 거기서부터 그 레이트 트란고의 정상까지 나머지 3000m를 스태프들의 후원을 받아 현호, 길, 아영이 오르게 되는 것이었다.

지상에서처럼 뜨겁게 내리쬐는 햇빛은 사막의 그것과 닮아 있었지만, 고도가 3500m에 이르자 싸늘한 한기가 피부에 오소소 소름을 돋게 했다. 하지만 모두들 분주하게 움직이는 가운데 같이 텐트 칠 준비를 돕기 시작하자 그나마 낯선 추위가 좀 가시는 듯했다. 게다가 고도가 높아지자 고소 증세 때문에 머리가 살짝 핑 돌았지만, 이내 적응이 되었다.

이곳에서는 남자, 여자 구별이 딱히 없었다. 산을 정복하는데 있어서는 여자라고 해도 발군의 체력이 있어야 했고, 산은 성별을 가려서 사정을 봐주지 않기 때문이었다. 그렇기에 블랙 그라벨 팀은 아영 역시 힘쓰는 일 하는 것을 당연하게 생각하고 있었다.

아영 역시 그것이 편했다. 모델 출신이기 때문에 힘이 없을 거라 넘겨짚곤 괜스레 편의를 봐준답시고 싸고도는 건 아닐까 걱정했는데, 제 한 몸 건사하기도 힘든 대자연 앞에서 그럴 리는 없는 모양이었다. 비리비리해 힘없어 뵈니 뭐니 하며 계속 빈정거리던 현호도 그것을 당연하다 여기는 모습이었다.

「길! 이것 좀 연결해!」

「길! 이거 안 돼!」

「길! 길! 길!」

막 텐트를 치고 있던 아영은 의아해졌다. 처음에는 누가 우레같은 목소리로 길을 찾을 때 별다른 생각을 하지 않았다. 하지만 짐을 옮기면서 가만히 들어보니, 주변에서 목청이 아프도록 길의 이름을 소리 높여 외치고 있었다.

무슨 문제가 있는 건가 싶어서 고개를 들자, 길은 통신 시스템을 연결하고 있는 신아 옆에서 뭔가를 종이에 끼적거리는 중이었다. 그리고 자못 자연스럽게 앉아 신아와 이런저런 대화를 나누었다. 일을 하는 도중이라 그런지 신아와 말씨름하는 것으로는 보이지 않았다. 그 모습은 산을 오를 등반가 중 한 명이라기보다는 신아와 같은 방면의 기술자 같았다.

「길! 이쪽 좀 봐달라니까?」

「아, 진짜! 이거 하고 있잖아. 조금만 기다려!」

누군가가 조급히 소리치자, 참다못한 신아가 버럭 성을 내었다.

산 아래 있을 때는 그렇게 자주 길을 찾는 사람이 없었다. 오히려 양치기 양 방목하듯 그의 행동을 방관했고, 어딜 가든 말든 그러려니 하는 편이었다. 그런데 지금은 무슨 아이돌 스타 찾는 것처럼 불러대니, 이 기묘한 인기가 어디서부터 온 건지 아영의 궁금증은 갈수록 깊어졌다.

하도 사방에서 길길길 외쳐 대니, 종내에는 그의 애칭인 길이 한국어인 길로 들릴 지경이었다.

아영은 텐트도 세우지 않고 기계 더미에 싸여 골몰하고 있는 길에게 슬쩍 다가가 보았다. 그리고 그를 위에서 흘긋 내려다보니, 그가 붙들고 있는 연습장에는 흰 부분이 안 보일 정도로 빽빽하게 아영으로서는 알 수 없는 계산식이 늘어져 있었다. 게다가 보도 듣도 못한 영어단어들도 줄줄이 소시지처럼 흰 연습장을 발판 삼아 현란하게 춤을 춰댔다.

보기만 해도 정신이 혼미해질 듯한 글자와 숫자의 나열. 하지만 길은 그 속에서 능숙하게, 굴비 두릅 엮듯 숫자와 글자를 붙이고 나눠가며 하나의 정답을 끌어내기 위해 열심히 머리를 굴리고 있었다. 슥슥 조합해 가는 손놀림이 어찌나 빠른지 눈이 따라가기 힘들 정도였다. 게다가 아영이 바로 곁에 다가왔는데도 그는 누가 왔는지 눈치 채지 못하고 그 텍스트의 바다에서 헤엄치고 있는 중이었다.

"뭐 해?"

아영 역시 그런 길을 신기하게 바라보느라 바로 옆에 현호가 다가온 걸 그제야 알아챘다.

"지금 길이 뭐 하는 거죠?"

길이 하는 양이 무척 궁금한데, 다른 스태프들은 다들 캠프를 설치하느라 정신이 없으니 물을 사람이 현호밖에 없었다.

"통신 연결이라도 하나 보지."

현호는 별로 대수로울 것 없다는 얼굴로 무심하게 대답했다. 그에 아영은 더더욱 미궁 속으로 빠져들었다.

"그걸 왜 길이 해요?"

"왜냐하면 할 줄 알기 때문이죠."

요번에 대답한 것은 현호가 아니라, 전선 더미 속에서 손가락 사이사이마다 그 끝을 들고 기계 속에 거의 얼굴을 파묻고 있는 신아였다.

「무슨 이야기 중이야?」

현호와 아영까지 자기 주변에 있다는 걸 깨달은 길이 머리 위에서 오가는 한국어에 묻자, 신아는 여전히 땅굴 파는 두더지처럼 얼굴을 박고는 대충 대답해 주었다. 그러자 길은 고개를 주억이더니 자못 의기양양하게 말했다.

「제가 다재다능하기 때문이죠.」

「허이구, 퍽이나?」

바로 신아의 반박이 날아들었지만 길은 귓등으로도 안 듣는 얼굴이었다.

「쓸데없이 아이큐 하나만 좋으니까.」

조금은 한탄과도 같은 현호의 어조에 아영이 길을 내려다보자, 그는 제법 건방지게 훗 웃었다.

「이건 자랑인데 이래 봬도 열여덟 살 때 영국의 명문 옥스퍼드 대학이 자랑하는 박사 학위를 받았죠. 수학, 컴퓨터, 물리, 모르는 게 있으면 기탄없이 물어보세요.」

「……믿어도 되는 거예요?」

아영이 가진 천재에 대한 이미지는 두 가지였다. 특히 과학 방면이라면, 어딘지 맛이 간 미치광이가 그 하나고, 다른 하나는 햇빛 한 번 보지 못해 건드리기만 해도 툭 쓰러질 듯 비실비실한 연약남이었다. 하지만 매끈한 몸매에 미끈한 입담, 맑은 미소의 길은 전혀 그런 타입이 아니었다. 게다가 열여덟 살에 박사 학위라면 보통 천재가 아닐 텐데, 그런 과학자가 왜 산을 오르는지 누가 봐도 이상할 이야기였다. 아영 역시 그런 편견에 시달려 오긴 했지만, '모델 출신'과 '천재 과학자 출신'은 엄연히 그 스케일이 다르지 않은가. 물론 아영이 세계적인 대 모델이었다면 비슷한 수준쯤 되었을지는 몰라도.

길은 얼굴을 슬프게 일그러뜨리며 현호를 올려다보았다.

「그렇게 거짓말처럼 보이냐?」

「어.」

현호의 대답은 잔인하리만치 한 치의 주저도 없이 튀어나왔다. 그러자 길은 들으라는 듯 '쳇' 소리를 내뱉었다. 하지만 이미 그럴 거라 예상하고 있었던 모양으로, 섭섭해 보인다거나 하는 표정은 아니었다.

「박사 학위 소유자가 왜 등반가를 하고 있어요?」

'왜 모델이 등반가를 하려고 해요?' 라는 질문을 들을 때마다 대답하기 참 난감했으면서도, 아영은 입이 근질근질해 결국 묻고 말았다.

「그럼 아영은 왜 모델이 등반가를 하려고 했어요?」

저번에 질문했을 때는 아영이 어물어물 넘어가 버렸기 때문에, 길은 이 기회에 궁금증을 풀 모양인지 틈을 놓치지 않고 파고들었다.

「산이 좋으니까요.」

아영은 가장 무난한 대답을 내놓았다. 사실 틀린 말은 아니었다. 그 중간에 여러 가지 추가 사항이 있긴 하지만, 결국 아영은 산으로 가길 바랐고, 안정된 현실에서 탈피한다는 것에 주저하고 있던 그녀의 결심을 철운의 유언이 굳혀준 셈이었으니까.

「모델 일보다?」

「글쎄요.」

아영은 애매모호하게 웃었다.

「길도 산이 좋아서인가요? 온갖 명예가 다 따라오는 박사 자리보다?」

「음, 전 좀 다른데…… 산이 좋아서이기도 하지만, 그전에 묻죠.」

연습장을 허벅지 위에 올려둔 채 다리를 꼬고 있던 길은 아영쪽으로 몸을 틀었다.

「아영은 이미 풀어져 있는 문제가 좋아요, 아니면 풀어야 할 문제가 좋아요?」

「전 학자 타입이 아니라서 깊게 생각해 본 적이 없는데요.」

「음, 그럼 이렇게 물으면 되나? 평온한 일상이 좋아요, 자극적인 일상이 좋아요?」

「길은요?」

선뜻 마음을 내보인다는 게 내키지 않아 질문을 떠넘기자, 길은 주저 않고 말했다. 좀체 둘러쓴 벽을 걷어내려 하지 않는 아영을 현호가 묘한 눈길로 바라보고 있었지만, 눈치 채는 사람은 없었다.

「제게 있어 과학이란 평온한 일상이고, 등반이라는 건 자극적인 일상이에요. 물론 물체의 낙하속도나 생체의 PH 등등 도움이 안 되는 건 아니지만……. 아, 푸앵카레 추측이나 양 밀스 이론과 질량 간극 가설쯤으로 나가면 일상생활과는 전혀 연관없이, 단순히 자신이 모르는 게 있다는 걸 못 참는 학자들이나 덤벼드는 문제겠지만요. 물론 수학 문제들이 실용성이 없다고 하는 것도 궤변이긴 하죠. 앞서 말했듯이, 순수 수학의 추상적 문제들을 해결하려고 하는 수학자들은 대체로 어떤 실용적인 귀결에서 동기를 얻는다기보다는 지적 호기심에서 동기를 얻지만, 순수 수학의 입증이 실용적인 귀결과 같기도 하다는 건 역사를 통해서 누차 증명되어 온 것이죠. 그도 그럴 것이, 푸앵카레 추측만 예로 들어봐도, 푸앵카레 추측은 '사과와 도넛을 어떻게 구별할까?'라는 아주 단순하고 엉뚱해 보이기까지 하는 질문에서 시작하지만, 그 추측은 위상학과 관련이 있고, 위상학의 발전은 컴퓨터 칩을 비롯한 전자 부품의 설계와 생산, 운송, 뇌 연구, 심지어 영화 산업에까지 영향을……」

「길버트 버틀러, 진정하시지?」

중간까지는 어떻게 따라갔지만, 길이 너무 빠르게 말하는 통에 아영은 따라가기가 벅찬 지경이었다. 하지만 멈추게 할 수도 없어서 나름 열심히 듣고 있는데, 그런 아영을 눈치 챘는지 현호가 그를 말렸다. 그제야 길은 정신없이 혼자만의 세계에 빠져 있던 자신을 깨달았는지 머쓱하게 웃었다.

「어쨌든, 과학이란 제게 있어 이미 답을 알고 있는 문제와 같아요.」

길은 귀 뒤에 끼고 있던 육각형의 노란 연필을 빼내 들어 장난하듯 까딱거렸다.

「권태는 인간을 썩게 만든다고 하죠? 고민하지 않아도 알 수 있는 분야는 곧 지루해질 뿐이에요. 하지만 등반은 한 치 앞길도 알 수가 없죠. 아무리 머리가 좋아도, 아무리 13)데브리의 자유낙하속도를 계산할 수 있어도 믿을 건 자신의 육체밖에 없죠. 그리고 산 위에서 인간의 껍질 안에 갇힌 스스로의 육체를 초월할 때, 그 쾌감은…….」

길의 말을 진지하게 듣고 있던 아영은 의아하게 그를 보았다. 그가 잠깐 말을 멈춘 탓에 뒷말이 궁금해서였다.

길은 불현듯 징글맞게 웃었다.

「섹스 같죠.」

잠시 암전.

마침 플러그를 모두 연결하고 난 신아가 그 미묘한 침묵을 깨뜨

---

13)데브리(Debris): 떨어져 나온 암벽 부스러기

렸다.

「누런 구렁이. 네 말마따나 행키 뱅키(헛소리)다. 게다가 그쪽 방면에 밝은 대신에 언어 쪽에서는 완전히 쥐약이면서 웬 잘난 체야? 현호랑 지겹도록 붙어다니고도 한국어 몇 마디 못하는 거 보면 볼장 다 봤지!」

「행키 뱅키, 넌 좀 빠져라.」

「같잖은 소리 그만 하고 여기 hs code가…….」

신아가 무언가를 물어보려는 찰나, 아영이 불쑥 끼어들었다.

「76 곱하기 36은요?」

「2736이요.」

뜬금없는 질문이었으나, 딱히 고민하지 않아도 번뜩 떠오르는 숫자에 길은 반사적으로 대답해 버렸다. 그러자 아영은 무언가에 대해 처음 알게 된 어린아이처럼 까만 눈을 반짝거렸다.

「그거 편하겠네요.」

왜였을까. 아까부터 입 다물고 있었던 현호는 그렇다손 치더라도, 길에 이어 신아까지 입을 다물어 버렸다. 대신 길은 조금 놀란 듯한 얼굴이었고, 신아는 묘하게 굳은 표정이었다.

싸하게 가라앉는 분위기가 이상해서 현호를 올려다보자, 그는 가볍게 어깻짓을 해 보일 뿐이었다.

「그뿐이에요?」

왜인지 길이 믿을 수 없다는 듯 묻자 아영은 아무렇지 않게 입을 열었다.

「음? 뭔가 다른 감상이 있어야 하나요? 그럼…… 계산기 살 필요가 없겠어요.」

천연덕스러운 말에 길은 낮게 큭큭 웃는가 싶더니, 이내 활짝 함박웃음을 지어 보였다. 사심 하나 섞이지 않은 미소가 너무도 해맑았지만, 이 상황에서 저토록 맑게 웃으니 괜스레 불안했다.

「과연, 협회가 등반팀 하나는 제대로 짰네요. 제 정체…… 흠, 정체랄 것도 없지만, 하여간 제 정체를 알고 현호가 한 말이랑 똑같네요. 계산기 살 필요 없겠다는 말까지!」

아영은 번뜩 현호를 올려다보았다. 하지만 현호는 그녀를 보지도 않고 한심하다는 눈빛을 한 채 길의 머리를 툭 쳤다.

「그쯤 해두고 어서 할 일이나 해라.」

「이놈! 지금 내 뇌세포가 삼만 사천오백 이십여덟 개는 죽었어. 천재의 뇌세포를 죽이다니, 손해배상 청구한다?」

「그 자세한 숫자는 어디서 나온 거야?」

「음, 이 천재님의 머리에서?」

「숫자 좀 볼 줄 안다고 기고만장하긴.」

그리고 넷은 그 대화를 마지막으로 각자의 일로 돌아갔다. 하지만 아영은 아직도 약간 딱딱하게 굳어 있는 신아의 표정이 왠지 신경 쓰였다. 그렇지만 그녀가 먼저 다른 쪽으로 가버렸기 때문에 달리 물을 수는 없었다.

한편, 아영과 현호가 짐을 나르러 가고, 문명의 이기 앞에 앉아 마저 계산식을 풀던 것으로 보이는 길은 사실 연습장 귀퉁이에 정체불명의 낙서를 끼적거리고 있었다. 그런 그의 머릿속에서는 현호와 처음 만났을 때가 회상되고 있었다.

처음 만난 건 현호가 이미 나이 삼십 줄에 들어서서 서른하나일 때, 길은 그보다 두 살이 어리니 스물아홉일 때였다. 당시의 현호는 이미 수년간 산에서 살아와 지금과 비슷했으나, 한국에서 막 출국한 터라 틸(?) 상태가 말끔했었다.

매끈하다 못해 금칠이라도 했는지 번쩍번쩍 빛나는 수려한 외모에 어린 동물의 그것처럼 찰랑거리는 흑발. 청바지에 가벼운 티 하나만 입었는데도, 역시 옷걸이가 좋아서인지 마치 파리 컬렉션의 모델처럼 보였더란다.

잘난 동성에 대한 적개심 때문에 좋은 점수를 주지는 못하고 있는데, 마침 그를 소개시켜 주던 협회 사람이 뭘 자랑할 만한 거라고 현호에게 길이 천재라고 속삭거렸다. 하긴 자신이 가지지 못한 능력에 대한 본능적인 경외심과 그런 사람을 알고 지냄으로써 자신마저 특별해지는 느낌을 이해 못하는 바는 아니었지만, 길은 지쳐 있었다. 자신이 천재라는 것에, 그리고 그런 자신을 특별 취급하며 부담스러울 정도로 떠받드는 다른 사람들에게.

한 번은 세컨드리 스쿨 때 운동장을 지나가다가 날아오는 공에 머리를 맞은 적이 있었다. 잠깐 타격의 쇼크로 기절하긴 했는데, 병원에서 큰 이상은 없다고 했다. 하지만 길은 주에서 채택된 영재였으니 선생들부터 시작해 교장까지 난리가 나서 온 학교가 뒤집혀 버린 거였다. 덕분에 그냥 친구들과 야구를 했을 뿐인, 공을 친 학생은 정학 처분을 받았다.

그건 파란만장한 에피소드들 중에 흔히 있었던 사소한 일에 지나지 않았다.

천재는 숙명적으로 고독할 수밖에 없다고 했던가. 길은 고독하지는 않았다. '고독'이라고 칭할 수 있을 정도로 멋들어진 감정이 아니었기 때문에. 단지 외로웠다. 뼛속에 사무치도록. 그래서 상대에게 자신이 그와 다르다는 걸 알리고 싶지 않았다. 인간은 자신과 다른 것에는 밑도 끝도 없이 잔인해질 수 있는 생물이니까. 실질적으로 아이들은 자신들과 다른 길에게 잔인했다. '순수'라 쓰고 '잔혹'이라 읽는 어린아이일 때일수록 더더욱. 물론 크고 나서는 그런 신랄한 비아냥거림을 아무렇지 않게 반사해 줄 수 있을 만큼 익숙해지긴 했지만 말이다. 그런데 협회 사람에게 길에 대한 이야기를 들은 현호의 반응은 여타 다른 이와는 달랐다.

「그거 편하겠군.」

그 정도야 다른 사람도 꽤히 보여준 반응이었지만, 그들과 현호가 다른 것은 그냥 그게 다라는 것이었다. 신기해하지도, 놀라워하지도, 특히 특별 취급은 절대 하지 않았다.

만약 아영이 현호에 앞서서 같은 반응을 보였다면, 길은 이런 생각을 하지 않았을지도 모른다. 하지만 앞선 현호의 실례가 있었고, 워낙 그가 대수로울 것 없이 대해서인지 그와 함께한 팀 내에서 길을 천재라고 특별 취급하는 경우가 없었다. 아마 그때부터였을 것이다, 현호와 함께 있는 자리에서는 딱히 자신이 천재라고 밝히는 것에 거리낌이 없어지게 된 것은.

그리고 현호는 아쉬워지면 길의 능력을 빌리는 데에 주저함이 없었다. 그냥 막무가내로 길에게 의지하는 것이 아니라, 대부분은 자신이 주도해 가면서도 길의 머리가 필요해지면 적시에 도움을 요청했다. 덕분에 길은 있어야 할 자리를 떠나서도 할 수 있는 만큼 가진 능력을 발휘할 수 있었고, 아영에게 말했듯 산을 오름으로써 살아 있음을 느낄 수 있었다. 그렇기 때문에 길에게 있어 산이 있는 곳은 낙원과 다를 바가 없었다. 이제 아영도 그 낙원에 포함되는 걸까?

거기까지 생각한 길은 문득 스스로에게 물었다.

현호와 같은 친구로서? 아니면…… 한 사람의 이성으로서?

반사적으로 그 질문을 떠올리고만 길은 잠시 우뚝 굳었다. 막 모니터 위로 프로그램을 띄우던 신아가 왜 저러냐는 듯 쳐다보았지만, 길은 한참이나 생각하는 로댕 상처럼 정지되어 있었다.

「흠, 무슨 실없는 생각인가 몰라.」

길은 늘어지게 기지개를 켜고는 다시 일에 몰두하기 시작했다. 하지만 미처 수습되지 않은, 아직은 정체를 알 수 없는 희미한 감정이 그의 가슴에 흐트러져 있었다.

제6장

아영은 얼굴에 느껴지는 한기에 몸을 공벌레처럼 둥글게 말다가 천천히 눈을 떴다. 그리고 잠시 자신이 어디에 와 있는 건지 잘 파악이 되지 않아 부스스한 눈으로 주변을 둘러본 후에야 자신이 베이스캠프의 텐트 안에서 자고 있다는 사실을 깨달았다.

아침인가 싶어 잠긴 텐트의 문을 바라보았지만, 밖은 아직 까맣게 드리워져 막 새벽이 되려는 참이었다.

아영은 도시에서 태어나 도시 여자로 자라왔지만, 늘 아침마다 태극권 도장에 나갔기 때문에 아침잠이 없는 편이었다. 그래서 평소에도 모두가 잠든 숨결만 내뱉는 시간에 눈을 떴으나, 오늘은 등반을 시작한다는 흥분 때문인지 더 일찍 일어난 듯했다.

좀 더 자서 에너지를 비축할까 싶었지만, 한 번 달아나 버린 잠은 다시 오지 않았다. 결국 아영은 이리저리 흐트러져 있는 머리를 질끈 묶어 올리고 텐트의 지퍼를 내렸다. 하지만 곧 그 움직임이 멈추었다. 아직도 어둑어둑한 가운데 누군가가 서 있는 듯 까만 그림자가 어렴풋이 보였기 때문이었다.

미간에 설핏 주름을 잡고 시선을 집중하자, 푸르른 여명을 등진 그 인영이 현호라는 것을 깨달았다.

현호가 서 있는 곳은 초르텐 앞이었다. 초르텐은 이 땅에서 목숨을 달리한 등산가들을 애도하는 추모탑으로, 그 사람들의 이름이 써 있거나 이미 그들의 생명처럼 바싹 메마른 꽃이 걸려 있곤 했다. 사실 다른 곳에는 사과 꽃잎 색으로 칠해진 하얀 초르텐에 오색 빛깔의 띠가 둘러져 언뜻 보면 건축 조형물처럼 보였지만, 저 초르텐은 그저 못쓰게 된 고철들을 쌓아 고정해 둔 것으로, 초르텐이라고 하기에도 민망했다. 하지만 그곳에서는 철운의 이름을 찾아볼 수가 있었다. 그의 사진도 걸려 있었다.

초르텐에 걸린 사진은 철운이 트란고의 정상에서 크게 웃음 짓고 있는 모습을 담고 있었다. 철운은 그레이트 트란고에서 하강하던 중 추락사했기에, 정상에서 찍은 사진이 남아 있었던 모양이었다.

어제 우연히 그 사진을 본 아영은 자칫 울컥하고 눈물을 쏟을 뻔했다. 철운의 미소는 정말 세상의 모든 것을 다 가진 사람의 것인 듯했다.

이 성스러운 땅에도 비가 내리고 태풍이 몰아치기 때문에, 그의 사진은 상당히 빛바래 있어 알아보기 힘들 정도였지만, 그의 웃음

만큼은 조금도 퇴색된 흔적이 없었다.

아영은 그 사진 앞에서 다시 한 번 결심했다, 철운과 자신의 신을 믿고 저 정상에 올라가 보이겠다고.

현호는 초르텐 앞에서 침묵의 망토를 두르고 묵묵히 서 있었다. 강철처럼 단단해서 도저히 깨질 것 같지 않은 침묵이었다.

언제부터 그러고 있었던 건지, 그는 하늘에 걸린 까만 천이 슬슬 푸른빛으로 염색되어 가는데도 움직임이 없었다.

현호가 무슨 생각을 하고 있는지는 알 수 없었지만, 단 한 가지 확실한 것은 왠지 그의 듬직한 어깨가 무거워 보인다는 것이었다.

얼마나 그렇게 서 있었을까. 문득 현호는 조금 주저하더니 주머니에 찔러 넣고 있던 손을 꺼내 들었다. 그리고 초르텐 앞에서 누군가의 황천길을 애도하듯 조용히 손을 모았다. 아영이 그리는 태극권의 동작처럼 공기를 감싸 안는 듯한 손놀림이었다.

그 동작이 익숙지 않은지 어딘가 어색해 보였으나 그의 큰 몸집과는 어울리지 않을 정도로 섬세함이 엿보였다. 또 그렇게 손을 모은 채 가만히 있던 그는 중얼거리듯 입을 열었다.

"선생님."

나지막한 울림. 유순하게 흐르는 기분 좋은 바리톤이 새벽 공기를 갈랐다.

"선생님은 이곳에서 무엇을 보셨습니까?"

현호는 자조적으로 말했다. 그 누구도 듣지 않는 산의 어둠 속에서.

"조금, 당신이 원망스럽습니다."

아영은 숨조차 죽이고 조용하게 들려오는 그의 저음에 귀 기울였다.

개인적인 사정이 담겨 있어 아영은 이해할 수 없는 말들이었지만, 왠지 여태의 그라고는 믿기지 않을 만큼 서글픈 중얼거림이었다.

"선생님은 알고 계십니까. 수많은 동료를 산에 묻고도 뻔뻔하게 계속 이곳에 오는 전 분명 산을 떠날 수 없습니다. 하지만 선생님께서 떠나시고는 저 역시 잠시 산을 떠나 있고 싶었습니다."

애절하게까지 들리는 읊조림에 아영은 텐트 안에서 주먹을 꾹 쥐었다. 보아서는 안 될 장면을 본 것만 같았다.

현호는 고개를 들어 초르텐의 끝을 올려다보았다.

"하지만 저는 다시 산에 오릅니다. 선생님께서 마지막으로 무엇을 보셨을지, 보기 위해."

그것으로 현호는 손을 내리고 자신의 텐트로 돌아갔다.

현호는 정말 산 없이는 살 수 없는 남자였기에, 아영은 그가 웬만한 산은 모두 정복하고 그레이트 트랑고에도 오르기 위해 온 것으로만 생각했다. 하지만 그도 무언가 속사정이 있는 모양이었다.

아영은 조심스레 초르텐 앞으로 다가갔다. 그리고 현호의 키를 가늠해 그가 바라봤을 곳을 어림잡아 보았다. 하지만 초르텐에 걸려 있는 이름은 굉장히 많았고, 여기저기 섞여 있어 그가 어떤 이름을 보며 손을 모았는지는 알 수 없었다.

절그럭. 절그럭.

아영은 아침 식사를 끝내고 자갈밭 위에 깔아둔 검은 천 위에서 [14]카라비너의 개폐구를 점검하고 있었다. 물론 아영 혼자만 하고 있는 것이 아니라 현호와 길도 마주 앉아 쉼없이 손을 놀리고 있는 중이었다.

평소에는 입을 다물고 있으면 곰팡이라도 슨다는 양 계속 입을 놀리던 길도 조용했다. 천재 과학자라면 국가에서 쉽게 놔주지 않았을 텐데 굳이 등반가를 생업으로 택한 길은 등반에 있어서는 꽤 진지해 보였다.

아영은 흘긋 현호를 훔쳐보았다.

현호는 자기 몫의 카라비너 점검을 거의 끝내고 가만히 앉아 있는 게 지루한지 어깨를 툭툭 주물렀다. 그러다가 호기심 어린 아영의 시선을 눈치 채고 그녀를 바라보았다. 그 김에 허공에서 둘의 시선이 딱 마주쳐—그의 눈은 여전히 가려져 있었지만—일순 불꽃이 일 것만 같았으나, 아영은 시선을 돌리지 않았다. 그러자 현호는 있는 대로 부루퉁하게 물었다.

"뭘 그렇게 봐?"

왜였을까. 눈이 마주치자마자 퉁명스레 답하는 모습을 보니 왠지 그가 쑥스러워서 괜히 심술맞게 굴고 마는 어린 남자아이 같았다.

"저 뭐 하나 물어봐도 돼요?"

현호는 슬쩍 눈썹을 휘었다.

---

14)카라비너: D자 모양의 고리. 사람마다 다르지만 평균적으로 백 개에서 백오십 개를 쓸 정도로 유용한 장비

"내가 묻지 말라고 하면 묻지 않을 건가?"

"듣고 싶어하지 않는 질문을 밀어붙일 정도로 무례하지는 않거든요."

"흠, 들어보고 판단하지."

"사실 예전부터 묻고 싶었는데, 수염은 그렇다 쳐도 머리카락까지 그렇게 기르고 있으면 시야에 방해되지 않아요?"

머리카락 때문에 활동에 제약받는 것은 보지 못했으니 그렇지 않은 듯하지만, 아영은 그 이유가 아무래도 이해불가능이라 물었다. 사실 처음 볼 때부터 무진 궁금했었던 것인데 이제야 겨우 입 밖으로 내뱉을 수 있었다.

"머리카락의 법칙도 몰라?"

여태까지의 그의 성격을 미루어보건대, 사실 대답을 기대한 질문이 아니었다. 하지만 의외로 현호는 순순히 대답하려는지 운을 띄웠다.

"머리카락의 법칙이요?"

"밖에서는 안이 안 보여도 안에서는 밖이 보인다는 법칙 말이야."

미처 그 법칙(?)까지는 생각을 못했기에 아영은 턱 말문이 막혔다. 그리고 우회해서 말하긴 했지만 스스로 잘 보인다는데 굳이 더 걸고넘어져야 할 필요성을 느낄 수 없었다.

아영은 잠시 멈췄던 손을 다시 움직이며 속으로만 낮게 중얼거렸다.

뭐, 심봉사의 눈도 번쩍 뜨일 미남이라면 그 지저분한 수염이랑 머리카락 좀 밀라고 하겠지만.

그렇게 얼마나 지났을까. 세 사람 사이에는 엉덩이 큰 침묵이 자리를 턱 차지하고 앉아 도무지 떠날 기미가 보이질 않았다. 그저 카라비너가 부딪치며 잘그락거리는 쇳소리, 주변에서 스태프들이 분주하게 움직이는 소리, 가끔 장엄한 설산의 고고함을 알려주듯 불어오는 바람 소리, 그것이 다였다. 곧, 용케도 그 참을 수 없이 가벼운 입을 꾹 다물고 있던 길이 더 이상은 안 되겠는지 늘어지게 기지개를 켜며 말했다.

「으으, 진짜 입에 곰팡이 필 것 같네. 지현호. 내가 말 안 한 지 얼마나 됐냐?」

「아직 삼십 분도 안 됐어. 오 분만 더 참아봐.」

「이보아, 오 분만 더 입을 다물고 있다가는 입에 버섯이 필 거야. 입 안은 습지라는 거 몰라? 정기적으로 환기를 해줘야 하는 거야.」

「시끄럽다.」

길은 현호가 그러거나 말거나, 햇빛이 투영되는 아이스 블루 눈동자를 반짝 빛내며 아영 쪽으로 몸을 비스듬하게 기울였다.

「아영, 퀴즈. 콜?」

길은 악동처럼 씩 입매를 늘어뜨리며 단 세 마디로 물었다. 그럼에도 아영은 그가 하고자 하는 말이 무엇인지 귀신같이 알아듣고 말했다.

「좋아요. 콜.」

「코끼리를 냉장고에 넣는 삼 단계 방법이 뭔지 알아요?」

아영은 잠깐 현호를 바라보았다. 그는 둘의 대화에는 전혀 관심도 없다는 듯 자기 할당량만 열심히 처리하고 있는 중이었다.

「그거 예전에 한국에서 유행했던 개그인데, 혹시 현호 씨가 알려줬어요?」

「현호가 퀴즈 따위를 내면서 희희낙락하게 생겼습니까? 그거, 상상만 해도 무섭네.」

부르르 어깨까지 떨며 호들갑스레 구는 길을 보며 아영은 작게 웃었다. 확실히 감정 표현에 있어 확연한 외국인이라서 그런지 길은 행동 하나하나가 생동감이 느껴지는 남자였다. 지극히 동적이랄까? 그에 비하면 현호는 지극히 정적이었다. 때론 짓궂게 말하기도 하고 생리하는 여자처럼 까칠하기도 하지만, 기본적으로 그는 굉장히 조용히 움직였다. 걸을 때 보면, 동양인 규격에 맞지 않을 정도로 큰 덩치의 소유자이면서도 고양이과의 동물처럼 소리가 별로 없었다. 여유롭고, 느긋하고, 매우 정적으로.

「답은 냉장고 문을 연다, 코끼리를 넣는다, 냉장고 문을 닫는다. 맞죠?」

길은 척 한 손가락으로 아영을 가리켰다.

「빙고. 그럼 다음 문제 나갑니다. 기린을 냉장고에 넣는 사 단계 방법?」

보통이라면 이미 상대가 답을 알고 있다는 데에 실망하기 마련인데 길은 개의치 않고 문제 내길 계속했다.

「그것도 간단하죠. 냉장고 문을 연다, 코끼리를 꺼낸다, 기린을 넣는다, 냉장고 문을 닫는다.」

「호오, 이거 만만치 않네. 그럼 다른 문제로 하죠. 숲에 성대한 잔치가 열렸어요. 동물의 왕인 사자가 주최한 파티라서 모든 동물들이 다 참석을 했죠. 하지만 단 한 동물만 참석하지 않았어요. 악어나 심지어 여우까지 모두 참석했는데 말이죠. 어떤 동물이 참석하지 않았을까요?」

이 질문만은 아영도 생소한 것이었기 때문에 작게 고개를 갸웃거렸다.

「어떤 동물인지에 대한 힌트는 없는 거예요?」

길은 장난기가 느글느글 떨어져 내리는 눈으로 히죽 웃었다.

「감으로 맞춰봐요.」

아영은 입술을 뾰록 내밀며 코끝을 살짝 찡그렸다. 여태까지의 그녀답지 않게 근육이 살아 있는 표정에 길은 낮게 큭큭 하고 웃었다.

호가호위(狐假虎威). 사자 없는 데에서 여우가 왕이라고, 사자가 주최한 파티니 여우가 가지 않았을까 했지만 길이 애당초 전제로 주길, 여우도 참가를 했다고 했다. 주최자인 사자가 참석을 안 했을 리도 없고…… 그럼 거북이? 거북이는 걸음이 느리니까 한창 가고 있는 중에 연회가 끝난 게 아닐까? 아니면 토끼? 별주부전에서 거북이랑 경주하다가 잠들어 버려서?

여러 가지 가설에 아영의 표정이 천변만화하는 사계절인 양 시시각각 변해갔다. 하지만 결국 아영은 제법 그럴듯한 답이라도 찾지 못하고 백기를 들어 보였다.

「도저히 모르겠…….」

「기린.」

아영의 말이 끝나기도 전에 현호가 귓가에 착 달라붙는 바리톤으로 불쑥 끼어들었다.

「에? 기린이 왜…….」

「아, 뭐야. 알고 있었냐?」

그제야 길은 팅팅 부어서는 투덜거렸다. 그 순간, 발작적으로 터지기 시작한 아영의 웃음소리가 맑게 울려 퍼졌다.

「설마 기린이 파티에 참석하지 않았다는 답, 아직 아까의 냉장고에 들어 있기 때문이에요?」

어린아이의 미성처럼 낭랑하게 터져 나오는 웃음소리가 십 년 체증 쌓인 것처럼 텁텁한 가슴마저 뻥 뚫어버릴 듯 청명했다. 억눌린 듯한 미소로 살짝 웃는 것만 보여주던 아영이기 때문일까? 명랑하게 울려 퍼지는 웃음소리가 흔적도 없이 지상으로 스며드는 햇살처럼 두 남자의 가슴속에 사르르 녹아들었다.

「보통은 그새 기린이 아직 냉장고 안에 있다는 걸 깜빡하더라고요.」

길이 익살스럽게 어깨를 으쓱거리자, 한 번 웃음보가 터진 아영은 뱃속에서부터 끓어오르는 웃음을 참기가 힘들었다.

「거기 세 명! 뭐가 재미있어서 그렇게 웃어요?」

그때, 아영의 웃음소리에 이끌린 카라쿰이 다가와 웃음이 가득한 얼굴로 웃었다. 기실 외모만 따지고 보자면 카라쿰은 그다지 한국 여성에게 친숙할 수 없는 외모지만, 언제나 미소를 잃지 않는 모습이 무척 푸근하고 정겨운 사람이었다.

「길이 재미있는 이야기를 해줘서요.」

「길이? 늘 썰렁한 이야기만 한다고 타박 받으면서 별일이네.」

카라쿰의 말에 길은 의기양양하게 우쭐거렸다.

「난 잠들어 있는 새싹일 뿐이었다니까? 게다가 나 썰렁하다고 타박하는 건 지현호뿐이잖아. 이 녀석은 웬만한 이야기로 웃길 수 없다는 거 알아, 몰라?」

「어쨌든 이리 오라고, 라마제 시작한다. 아영도 어서 와요.」

아영은 그 말에 얼른 자리를 털고 일어나 카라쿰이 걸어간 방향을 바라보았다. 철가루 빛 능선 너머로 보이는 맑은 하늘은 일순 가슴이 먹먹해지고 숨이 턱 막히리만치 푸르디푸른 색이었다. 어렸을 적에 철운이 선물이라며 손 안에 살짝 쥐어주었던 구슬. 커다란 눈깔사탕 같았던 그 구슬이 꼭 저런 하늘색이었다.

그것은 고사리같이 앙증맞은 손으로 쥐기에는 벅차기까지 했던 크기의 구슬이었다. 그래서 두 손으로 꼬옥 끌어 쥐고 말가니 안을 들여다보고 있노라면, 바다를 헤엄치고 있는 것 같았다.

그 구슬을 터트려 뿌려놓은 듯한 하늘을 등지고 우뚝 선 깃대. 그 깃대 끝을 바라본 아영은 시린 눈을 살짝 찡그렸다.

깃대는 엉금엉금 주워 모은 돌로 만든 제단에 고정되어 있었고, 깃대의 끝에서부터 사방으로 뻗어져 나간 줄들에는 오색찬란한 깃발들이 매달려 있었다. 태극기는 말할 것도 없이 장엄하게 펄럭였으며, 블랙 그라벨 팀의 상징인 깃발도 여신의 숨결이 불러일으킨 바람에 정신없이 흔들렸다.

라마제는 산신에게 올리는 티베트 불교 고유의 전통 제사였다.

산에 오르겠다는 고지와 안전 등반을 비는 것으로, 특히 셰르파들에게는 절대적인 의미를 가지는 것이었다. 비록 외지에서 온 사람들에게는 자기 위안에 지나지 않은 의미라고는 하나, 그렇게라도 기원하고 싶은 것일지도 모른다. 한없이 온화하나 또 너무나 잔인한 여신인 히말라야에게. 부디 그대 안으로의 걸음을 허락해 주시매, 온전한 몸으로 가족들의 품에 돌아갈 수 있게 해달라고.

지금만큼은 모든 팀원들이 할 일을 손에서 놓고 제단 쪽에 모여 있었다. 하지만 어째서인지 라마제를 주도하는 사람은 나이 많은 스태프였다. 보통 라마제의 주도는 팀 내 리더가 맡는다. 블랙 그라벨 팀의 리더는 경험과 실적에서 단연 돋보이는 현호였다. 그러나 그는 제단의 근처 쪽으로 다가가지도 않았다. 카라비너를 놓고 자리에서 일어나긴 했지만, 앞으로 오기는커녕 좀 더 뒤로 몸을 물려 홀로 서 있었다.

누군가가 제단 위에 향을 피웠는지, 현호 쪽으로 고개 돌리고 있던 아영은 싸하게 풍겨오는 향 내음을 맡았다. 그리고 곧 뿌연 연기가 피어올라 교룡이 승천하듯 몸을 꿈틀거리며 창공으로 멀리멀리 퍼져 나갔다.

아영은 언뜻 드리워지는 연기의 장막 너머로 희미하게 보이는 현호를 계속 바라보았다. 여전히 수염과 머리카락 때문에 무슨 표정인지는 잘 보이지 않으나, 그가 무표정일 거라는 것만은 알 수 있었다.

그때, 길은 스태프들과 투닥투닥 장난을 치다가 현호에게서 시선을 뗄 줄 모르는 아영을 발견했다.

「아영, 뭐 해요?」

아영은 '아' 짧게 외마디를 뱉으며 길을 바라보았다.

「현호 씨는 원래 라마제를 지내지 않나요?」

길은 혼자 고독놀이를 하는 것처럼 멀찍이 떨어져 있는 현호를 바라보고 낮게 아아 하는 소리를 흘렸다.

「내버려 둬요. 지금만은 라마제를 지내고 싶지 않은 심정일 테니까.」

아영은 잠시 이유를 물을까 말까 고민하다가, 결국은 묻지 않았다. 제삼자에게서 멋대로 그 사람의 사정을 들어서는 안 될 것 같아서가 첫 번째 이유였고, 두 번째는 왠지 그 이유를 알 것 같기도 해서였다.

시린 여명 속에서 홀로 읊조렸던 현호. 누구를 향한 것인지 알 수 없는 기원. 길은 현호에게 어떠한 이유가 있어서 라마제를 지내고 싶어하지 않는다 했지만, 사실 그는 그 새벽에 혼자만의 라마제를 지낸 것인지도 모른다. 다만 기원을 올린 상대가 산신이 아니었을 뿐.

다른 스태프가 부르는 소리에 길이 실례한다고 말하며 가버리자, 아영은 은근슬쩍 몸을 옮겨 현호의 곁으로 다가갔다. 곁에 가 봤자 좋은 소리 들을 리 없는데도—그의 성격상—굳이 다가간 까닭은 그에게도 가슴 애틋한 존재가 있다는 사실에서 오는 동질감 때문일까?

"뭐야?"

아영이 자진해서 다가오는 본새가 수상했던지, 현호는 당장 까칠한 어조를 툭 내뱉었다. 하지만 아영은 아무것도 아니라는 양 짐짓 천연덕스럽게 말했다.

"그냥요."

"라마제 안 지내?"

현호는 자신의 턱 밑까지밖에 오지 않는 동그스름한 정수리를 바라보며 물었다.

"현호 씨는요?"

아영이 휙 고개를 들어 말간 눈동자 안에 그를 담자, 현호는 일순 할 말을 잃어버렸다. 얇은 순막이 낀 듯 윤기 어리면서도 때론 엄중하게, 때론 천진하게 빛나는 눈동자.

"현호 씨?"

아영은 대답없이 시간을 잃은 것처럼 굳어 있는 현호가 이상해 슬쩍 그에게 고개를 가까이 하며 재차 이름을 불렀다. 그러자 현호는 번뜩 정신을 차리고 더 가까워져 있는 아영과의 거리에 저도 모르게 한 발자국 물러서며 불퉁하게 말했다.

"고개 좀 디밀지 마."

역시 말하는 본새 하고는.

"후, 현호 씨는 안 지내냐고 물었는데요."

"그런 건 신을 믿는 사람들이나 지내면 충분한 거 아냐?"

아영은 다시 제단 쪽으로 시선을 돌렸다. 모두들 깃대가 신성한 예수상이라도 된다는 양 하나둘 절을 올리고 있었다. 그 옆에서는 카라쿰이 아영은 알아들을 수 없는 언어로 주문 읊듯 무언가를 중얼거리고 있었다. 아마 셰르파어인 모양이었다.

얼마 후, 마지막으로 사람들은 명랑하게 웃으며 짬바 가루를 손에 한가득 담아 서로의 얼굴에 치덕치덕 발랐다. 석회가루 같은 짬바 가루가 뽀얗게 피어오르고, 그 안의 사람들은 하나같이 순박하게 미소 지었다.

인종이 달라도, 믿는 종교가 달라도, 지금만큼은 모두 한마음이 되어 축제를 즐기듯 이 순간을 즐겼다.

"라마제가 굳이 종교 의식인 것만은 아니잖아요."

사람들의 모습이 참으로 천진해 보여 아영은 조금 기쁜 듯 말했다. 하지만 현호는 굳게 굳은 무뚝뚝한 표정을 풀지 않았다.

아영은 그냥 가기도 그렇고 해서 계속 그의 곁에 서 있었다. 아니, 정확히는 왠지 그의 곁에 있어줘야만 할 것 같았다. 에베레스트 산처럼 거대한 등치의 남자가 어쩐지 위로를 필요로 하는 것처럼 보인 탓이었다. 물론 현호에게 그렇다는 이야기를 하면 무슨 헛소리냐고 콧방귀나 흥 뀌겠지만.

사람들의 발걸음이 자갈밭 위에서 경쾌한 엇박자를 연주하는 가운데, 아영은 무거운 침묵이 싫어 가만히 물었다.

"현호 씨는 에베레스트까지 정복했죠?"

"산은 정복하는 게 아니야."

현호에게서 나온 답은 또 의외의 것이었다. '그런 건 물어서 뭐 하게' 라는 등의 귀엽지 않은 대답이나 할 줄 알았는데.

아영은 깃발 쪽에 시선을 멈추고 있다가 물끄러미 현호를 돌아보았다.

"산에게 허락받고 오르는 거지."

"신 따위는 허상에 지나지 않는다는 사람치곤 의외의 발언이네요."

현호는 쭉 늘어선 암탑 무리에 둘러싸인 수직의 거대한 암봉을 올려다며 작게 읊조렸다.

"난 신이라고는 말 안 했어. 산이라고 했지. 그리고 뭐…… 절봉의 도발적인 유혹에 청춘을 바쳐 얻은 무상함의 진리랄까."

고산의 서늘한 한기에 낮게 나부끼는 머리카락 사이로 그의 얼굴이 언뜻 보이는 듯도 했다. 하지만 역시 자세히는 보이지 않았다. 그렇지만 왠지 보이지 않는 그의 눈이 아득하게 깊어져 있을 것 같은 기분이었다.

"결국 현호 씨에게 신은 없다는 건가요?"

현호는 조금 쓰게 웃었다. 어쩐지 씁쓸함이 배어나오는 듯했다.

"신 따위를 믿기에는, 너무 먼 길을 와버린 거지."

"왠지 그거 같네요."

그제야 현호의 시선이 아영 쪽으로 향해왔다.

"그거?"

"현실에 직면하고 산타클로스를 믿지 않게 되어버린 어린아이."

바로 퉁명한 목소리가 날아들었다.

"뭐야, 그건? 내가 어린아이라는 거야?"

"그냥 말이 그렇다는 거죠."

"어쨌거나 결국 그렇다는 의미 아냐?"

"성격 참 꼬였네요."

"네가 말을 그렇게 했잖아."

핑퐁 게임처럼 거기까지 말을 주거니 받거니 하던 두 사람은 불현듯 말하길 그만두고 서로를 바라보았다. 의도한 것은 아니었다. 그저 어느 순간 동시에 말이 사라지고, 서로를 쳐다보다가 피식 웃어버렸다.

어느샌가부터 이렇게 뾰족하게 가시 돋친 말을 주고받게 되었는데, 새삼스럽긴 하지만 장말 둘의 모습이 제 나이답지 않아보이는 탓이었다. 정말 '이제 와서 뭘'이지만서도. 하지만 이곳에서는 속세의 기준에 구애될 필요가 없었다. 나이라든지 성별이라든지 인종이라든지 극단적으로는 몸의 장애라든지. 나이를 지긋하게 먹은 사람도 어린아이처럼 뛰어놀 수 있었고, 성별이나 인종에 얽매이지 않고 하나 되어 이 순간을 즐길 수가 있었다. 그렇기 때문에 산을 주요 무대로 살아가는 사람들은 다른 이들보다 더 순박하게 웃을 수 있는 것인지도 모른다.

솔직히 누가 보면 나이 먹을 대로 먹은 성인 둘이서 잘도 논다 싶을지도 모르겠다. 하지만 아영은 이곳에서만은 괜찮지 않을까 하는, 무책임하기까지 한 케세라세라 식의 생각이 들었다.

현호는 시린 색의 하늘을 비춰, 까만색이 분명한데도 왠지 파란색으로 일렁이는 듯한 아영의 눈동자를 보았다. 왜인지 티티카카 호수처럼 맑은 눈망울에 윤택한 웃음이 번지고, 정열로 깊어지는 것이 보고 싶었다.

현호는 손을 들어 자신의 목 부근을 짚어보았다. 왜일까, 갈증이 심하다. 혀가 가을날의 벼처럼 바삭바삭 소리를 내며 부스러져 내릴 듯 건조했다. 그래서 현호는 충동적으로 입을 열었다.

"티티카카 호수에 가본 적 있어?"

아영은 현호의 뜬금없는 질문에 안 그래도 큰 눈을 살짝 더 크게 떴다가 고개를 갸웃했다.

처음 만났을 때부터 생각했던 거지만, 이 여자 왠지 하얀 토끼 같다. 모델이니만큼 키는 웬만한 여자의 머리 위를 상회할 정도로 크고, 얼굴도 제 나이에 맞게 무르익은 편이나, 이상하게도 그런 느낌이었다. 흰 토끼처럼 보들보들한 피부나 큼지막해서는 반질반질하게 윤기 어린 눈동자. 어딘지, 가만히 있는 것만으로도 귀여움의 극치라 할 수 있는 토끼와 닮아 있었다.

화장기 없이도 충분히 발간 입술을 살짝 비틀며 고개를 약간 기울이는데, 현호는 납이라도 삼킨 듯 온몸이 묵직해졌다. 특히 심장과 하반신이.

이봐, 스물아홉이나 먹고 귀여운 척하지 말라고.

지구의 중력이 1이 아닌 3쯤 되어 자신을 눌러오는 듯한 느낌에 현호는 투덜거렸다. 속으로만.

……한입에 홀딱 닮아먹고 모른 척할지도 모른다.

자신에 비해서는 한없이 작기만 한 게, 두 입 거리나 될까 싶으니 말이다.

"아뇨, 가본 적은 없어요. 가본 적 있는 사람에게 이야기는 들어봤지만요."

물론 철운에게 들은 것이었다.

"내가 티티카카 호수에 갔을 때, 운 좋게도 날씨가 무척 좋았지.

하늘이 한국의 가을 하늘처럼 새파랬어. 그 하늘이 호수의 수면에 오롯이 비춰졌는데…… 호수라기보다는 거울 같더군. 은색의 거울."

파란 하늘을 비춰 파란 것이 아니라, 너무나도 선명하게 하늘을 비춰내서 오히려 은빛으로 빛나는 거울처럼 보였더란다.

아영은 조심히 현호를 보았다. 그가 자신의 이야기를 하는 것은 처음이었다. 일률적인 톤으로 가만히 흘러나오는 음성은 역시 기분 좋은 저음이었다. 마치 포근한 잠 기운을 불러일으킬 듯한…….

"네 눈이 그 티티카카 호수와 좀 닮았다고…… 잠깐 생각했던 적이 있긴 하군."

아영은 일순 숨이 턱 막혔다. 무슨 말을 하고 저리 운을 띄우나 싶었는데, 예상보다 파장이 심한 발언에 폐가 확 위축되어 버린 것만 같았다.

뭐, 뭐…… 호, 호수와 닮아? 그런데 이 남자 그렇게 읊조리는 목소리가 왜 이렇게 은밀한 건데? 말투도 그렇고, 은근한 목소리도 그렇고…… 보통 작업 걸 때 쓰는 거 아니던가?

쇼의 시즌마다 남자를 갈아치우는 동료 모델들에 비해 아영은 연애 경험이 적은 편이었지만, 어렸을 때부터 사회생활을 해온 엄연한 성년이었다. 게다가 그렇게 둔치인 편도 아니었다. 남자들이 어딘지 젖은 눈으로 목소리를 은근하게 낮춘다면 그건 바로 '너랑 자고 싶다'라는 뜻의 역설이라는 걸 모르지는 않았다. 하지만 이 남자가 자신에게 그런 뜻을 품고 있을 것 같지 않으니 어떻게 해석해야 할지가 문제였다.

그런데 거기서 더 문제는…… 왜 내 심장이 떡방아라도 찧듯 쿵 덕거리는 건데?

현호는 아영이 어버버 입술만 떨고 있을 뿐 아무 대답이 없자, 눈썹을 슬쩍 드는 것으로 불만족을 표해 보였다.

"반응이 왜 그래? 꼭 귀신이라도 본 것처럼."

이 남자, 대체 영적인 존재를 믿는 거야, 안 믿는 거야? 신을 그렇게 맹렬히 비난해 놓고 아무리 반 농담이라지만 귀신 어쩌고저쩌고 하다니…… 아니, 이게 아니라…….

아영은 깊고 크게 심호흡을 했다.

머릿속이 순식간에 실뭉치처럼 뒤엉켜 버리는 거 보니, 자신이 당황하긴 한 모양이었다. 진정할 필요가 있었다.

"지금 제가 들은 말이 착각이 아니라면……."

"뭐라고 들었는데?"

"어, 그러니까…… 제 눈이 티티카카 호수랑 닮았다고…….

"제대로 들었네."

한 치의 주저도 없이 흘러나오는 말에 아영은 더욱 멍해졌다. 덕분에, 한참 후에야 아영이 힘겹게 내뱉을 수 있는 말은 고작 이런 것이었다.

"여태껏 제가 들어온 말 중에 가장 쇼킹한 말이네요."

"쯧, 칭찬을 해줘도."

"그거, 칭찬이었어요? 사심 한 점 없이?"

현호는 또 한 번 한쪽 눈썹을 들어 보였다.

"사람이 참 순수하지 못하네."

"그럼 현호 씨는 바이칼 호수라고 해야겠네요. 아, 죄송하지만 별로 좋은 의미로는 아니에요."

현호의 입술이 묘하게 비틀렸다.

"무슨 의미인데?"

타타르어로 '잠자는 땅' 시베리아. 그 얼은 땅에 뜬 달과 같은 바이칼 호수는 지구에서 가장 오래된 호수 중 하나이며, 가장 깊은 호수이기도 했다.

인류 역사의 뿌리이며, 문화의 고향이고, 지구라는 어머니의 자궁이기도 한 바이칼 호수. 하지만 그 크기와 깊이에 바다라고도 부를 수 있는 바이칼 호수는 너무나 깊어, 물은 눈이 시리도록 투명함에도 불구, 그 안을 들여다볼 수가 없었다.

아주 오래되어 기나긴 인류 역사의 시작과 과정을 모두 지켜보고 있는 바이칼 호수는 무슨 생각을 하고 있을까.

때로는 아영을 싫어하는 것처럼 틱틱거리다가도, 어느 순간 인생의 쓴맛, 단맛, 심지어 신맛까지 다 본 어른처럼 바른 소리를 하는 현호. 그러다가 또 무표정한 얼굴로 여자의 가슴이 속절없이 설레도록 여운 진한 말을 남기는 그. 도대체 무슨 생각을 하고 있는지 알 수가 없음을 아영은 바이칼 호수에 빗대어 이야기하고 있는 것이었다.

"현호 씨가 무슨 생각을 하고 있는지 알 수가 없으니까요."

현호는 아무 말도 하지 않았다. 그저 짐짓 당당하게 말한 아영을 빤히 내려다볼 뿐. 왠지 진지한 눈길이 부담스러워지려는 찰나, 현호는 슥 고개 돌리며 아주 작게 무어라 중얼거렸다.

"남자가 무슨 생각을 하고 있는지 다 알았다가 어떻게 책임지려고."

"네? 뭐라고 하셨어요?"

무슨 말을 했는지 전혀 듣지 못했던 고로, 아영은 되물었다. 하지만 현호가 뭐라고 답하기도 전에 공기 속에 미세하게 퍼져 있는 가루가 콧속을 간질였다. 그러더니 아니나 다를까, 누군가가 뒤에서 짬바 가루가 잔뜩 묻은 손으로 아영의 두 볼을 아프지 않게 팍 문질러서 잠시간 뿌연 가루가 온 눈앞에 정신없이 흩날렸다.

「으, 길!」

고양이처럼 발걸음 소리를 죽이고 뒤로 다가온 길의 기습 공격에 아영이 목소리를 높이자, 뒤에 서 있던 길은 낄낄 웃었다. 길은 분말 가루를 잔뜩 뒤집어써서, 멋진 금발이 세월 속에 빛바랜 듯한 색으로 변해 있을 정도였다.

「현호랑 둘이서 뭘 소곤거리고 있어요? 방심하고 있다가는 이렇게 당하죠.」

「소곤거리기는 뭘.」

현호는 한낮의 햇살을 즐기는 야생 표범처럼 느른하게 큰 몸을 쭉 펴더니, 그 한 마디를 남기고 미련없이 다른 쪽으로 가버렸다. 아영은 왠지 가슴 끝이 간질거리는 기분이라, 시선으로만 남자의 너른 등을 좇았다.

깊어진 여자의 눈에, 우연히 그녀에게 시선을 멈춘 길은 묘한 기분이 되어버렸다.

제7장

**현**호는 등반을 시작할 준비를 모두 끝내고, [15]초크를 쥐고 두 손을 파악 맞부딪쳤다. 그러자 거센 압력에 짓눌린 하얀 분말이 작은 폭발을 일으키듯 주변에 뽀얀 안개를 일으켰다. 옆에 선 길은 자신의 허리에 뻔히 초크백을 걸고 있으면서도 현호의 초크를 훔쳐 가서는 방정맞게 웃으며 손에 문댔다.

그때, 재킷을 벗은 아영이 다가오더니 두 남자가 한 것처럼 손에 초크를 묻혔다. 로프를 팽팽하게 당겨보며 마지막 점검을 끝내던 현호는 문득 고개를 돌리고, 무엇에 시선이 멈춘 건지 아영을 빤히 바라보고만 있었다. 그래서 길은 현호를 따라 시선을 돌렸다

---

15)초크: 탄산마그네슘과 송진을 섞어 만든 것으로 암벽 등반을 할 때 미끄럼 방지를 위한 준비물

가 그녀를 보고 휘익 휘파람을 내불었다.

「이야, 역시 모델은 다른데요?」

여태까지는 펑퍼짐한 옷만 입던 아영이 지금은 산을 탈 때 거추장스러움을 최소화하기 위해 다소 몸매가 부각되는 옷을 입고 있었다. 바지도 무릎 위로 훌쩍 올라가 있다 보니, 밤마다 그녀의 어머니와 함께 관리해 온 늘씬한 다리도 사람들의 시선 앞에 그 모습을 오롯이 내보인 채였다. 천성적으로 모델 체형에 가까운 외국 여성을 보고 자라온 길도 제법이라는 생각이 들 정도였다.

아영은 길의 그런 반응이 쑥스러운지 데면데면하게 웃었다. 그리고 두 남자가 잠시 다른 것을 하는 사이, 아영은 자신의 눈앞에 서 있는 돌 벽을 바라보았다. 슥 손을 대보니 암벽의 서늘한 온도가 손바닥을 통해 아스라이 느껴졌다.

살아 있었다. 인공적 산물로 만들어진 플라스틱 암벽이 아니라, 지구의 일부로서 살아 숨 쉬고 있는 암벽. 눈을 가만히 감고 손바닥에 온 신경을 집중해 보자, 살아 있는 암벽의 장엄한 숨결이 느껴지는 듯도 했다. 다른 이들에게는 단순한 돌덩어리일지도 모르겠지만, 이만큼 매력적인 무생물도 없을 것이다.

길은 불현듯 조용한 아영을 향해 고개를 돌렸다가, 더 이상 다가가지 못하고 잠시 멈추었다. 이상하게 벽에 한 손을 대고 살포시 눈 감은 아영이 더없이 엄숙하게 보여 그 숙연한 침묵을 깨서는 안 될 것 같았다.

그녀는 모든 것에 초연해진 듯 편안해 보였다. 보이지 않는 격렬한 공기의 흐름이 그녀의 주변에서만 멈춰 있는 것도 같은 느낌이었다.

아영이 이내 눈 뜨고 마치 연인을 바라보는 듯 다정한 눈길로 암벽을 살짝 쓰다듬어 내리자, 길은 심장이 미묘하게 떨렸다.

어딘지 신비한 여자. 좀 예쁘장하다는 것을 빼면 길거리를 걷다가 부딪치면 저런 여자일 만큼 평범한데도, 가끔씩 혼자만의 세계를 유영하는 것처럼 아련한 눈길을 하는 여자.

그때, 어깨를 툭 건드리는 손길에 저도 모르게 깜짝 놀라 등 뒤를 보자 현호가 서 있었다.

「뭐 해?」

「아니, 뭐…….」

솔직하게 아영이 뭐 하는 건가 싶어 보고 있었다고 대답하면 될 것을, 길은 왠지 해서는 안 될 짓을 한 것만 같아 어물어물 말끝을 흘렸다.

「아영!」

다른 쪽에서 카라쿰이 그녀를 부르자, 아영은 그를 바라보았다. 그 덕에 높게 올려 묶은 그녀의 긴 머리채가 수은처럼 견고하고도 탄성있게 찰랑이며 부드러운 곡선을 그렸다. 고산의 햇빛에 반짝이는 머리카락이 여자의 깊은 눈빛처럼 윤기 어린 빛을 흘렸다.

「파이팅입니다!」

카라쿰이 짐짓 주먹까지 척 지어 보이며 응원하자, 아영은 철운에게 지어 보였던 것처럼 애정 충만한 소녀의 미소로 활짝 웃었다.

「카라쿰도요.」

그 미소를 본 길은 과거에 누군가가 했던 말이 번뜩 떠올랐다.

"사랑이란 감정이 보기에는 꽤나 장황해 보이지? 하지만 그것
도 별거없지. 아니, 그 감정 자체가 별거없다는 말이 아니야. 그거
에 울고불고 하는 것에 비하자면 그 시작은 허무하리만치 별거없
다는 말이지. 사랑의 시작이란, 정말 사소한 것으로도 가슴을 탁
치고 들어와 시작되어 버리는 거거든. 어떤 사람은 상대의 발가락
이 너무 예쁘다고 느낀 순간 사랑이 시작되어 버렸다고도 하는걸.
그래, 사랑이라는 건 어느 순간 내리꽂히는 벼락처럼 시작되는 거
지……."


「물체가 5m/s의 속력으로 수직상승하고 있는 상태에서 물체를
놓게 되면 일단 물체는 5m/s의 속력으로 초기 속력을 가지게 되
고, 5m/s의 속력으로 올라갈 수 있는 최대의 거리와 시간을 구하
면…….」

타악.

길은 당최 무슨 소리를 하고 있는 건지 알 수 없는 말을 혼자 중
얼거리며 바위를 짚었다. 그러자 바위 위에 길의 손에 묻은 초크
가루가 찍히며 하얀 손자국이 그의 흔적처럼 자국을 남겼다.

처음 사귀었던 여자는 다섯 살 연상의 여자였다. 첫사랑일 것까
지는 없었다. 상대도, 자신도 가벼운 생각으로 잠깐 만난 거였다.
그러니 한 달도 채 가지 않고 끝났다. 물론 다른 여자보다 그 여자

가 조금 특별한 건 자신의 동정을 가져갔기 때문이었다.

두 번째는 취향대로 블론드를 가진 동급생이었다. 세 번째는…… 누구였더라. 아, 정말 말 그대로 어쩌다가 만난 세 살 연상의 여자였다. 그 후로는 잘 기억나지 않는다.

솔직히 말하자면, 현호도 알고 있겠지만, 딱히 여자가 미치도록 좋아서 바람둥이 짓을 해온 것은 아니었다. 물론 여자는 좋다. 부드러운 몸이라든지 낭랑한 음성이나 달착지근한 미소 같은 것이.

단지 뼛속 깊숙이까지 파고드는 외로움을 토로할 만한 곳이면 어디든지 좋았던 것인지도 모른다. 그래서 한동안 여자와 마리화나에 찌들어 지낸 적이 있었다. 그런데 어느 순간 마리화나의 달콤해서 코가 녹아버릴 것만 같은 향기가 너무 역겹게 느껴져 정신을 차렸을 때, 퇴폐적인 향기 속에 여자와 나뒹굴고 있는 자신을 발견했다. 토기가 치밀어올라 미칠 것만 같았다. 머릿속에는 뇌를 갉아먹는 벌레 수만 마리가 들끓고 있는 듯했다. 바로 그 길로 오장육부를 다 토해낼 것같이 토악질을 해대고, 길은 쇼크 증상으로 병원에 실려갔다.

마약에 찌들어 환각의 세계에서 부유하는 퀭한 눈빛들을 가장 혐오하던 자신이 아니던가. 그런데 지금 뭘 하고 있는 거지.

만류하는 모든 이들을 뿌리치고 산으로 온 것은 거의 현실 도피에 가까웠다. 처음에는 마리화나가 피고 싶어 그야말로 딱 미칠 지경이었다. 가끔은 환각에 시달려 밤에 눈을 뜨고도 현실인지 꿈인지 구별할 수가 없어 정신이 나간 사람처럼 넋 놓고 있기도 했다.

그런 자신이 혐오스러워 견딜 수가 없었다. 하지만 아이러니한 건, 그런 자신을 참을 수 없어 또 마리화나가 생각난다는 것이었다.

다람쥐 쳇바퀴처럼 돌고 돌며 종내에는 다시 원점으로 돌아오고 마는 딜레마. 마약에 빠진 이들이 으레 그렇듯, 길도 진탕한 늪에 빠진 것처럼 그 딜레마에서 헤어나오질 못했다.

신이 그런 길을 시험하기라도 하는 건지, 배낭의 아주 깊은 곳에서 오래 묵어 쉰내까지 나는 마리화나 하나가 발견되었다. 마약을 끊기 위해서 속세의 더러운 것과 단절되어 있는 히말라야로 떠나온 거였는데 말이다. 마지막, 정말 마지막이라고, 끝없이 자기 합리화를 하며 모두 잠들어 있는 밤, 홀로 텐트 밖으로 나왔다. 그런데 막 피우기 직전에 인기척이 들려 번뜩 몸을 돌리니 현호가 거기 서 있었다.

그때는 말도 제대로 나누지 않던 사이였기 때문에 현호는 길을 발견하고도 마치 보이지 않는 양 자기 할 일을 했더란다. 그때 길은 얼굴에 불길이 확 일었다. 치부를 들킨 것만 같아 절로 손이 떨릴 만큼 수치스러웠다. 그 수치스러움의 반동으로 상대에 대한 살심까지 들끓는데, 현호가 길을 바라보았다. 얼떨떨하리만치 아무렇지도 않은 표정이었다.

「그거, 끊지 그래? 좋을 것도 없는데.」

그 역시 누구나 할 법한 말이었다. 하지만 길은 그때까지만 해도 격렬하게 요동치던 수치스러움이 한순간에 확 와해되어 버리는 것을 느꼈다. 현호의 말투가 너무도 담담했기 때문이었다. 무슨 소리를 해도 낯빛 하나 변하지 않는 상대에게 화를 내는 것 자체가 괜한 소모로 느껴지는 것처럼, 그것과 비슷한 기분이었다. 그래서 길은 한 치의 주저도 없이 손가락으로 대를 부러뜨리며 말했다.

「그러지 뭐.」

누가 보면 이것들 바보 아닌가 싶을 만큼, 심각함이라고는 한 톨도 없는 말투였다. 그게 다였다. 그 후로 길은 자신을 속박하던 무언가에서 속 시원히 해방되어 버린 것처럼 마약의 수렁에서 벗어났다. 가끔씩 생각날 때가 없는 것은 아니었지만, 전처럼 환각을 볼 만큼 심각하지는 않았다. 천재가 망가져 가는 과정을 보며 사람들이 쯧쯧 혀를 내찰 때도, 부모님이 오열하며 그만 하라고 했을 때도 그만둘 수가 없었는데, 지금 생각해도 참 어이없는 동기였다.

후등자인 길은 물끄러미 앞서 올라가고 있는 아영과 현호를 바라보았다. 하지만 선등자와 후등자와의 거리가 있기 때문에 두 사람의 모습이 잘 보이지는 않았다.

「최대 거리와 속도를 구하면 s=v0t+at^2/2에 v=v0+at…… 초기속도 v0=5. 가속도가…… 마이너스 9.8. 나중 속도는 제로. 그리고…….」

길은 아까 중얼거리던 물리 문제를 암산으로 즉석에서 풀어가며 중얼거렸다. 물론 위험천만한 실제 암벽 등반을 하며 뜬금없이 물리 문제를 풀 필요는 어디에도 없지만, 이거라도 해야 마음이 좀 정리될 것 같았다.

현호가 무슨 생각을 하며 살고 있는지는, 그와 알고 지낸 지 몇 년이 지난 이 시점에도 확실하지 않았다. 그런만큼 현호가 아영에 게 어떤 감정을 느끼고 있는지 역시 확고하게 알기는 어려웠다. 하지만 그가 아영에게 이성으로서의 호감을 느끼고 있는 것만은 분명했다. 워낙 어떤 여자를 봐도 뚱하던 그인지라, 웬일인지는 모르겠지만서도.

어쨌든 그 실한 물건 하도 안 써서 이제는 화석이 되어버리기라 도 했나 했는데, 단지 마음이 동하는 여자를 못 만나서였다면 친 구로서 축하할 만한 일이다. 난생처음 현호가 관심있는 듯 행동하 니 혼신의 힘을 다해서 지지해 줘야 할 일이기도 하다. 물론 얼마 전까지만 해도 그러려니 했고. 사실 고백하자면 놀려주고 싶은 마 음이 없는 건 아니었지만, 근본적인 마음은 그랬다. 그런데 왜, 어 째서, 하필……

「나도인 건데?」

길은 이 상황이 못내 마음에 들지 않는지 불만족스럽게 암벽에 대고 중얼거렸다. 마치 벽이 현명한 답이라도 내어줄 것처럼.

수십억 명의 인구 중 그 반이 여자다. 뭐, 요즘은 여성 인구가 많이 줄고 있다는 건 그렇다손 치고. 현호가 관심을 가지게 된 여 자에게 왜 하필 자신도 감정을 느끼게 되어버렸단 말인가? 그 하 고 많은 여자 중에 말이다.

이 부조리에 짜증나도록 억울함이 들었다.

"꺅!"

순간 두 남자 사이에서 오르고 있던 아영의 발이 미끄러지며 벽의 표면과 길게 마찰했다. 아영이 저도 모르게 외마디 비명을 내지르자 넋 놓고 있던 길의 귓가에도 그 목소리가 날카롭게 파고들어, 길은 깜짝 놀라 고개를 들었다. 그리고 지금 당장 날아갈 수 없다는 걸 알면서도 반사적으로 걸음을 내디디는데, 아영이 가까스로 16)칸테를 붙잡아 추락이 멈추었다. 다소 밀려 내려오긴 했지만 등반을 하다 보면 흔히 있는 일이고, 안전장치가 있기 때문에 크게 걱정할 만한 상황은 아니었다. 그럼에도 길은 순간 심장이 배까지 추락했다가 올라간 느낌이었다.

「아영, 괜찮…….」

겨우 목소리를 가다듬고 안부를 물으려는 순간, 저 위에서 현호의 목소리가 먼저 날아들었다.

"이봐, 괜찮아?"

아영은 간담을 서늘하게 만드는 미끄러짐을 난생처음 경험하고 심장이 쿵쾅쿵쾅 뛰어대 귓가가 시끄러울 지경이었다. 하지만 안 그래도 두 사람에 비해 육체적으로도 부족하고 기술면에서도 열등하다는 핸디캡이 있기 때문에 내색하고 싶지 않았다. 그래서 아영은 위의 현호를 향해 아무것도 아니라는 듯 손을 흔들어 보였다.

미끄러져 내린 만큼을 얼른 올라가려던 아영은 순간 기억났다는 듯 아래쪽을 바라보았다. 그리고 오묘한 눈길로 위를 바라보고 있는 길에게 슬쩍 웃어 보였다. 신경 쓰게 해서 미안하다는 뜻이었다.

------------------------------------------------

16)칸테(Kante): 암벽 면에 요철 형으로 돌출된 부분. 등산 용어

길은 아영의 웃음이 단순히 동료를 향하는 것임을 알고 있으면서도, 가슴이 울렁였다.

길은 고개를 절레절레 내젓고 다시 중얼거리기 시작했다.

「두 번째 식에 대입하면 0=5─9.8t해서 t=0.5102xxx초가 걸리고…… 아, 젠장. 다음 식이 뭐더라…….」


「사실 좀 간담이 서늘했어요.」

오늘은 시험 등반이었기 때문에 금방 내려와서 밥을 먹고 있던 도중, 신아가 어땠냐고 묻자 아영은 좀 부끄러운 듯 웃으며 고백했다.

「발이 미끄러진 순간에는 정말 아무 생각도 안 들었어요. 지상에서 막상 생각하기로는 어떤 상황에도 침착하게 대응할 수 있을 것 같았는데, 피가 싸악 식으면서 머리가 완전 백지더라구요. 손을 뻗은 건 거의 살고자 하는 발악이었지 싶어요.」

신아는 그 기분을 아는 건지 모르는 건지 이해한다는 양 고개를 끄덕였다.

「거의 본능 아니겠어요.」

「누구나 다 그래.」

현호는 칠리 수프를 플라스틱 숟가락으로 퍼먹으며 지극히 무덤덤하게 말했다.

「현호 씨도 그래요?」

「나도 인간이거든.」

「현호 씨는 추락하는 순간에도 다 계산하고 움직일 것 같은데 말이죠.」

「추락하는 순간에 누가 오만 잡것들을 다 계산하고 있어? 무작정 손 뻗고 보는 거…… 이봐, 최신아. 너 이거 제대로 데운 거 맞아?」

현호는 말하다 말고 미간에 설핏 금을 그으며 신아에게 말했다. 그러자 신아는 그의 칠리 수프 그릇을 한번 보고 현호를 보았다.

「시험 등반 기념이라고 이 몸이 몸소 데워주기까지 했는데 뭔 불만이 그렇게 많아?」

「중간은 완전히 차갑잖아.」

「나 원, 역시 답지 않게 결벽증 있다니까.」

「이게 왜 결벽증으로 연결이 되는 거냐?」

「대충 먹어, 대충. 내가 아무리 그대를 총애한다고 해도 앙탈이 지나치면 미운털인 거 알지?」

둘이 그런 대화를 나누는 사이, 아영은 아까부터 묘하게 조용한 길을 돌아다보았다. 원래 식사 자리에서는 늘 나서서 분위기 메이커를 하던 길이었는데 지금은 이상하게 침묵으로 일관하고 있었다. 그래도 현호에 필적하는 괴물 같은 식욕은 그대로인지 칠리 수프 그릇은 건더기 하나 남김없이 깔끔 그 자체였다.

「길.」

턱을 괴고 먼 산만을 바라보고 있던 길이 '응?' 하며 시선을 돌렸다.

「왜요?」

대화 상대를 편하게 만들려는 듯 버릇처럼 슬며시 웃는 얼굴은 여전했지만……

「무슨 생각을 그렇게 해요? 이상하게 조용하네요?」

「아뇨, 뭐…….」

어물쩍 대답하며 고개를 돌린 길은 어느새 신아와 대화를 끝낸 현호와 시선이 정통으로 마주쳤다. 그러자 길은 저도 모르게 슬쩍 시선을 피하며 다시 아영을 바라보았다. 보통 때라면 장난으로 느끼하게 웃어 보일 텐데, 왠지 뒤가 켕기는 느낌에 절친한 친구의 눈을 제대로 볼 수가 없었다. 아니, 뭐 현호의 눈이야 저 덥수룩한 머리카락 때문에 잘 보이지도 않지만.

「길버트 버틀러.」

자기 딴에는 자연스럽게 시선을 피한다고 한 건데, 현호에게 그게 통할 리 없었던 건지 바로 나지막한 저음이 날아들었다.

「왜 그렇게 은근하게 내 이름을 부르실까?」

길은 천연덕스럽게 능청을 떨어보았다.

그런 둘을 보며 아영은 뜬금없는 것을 깨달았다. 아, 그러고 보니 이 남자 원래 목소리가 은근한 건가? 아까 티티카카 호수 어쩌고 했을 때만 그런 게 아니라? 그러면 가슴이 설렐 이유는 어디에도…… 응? 나, 가슴이 설레는가? 설마…… 왜?

아영은 자신이 생각하고도 이해할 수 없어 고개를 갸웃했다.

「지금 내 눈 피하지 않았었냐?」

「어머나, 현호 씨 피해망상이 있으시네?」

현호는 플라스틱 숟가락이 우그러져라 두터운 손에 콱 힘을 주며 으르렁거렸다.

「내가 그런 말투 쓰지 말라고 했지.」

「하지 말라면 더 하고 싶어지는 것이 인지상정. 이 길버트 버틀러 님의 본능 아니겠는가, 제군?」

「오냐, 정상에서 로프를 끊어주지.」

「넌 너무 폭력적이라니까? 쯔쯔쯔, 꼭 그렇게 힘으로 모든 걸 해결해야겠냐?」

「넌 그렇게라도 안 하면 정신 못 차릴 것 같아서 말이다.」

「이보아, 난 지성인이라고? 말로 합시다, 말로.」

그때, 한 스태프가 네 명이 앉아 식사를 하고 있는 식탁으로 다가와 아영에게 말했다.

「아영 씨, 아영 씨한테 연락이 왔는데요.」

「저한테요?」

아영이 옆에 선 스태프를 올려다보느라 고개를 그쪽으로 돌리자, 그녀의 긴 머리채가 옆에 앉은 현호의 팔에 닿았다. 맨피부를 나비처럼 사르륵 스치고 지나가는 함함한 머릿결에 현호는 잠시 우뚝 굳었다. 신아는 뭔가 싶어서 함께 스태프를 바라보고 있느라 몰랐지만, 길은 그 장면을 모두 보고 있었다.

아영이 잠시 실례하겠다며 일어나 가자, 현호는 아닌 척 흘긋 그녀의 뒷모습을 시선으로 좇았다. 그러다가 자신을 바라보고 있는 길의 시선을 눈치 챈 듯 불친절하게 물었다.

「뭐냐?」

길은 자신의 속내를 감추려는 양 빙글빙글 웃었다.

「아니, 아무것도 아니야.」

배신하고 싶지 않았다. 현호 자신은 본의가 아니었다 해도, 여러모로 자신을 구해준 그를 배신할 수도 없었다.

만약 현호가 도움을 필요로 하게 되면 가장 적극적으로 도와주고 싶었다. 그가 필요없다고 해도, 어떤 형태로든 도움이 되길 원했다. 아니, 설령 도움이 되지 못해도 적어도 한 여자를 두고 그와 척을 지는 것만은 사양하고 싶었다.

그만두자. 아직은 깊어지지 않은 감정이다. 이쯤에서 그만두는 것이 장기적으로 봤을 때 현호를 위하는 길이고, 자신에게도 좋은 일이다.

여자야 좀 극단적으로 말하자면 이 발 아래 깔린 자갈처럼 많으니까. 꼭 아영이 아니더라도 상관없지 않은가. 만약 현호가 아영에 대해 그냥 단순한 호감만을 가지고 있을 뿐이라 해도, 친구가 여자로 보고 있는 상대를 탐한다는 것 자체가 좀 그렇잖아? 그래, 그게 좋겠지.

왜, 십계명에도 있잖아? 네 이웃의 아내를 탐하지 말라. 캬, 명언일세.


아영은 한참을 주저한 후에야 수화기를 들었다. 솔직히 마음 같아서는 갑작스레 날아든 연락을 무시하고 싶었다. 연락은 협회로부터 온 것이었는데, 자꾸 아영의 어머니 경란이 아영과의 연락을 요하고 있다는 내용이었다. 경란과의 통화는 인천공항에서 비행기를 타기 바로 직전에 한 것이 마지막이었다. 얼굴을 본 건 그보다 더 되었고.

일부러 연락을 하지 않은 것이었다. 걱정하고 있으리란 생각에 가슴이 돌덩어리를 올려놓은 듯 묵직해졌지만, 경란도 그녀 나름대로 정리할 시간이 필요하리라 여겼다. 하지만 솔직히 말하자면, 경란은 아영이 모델을 그만두고 등반가를 생업으로 삼는다는 것을 타협하고 수긍할 만한 사람이 아니었다. 분명히 연락을 달라고 하는 것은 그만 돌아오라고 이야기하기 위해서가 분명했다.

현재 자신의 기분은 최고의 상승 곡선을 그리고 있었다. 뭐, 한 남자를 향해 난생처음 느껴보는 생경한 감정이 자꾸만 생기는 게, 조금 꺼림칙한 부분이 없는 것도 아니었지만, 오늘 처음 살아 있는 산을 타보고 바로 이것이라 느꼈다. 박동 치는 산과 그 고동을 공유하는 기분. 비록 안전 장비를 모두 갖추고 등반하니만큼 그물 따위를 드리워 놓고 서커스를 하는 것처럼 계산된 모험이긴 했으나, 생사의 경계를 넘나드는 아슬아슬함과 고난이도의 공중묘기를 선보이는 것 같은 성취감. 사람들의 시선을 인식하느라 뻣뻣한 걸음으로 런웨이를 가로지르는 것보다는 훨씬 가슴 뛰는 일이었다. 물론 모델 일을 등한시하거나 그 일에 보람이 없었던 것은 아니었다. 하지만 그보다 아영 스스로에게 맞는 일은 산을 타는 거였다.

그레이트 트랑고의 정상을 보고 난 후에는 경란의 쓴 소리를 감내할 뜻이 있었지만, 지금만큼은 이 기분을 깨고 싶지 않았다. 그럼에도 결국 수화기를 들고 만 것은 하나 있는 딸을 이역만리에 보내놓은 어머니의 기분이 어떨지 걱정되었기 때문이었다. 이러니저러니 해도, 경란은 이제 단 한 명 남은 부모님이니.

비록 좀 극성맞은 구석이 있긴 했지만, 경란도 지극히 딸을 사랑하는 어머니였다. 오히려 너무 사랑해서 그 애정이 과보호로 귀결되었을 만큼.

남편과 찢어지고 아영은 경란에게 있어 세상을 살아갈 유일한 힘이었고 지주였다. 그런 어머니의 마음을 모를 만큼 어리지도, 철이 없는 것도 아니니 아영은 고집을 피울 만한 일이 아니다 결론 내렸다.

산 위에서 연결하는 것이기 때문에 다소 잡음이 섞인 신호음이 한참 가고, 찰칵 하는 기계음과 함께 경란의 목소리가 들려왔다.

[여보세요.]

왠지 피로감에 절절히 절은 목소리였다.

"어머니."

[아영…… 아영이니?]

"네. 몸은 건강하세요?"

아영은 떨어져 살고 있는 철운에게는 예사말을 했지만, 오히려 늘 함께 사는 경란에게는 존댓말을 썼다. 그것은 아영이 철운에게 보다 경란에게 더 거리감을 느끼고 있다는 사실의 확실한 증거였다.

[너…… 네가…….]

경란은 어딘지 물기에 젖은 목소리로 한참 단어를 고르는 듯했다. 어머니의 기운없는 목소리를 듣자 아영은 다시 심장이 묵직해지며 사포로 마구 비빈 듯 쓰라렸다.

"불면증은 좀 어떠세요."

나이 탓인지, 심약한 신경에 가중되는 스트레스 탓인지, 경란은 주기적으로 불면증에 시달렸다. 늘 와인이나 처방받은 수면제를 먹고야 잠들 수 있었는데, 그러고도 아침에 일어나면 질척질척하게 눌어붙는 피로에 온 세상 짐을 다 지고 있는 양 무거운 표정이었다.

사실 경란처럼 예민한 신경의 소유자가 그저 긍정적이고 낙천적인 철운을 견딜 수 없었던 건 당연한 일인지도 모른다. 철운이 산으로 나돌지 않았어도 둘의 이혼은 언젠가 일어날 예정된 일이 아니었을까. 언제까지나 단란하게 살기에는 둘의 성격이 맞부딪치는 곳에서 일어나는 마찰이 너무나 아픈 것이었을 테니.

[네가…… 네가 그렇게 가서…… 그런 곳에 있는데 내가 어떻게 편하게 잠을 자겠니. 어떻게 내 생각은 하지도 않는 거니.]

예상한 말이었지만 할 말이 없었다.

"어머니, 여기 그렇게 위험한 곳 아니에요."

울고 있는 모양이다. 북받치는 감정을 참을 수가 없는지, 경란이 목소리를 죽이고 우는 소리가 수화기를 타고 넘어와 아영의 귀에 아프게 틀어박혔다.

[정말 그 산이라는 게 싫구나. 어떻게 남편도 모자라 딸까지 앗아간다니. 내가 아들이면 말도 안 해. 딸인데……]

울고 싶은 사람에게 울지 말라고 말하는 것도 예의는 아닌 것 같아 울지 말라고는 말하지 않았다.

"사람들도 다 좋고, 밥도 잘 먹고 있어요."

다만 블랙 그라벨 팀의 주식은 통조림 칠리 수프인 것 같긴 하지만 말이다. 아마 편리하기 때문인 듯했다.

　[그만 하면 안 되겠니. 너까지 잃으면 난 어떻게 살아가라고…….]

　"꼭 목숨을 잃는다는 건 아니잖아요. 요즘은 안전 장비가 좋아서……."

　[하지만 네 아버지는 다른 곳도 아닌 바로 그곳에서 죽었어!]

　역시 다른 산도 아니고 처음부터 철운의 목숨을 거둔 산으로 온 건 잘못된 선택이었을까. 하지만 철운이 황토색의 단애가 도발적인 유혹으로 느껴질 정도로 매력적이라 했던 그레이트 트란고부터 보고 싶었다. 그리고 실제로 그레이트 트란고는 그 결정이 후회되지 않을 정도로 처연하고도 아름다운 곳이었다. 수많은 암봉이 늘어서 있는 가운데 여왕처럼 도도하게 우뚝 솟아 있는 거산. 그 모습을 실제로 보고는 숨이 막힐 정도가 아니었던가.

　[아영아…… 아영아…….]

　"어머니……."

　경란의 간곡한 어조에 아영도 마음이 미어졌다. 하지만 산을 포기할 수도 없기에, 어떻게 이해시켜야 하나 탈출구가 없었다. 그런데 한참이나 '아영아'만 반복하던 경란이 아주 긴 침묵 후에 거의 목소리를 쥐어짜듯 말했다.

　[한 가지만, 한 가지만이라도 약속해 주렴.]

　"……."

　[꼭 살아 돌아오겠다고. 절대 네 아버지처럼 시체가 되어서 돌아오지 않겠다고…….]

경란은 철운의 장례식에도 가지 않았다. 이혼 서류에 도장을 찍는 순간 남이 되어버렸는데 자신이 장례식에 참가해야 할 의무는 어디에도 없다고 했다. 하지만 장례식을 끝내고 집에 갔을 때, 아영은 불그스름하게 변해 있는 경란의 눈가를 발견했다. 그러나 경란은 장례식이 어땠느냐고 묻지 않았고, 아영도 우셨냐고 묻지 않았다.

아영은 꾸욱 입술을 깨물었다.

"약속할게요."

[그래……. 이 어미까지 이렇게 울리고 갔으니, 그런 만큼 네가 원하던 것을 얻고 돌아오려무나.]

아영은 전화를 끊었다. 하지만 수화기를 내려놓는 손에 따라 심장도 몇십 킬로그램짜리 추를 달아놓은 듯 점차 바닥으로 내려앉는 기분이었다.

한참 굳은 듯이 앉아 있다가 텐트 밖으로 나오자, 모두들 식사를 끝내고 각자 할 일을 하러 갔는지, 현호만이 식탁에 앉아 무언가를 보고 있었다. 아영은 지금만큼은 그와 말씨름을 하고 싶지 않아 다른 곳으로 갈까 하다가, 차라리 말씨름이라도 하면 이 육중한 무게의 기분이 가실라나 싶어 그의 뒤로 다가갔다. 그가 보고 있는 것은 그의 한 손바닥에 쏙 들어갈 만큼 작은 무언가였다. 그리고 그 앞에는 두툼한 책 한 권이 놓여 있었다.

"뭐 봐요?"

질문하면서 맞은편 자리에 앉자, 현호는 보여서는 안 될 것이라도 보인 듯 그것을 얼른 책 속에 끼워 넣었다. 감추려는 듯한 행동에 아영은 설핏 불쾌감이 들었다.

상대가 뭘 감추든 자신과는 관계가 없을 텐데, 대체 왜?

"뭔데 감추는 거예요?"

"별거 아냐."

"별거 아닌데 왜 감춰요?"

"별거 아니니 감추지."

"궤변이네요."

"그러는 너야말로 누구한테서 온 연락이었는데??"

별로 대답할 필요가 없는 질문이었지만, 무슨 마음이 동했는지 아영은 선선히 대답했다.

"어머니요."

현호는 책 쪽으로 내리깔았던 시선을 들어 흘긋 아영을 보았다. 아영도 그를 보았다가, 문득 그가 읽고 있는 책에서 낯익은 문구를 발견하고 말했다.

"어? 도스토예프스키인가요?"

표도르 도스토예프스키의 작, 죄와 벌. 그란 남자가 읽고 있는 것치고는 심히 고전적이고 심오한 것이라 아영의 어조는 의외라는 식이었다.

현호는 다시 딱딱한 인쇄 활자로 시선을 내리며 툭 내어뱉듯 대답했다.

"병적인 사색에 잠긴 한 청년의 첨예한 갈등사지."

"헤에……."

"내가 보기에는 폐색적 시대 상황에 잠식된 한 인간의 발악기로 보이지만 말이야."

"신랄한 의견이네요."

어쩐지 잘나간다 싶었다.

"정의의 실천을 위해서 과감히 사회의 도덕률을 깨고 오물에 발 담그기로 했으면 흔들림이 없어야지, 거의 정신분열에 가까운 고뇌에 시달릴 거면 애당초 전당포 노파를 죽이지나 말든지. 그런데 라스콜리니코프의 이름 뜻이 '분열'이라지? 그런 거 보면 역시 이름이 인간의 인생을 결정짓는 것 같기도 하고."

'죄와 벌'의 주인공 라스콜리니코프는 나폴레옹처럼 선택받은 신 인류적 강자는 정형화된 윤리에서 벗어나 암적인 존재를 단죄할 권리가 있다는 결론에 도달하게 된다. 그리고 가난한 사람들의 피를 빨아먹는 전당포 노파를 살해하기에 이른다. 처음에는 그것이 올바른 길이라고 여겼으나, 정작 전당포 노파를 살해한 행위는 그에게 엄청난 죄의식을 안기고, 그는 사회의 통념에서 벗어나고만 자신에게 인류와의 단절감을 느낀다.

아영은 뫼비우스의 띠처럼 고민을 반복하다가 여태 쌓아온 모든 것을 버리고 새로운 길을 떠나자고 결심했다. 그리고 과감히 한국 땅을 떠나왔다. 하지만 후회없는 선택을 했다고 자부하고 있으면서도, 정작 떠나오고 나니 정말 이것이 올바른 길인가 헷갈리기 시작했다. 산을 오를 때까지만 해도 그런 생각은 전혀 하지 않았다. 하고 싶지도 않았고. 하지만 경란과 통화를 끝내자, 저렇게 어머니를 울리면서까지 굳이 이 길을 고집했어야 했나 하는 새로운 고민이 그녀 안에서 똬리를 틀었다.

라스콜리니코프와 아영의 상황은 아주 다르지만, 근본적으로는 어떤 결심 후에 필연처럼 따라붙는 갈등이란 것이 또 크게 차이나지 않았다. 그래서일까. 현호의 거침없는 의견이 마치 갈팡질팡하는 자신의 속내를 질책하는 것만 같아 아영은 목구멍을 타고 씁쓸한 담즙이 역류하는 듯했다.

"그럼…… 현호 씨는 어떤 선택을 내리든 그에 대해서 한 치의 흔들림도 없을 수 있다는 건가요?"

"그럴 리 있나."

자신만만하게 '당연하지'라는 대답이 돌아올 줄 알았다. 하지만 말도 안 되는 소리라는 듯 대답하는 그를 보니 아영은 기가 막히다 못해 어이가 없었다.

대체 이 남자는…….

"그럼 현호 씨가 한 말은 엄청나게 위선적인 발언이네요."

"말로는 무슨 소리인들 못하겠어."

"현호 씨…… 정말 종잡을 수 없는 거 알죠?"

"칭찬으로 들을게. 근데 어떤 인간이 결단을 내렸다고 후에 따라붙는 고민까지 아예 없겠어? 고민해도 번복하지 않거나 하지 않는다고 말할 뿐이지. 난 후회하지 않는다, 고민하지 않는다, 그렇게 생각하는 것 자체가 이미 고민하고 있다는 반증 아니겠어?"

아영은 말문이 막혔다. 이 남자, 정말 알 수가 없었다. 전혀 말이 안 되는 것 같으면서도 묘하게 말이 되고, 억지나 픽픽 부리는 것 같아도 가만히 듣고 보면 왠지 말에 뼈가 있질 않나.

"후회하지 마."

뜬금없는 말에 아영은 현호를 보았다. 그는 한쪽 팔꿈치를 탁자에 괴고 다른 한 손으로는 책장을 넘겼다. 대화하는 도중에도 다 읽고 있기는 한 모양이었다.

"뭘요?"

"뭐든지. 여기 청년처럼 갈등하지 않는 사람은 없지만, 이 청년처럼 살인을 한 것도 아니니까 네가 선택한 것이라면 무엇이든지."

현호는 마치 그녀의 사정을 다 아는 것처럼 이야기했다.

아영은 서늘한 한기가 등줄기를 훑고 지나간 듯한 느낌이 들었다. 왠지 추위를 느낀 것처럼 피부에 작게 소름이 돋고, 몸이 부슬부슬 떨렸다.

확고한 확신에 찬 그의 어조. 역시…… 이상해. 저 유순한 저음에, 거산처럼 든든한 모습에…… 가슴이 뛰어.

"현호 씨는 뭐랄까……."

아영이 뭔가 중요한 말을 할 듯 운을 띄우자, 그제야 현호의 눈이 다시 그녀를 담았다.

"번잡한 세상사를 다 초월해 버린 사람 같네요."

현호는 그 말이 퍽이나 웃긴지 피식 자조적인 웃음을 내보였다.

"말만 번지르르하게 하지, 나도 인간이다."

"그러고 보니 현호 씨는 스무 살 때부터 히말라야를 타기 시작했죠? 대학은 어떻게 했어요?"

아주 가볍게 물은 질문이었는데, 현호는 대답없이 묵묵한 표정이었다. 사실 그때까지만 해도 아영은 전혀 생각하지 못했다. 그가 대학을 나오지 않았으리라고는. 그의 지식을 확인해 본 일은 없지만 왠지 그 자체가 전문적인 사람인 듯했고, 아영도 어쩔 수 없는 한국인인지 설마 대학을 나오지 않았겠느냐고 생각했기 때문이었다.

현호는 책을 덮었다. 그리고 씁쓸함이 뚝뚝 떨어져 내리는 어조를 감추지 않고 짧게 대답했다.

"그래서 나도 인간이라는 거지."

아영은 웬 동문서답인지 이해하지 못했지만.

제8장

무심코 바닥을 내려다본 신아는 자갈밭 위에 버려진 이질적인 물건을 발견했다. 언뜻 보고는 작은 직사각형의 모양이 지갑인가 했는데, 그건 사진 한 장을 끼워 넣을 수 있는 가죽 사진첩이었다. 신아는 누가 잃어버린 건가 싶어 사진첩을 펼쳐 보았다. 그리고 거기서 익숙한 얼굴을 발견하고는 마침 멀지 않은 곳에 있는 사람을 소리쳐 불렀다.

「현호, 이거 떨어뜨렸어!」

그 특유의 여유로운 발걸음으로 베이스캠프를 누비고 있던 현호는 뭐냐는 듯 신아를 바라보았다. 신아의 목소리가 워낙 기차통 삶아먹은 것처럼 우렁차 다른 쪽에 있던 길의 고개도 그쪽으로 돌아갔다. 하지만 아영은 다른 스태프와 대화를 나누는 것에 빠져 그 목소리를 듣지 못했다.

「어? 아영, 저거 당신 거…….」

길의 중얼거림에 아영도 뭔가 싶어 고개를 든 순간, 현호가 신아의 손에서 그 사진첩을 받아 들고 있었다. 아영은 번뜩 자신의 뒷주머니를 두드렸다. 아무것도 없었다. 철운과 첫사랑 소년의 사진이!

보통 때는 그것을 배낭의 깊숙한 곳에 숨겨두었지만, 요 며칠간은 산을 탈 때만 제외하고 계속 뒷주머니에 넣어 다닌 참이었다. 마음의 안식을 위한 부적이랄까. 그런데 아까 급하게 움직이다가 사진첩을 떨어뜨린 모양이었다.

이제는 어느 정도 현호에게 마음을 연 후였지만, 아영은 그가 그것을 보기라도 할까 봐 벌떡 일어나서 소리쳤다.

「아, 신아 씨! 내 거예요!」

하지만 신아는 미안하다며 당장 아영에게 가져오기는커녕, 무슨 헛소리냐는 듯 그녀를 바라보았다. 그런데 손에 들어온 물건을 바라본 현호의 눈썹이 기묘하게 휘었다.

「현호, 이거 네 거 아냐? 분명히 너랑 박 선생님 사진이…….」

소중한 사진첩을 돌려받으려고 걸어가던 아영이 우뚝 멈춰 서자, 따라오던 길도 덩달아 걸음을 멈추었다.

「뭐라고요?」

아영은 자신이 들은 말이 사실인가 싶어 반문했다. 길은 이해할 수 없는 상황에 어리둥절한 표정이었다. 하지만 저 사진첩의 주인이 아영이라는 것을 알고 있는 그였기에 그녀를 거들었다.

「그거 아영 건데?」

「에? 하지만 분명히 박 선생님이랑 현호잖아? 난 현호가 웬일로 그리 학을 떼는 어릴 때 사진을 가지고 다니나 했는데?」

아주 단순한 문장임에도 아영은 선뜻 이해가 되지 않아 재차 물었다.

「박 선생님…… 이요?」

신하는 영문도 모르고 얼떨떨하게 답을 돌려주었다.

「예. 현호의 은사 분이에요.」

「혹시 그분 성함이…….」

목을 쥐어짜듯 힘겹게 목구멍을 타고 올라온 아영의 목소리가 미약하게 파도치고 있었다.

"박, 철 자(字), 운 자(字)요. 아영도 알죠? 얼마 전에 그레이트 트란고에서 돌아가신……."

그때, 손에 들린 사진첩에서 시선을 떼지 못하던 현호가 처음으로 입을 열었다.

"네 본명이 박향기?"

아영은 낮게 신음하며 손으로 왈칵 입을 막았다. 그 짧은 탄식은 신아가 철운을 알고 있다는 데에 대한 반가움인지, 현호가 자신의 첫사랑 소년이라는 사실에 대한 놀라움인지는 알 수 없었다.

향기. 사람은 언제나 향기로움을 풍길 줄 알아야 한다며 철운이 지어준 이름. 세상 모두가 아영을 진아영이라 부를 때도, 그녀의 아버지만이 언제나 함박 웃으며 '향기야' 라고 다정하게 불러주던 그 이름. 언제나 기쁨에 충만했던, 보물 1호와도 같은 그녀만의 고

유명사.

네 사람 사이에 무겁고 단단한 침묵만이 도무지 깨어지지 않을 듯 가득했다. 그 침묵을 깬 것은 길의 믿을 수 없다는 한마디였다.

「지현호, 너 설마 어렸을 때 완전 꽃소년이었냐?」

제발 이런 상황에서만은 조금이라도 진지하면 좋으련만.

속세에서 격리되어 정화된 성지와도 같은 히말라야에도 예외없이 밤의 장막은 드리워지고, 모두가 내일을 위해 곤한 잠을 자는 시간이었다. 서늘한 미풍에 하느작하느작 흔들리는 텐트 속에 사람들은 한기를 쫓고자 애벌레처럼 몸을 말고 램프에 불을 키웠다. 은은한 램프 빛이 텐트 밖으로 희미하게 비치니 어둠 속에서도 존재감을 잃지 않는 가로등인 듯했다.

아영은 왠지 맑은 공기가 필요해 텐트 밖으로 나왔다가 초르텐 앞에 홀로 앉아 있는 인영을 발견했다. 두터운 점퍼를 입고 듬직한 어깨를 조금 안으로 말고 있는 것이, 어쩐지 외로움에 잠긴 어린아이 같았다.

"옆에 앉아도 돼요?"

자박자박, 자갈밭을 가로질러 가 그 너른 등 뒤에서 살짝 묻자 현호가 고개를 돌렸다. 그의 손에는 스테인 컵이 들려 있었다. 뜨거운 차를 붓고 손바닥을 통해 따뜻한 온기를 전해받고 있는 모양이었다.

"앉아."

현호의 허락이 떨어지자, 아영은 점퍼를 제대로 여미며 그의 곁에 엉덩이를 깔고 앉았다.

"뭐 하고 있었어요?"

그 질문에 현호는 선뜻 대답하지 않고 초르텐의 꼭대기를 말끄러미 올려다보았다. 그리운 존재를 찾듯.

"글쎄."

"뭘 하고 있는지 스스로도 모른다는 건 주체성이 없는 발언이네요."

피식 소리가 들려 고개를 돌리자, 현호의 수염 속에 파묻힌 입매가 긴 웃음을 그리고 있었다.

"지금 듣고 보니 확실히 선생님과 말투가 비슷하군."

그에게서 철운에 대한 이야기가 나오자 아영은 묘하게 가슴이 설레었다. 철운을 일 관계로 알고 있는 사람을 만나본 것은 그의 옛 교사 동료뿐이었기 때문이었다.

"비슷해요? 어디가요?"

현호는 대답하기에 앞서 뽀얀 김이 피어오르는 액체를 한 모금 홀짝였다.

"음, 장황하게 말하는 게."

아영도 피식 웃었다.

"그리고 미학적으로 말하는 것도 그렇죠."

"무슨 의미야?"

"희망, 사랑, 소망, 꿈, 그런 단어를 즐겨 쓰는 거요."

확실히 철운은 고운 말만 쓰는 사람이었다. 욕을 쓰지 않은 것은 물론이거니와, 왠지 시적이고 긍정적인 말을 많이 했다. 욕을 쓰지 않는 것은 국어 선생님이어서 그렇다손 치더라도, 한 번 들으면 잊을 수 없게 만드는 그 특이한 화법은 그만의 개성이었다.

"맞아. 그러셨지."

그에게도 철운은 아늑하고도 기쁨 충만한 추억인 걸까. 동의하는 말투가 온화한 애정에 가득 차 있었다. 비록 경란에게는 증오의 대상이었지만, 철운이 다른 이들에게는 존경할 만한 사람이었다는 사실을 확인하자 아영은 왠지 뿌듯했다. 그는 언제나 자랑하고픈 아버지였기에.

"근데 뭐 마셔요?"

"물."

"맛있어요?"

"아니."

"그럼 커피라도 마시지 그래요?"

"커피는 백해무익하잖아. 그리고 마시다 보면 아무 생각 없어. 마실래?"

허리와 목 부근으로 싸하게 파고드는 바람에 아영이 거북이처럼 목을 움츠리자 현호는 찻잔을 건네며 말했다. 아영은 아쉬운 대로 여기서라도 온기를 얻자 싶어 그 제안을 거절하지 않았다.

"그러고 보면 현호 씨, 몸에 안 좋은 건 절대 안 하네요."

확실히 그가 담배는커녕 커피 한 잔 마시는 것을 본 적이 없었다. 길은 티(tea)의 나라에서 태어난 사람답게 아침에 일어나면 일단 커피 한 잔으로 하루의 시작을 알리는데 말이다. 신아도 마찬가지고.

"몸이 재산이니까."

"현호 씨는 몸에만 좋다면 괴물이라도 삶아 먹을 것 같아요."

"괴물? 호수의 괴물 같은 거?"

"영화 괴물에 나오는 괴물 몰라요?"

"그런 영화가 있었나?"

아영은 그제야 현호가 문명과는 한 걸음 떨어져 살고 있다는 것을 깨달았다.

"얼마 전에 개봉한 한국 영화예요. 미국에서 한강에 버린 포름알데히드 물질에서 태어난 돌연변이죠."

"포름알데히드는 극독물질 아냐? 그게 어떻게 몸에 좋을 수가 있어?"

퍽이나 천진한 물음에 아영은 어이없다는 듯 대답했다.

"그냥 말이 그렇다는 거죠. 만약 몸에 좋다면 그럴 것 같다는 말이에요."

이 남자, 가끔 보면 어울리지 않게 핀트가 어긋난다. 하지만 왠지 그 모습이 싫지 않아 아영은 희미한 웃음이 퍼져 있는 입가에 그가 건네준 찻잔을 댔다. 그리고 한 모금 마시자 입으로 흘러들어 온 온기가 몸 구석구석으로 퍼져 나가며 한기를 조금 몰아냈다. 그 느낌에 작게 어깨를 떨자, 쭉 아영을 바라보고 있던 현호가 어쩐지 가라앉은 목소리로 말했다.

"예전부터 생각한 건데."

"……?"

"너 좀 무방비한 거 아냐?"

그 질문이 물을 마신 자신의 행동으로부터 파생된 것 같아 아영은 의아하게 찻잔을 내려다보았다.

"어디서부터 유래된 질문이에요?"

"마시라고 주긴 했지만, 남자가 마시던 찻잔에 아무렇지 않게 입을 대고 마시잖아."

"그게 왜 무방비한 걸로 연결돼요?"

"어리긴. 꼭 하나부터 열까지 설명해 줘야 돼? 그런 행동, 보통 남자라면 얘도 나한테 관심이 있나 착각한다고."

현호는 무의식중에 한 말인 듯했지만, 아영의 머리에 '얘도'라는 단어가 왠지 강조되어 쿡 박혔다. '도'라는 건 자신도 그렇다는 전제하에 쓰는 조사가 아니던가? 아영은 순간 '얘도'는 무슨 뜻이냐고 물을 뻔했으나, 왠지 이 타이밍에 그걸 물으면 분위기가 어색해질 것 같아 꾸역꾸역 집어삼켰다. 대신 조용히 다른 것을 물었다.

"아버지랑은 어떻게 만났어요?"

사아아, 밤바람이 불어와 둘의 옷깃을 살짝 쓸어갔다. 그 바람이 옷깃을 훔치고 지나가고도 현호는 한참이나 말이 없었다. 하지만 아영은 조급해하지 않고 차분하게 앉아 그가 스스로 말하기를 기다렸다.

"우리 집이 좀 지리멸렬해."

첫 마디는 상당히 뜬금없는 말이었다. 하지만 아영은 왜 갑자기 딴말이냐고 묻지 않았다.

"어떤 의미로 지리멸렬하다는 거예요?"

"아버지는 경제학자이자 교수고, 어머니는 하버드대를 조기 졸업한 재미교포 3세야. 누나는 준 재벌가에 시집을 갔지, 시집가기 전에는 변호사였고. 작은 아버지는 문화부장관, 그 외에 사촌들도 대부분 뭐…… 말 안 해도 알겠지?"

아영은 아연실색해졌다. 그녀의 어머니도 꽤 좋은 집안의 출신이었고, 철운도 교사 정도면 어디 가서 명함을 못 내밀 정도는 아니었다. 아영 스스로도 꽤 유명세를 타고 있던 모델이었다는 건 말할 필요도 없을 터. 하지만 현호의 집안 환경은 그런 그녀에게도 거의 별세계에 가까웠다. 그러나 아영의 입에서 튀어나간 놀람 섞인 말은 전혀 다른 것이었다.

"설마 그 얼굴에 그 몸으로 집안의 귀염둥이인 막내라는 건 아니겠죠?"

현호는 아영이 그런 걸 짚고 넘어갈 줄 몰랐는지 웃음을 토해냈다.

"미안하지만 막내가 맞아. 귀염둥이라는 끔찍한 명사는 좀 고려해 봐야겠지만 말이야."

"오컬트 한 이야기네요."

"빈정 상하는데?"

"각설하자구요. 어쨌든 그래서요? 집안 자랑같이 들리는데요?"

"내가 번듯하게 양복 차려입고 다달이 월급 받으면서, 주말에는 맞선 시장에서 시간 때우는 남자라면 자랑일지도 모르겠지."

지현호. 그 이름에 달린 형용사는 14좌의 왕자. 수십억 명이 바글바글 끓고 있는 지구상에서도 단 열네 명만이 할 수 있었던 일을 해낸 남자. 하지만 대한민국의 지식층을 대표하는 엘리트들이 보기에는 그래 봤자 지저분한 비정규직일 따름이었다. 아니, 그들이 보기에는 산악인이란 제대로 된 직업조차 아닐 것이다.

"도태되었다는 건가요?"

단어 선택이 너무 직설적이었나 싶었지만, 아영은 굳이 고치지 않았다. 현호도 도태라는 단어가 그다지 불쾌하지 않은지 가볍게 말했다.

"이봐, 대체 날 어떻게 보는 거야? 나 산 타기 전에는 도회적인 엘리트였다고."

"농담이죠?"

어릴 적 모습을 상기해 보면 상당히 신빙성있는 말이었지만, 지금의 그를 보자면 그다지 믿음이 가지 않는 말이라 아영은 놀리듯 말했다.

"사실이라서 미안하군."

"미안해요. 근데 정말 안 믿겨서 그랬어요."

"말이나 말 것이지."

부루퉁한 말투가 정말 '나 삐쳤소' 하는 어린아이 같아 아영은 슬쩍 새어나오는 웃음을 참지 않았다.

"그런데 이제는 제 질문에 대답해 주는 게 어때요? 지리멸렬한…… 그러니까 현호 씨의 표현을 빌리자면 지리멸렬한 현호 씨 집안과 저희 아버지가 무슨 관계예요?"

현호는 다시 한 번 초르텐의 끝을 올려다보았다.

"그거 알아?"

"뭘요?"

대체 둘의 대화는 언제쯤이면 바른길을 따라갈는지, 현호는 또 뜬금없는 이야기를 불쑥 꺼냈다.

"나 여섯 개 국어를 할 줄 알거든."

"한국어랑 영어랑 우르두어 외에 또 할 줄 알아요?"

현호는 미묘하게 웃었다.

"한국어, 영어, 우르두어, 불어, 스페인어, 일본어. 영어랑 우르두어야 필요에 의해서 배웠는데 나머지 세 개는 이른바 영재 교육이랄까? 어렸을 때부터 매 맞아가면서 배운 산물이지. 그런데 이제는 하도 안 써서 장롱 언어야."

"풉, 장롱 면허도 아니고 장롱 언어라니. 근데 그래도 충분히 대단하네요."

"그만큼 안 쓰고 넣어만 두고 있다는 거지. 스페인어는 도움될 때가 있지만. 하여간, 난 어렸을 때부터 산을 좋아했어. 왜였냐고 묻는다면…… 글쎄. 그냥 좋은 건데 이유가 있을 리 없지."

많은 사람들은 묻는다. 산에서 살아가는 사람들에게 대체 산에 무엇이 있어 거기에 죽고 못사는 거냐고. 그렇다면 그렇게 대답할 수밖에 없을 것이다. 산에 자신들의 삶이 있다고…….

"물론 어렸을 때야 엘리트는 여가를 즐길 줄도 알아야 한다고 해서 주말마다 산에 가는 게 허락됐는데, 나이가 좀 차니 그것도 여의치 않더군."

"시간이 없었어요?"

"아니, 시간이야 만들려면 무궁무진한 건데 왜 없었겠어. 공부나 하라고 거의 구금당한 거지."

거기서 둘은 잠깐 침묵을 가졌다.

"산이 좋아 미치는 소년이 하나 있었어. 넥타이 메고 정시출근하고 정해진 시간에 밥을 먹고 집에서는 잠만 자는 생활에 도저히 융화될 수 없는 성격이었지. 그런데 그 소년을 잡아놓고 자로 잰 듯 딱딱한 생활만을 강요해. 집안에 어울리게 무리한 발돋움을 계속 시킨 거지. 만약 그 소년이 식용유와 물처럼 섞일 수 없는 그 자리에 계속 있었다면……."

아영의 표정이 조금 음울하게 가라앉았다. 흐드러지게 핀 꽃처럼 별들이 하늘의 검은 대지 위에 촘촘히 박혀 있는 별밭 아래, 그의 이야기에 마음이 흔들렸기 때문일까.

"……미치지 않을 수 있었을까?"

그것은 물음이었지만, 물음이 아니기도 했다.

"박 선생님, 그러니까 네 아버지랑은 내가 중학생일 때 만났어. 담임 선생님이셨거든."

아, 그래서 은사라고 했던 거구나.

아영은 홀로 납득했다.

"사실 선생과 제자로 만났을 때는 뭐랄까…… 좀 이상한 선생님이었지. 싱글벙글 웃으면서 계속 말 걸어오는 게 귀찮기도 했고."

아영은 낮게 웃었다. 철운을 향한 가차없는 평임에도 기분은 나쁘지 않았다. 오히려 풋풋한 소년들보다 더 천진하게 웃으며 현호에게 질리지도 않고 말을 걸었을 그가 상상되어 옅은 미소가 그려졌다.

"그런 인상이 변하지 않은 채 중학교를 졸업했는데, 고등학생이 되어서 참가한 산악회에서 다시 박 선생님을 만났어."

"아버지가 엄청 반가워하셨죠?"

"어, 난 사람이 타인을 그렇게 반가워할 수 있다는 걸 그때 처음 알았다니까."

철운은 물론 그랬을 것이다. 언제나 불변하는 후덕한 미소를 더욱 짙게 드리우고, 산악회 모임에서 현호를 발견한 순간 덩실덩실 끌어안기라도 하지 않았을까. 그리고 주변 사람들이 다 쳐다볼 정도로 반색하며 여긴 웬일이냐고 말했겠지. 아마 그때는 나름 깔끔하게 입고 있었을 현호는 얼떨떨한 표정으로 함박 웃는 그를 바라보기만 했을 거고.

산을 닮아 늘 만년 청년인 것만 같았던 철운. 번뜩이는 사교성과 친화적인 성격만은 어딜 가나 여전했던 건지, 아영이 그의 딸이라는 것이 밝혀지자 블랙 그라벨 팀 여기저기서 기함하며 알은체를 해왔다. 사람들의 상기된 표정에 충만하던 것은, 그의 딸인 아영에게마저 무조건적인 신뢰와 호감을 가지게 하는 순도 높은 감정이었다.

"그리고 우리는 선생과 제자라는, 상명하복에 가까운 관계를 벗어나 친구라는 평행선에 섰지."

그제야 아영은 기억해 냈다. 이름은 들은 적 없지만, 철운이 아주 잘생긴 소년 친구가 생겼다고 자랑했던 걸. 물론 사진을 보고 난 후에는 그 잘생긴 소년 친구가 이 사람이구나 하긴 했지만.

당시의 아영은 철운에게 어떻게 아버지와 나이 어린 사람이 친구가 될 수 있냐고 물었다. 그러자 철운은 온후하게 웃으며 그만의 답을 들려주었다. 꽤나 종교적인 색이 짙은 대답이었지만, 정신적인 친구는 육체의 시간 따위에 얽매이지 않는 거라고.

그때 아영이 느낀 감정이 질투심이었다는 걸, 지금 옆에 앉아 뒷목을 긁적이고 있는 남자는 알고 있을까? 아마 어린 마음에 온전히 자신의 것인 줄만 알았던 아버지를 일순 빼앗긴 기분이었을 것이다.

"주말이면 항상 함께 산을 올랐지. 하지만 그건 집행유예 같은 거였어. 난 집안에 어울리게 살아야 했고, 언제까지나 옛 스승에게만 기대어 있을 수 없는 입장이었으니까. 그런데 수험 전날, 여태까지는 아무 말 없던 박 선생님께서 나에게 딱 한 마디를 하시더군."

현호는 철운을 박 선생님이라 부르는 게 편한지 계속 그 호칭을 일관했다.

"뭐라고 하셨는데요?"

"인간은 쉬운 싸움에서 이기는 것보다 어려운 싸움에서 패배하면서 비로소 성장한다, 고."

현호에게 있어 쉬운 싸움은 부모님이 원하는 대학을 가서 일류의 길을 걸어주는 것이었다. 모두가 전적으로 지지해 주고 누구나가 올바르다 하는 길이니 자신만 조금 노력하면 힘들 것이 하등 없는 일이니까. 하지만 모든 걸 포기하고 원하는 길을 걷고자 하는 것은 어려운 싸움이었다. 엘리트로 태어나 엘리트로 살고 죽을 때까지 엘리트여야만 하는 집안에서, 전문적으로 산을 타는 직업은 그야말로 '정신 나간 짓'이었다. 그 누구도 찬성하지 않을 게 분명했고, 심하면 부모자식의 연을 끊자고 나올 수도 있었다.

실제로 현호가 산을 타겠다고 하자 그의 집은 말 그대로 '발칵' 뒤집혀 아버지에게서는 그딴 미친 소리를 할 거면 당장 내 집에서 나가라는 통보가 날아들었다. 아마 준 재벌가에 시집간 그의 누나는 동생의 일탈을 수치스러워하고 있을지도 몰랐다.

"왜인지, 그 한 마디에 모든 짐을 내려놓은 듯 홀가분한 기분이었어. 사실 그저 내 결심이 굳어지게 할 수 있는 그럴듯한 한마디가 필요했을 뿐인 건지도 모르지. 하지만 분명 박 선생님의 그 말씀이 내 결심을 바로 서게 해준 건 사실이야."

그 말을 듣고도 현호는 다음날 정해진 예정대로 수험을 보았다. 결과는 수석이었다. 하지만 그 누구도 현호의 수석을 축하하지 않았다. 아니, 하고 싶어도 할 수가 없었다. 정작 축하받아야 할 사람이 홀연히 증발해 버린 까닭이었다. 그는 수험을 다 보고 나오자마자 딱 배낭 하나만 챙겨 자신이 살아온 터전에서 모습을 감추었다. 그러나 가족들은 경찰에 실종신고를 하지 않았다. 그가 남기고 간 딱 한 줄의 메모 때문이었다.

〈넥타이 따위 매고 싶지 않습니다.〉

허무하고 황당하다 못해 허탈하기까지 한 단 한 문장. 하지만 무엇보다 큰 의미를 내포하고 있었다. 직장에서는 언제나 깍듯한 양복에 넥타이를 매는 현호의 아버지다. 덕분에 어렸을 때부터 현호가 보아온 엘리트의 이미지는 '넥타이'였고, 그것은 종종 보곤 하던 TV에서 영향을 받은 것이기도 했다. 말인즉, 엘리트의 길 따위 이쪽에서 걷어차 주겠다는 비장한 메모인 것이었다.

늘 엄숙한 집안 분위기 때문에 현호는 별로 말썽이 없는 타입이었지만, 몇 년 전에 마지막으로 집에 보낸 엽서에는 이런 말을 썼다. 그것도 일 초 만에 휘갈겨 썼을 듯한 영어 필기체로.

〈I'm not die yet(나 아직 안 죽었음).〉

물론 답변은 없었다. 답변 받을 주소를 적지도 않았거니와, 고작 스무 살이었던 아들을 찾지도 않는다는 것은 가족들이 현호를 아예 포기했다는 의미였다. 게다가 굳이 한국어를 두고 보란 듯 영어로 적어 보낸 것은 가족을 향한 조롱이 섞인 행동이었다. 석고대죄하며 장문의 사과 편지를 보내도 답변이 올까 말까인데 말이다. 그것도 답변 받을 주소를 적어 보냈다는 전제가 있을 때겠지만.

어린아이 같은 치기였을지도 모른다. 굳이 당신들이 없어도 난 스스로 잘살아가고 있다는 어리석은 자신감에서 비롯된 치기.

사춘기의 소년이라면 누구나 이런 과정을 겪을 것이다. 하지만 현호의 문제는 그것이 단순한 방황으로 끝난 게 아니라 스케일이 상당히 커서, 짧은 비행으로 끝날 수 있었던 것이 절연 상태로 이어지고 있다는 점이었다. 하긴 어느 평범한 스무 살 소년이 산 타고 싶다고 무작정 스페인으로 향하는 비행기에 몸을 싣고, 본지의 원정단에 찾아가 강짜를 부리겠는가.

십사 년이 지나 치기 어린 스무 살 가출 소년은 이름만 대도 알아준다 하는 등반가가 되었지만, 가족과의 관계에 있어서는 제자리걸음이었다. 아니, 악화되었으면 더 악화되었지 절대 누그러지지는 않았을 것이다. 현호는 자신의 가족들이 집마저 홀랑 이사해 버렸을 거라는데 등산 장비 풀세트 구입비용을 걸 수도 있었다.

사실 현호 자신이 길처럼 천연덕스러운 성격이었다면 좀 성공한 후에는 집으로 돌아갈 수 있었을지도 모른다. 하지만 현호는 부러질지언정 휘어지지는 않을 정도로 자존심이 강한 타입이었다. 피는 물보다 진하다 하던가. 현호는 유독 그의 아버지를 닮은 자식으로, 그의 아버지 역시 굽힘을 모르는 꼬장꼬장한 늙은이였다. 그런 두 사람이 부딪치니 관계에 진척이 있을 리 없었다. 게다가 속된 말로 사나이 가오가 있지, 도저히 먼저 굽히고 들어갈 결심이 서지 않았다.

또, 기다려 주는 사람 하나 없을 집에 돌아가 봤자 뭐 하나 싶었다. 아, 기다려 줄 만한 녀석이 있긴 했다. 현호가 키우고 싶다고 해서 분양해 온 강아지. 하지만 그 종(種)의 일반적인 수명은 십일 년에서 십삼 년 정도밖에 되지 않으니 이미 죽어 없을 게 분명했다. 게다가 한국에서 살아온 기간이 있는 만큼 돌아가면 반겨줄 친구들이 없는 것도 아니지만, 그건 둘째 치고.

이것이 딱 그 스무 살 어린아이 시절을 벗어나지 못하는 유치한 오기라는 건 알고 있었다. 하지만 이제 와서 한 번 틀어진 관계를 되돌리기에는 너무 늦은 감이 짙었다.

"그 후로 박 선생님과는 낭가파르바트에 등정할 때 다시 만났지. 하지만 아무것도 묻지는 않으셨어. 다만 다시 만난 것을 한없이 기뻐해 주실 뿐."

어느 순간부터 아영은 아무런 말 없이 현호의 말을 듣고만 있었다.

"그분은 내게 있어 또 한 분의 아버지와도 같은 존재였어. 아니, 친아버지보다 더 아버지 같았지. 많은 산을 박 선생님과 함께 올랐고, 필요하면 언제나 그 자리에 계셔주실 것만 같았지……."

천천히 잦아드는 말끝은 아직 그의 손길을 갈구하는 아이들을 두고 떠나간 철운을 향한 애도였을까, 아니면 남겨진 자의 씁쓸한 회고였을까.

그 말을 끝으로 영원처럼 긴긴 침묵이 이어졌다. 그러다 문득 아영을 바라본 현호는 의아하게 물었다.

"어쩐지 표정이 안 좋은데?"

"그냥, 잠깐 우울한 생각이 들어서요."

"운만 띄우고 말 안 하는 게 가장 잔인한 짓인 거 알지? 말해봐. 무슨 생각이 그리 우울한데?"

아영은 한참이나 고집스럽게 입을 다물고 있다가, 주저주저 입을 열었다. 현호는 진지하게 마음을 터놓고 이야기해 주고 있는데, 이런 생각이나 하고 있는 자신이 한심해진 까닭이었다.

"아버지와 현호 씨는 상당히 친했던 것 같은데……."

"우스갯소리지만 하도 붙어 다니니까 둘이서 살림 차리라던데 뭐."

홀아비 냄새 팍팍 나는 중년 남자와 하늘하늘한―외모만―미소년이라니, 그림이 상당히 미스매치였지만.

"왜 현호 씨는 저를 몰랐던 거죠?"

"알고 있었는데? 너 박향기 맞잖아."

"맞아요. 맞지만…… 진아영이기도 해요. 아버지는 모델 진아영이 딸이라는 게 무척 자랑스럽다고 자주 말씀해 주셨죠. 그리고 제 사진을 늘 지갑에 넣어 다닌다고도 하셨어요. 하지만…… 현호 씨는 진아영이 박향기가 동일인물이라는 건 전혀 몰랐는걸요."

그렇게 친했던 현호에게까지 철운은 진아영의 존재를 언급하지 않았다. 철운과 아영의 관계를 알게 된 스태프들도 화들짝 놀라며 모델 진아영이 그 후줄근한 아저씨의 딸이었냐고 놀라움을 감추지 않았다. 철저히 그늘에 감춰져 있던 진아영의 존재. 그 사실을 어떻게 해석해야 하는 걸까? 철운의 마음을 의심하는 것은 아니지만…….

"그거, 틀렸어."

아영은 의뭉스러운 눈으로 현호를 바라보았다. 그거 틀렸다니, 뭐가? 하도 외국어만 쓰다가 제대로 된 한국어 문법을 다 잊어버렸나.

"뭐가 틀렸다는 거예요?"

물었지만, 현호는 선뜻 답하지 않았다. 갑자기 초르텐 한번 보았다가, 너렁청한 밤하늘 한번 보았다가, 자신의 다리를 내려보는 등 이상한 행동만 반복했다. 뭔가 속으로 복잡한 갈등을 겪고 있는 것처럼 보였다. 그러더니 골치 아픈 사람처럼 안 그래도 심란한 머리카락을 벅벅 문질렀다. 그리고 나서 현호가 점퍼의 안 주머니에서 꺼내 든 것은 직사각형의 종이였다. 꽤나 오래전에 코팅한 것으로 보이는.

그것은 분명 일전에 아영이 경란과 통화를 하고 나와서 현호의 등 뒤로 다가갔을 때, 현호가 보고 있다가 '죄와 벌' 책 속에 숨겨 버린 것이었다.

"이건……."

사진의 정면을 바라본 아영은 저도 모르게 신음 같은 목소리를 흘려내었다.

"이렇게 된 이상 무덤까지 안고 가려고 했는데, 솔직히 너 같으면 알아본다는 게 가능하겠어?"

결국 혼자만의 비밀을 밝히게 만든 아영에게 현호는 낮게 으르렁거렸다.

그것은 한 장의 빛바랜 사진이었다. 행여 닳기라도 할까 봐 코팅까지 했지만, 세월의 흔적은 숨기지 못하고 있었다. 그도 그럴 것이, 사진 안에서는 고작 여섯 살이나 되었을까 한 아영과 젊은 철운이 가을날의 햇살처럼 화사하게 미소 짓고 있었다. 어린 아영은 하늘색 물방울 원피스를 입고는 철운에게 매달려 한껏 애정을 자랑 중이었다. 어렸을 때나 커서나 한눈에 쏙 들어올 만큼 단아한 외모인 것은 변함없으나, 삐삐 머리를 하고 있는 어린아이에게서 지금의 아영을 찾기란 쉬운 일이 아니었다.

아영은 사진을 손에 들고 놀랍다는 듯 현호를 바라보았다.

"이걸 현호 씨가 왜……."

아, 길이 예전에 현호도 신주단지처럼 모시고 다니는 사진 하나가 있다고 했는데…… 설마 그게 이거?

"그 팔불출 아저씨가 자기 딸 귀엽지 않으냐면서 막무가내로 쥐어주는 바람에……."

아까는 꼬박꼬박 박 선생님이라고 칭하더니, 철운을 팔불출 아저씨라 말하며 휙 시선 돌리는 그가 어쩐지 부끄러워하고 있는 것만 같았다.

"그렇다고 늘 가지고 다녀요?"

"박 선생님의 유품이기도 하고…… 아니, 그게 아니라……."

어지러운 머리카락 사이로 언뜻 보이는 귀가 발갛게 달아올라 있어 보이는 건 눈의 착각인 걸까?

"조그마한 게 귀여워서……."

아영은 소리 내지 않고 흡 날숨을 들이켰다. 전혀 뻔뻔하지 않은 어조에 놀라움이 든 것도 든거지만, 왜 이렇게 심장이 쿵덕거리는 걸까?

그는 사진 안의 어린 여자아이가 귀엽다고 이야기하고 있을 뿐이다. 절대 지금의 자신에게 하는 말이 아닌데…… 아니, 이 사진 안의 아이도 자신이 맞긴 하지 않은가. 그러면 결론적으로 귀엽다는 말은…….

아영은 푹 고개를 떨어뜨렸다. 바람은 여전히 서늘하기만 한데, 얼굴에는 홧홧한 열이 정신없이 뛰어놀고 있었다.

"아, 아버지가 키가 작으시긴 하지만……."

철운더러 한 말이 아닌 걸 알면서도 괜스레 중얼거리자, 당장에 현호의 반박이 날아들었다.

"설마 아무리 친했기로서니 내가 지금 애 딸린 아저씨보고 귀엽다고 할 정도로 취향 뻑적지근해 보여?"

"아…… 풉."

자기가 말하고도 생각해 보니 웃겨서 아영은 순간 치받쳐 오는 웃음을 작게 터트렸다. 하지만 곧 다시 머릿속을 점령하는 불안 때문에 물었다.

"하지만 이 아이도 박향기일 뿐이잖아요. 진아영은 아니에요."

현호가 작게 한숨을 내쉬는 소리가 들려왔다.

"너무 집착하는 거 아냐? 모델은 이미 그만뒀잖아."

"그런 말이 아니잖아요."

"후우, 지금 내가 이런 말을 해봤자 얄팍한 위로라고 생각할지 모르겠지만, 언젠가 박 선생님이 그러시더군. 딸이 꽤 유명인인데, 이런 보잘것없는 아비가 있다고 알려지면 누가 될 것 같다고 하셨어."

"설마요! 아버지는 누구보다 자랑스러운 분이었어요."

"나도 알아. 아는데, 그 긍정적인 분도 일단은 사람이기 때문에 나름의 고민이 있으셨던 거지. 사실 객관적으로 보면 가족을 다 버리고 자기만을 위했던 몹쓸 아버지였잖아?"

현호의 날카로운 말에 아영의 가슴이 미어졌다.

철운은 언제나 그녀의 앞에 든든하게 존재하고 있는 [17]버트레

--------------------------------------------------

17)버트레스(Buttress): 우뚝 솟은 암벽. 등산 용어

스웠고, 그만큼 흔들림이 없는 절대적인 어떤 것이었다. 그런 아버지를 존경하면 존경했지, 아영은 단 한 번도 그가 자신에게 누라고 생각한 적이 없었다. 그런데 단 한 번도 그런 속내를 내보인 적 없었으면서 그렇게 가슴 아픈 생각을 가지고 있었다니……

"그러니 자신의 딸이 지금 어떤 인물로 있는지는, 설령 나한테라도 말하지 않는다고 하셨어. 그런데 그러는 너도 박향기가 아닌 진아영으로 활동해 왔잖아? 물론 선생님도 네가 박향기란 이름을 부끄러워해서 그런 것은 아니라 알고 계셨겠지만, 오묘한 자격지심은 어쩔 수 없었던 거 아닐까."

"전 단지…… 박향기는 누구의 친구, 누구의 지인, 누구의 미운 사람…… 이런 식으로가 아니라 박철운의 딸로만 남길 바랐기 때문이었어요. 눈 가리고 아웅이라 해도, 언제나 향기로운 이름으로만 남길 원했어요."

하지만 이제는 아버지에게 닿지 못하는 고백. 왜 좀 더 아버지의 웃는 얼굴 뒤에 숨겨진 그늘에 주목하지 않았을까. 사람이란 웃고 있다고 해서 고민할 줄 모르고, 슬퍼할 줄 모른다는 게 아니라는 걸 알았어야 했는데.

"하지만 서로 그런 게 아니라는 걸 알고 있잖아. 그분은 널 사랑하셨고, 넌 그분을 아버지로서 더없이 존경했어. 그 정도면 충분해. 비록 진아영에 대해 말하지는 않으셨지만, 나한테 사진까지 쥐어줄 정도로 팔불출이었다니까."

"위로는 괜찮아요……."

현호는 또 한 번 한숨을 내쉬었다.

"이봐. 나, 여자가 침울해하고 있다고 위로할 만큼 좋은 성격 아니라는 거 알고 있잖아? 그냥 사실을 전할 뿐이야."

아영은 우울해했던 자신이 싫어져 괜히 아직 손안에 있는 사진만 만지작거렸다. 그러고 있다 보니 곧 다시 왠지 모를 수줍음이 밀려들었다.

"근데 뭐 이런 걸 가지고 다니고 그래요."

아영은 몇 가닥 흘러내린 머리카락을 귀 뒤로 살짝 쓸어 넘기며 중얼거렸다.

"너도 내 사진 가지고 다녔잖아."

헉, 이번엔 아영은 튀어나오는 신음을 막지 못했다.

"그, 그건…… 그냥…… 아, 아버지가 잘 나와서 그랬어요……."

잠시 후에 주저주저 말하는 현호도 이번에는 아까와 달리 조금 쑥스러운 듯 보였다.

"첫…… 사랑이었다며?"

어둠의 장막 아래 얼굴이 명확히 보이지 않는 게 천만다행이었다. 이젠 얼굴이 붉다 못해 검붉게 변하지 않았을까.

숨이 막혀 죽을 것만 같은 분위기에 현호도 말이 없자, 아영은 어느 순간 괜한 호기가 발동해 짐짓 턱까지 치켜들고 제법 당돌하게 말했다.

"그, 그래요. 뭐, 그랬던 적도 있긴 했어요."

비록 목소리는 심히 파동치고 있었지만.

"어째 과거형이네?"

"당연히 과거형이죠. 몇 살 때 일인데요. 동경 같은 어릴 적 풋사랑을 아직까지 안고 있지는 않아요."

현호는 한쪽 입가를 묘하게 말아 올렸다. 감정 컨트롤이 용이한 타입이기 때문인지 어느새 얼굴색은 제색을 찾은 후였다.

"동경이라."

아영은 그제야 자신의 말실수를 깨닫고 얼른 덧붙였다.

"현호 씨한테 말고요. 사진의 소년을 향한 말이에요."

"그것도 난데?"

"명백히 달라요. 적어도 저한테는 말이죠."

정말 그럴까? 현호와 사진의 소년은 다르다는 말이 자신의 진심이긴 한 걸까?

"사진의 소년은 퉁명스레 말하지도 않고, 인상을 찡그리지도 않아요. 무례한 말은 더더욱 하지 않죠."

"뭐냐, 거…… 첫사랑을 제멋대로 미화하는 소녀도 아니고. 그때도 내 성격은 그다지 좋지 못했던 것 같은데."

"그냥 얼굴에 혹했을 뿐이라니……."

아영은 거기까지 말하다가 멈칫했다. 실언을 했기 때문이 아니었다.

그러고 보니 여태까지 깨닫지 못하고 있었는데…….

"왜 또 말을 하다 말아?"

"지금 깨달았는데, 혹시 현호 씨 상당히 잘생긴 거 아니에요?"

"뭐?"

현호는 갑작스러운 말에 꽤나 당황한 듯했다.

"아니, 이제 와서 말하자니 좀 그런데, 전 사진의 소년이 잘생겨서 혹했던 거거든요. 인정하긴 싫지만 사진의 소년, 현호 씨 어릴 때잖아요. 혹시 수염 깎으면 상당한 미남자가 등장하는 거 아니에요?"

아무리 뻔뻔한 현호라지만, 그 말에는 뭐라고 대답해야 할지 알 수 없어 그저 아영을 멀거니 바라보기만 했다. 그러자 아영은 농담이라는 듯 슬쩍 웃었다.

아니, 농담일 건 뭐 있어?

"하지만 외국 미소년들도 보면 어렸을 때는 그렇게 귀엽고 보들보들하더니 커서는 징그럽더라구요. 시간이 많이 지났으니 현호 씨도 과거의 미모를 다 잃어버렸을 것 같네요."

"흠, 그거 자존심을 건드리는 말이네."

"그러니까 그 지저분한 수염 좀 한번 밀어봐요. 저 이제 그만 들어가서 자야겠어요. 내일도 움직여야 하니 현호 씨도 이만 주무세요."

더 곁에 앉아 있다가는 또 이상한 긴장감이 형성될 것만 같아, 아영은 농담 한마디를 남겨놓고 도망치듯 자리를 뜨려고 했다. 별밭 아래 그와의 진지한 대화가 나쁘지 않았지만, 오늘은 이 정도로 해야 할 듯했다. 그런데 일어서기도 전에 그의 손이 불쑥 뻗어져 나와 아영의 손목을 턱 쥐었다.

두근! 아영은 순간 심장이 튀어나오는 줄 알았다.

"왜, 왜요?"

"아니, 조금만 더 있다 가라고."

왠지 이쯤에서 그만둬야 할 것 같았지만, 아영은 순순히 일어나려던 다리에 힘을 풀었다. 그리고 아무 말 오가지 않는 분위기가 참을 수 없을 만큼 어색해 괜히 옷 한번 매만지고, 손장난을 하며 그 침묵을 견뎠다.

"이봐."

하지만 다시 현호가 불쑥 말을 걸자, 그건 그것대로 또 반갑지 않았다. 자꾸만 심장이 입 밖으로 확 튀어나올 것만 같아서였다.

"예?"

순간 놀라서 대답하자, 목소리가 새되게 꺾여버렸다. 합, 입을 다무니 현호는 나지막하게 웃었다. 온후한 웃음소리가 또 묘하게 가슴을 설레게 했다.

"키스해도 돼?"

이번에 아영은 놀라지 않았다. 잘못 들었으리라 확신했기에. 하지만 뭔 소리를 했기에 저런 말로 들리나 싶어 현호를 바라보았을 때, 너무도 진심인 그의 얼굴에 말문이 턱 막혔다.

"지금…… 뭐라고……."

"키스해도 되냐고."

"뭐…… 그런 걸 묻고……."

어이가 없는 건지, 놀란 건지, 경악한 건지, 아영은 자기가 무슨 말을 하는지도 모르고 더듬거렸다.

"안 묻고 했다가는 따귀 맞을 것 같아서."

"아니, 제 질문의 요지는 그런 걸 묻는 이유가 뭐냐는…… 읍?"

아영은 더 커질 수 없으리만치 눈을 크게 떴다. 입술에는 강건하면서도 몹시 부드러워 마치 녹아들 것만 같은 감촉이 와 닿아 있었다. 휘둥그레 떠진 눈의 바로 앞으로는 살짝 내리감긴 그의 속눈썹이 보였다. 의외로 짙고 풍성한 데다가 길어서 마치 반짝거리는 듯한 속눈썹이었다. 그쯤에서 왠지 달착지근한 그의 입술이 살짝 떨어졌다. 하지만 열풍처럼 뜨거운 숨결이 느껴지는 거리에서 멈추고 마법 주문을 읊듯 나직이 속삭였다.

"쉬…… 착하지. 입 열어."

그가 살짝 고개를 틀자 뻣뻣한 수염이 턱과 뺨을 간질이고, 주문에 걸린 듯 자연스럽게 아영의 입술이 벌어졌다. 그러자 물컹한 무언가가 출입 허락을 받은 듯 아영의 입술을 가르며 슬며시 파고들었다. 기민하게 치열을 훑고 지나가는 것이 느껴지고, 진한 남자의 맛이 났다.

등 뒤로 돌아온 현호의 손이 재킷 안으로 파고들어 얇은 옷감 위로 등줄기를 슥 훑자, 아영은 뇌에 강렬한 전기충격이라도 받은 듯 후드득 몸을 떨었다. 아랫배 부근에 진한 열기가 모여들었다.

현호의 몸이 아영의 쪽으로 조금 더 기울며, 남자의 입술이 여자의 입술에 더욱 가깝게 밀착했다.

아영은 아직 자신의 입술이 그대로 있는 걸까 궁금해졌다. 이미 녹아 없어진 것만 같았다.

그건 현호도 마찬가지였다. 아영의 입 안에서 느껴지는 건 밍밍한 물맛과 질척한 침 맛일 뿐일진대, 달짝지근한 맛이 혀끝을 훑을 때마다, 치열을 핥고 지나갈 때마다, 목구멍에까지 울렁이며 느껴졌다. 입 안에 달콤한 액체를 통째로 들이부은 것 같은 맛이었다.

타악, 아영의 두 손이 현호의 어깨를 강하게 밀어낸 것은 그 순간이었다.

"그, 그…… 더, 더 이상은…… 그러니까……."

정신없이 파도치고 있는 목소리를 겨우 쥐어짜 내고 있는 아영의 얼굴은 더 이상 붉어질 수도 없을 만큼 달아오른 채였다. 하얀 토끼가 분홍색 털옷을 입은 것처럼. 현호의 어깨에 닿아 있는 두 손은 수전증에라도 걸린 듯 달달달 떨렸다. 이러다가 경기라도 올까 걱정될 정도였다.

"그러니까…… 안녕히 주무세요!"

그리고 아영은 현호가 잡을 새도 없이 벌떡 자리를 박차고 일어나 자신의 텐트 속으로 후다닥 도망가 버렸다. 졸지에 혼자 남겨진 현호는 어이없이 그녀의 뒷모습을 보고 있다가, 혀끝으로 입술을 슥 훑었다. 그녀의 입술과 닿은 곳에서도 단맛이 느껴지는 것 같았다.

그렇게 도망갈 것까지야.

조금 후에 현호가 손을 들어 자신의 수염을 쓰다듬자, 까슬까슬한 수염이 손가락 사이를 빠져나갔다. 한참 그렇게 무언가를 가늠하듯 수염을 쓰다듬더니, 현호는 피식 웃으며 두 손을 양 주머니에 넣고 너른 하늘을 바라보았다.

어릴 적의 동화에서나 봤을 법한 표현이지만, 반짝반짝 빛나는 아기 별님 하나, 엄마 별님 하나, 그보다 좀 더 크게 빛나는 아빠

별님 하나. 언젠가, 지금과 비슷한 밤하늘을 바라보며 철운이 했던 말이 떠올랐다.

"제이크, 별님이 참 아름답지 않느냐?"

"선생님, 제 이름은 제이크가 아닙니다."

"하지만 마가렛 할머니가 널 제이크라고 불렀잖아."

마가렛 할머니는 풀 네임이 마가렛 아리인 인도계 미국인으로, 언젠가 철운과 함께 간 양로원에 몸을 의탁하고 있던 치매 환자였다. 철운에게 끌려 나름 봉사활동을 하러 갔던 건데, 마가렛이 현호를 자신의 손자로 착각해 자꾸만 그를 '제이크'라고 부르는 것이 아닌가. 그 이후로 철운은 현호를 가끔씩 제이크라고 불렀다. 가족에게 버려지다시피 해 외롭게 죽을 날만 기다리고 있는 할머니를 향한 연민 때문이었는지도 모른다. 아무리 안타까워해도 제 가족도 제대로 건사 못하는 철운이 해줄 수 있는 일은 없었으니까, 그렇게나마 마가렛을 위해주고 싶었던 것일지도.

사실 현호도 그만을 위한 애칭인 것 같아 말투와 달리 기분이 나쁘지는 않았다.

"마가렛 할머니는 젊었을 적에 무척 미인이셨다고 들었다. 인도계 여자가 예쁘게 생기면 굉장한 미녀인 거 알지? 그런 분의 손자가 되는 건데 나쁠 건 없잖아? 피부색도 비슷하겠다, 어때? 하하하."

현호는 철운의 천진한 고집에 자포자기 심정이 되어 말했다.

"예예. 마음대로 부르시죠."

"녀석, 삐치긴."

"하여간 별이 어떻다는 겁니까?"

"그냥 저 앙증맞은 별님을 보고 있자니 우리 향기가 떠올라서."

"또 향기 이야기입니까?"

"우리 향기가 얼마나 귀엽고 깜찍하고 천사 같고 착하고 귀엽고…… 귀엽다는 건 이미 말했던가?"

"네네. 어련하시겠습니까."

"이 녀석아, 성실하게 좀 들어주면 입에 톳이라도 돋아?"

"귀에 돋는 거겠죠."

"귀에는 못이 박히는 거 아냐?"

"선생님, 저희 대화가 진짜 중구난방인 거 아십니까?"

"이런 밤에는 그런 것도 괜찮지!"

"나 참……."

선생님, 그때 성실하게 듣지 않아서 죄송했습니다. 옛말에 어른들 말씀 틀릴 거 하나 없다고, 선생님의 딸, 확실히 귀여운 것 같습니다.

별님은 철운과 함께했던 밤과 전혀 다를 것 없이 여전히 저 하늘에 초롱초롱 빛나고 있었다.

제9장

**아**침에 눈뜬 현호는 아주 이례적인 일을 하고 있었다. 세수할 때 고개 들었다가 우연히 보는 게 아니면 거들떠도 안 보던 거울을 뚫어져라 쳐다보고 있는 것이었다.

거울 속에는 히말라야의 설인 예티(Yeti)가 졌다고 무릎 꿇을 만큼 수염이 수북한 남자가 있었다. 이렇게 보니 자신이 얼마나 지저분하게 하고 있었는지가 새삼 와 닿았다. 남자의 로망은 수염이라고, 평소에는 나름 괜찮다고 생각했지만, 오늘은 아침 햇살 속에서 자세히 보자니 이렇게나 너저분할 수가 없었다.

「지현…… 너 뭐 하냐?」

그때, 수염을 만지작거리고 있는 현호의 뒤로 잠깐 밖에 나갔던 길의 어이없다는 목소리가 들려왔다. 하지만 현호는 대답하지 않고 고개조차 돌리지 않았다. 누가 보면 그리스 신화의 나르키소스처럼 거울 속의 자신에게 심취해 있다고 착각할 만한 모습이었다.

잠시 후에 현호는 거울을 통해 길을 힐끗 눈짓으로만 바라보았다.

신은 사람에게 두 가지를 주지 않는 모양인지, 길은 천재 과학자인 것에 비해 나이를 어디로 먹는지 궁금할 만큼 악동 기질이 다분했다. 하지만 그 머리 하나는 현호로서도 정말 존경할 만한 것이었다. 현호도 명색이 시험만 쳤다 하면 전국구로 놀고 대학에 수석으로 합격한 나름 인재인데 말이다. 게다가 듣기만 해도 헉 소리 나오는 길의 휘황찬란한 약력쯤이야 현호의 주변에서는 당연한 이야기가 아니었던가. 그러니 만약 현호가 평범한 집안에서 자라왔다면 그 역시 길의 약력을 듣고 한없이 신기해했을지도 모르는 이야기였다.

마리화나를 피우려고 하는 그를 보고 담담히 말한 것도 사실 그때까지만 해도 길은 그거 하다가 죽든 말든 하등 관계없는 사람인 까닭이었다. 단순히 그 정도였을 뿐인데, 길은 지옥에서 부처라도 만난 것처럼 자신을 따르니 현호는 좀 미안한 마음에 사실을 말해 줄까 싶을 정도였다. 그러나 현호에게 있어서도 길은 고마운 사람이었다. 스스로도 인지하고 있건대, 자신은 친근하게 지낼 정도로 성격이 유하지는 않으니 말이다. 하지만 으레 비슷한 또래의 동성 친구가 그런 법인지, 얼굴 마주쳤다 하면 티격태격했다. 물론 둘 다 그게 서로의 진심이 아니라는 걸 알고 있고, 그렇게 우정을 확인하는 것이긴 했지만.

왠지 모르게 생각이 많은 아침이라고 생각하며 현호는 길에게 불쑥 큰 손을 내밀었다.

「줘봐.」

「주어를 정확히 하지 않으시겠는가, 지현호 군?」

「면도기.」

그 단어가 현호의 입에서 나오는 것은 처음 보았기에 길은 살짝 눈을 크게 떴다. 그래도 현호가 자꾸만 달라고 손을 흔들어대고 있으니 일단은 가방 안에서 꺼내주었다. 그러자 현호는 우선 그 면도기를 옆에 놓고, 먼저 준비해 둔 단도를 들어 물이 담긴 대야에 살짝 담갔다. 수염이 너무 길어 처음부터 길의 자동 면도기를 사용할 수는 없기 때문에 급한 대로 단도를 이용해 대충 밀어내고 그 후에 정리해야 했다.

「너 뭐 하는 거냐니까?」

「면도하는 거 보면 모르냐.」

「뭐어? 지현호 너 오징어라도 잘못 먹었냐? 이상하다? 네 알레르기 때문에 가져온 재료에는 오징어가 없었을 텐데?」

현호는 길이 뭐라 하거나 말거나 제법 세심하게 면도를 하기 시작했다.

수염이 따뜻하다고 지상에서도 밀지 않던 그가 산 위에 와서 면도를 한다? 길은 현호의 갑작스러운 변심(?)이 도무지 이해 가지 않아 멍하니 쳐다보다가, 불현듯 떠오르는 게 있어 설마하며 물었다.

「너 설마 잘 보이고 싶은 사람이라도 있냐?」

그제야 현호의 눈이 거울을 통해 뒤에 선 길을 바라보았다. 그 눈에는 어이없다는 빛이 한가득이었다.

「잠 덜 깼냐?」

그리고 현호는 계속 손을 놀렸다.

길은 더 이상 말 걸지 못하고 현호가 면도하는 모습을 지켜보다, 꾸욱 주먹을 쥐었다. 이내 그에게서 흘러나온 목소리는 평소답지 않게 꽉 억눌려져 허스키하게 변해 있었다.

「……지 마.」

아무리 봐도 지금의 현호는 잘 보이고 싶은 여자가 있어서 자신을 꾸미는 것에 눈뜬 남자였다.

물론 현호를 위해서 싹틀까 말까 한 감정을 접으려고 바로 얼마 전에 결심했다. 하지만 그가 수염을 깎고 그 얼굴을 그녀 앞에 보인다고 생각하니, 묘한 감정이 화르륵 불타올랐다. 포기하는 이상, 현호와 아영이 잘되는 것이 자신에게도 좋지만…… 그렇지만…… 그렇지만! 이건 너무 진도가 빠르잖아!

뭔 진도가 빠르다는 건지는 나도 모르겠다.

「뭐라고?」

「……하지 말라고.」

현호는 턱에 단도를 댄 자세 그대로 별 이상한 놈 다 보겠다는 듯 길을 쳐다보았다.

「영어로 말해라. 아니면 한국어로 말하든지.」

길이 쓰고 있는 언어는 분명 영어였지만, 억눌린 어조 때문에 잘 알아들을 수 없어서 괜히 그렇게 놀린 것이었다. 하지만 현호는 곧 신경을 끄고 다시 자기 할 일을 하기 시작했다. 그러자 갑자기 불쑥 손을 내민 길이 현호의 팔을 덥석 잡더니, 부리부리한 눈으로 소리쳤다.

「면도하지 말라고!」

현호는 깜짝 놀라서 얼른 턱에서 단도를 떼려고 했다. 하지만 길도 충분히 건장한 성인남자였기 때문에 힘이 보통이 아니라, 그가 잡고 있는 통에 손을 움직일 수가 없었다. 밀쳐 내려고 마음먹으면 충분히 가능했지만, 현호는 바로 볼 곁에서 서늘한 은빛으로 반짝이는 단도를 보고 굵은 침을 삼켰다.

「왜 이래?」

「하지 마! 하지 말라고! 면도하지 마!」

「언제는 면도하라고 쓸데없는 참견을 하던 녀석이 갑자기 왜 이래? 일단 이 손 놔! 너 지금 내 손에 칼 들린 거 안 보이냐!」

「면도하지 말라고! 하지 않는다고 약속하면 놔주마!」

하지만 그런 식의 협박(?)이 현호에게 통할 리가 없었다.

「웬 억지야? 너 대체 나이가 몇 개야? 일곱 살 어린애도 아니고 대체 이게 무슨…….」

「그래, 나 나이 일곱 개다! 어쩔래!」

평소에도 유들유들한 장난기가 길을 그 나이보다 어려 보이게 했지만, 오늘은 거의 작정하고 애처럼 떼를 쓰고 있었다.

둘이 주거니 받거니 힘자랑을 하는 통에 현호의 몸이 탁자를 치자, 물이 담긴 대야가 떨어져 바닥을 흥건히 적셨다.

「스물다섯은 왜 빼냐?」

「아, 어쨌든 면도하지 말라고!」

「자, 잠깐!」

하지만 사고는 예고하고 찾아오지 않는 법이니. 오호, 통재로다! 팔을 우악스레 잡아당기는 힘에 현호가 놀란 순간, 단도가 기민하게 공기를 갈랐다.

「읏!」


"젠장."

아침을 먹고 나서 설거지를 하고 있던 아영은 갑작스레 들려오는 욕지거리에 고개를 들었다. 하지만 말을 걸지는 않았다. 분명 목소리가 현호라 당장이라도 도망갈 준비를 하고 있었기 때문이었다. 그런데 미처 도망가기도 전에 곁에 와 선 사람이 낯설었다. 아니, 잠깐 올려다보고 있으려니 올려다보기 버거우리만치 큰 키도 그렇고, 눈을 완전히 가린 머리카락도 그렇고, 현호가 맞았다. 하지만 왠지 모를 위화감이 있어서 뭔가 싶어 보고 있다가 그의 턱에 한 짐 달려 있던 수염이 사라졌다는 걸 깨달았다.

"현호 씨?"

간밤의 일에 얼굴이 발갛게 달아오르는 것도 참고 주저주저 묻자, 현호는 밤의 일이 거짓말이었다는 양 너무나 평이한 어조로 대답했다.

"내 이름 지현호 맞아."

"수염…… 깎았어요?"

"보면 모르나."

그때, 머지않은 곳에 있던 신아도 놀란 듯 '어!' 하는 탄성을 내 지르며 다가왔다.

"수염 깎았어? 웬일이래?"

현호는 별로 좋지 않은 표정으로 더없이 썰렁해진 턱가를 쓰다 듬으며 말했다.

"물 좀 줘봐."

"수염 깎다가 베었어?"

신아가 물을 한 대야 떠주고 나서야 아영은 현호의 턱에 희미하 게 나 있는 생채기를 발견했다. 아직 핏물이 배어나오고 있는 걸 보니 방금 전에 면도를 하다 벤 듯했다.

현호는 손에 물을 묻혀 턱가를 닦아내며 짜증난다는 말투로 대 답했다.

"어떤 놈이 옆에서 설쳐 대서."

아영과 신아는 그 어떤 놈이 길이라는 것을 단번에 눈치 챘다.

아영은 도망가려던 것도 잊고 생소한 눈길로 현호가 하는 양을 일거수일투족 바라보았다. 수염 아래 숨은 턱이 두 겹이거나 하진 않을 거라고 알고 있었지만, 아주 오랜만에 공기 중에 드러난 턱 이 놀라우리만치 단정했다. 깎은 듯한 턱이 바로 저런 걸까 싶었 다. 게다가 거침없이 턱 끝으로 떨어지는 선이 매우 유려해서, 예 상보다 깔끔한 느낌이었다.

이번에 현호는 양손에 물을 가득 묻혀서 고양이 세수를 한번 하고는, 여전히 답답해 보이는 머리카락을 뒤로 슥 쓸어 올렸다. 그 순간, 아영의 눈이 휘둥그레졌다. 어제 키스를 당했을 때만큼이나.

"우오, 털북숭이가 아닌 미남 지현호는 오랜만이네? 좀 늙었으려니 했는데 전혀 퇴색하지 않았어. 어째 갈수록 더 진한 맛이 나는 것도 같고?"

신아는 연신 웃으며 반 농담 반 진심으로 현호를 놀려댔지만, 아영은 놀라움에 말조차 제대로 나오지 않았다.

"뭘 그렇게 봐?"

너무나도 멋진 남자가 아까까지만 해도 현호가 서 있던 자리에 서 있었다. 숨이 막히리만치 정갈한 외모에, 짙은 피부색에 어우러지는 결 좋은 피부가 몹시도 부드러워 보였고, 물이 뚝뚝 흘러내리는 속눈썹은 낮게 드리워진 채였다. 몹시 육감적이고, 관능적인 남자가 짙은 눈으로 아영을 바라보고 있었다.

나이는 한 열 살쯤 더 어려 보였다. 새삼 수염이란 게 남자의 나이를 얼마나 더 들어 보이게 하는지 실감하게 된 셈이다. 옷차림은 여전히 후줄근했지만 더 상거지 꼴이라고 해도 그 잘생긴 얼굴이 바래 보이지는 않을 듯했다.

사진 속의 첫사랑 소년은 더 이상 파르스름한 턱을 가진 소년이 아니었다. 보는 것만으로도 가슴이 설렐 만큼 진한 남성향을 풍기는 성인 남자로 자라 있었다. 이제는 더 이상 말갛게 웃지 않고 어딘지 농밀한 분위기로 느른하게 웃으며, 호리호리한 체형에 모델처럼 쭉쭉 뻗은 팔다리를 가지고 있지도 않았다. 대신 강철처럼 단단한 근육과 질긴 가죽인 듯하면서도 한없이 부드러워 보이는 피부로 큰 몸을 감싼 채였다.

그러고 보면 남자라는 생물이 얼마나 빨리 변하는지 간과하고 있었던 건지도 모른다. 사춘기 시절의 남자애는 몇 달만 안 봐도 하루가 다르게 변해 있는데, 벌써 십오 년이 넘는 세월이 지났다. 아직도 그에게 사진 속 소년의 모습이 남아 있으리라고 예상했던 것은, 너무나도 큰 착오였다. 물론 사진 속 소년의 윤곽이 얼핏 남아 있긴 했다. 아무리 세월이 지났다 할지언정 같은 사람일진대 아예 딴 사람이지는 않을 터. 콕 짚어 어디라고 말하기는 그렇지만 가만히 보고 있노라면 전체적인 얼굴에서 예전의 모습을 찾을 수가 있었다.

하지만 눈매는 어딘지 조금 고약해 보였다. 정확히는 성격이 그 눈매에서 고스란히 보인다고 할까? 조금 길게 찢어져 있는 것이, 서늘하고 단정한 듯 보이면서도 미묘하게 웃으면 성격이 나빠 보였다. 그렇지만 확실히 날카로워지는 눈매가 묘하게 섹시했고, 까만 눈 색은 무언가 침체되어 있는 것만 같았다.

"이봐……."

통조림 뚜껑을 따고 있던 현호는 왠지 모를 피로감과 함께 낮게 읊조렸다.

"자꾸 뭘 그렇게 뚫어져라 보는 거야?"

현호는 민둥산이 되어버린 턱이 추운지 자꾸만 버릇처럼 쓰다듬었다. 저기에 머리까지 잘라놓으면 어쩌려고.

"닮는 것도 아니잖아요."

"닮아."

"닮나 안 닮나 해볼래요?"

"하아……."

현호는 다른 쪽으로 슬쩍 고개를 돌리며 아주 낮게 중얼거렸다. 목소리가 원래부터 낮은 톤이라 뭐라고 했는지는 잘 들리지 않았지만, 아영은 그게 수염을 깎은 데에 대한 후회라는 것을 알 수 있었다.

"일찍 좀 깎으라고 할 걸 그랬어요. 깔끔하고 얼마나 보기 좋아요."

이제 통조림을 비스듬하게 기울여 숟가락으로 일회용 그릇에 퍼내고 있던 현호는 눈동자만 굴려 아영을 바라보았다. 그의 손이 멈추고도 벌건 칠리 수프는 걸쭉하게 그릇 위로 투두둑 투두둑 떨어져 내리고 있었다.

"너 너무 외모지상주의인 거 아냐? 첫사랑한테도 외모에 혹했다고 하더니."

"그거 현호 씨가 잘생겼다고 인정하는 말이에요?"

"흠, 이 정도면 어디 내놔도 빠지진 않지."

"사실이라서 더 밉네요."

현호는 결국 칠리 수프를 다 퍼 담아내지 않고 탁자 위에 바로 세웠다. 아까는 반 농담이었지만, 이제는 정말 기분이 오묘해진 탓이었다. 주변에서 잘생겼다고 하니 스스로 못난 외모는 아니라 알고 있었지만, 이렇게 대놓고 말하는 여자는 처음이라 현호로서도 뭔가 좀 적응되지 않았다. 아, 신아는 제외하고. 신아도 대놓고 칭찬을 해주긴 하지만 말이 너무 노골적이라 그런지, 장난기가 많이 섞여 있어 그런지 그다지 진심으로 들리지 않았다.

"뭐랄까, 거……."

장난기가 걷힌 현호의 표정에서 아영도 그런 감정을 눈치 챘는지, 먼저 선수 쳐서 말했다.

"무슨 말 하려는 건지 알아요. 다만 전 멋지고 예쁜 것을 보면 그렇다고 잘 인정하는 편이고, 직업이 직업이었던 만큼 어쩔 수 없이 그런 것에 좀 민감해요. 자, 이제 제 할 말은 다 했으니 현호 씨 하고 싶은 말 해봐요."

현호는 플라스틱 수저를 상하로 까딱거리며 말했다.

"할 말 없게 만들어놓고 무슨 말을 하라고."

선선히 백기를 들어주는 모습에 아영은 작게 웃었다. 아영의 그런 웃음이 싫지 않은지 현호도 드물게 슬며시 미소 지었다. 그러자 질감 좋아 보이는 그의 볼 한쪽에 작게 볼우물이 패였다.

헉, 저 남자 한쪽이지만 보조개까지 있어. 수염 아래 별걸 다 숨기고 있었네.

한없이 듬직한 남자의 볼에 팬 보조개가 못 참게 어색해야 할진대, 신기하게도 너무나 어울려 보였다. 그뿐 아니라, 손끝으로 살짝 매만져 보고 싶을 만큼 귀여웠다. 어깨 부근까지 걷어 올린 티셔츠 아래로는 심히 강해 보이는 문신마저 새겨져 있는데 말이다.

다 웃고 나서야, 아영은 자신이 지금 현호와 이렇게 아무렇지도 않게 대화하고 있을 상황이 아니란 걸 깨달았다. 이런 거 보면 자신도 가끔 핀트가 어긋나는 것 같다. 하지만 아영이 뭔가 하기도 전에 현호가 먼저 자리에서 일어서더니, 칠리 수프를 데우러 가버렸다. 간단하게 티 한 장만 걸친 그의 너른 등을 보며 아영은 잠시 손가락 하나로 관자놀이를 짚었다.

나, 저 남자랑 진짜 키스한 거 맞아?

연애 경험이 없지는 않았다. 경란의 과보호 속에 담장 안의 동물처럼 커오긴 했지만, 남보다 사회생활을 빨리 시작한 만큼 여러 가지 남자 군상을 만나왔다. 경란은 남자를 만나는 것에 유별나게 구는 부모님은 아니었으니까. 오히려 많은 남자를 만나보고, 그들의 됨됨이를 모두 본 후에 결혼만 여러모로 흡족한 조건을 가진 남자를 만나 하면 된다는 게 그녀의 지론이기도 했다. 그녀가 중매결혼에 실패한 장본인이라 더 그런 것 같았다.

남들 다 하는 사랑 놀음도 해봤고, 키스를 할 때 다른 사람과 했던 것보다 유독 가슴이 설레는 남자도 있었다. 자신 역시 나름 연애에 볼장 다 본 스물아홉의 여자인 것이다. 하지만 어째서인지 연애 초보처럼 현호와의 키스에서는 초연할 수가 없었다. 저도 모르게 오만 호들갑을 다 떨며 도망가 버리지 않았던가. 마음을 진정시키고 생각해 보니 자신이 얼마나 어수룩해 보였을지 민망스러웠다. 시간이 많이 지나긴 했어도 그가 첫사랑이라서 그런 걸까?

서른넷의 남자와 스물아홉의 여자. 그리고 둘 사이에는 묘한 연대감이 있다. 처음에는 서로 으르렁거리긴 했지만, 생각해 보면 이만큼 연애 감정이 싹트기 딱 알맞은 사이도 없지 싶다. 아니, 기실 처음의 으르렁거림은 단순 마찰이 아니라 연애 초기에 튀는 긴장감이었을지도 모른다.

턱을 괴고 홀로만의 상념에 빠져 있던 아영은 얼핏 고운 미간에 내천(川) 자를 그렸다.

뭐야, 나 혹시 저 남자랑 연애를 하고 싶은 거야?

아영은 눈동자만 또르륵 굴려 현호가 사라진 쪽을 바라보았다.

산을 기가 막히게 잘 타는 것 외에는 별다른 장점이 없는 남자. 아, 외적인 조건이 맞선 시장에 내놓는다면 VIP급일 거라는 건 제외하고. 성격은 왠지 모나 있고, 틈만 나면 까칠하게 굴고…… 그리고 또…… 저 남자 단점이 또 뭐가 있더라? 아, 가끔 나이에 맞지 않게 어린아이처럼 구는 거? 하지만 그만큼 바른 소리도 할 줄 아는 거 보면 존경할 만한 구석도 있고, 저 등치에 그러는 게 좀 귀엽긴 하잖아. 아니, 지금 장점 말하자는 게 아니라 단점을 찾는 거라니까. 단점이…… 그래, 무엇보다 뻔뻔하잖아. 그런데 돌려 말하면 남자다운 자신감으로도 볼 수 있는 것 같아.

아영은 끙 소리를 내뱉으며 이제는 손바닥으로 관자놀이를 꾹 감싸 쥐었다.

예전에는 현호의 단점 리스트를 작성하라면 아주 신나서 펜이 종이 위에 날아다니도록 쓸 수 있을 것 같았는데, 지금은 자꾸만 스스로의 생각에 역설하게 되었다.

아영은 거의 자포자기한 것처럼 후 한숨을 내쉬었다. 공기 입자에 가 부딪치는 한숨이 작은 도편으로 파사삭 부서져 탁자 위로 너절하게 흩어 내리는 것 같았다.

"사랑의 시작에 서 있는 여자의 전형이네."

"뭐가요?"

아무도 듣지 않으리라 생각하고 홀로 읊조린 말인데, 신아의 목소리가 들려와 아영은 '아' 하며 고개 돌렸다. 그러자 신아가 아영의 맞은편에 앉았다.

"사랑의 시작이라뇨?"

그렇게 묻는 신아는 장난기가 느글느글 떨어져 내리는 눈으로 히죽 웃고 있었다. 표정을 보아하니 아영의 독백이 무슨 뜻인지 눈치 99단으로 한 번에 알아챈 게 분명했다. 아영은 난데없는 사람한테 가슴을 훤히 열고 그 안을 보여준 것만 같아 애매모호하게 웃었다. 하지만 신아의 눈에는 그다지 적의나 질투심이 섞여 있지 않았다. 오히려 좋은 장난감을 발견한 악동처럼 재미있겠다는 빛과 호기심만이 있었다. 그녀에게 있어 현호를 향한 감정은 정말 순수하게 동료를 향한 것인 듯했다.

이걸…… 안심이라고 해야 하나?

"현호, 좋아하게 됐어요?"

"글쎄요."

아영은 별로 난처한 기색은 없이 웃었다. 이미 다 들통난 거, 딱히 숨기려고 하지 않는다는 증거였다.

신아도 그걸 눈치 챘는지 씩 웃으며, 칠리 수프를 데우고 돌아오는 중에 한 스태프와 이야기하고 있는 현호를 보았다. 그는 마침 날렵하게 빠진 허리를 한번 긁적이고 그동안 입에 물고 있던 플라스틱 수저를 다시 손에 옮겨 쥐는 중이었다.

"우리 현호가 좀 잘생기긴 했죠?"

고슴도치 부모님이 장성한 아들을 은근히 자랑하는 어투라 아영은 옅게 웃었다.

"처음에 봤을 때는 얼굴에 금칠한 것처럼 반짝반짝한 게, 뭐 이런 놈이 산을 탄다고 설치나 싶었는데 사람을 이끄는 카리스마도 있고, 기동력도 충분하고, 산이 뭔지 제대로 알고 있대요. 아마 현호도 한국에서 살기에는 고달팠을 거예요. 모난 돌은 일단 깎고 보는 그 나라에서 살기에는 좀 개성이 강하니까."

언뜻 보면 현호는 어디에 놔둬도 잘만 살 것 같았으나, 가만 보면 그도 어딘가 천재적인 괴팍함이 있었다. 극화적인 성격은 아니지만, 평준화된 사회의 기틀에 박혀 있기에는 군데군데서 거기에 융화될 수 없는 개성이 툭툭 튀어나왔다.

"현호 씨 별명이 14좌의 왕자잖아요. 처음에는 왜 그런 별명이 붙었는지 전혀 이해할 수가 없었는데……."

안 그래도 처음 그를 만났을 때 어쩌다 붙은 별명인지 이해하지 못하고, 예티 같으니 산의 왕자가 맞겠다고 생각하지 않았던가.

신아는 그 별명에 동의를 하면서도 못내 휘황찬란한 별명이 유치한지 푸하핫 웃었다.

"현호 앞에서 그 별명 말해봐요, 거의 경기를 일으킬걸요. 한 매스컴 관계자가 그렇게 부르고부터는 다들 지나가면서 한 마디씩 하니 완전 학을 떼요."

매스컴 관계자가 산악인치고 과도하게 잘생긴 그의 외모를 우연히 보고 반 장난삼아 붙인 별명인데, 역시 다들 반 장난삼아 부르다 보니 그대로 정착되어 버린 것이었다.

아영은 쯧쯧 혀를 내찼다.

"저런 별난 남자가 왜 좋아졌는지 모르겠어요."

신아는 그 말에 맞장구치듯 호쾌한 입매에 씩 웃음을 그렸다.

"안 그래도 들었어요. 둘이 처음에 완전히 불꽃이 튀었다면서요? 아영 씨도 취향이 별나긴 별난가 봐요."

"누가 아니래요."

신아와 아영은 동시에 풋 하고 작은 웃음을 터트렸다.

좀 이상하긴 했다. 칠십 일간의 대장정을 함께하게 된 동료로서 신아 역시 까다롭게 굴진 않았지만, 여태까지 그녀는 아영에게 특별히 친근하게 굴지도 않았다. 말 그대로 일이 끝나면 안녕하고 담백하게 헤어질 단순 동료인 듯 사이에 벽 하나를 두고 있었다. 하지만 지금은 왜인지 함께 오래 일해온 파트너인 양 유하게 대하는데, 무슨 심경의 변화가 있는 건지 확실히 알기 어려웠다. 하지만 이제라도 호의적으로 대해주는 상대에게 수상하다고 할 수 없는 노릇이니, 아영 역시 그녀를 친숙히 대했다. 게다가 신아는 블랙 그라벨 팀의 많지 않은 여성 스태프임으로 잘 지내서 나쁠 것은 없었다. 아니, 왠지 시원시원한 느낌이 호감을 주는 스타일이라 처음부터 될 수만 있다면 잘 지내고 싶었으나, 지금까지는 그럴 기회가 없던 게 사실이었다.

"그런데 신아 씨, 현호 씨 알고 지낸 지 얼마나 됐어요?"

"오오, 경계하는 거예요?"

"아뇨, 그게 아니라 길은 몰랐는데 신아 씨는 어떻게 현호 씨 어렸을 때 모습을 알고 있나 궁금해서요."

신아는 작게 아아 하는 소리를 흘렸다.

"저도 박 선생님…… 그러니까 아영 씨 아버님과 알고 지냈거든요. 길은 만날 기회가 없었던 것 같지만, 박 선생님이 비밀이라며 현호의 어렸을 때 사진을 보여준 적이 있었어요. 현호는 저한테 그거 보여줬다고, 하루 종일 뚱한 얼굴로 시위하더라니까요. 하여간 귀엽다니까."

아영은 피식 새어나오는 웃음을 참지 않았다. 여기서 철운은 사진 보여주고 다니는 게 취미였나 보다.

문득 음울하게 젖은 신아의 목소리가 들려왔다.

"박 선생님은…… 그렇게 가실 분이 아니었는데, 참 안타까워요. 몇 달 전에 만났을 때만 해도 다시 함박 웃으며 오실 것 같았는데…… 그런 거 보면 사람 운명이란 게 참 알 수 없는 거긴 한가 봐요. 아, 아직 충격이 다 가시지 않았을 텐데 이런 이야기 미안해요."

그녀의 목소리에는 너무나 급작스럽게 가버린 고인에 대한 안타까움과 그리움이 가득했다.

"괜찮아요. 아버지가 산으로 떠나실 때부터, 어느 정도는 예측하고 있었던 일인지도 모르는걸요."

예전에 철운이 한 번 특별기획에 참가한 적이 있었다. 세계에서 가장 큰 무덤이라고 불리는 에베레스트. 그 정상으로 향한 도약이 실패해 만년빙하 속에 영원히 썩지 않은 채 잠든 시신들을 회수하러 가는 특별기획이었다. 시신만이라도 가족들의 품에 돌려보내주고자 한 것이었다. 그리고 썩지 않는 육체 안에 갇혀 명계로 가지 못하는 이들의 영혼을 인도하고자.

그 여정을 공중파 방송국에서 4부작 다큐멘터리로 제작, 방영

했는데 아영도 그걸 보았다. 철운이 그 원정단의 멤버로 참가했기 때문이었다.

그 화면 안에는 슬픔만이 가득했고, 원정단의 표정에는 정상을 향한 도전 정신이 아닌 씁쓸한 애환만이 자리 잡고 있었다. 시신을 회수하기 위한 그들의 노력과 여정은 보는 이의 눈물을 자아냈다는 평을 들었지만, 아영은 그 처절하기까지 한 모습에 눈을 돌려 버렸다.

에베레스트에 잠든 고인의 유족들은 어떤 심정으로 지금 TV를 보고 있을까. 만약 자신이 그중 한 명이라면? 사실 아영에게는 그 유족들의 상황이 완전히 다른 세계의 일만은 아니었다. 무엇보다 자신의 아버지가 바로 저곳에 있지 않은가.

죽은 이들을 향한 원정단의 기도를 끝으로, 웅장하고도 서글픈 바이올린 선율과 함께 다큐멘터리의 엔딩 크레디트가 올라오자, 그때 아영은 난생처음으로 죽음에 대한 두려움을 겪었다. 물론 그 전에도 죽음은 무서운 것이었다. 하지만 전처럼 모든 것이 끝나는 죽음에 대한 막연한 두려움이 아니라, 실체화되어 더욱 생생하게 다가오는 두려움을 알게 되었다. 그것도 스스로의 죽음이 아닌 소중한 누군가의 죽음에 대한. 자신이 죽으면 그냥 그걸로 끝이다. 종교인이니만큼 사후 세계를 믿지 않는 건 아니지만, 원래 죽음이라는 건 남겨진 자에게 더 가혹한 것이니까.

하지만 아영은 그때부터 확신하고 있었을지도 모른다. 철운은 그 사랑하는 산에서 목숨을 거둘 거라는 걸. 그리고 그 어렴풋한 확신이 현실로 대두된 지금, 그래서 철운의 영혼을 더 빨리 놓아

줄 수 있었던 것일지도.

"그럼 이제 현호에게 고백할 건가요?"

심해 속으로 잠겨가듯 낮게 가라앉는 아영의 눈빛에, 신아는 애써 쾌활한 목소리로 다른 화제를 꺼냈다.

아영이 다시 고개를 들었을 때, 그녀의 눈에는 다행히 죽은 자를 향한 애환이 걷혀 있었다.

"아뇨."

"에?"

너무도 단연한 대답에 신아는 한쪽 귀에 손까지 대며 다시 말해 달라는 제스처를 취해 보였다.

"그 나이에 그냥 짝사랑만 하겠다는 거예요?"

아영은 오히려 안달이 난 신아를 어린 조카 보듯 빙긋이 웃었다.

"먼저 고백하기에는 현호 씨가 처음에 한 행동들이 너무 괘씸하잖아요."

게다가 키스도 저쪽이 먼저 했고 말이야.

신아가 조금 감탄한 듯한 탄성을 흘리는데, 어느새 다가온 길이 앉아도 되냐는 말도 없이 아영의 맞은편에 덜썩 앉았다. 그리고 세상 다 산 사람처럼 큰 한숨을 팍 내쉬며 머리를 한 번 쓸어 올리는 게 표정에 왠지 피로색이 짙었다.

「길, 표정이 별로 안 좋네요?」

정말 웬일인지, 길은 질문에 입술조차 달싹이지 않았다. 그 침묵이 이상해 두 여자 모두 길을 멀뚱히 바라보자, 그는 잠시 후에 입을 열었다. 그 표정은 여태까지의 그와 달리 진지하기 그지없었고, 일생일대의 결심을 내린 사람처럼 비장기가 돌고 있었다.

「아영.」

「예.」

「나랑 사귈래요?」

고산에 내리쬐는 천연 조명은 해사하고, 달콤한 바람은 기분 좋고, 밥을 먹은 지 얼마 되지 않아 배는 부르고 등은 따시고……

「현실 도피하지 말구요.」

슥 먼 산 쪽으로 향하는 아영의 시선에 길은 여전히 장난기라고는 콜레스테롤 쫙 뺀 콩기름처럼 하나 없이 진중하게 말했다. 그런데 아영이 뭐라고 대답하기도 전에, 신아가 거세게 자리를 박차고 일어섰다. 그 김에 그녀의 무릎이 탁자에 부딪혀 거의 굉음에 가까운 소리가 쿵 하고 울렸다. 깜짝 놀란 아영의 시선이 그녀에게 쏠렸지만, 길의 시선만은 여전히 아영을 고집하고 있었다.

"이, 이!"

벌겋게 달아오른 신아의 얼굴은 이미 씰룩씰룩 경련하고 있고, 입술은 사정없이 뒤틀려 당장 살인이라도 날 듯한 분위기였다. 사람이 이리 갑작스럽게, 격하게 화를 낼 수 있다는 것에 놀라 아영이 보고 있다는 것도 잊고, 신아는 파들파들 떨리는 주먹을 휙 들었다.

"죽어라! 매독 걸려 거기 문드러져 버릴 자식아!"

콰직! 쿵!

아영이 저도 모르게 손으로 자신의 입가를 막는 새, 신아는 누가 잡을 새도 없이 저쪽으로 맹렬히 달려가 버렸다. 혼신의 힘을 다해

휘둘러진 주먹에 뒤통수를 장렬히 가격당한 길은 그 반동으로 탁자에 이마를 박은 채, 숨을 거두기라도 한 듯 움직임이 없었다.

"이 녀석, 죽었어?"

마침 머리 위에서 현호의 목소리가 떨어졌다. 올려다본 그는 탁자 옆에 서서 칠리 수프 그릇을 한 손에, 다른 손에서는 물 컵을 든 채, 파리채에 맞은 파리처럼 찌부러져 있는 자신의 친구를 물끄러미 내려다보고 있었다.

아영은 거의 사과가 쪼개지는 것 같은 소리를 내고 엎어진 길이 걱정되긴 했지만, 사라진 신아가 더 심상치 않아 보여 그녀를 따라가며 말했다.

"지금 농담할 때가 아니에요. 전 신아 씨 좀 따라가 볼게요."

현호가 어떻게든 길을 다독이겠지 했던 아영의 기대와 달리, 현호는 아직 죽은 듯 엎어져 있는 길의 맞은편에 앉아 묵묵히 밥을 먹을 뿐, 말조차 걸지 않았다. 그냥 한참 자기 할 일 하고 있다 보면 길이 말하고 싶을 때 알아서 말하리란 것을 아는 까닭이었다.

곧 예상대로, 머리를 맞은 충격에 그대로 기절해 버린 듯했던 길에게서 희미한 목소리가 새어져 나왔다.

「지금, 행키 뱅키가 뭐라고 외치고 간 거냐?」

현호는 칠리 수프를 한 입 떠먹으며 무심히 알려주었다.

「죽어라, 매독 걸려 거기 문드러져 버릴 자식아.」

토씨 하나 틀리지 않고, 신아가 했던 말 그대로.

제10장

"그래요, 좋아해요."

상처 입은 어린아이처럼 쪼그려 앉아 있는 신아의 뒤로 다가가자, 그녀는 묻기도 전에 홀로 중얼거리듯 말했다. 아영은 잠시 어떻게 할까 하다가, 결국 그냥 그녀의 옆에 가만히 앉았다.

"저도 절 알 수가 없어요. 왜 하필 발에 차일 정도로 많은 남자 중에 그런 최악의 바람둥이인 건데요?"

아영은 아무런 말도 하지 않았다. 그래도 신아는 발작적으로 보이고만 진심에 대한 자격지심 때문인지, 묻지도 않은 것을 줄줄이 소시지처럼 끊임없이 늘어놓았다.

"진짜 자다가 억울해서 벌떡 일어난 적도 있었어요. 머리가 어떻게 된 게 아니면 그 천상천하 유아독존에 냉소적인 자폐 환자를 좋아할 리가 있어요?"

신랄하다 못해 듣는 이로 하여금 불쾌감까지 불러일으키는 평가였지만, 아영은 여전히 듣기만 했다.

지금의 길이야 유쾌, 상쾌, 호쾌의 삼쾌를 제대로 갖추고 부드러운 인상으로 말도 조곤조곤 잘하는 호감형이나, 신아가 그를 처음 만났을 때만 해도 거의 딴 사람이었다. 지금 길을 아는 사람들은 믿지 못할뿐더러 믿으려고도 하지 않을 것이다. 하지만 당시의 길은 천상천하 유아독존에 혼자 잘난 자폐 환자라는 평가가 틀리지 않을 정도로 어딘가 맛이 간 천재였다. 배타적이고, 견고하게 쌓아올린 자신만의 성 안에 갇혀 지독히도 폐쇄적이었더란다. 그때는 길이 현호를 만나기 전이었다.

혼자만의 세계에서 벗어날 노력조차 하지 않는 길을 사람들이 좋아할 리가 없었다. 신아도 처음에는 그냥 뭐 저런 게 다 있나 하는 정도였다. 그런데 보면 볼수록 어딘지 버림받은 동물처럼 가슴을 짠하게 만드는 구석이 있어 시선이 가다 보니, 어느샌가 사랑이었다. 본래 성격이 나쁘지 않은 만큼, 세상으로부터 자신을 보호하게 위해 둘러쓴 가면 아래서 가끔씩 풍겨오는 그 향기에 이끌린 것인지도 몰랐다. 하지만 아무리 사교성이 밝은 그녀라고 해도 세상과 완전히 단절된 그에게는 어떻게 다가가야 할지 알 수가 없었다. 그래서 어물거리는 사이 그는 현호를 만났고, 재회했을 때는 전혀 다른 사람이 되어 있었다.

그를 갱생(?)시켜 준 현호가 고마우면서도, 선수를 빼앗겨 분한 마음도 있었다. 만약 현호가 여자였더라면, 질투심에 정신이 이상해졌을지도 모른다. 현호의 염색체가 XY란 게 그때만큼 다행인 적이 또 있었던가. 정작 현호가 이 소리를 들으면 저들 마음대로 자기를 들었다 놨다 아주 잘하는 짓이라고 싸늘하게 일갈을 토하겠지만.

"그런데도…… 그런데도 좋아하는데……."

지금 이렇게 뱀과 망구스가 무색하도록 사이가 안 좋은 건 첫 단추를 잘못 끼웠기 때문이었다. 그에게 어떻게 다가가야 할지 몰라 어린아이처럼 관심이라도 끌어보려고 괜히 그의 상처를 한 번씩 푹푹 헤집었다. 지금 과거의 자신 같은 사람이 주변에 있다면 그냥 나가 죽으라고 말하고 싶을 정도였다.

첫 단추를 잘못 끼운 이상 옷이 제대로 입어질 리가 없으니 둘의 관계는 비틀릴 대로 비틀릴 수밖에 없었다. 정말 둘의 관계가 단추라면 잘못 끼운 단추를 풀어버리고 다시 끼우면 될 텐데, 인간관계는 그렇게 되돌리면 그만인 게 아니니 문제였다.

"전 언제나 그랬어요. 주변은 모두 척척 앞으로 나아가는 것 같은데 저만 언제나 멈춰 있었죠. 성적도, 인간관계도, 성취감도…… 사랑도. 현호와 아영만 해도, 만난 지 얼마 되지 않았는데……."

아영은 그건 모두 개인차가 있는 거 아니냐고 말하지 않았다. 지금은 어떻게 말해도 신아에게 위로가 되지 않으리라는 걸 알고 있어서였다. 오히려 어설픈 위로는 역효과를 불러일으킬 것 같았다.

"요번에 같이 일하게 된다는 거 듣고 너무 좋아서 잠도 제대로 못 잤는데…… 본국의 일이 끝나자마자 거의 날듯이 왔는데……
여전히 행키 뱅키라고 부르기나 하고, 이제는 아영한테…….”

그러고 보니 놀라기도 전에 신아가 먼저 반응을 보여서 잊고 있
었는데, 길은 왜 갑자기 자신에게 그런 말을 한 걸까? 너무 갑작스
러운 말인지라 별로 현실감이 느껴지지 않았다. 하지만 그 말을
하던 길의 표정이 어찌나 진지 그 자체였던지, 섣불리 ‘농담이 아
니었을까요? 라고 말을 건넬 수도 없었다.

“신아 씨, 신아 씨 부모님은 신아 씨를 어떻게 불러요?”

갑자기 치고 들어오는 질문에 신아는 어리둥절하게 아영을 바
라보았다. 눈이 마주치자 아영은 퍽이나 천진하게 생긋 웃었다.

“진이요…… 왜요?”

“진이라, 어감 좋네요. 저도 그렇게 불러도 돼요?”

“뭐, 마음대로…….”

“진, 있잖아요.”

아영은 신아에게서 너렁청한 하늘로 시선을 옮겼다. 108번뇌가
무색하게 번뇌를 거듭하고, 시행착오를 거치며 살아가는 인간들
을 굽어 살피는 하늘은 길 떠난 아이들을 언제나 기다려 주는 어
머니처럼 포근하게 미소 짓고 있었다.

“난 진이 참 좋아요.”

“지금 위로하려고 립서비스 하는 거예요?”

“그렇게 들리나요? 그렇게 들린다면 어쩔 수 없죠. 하지만 진심
이라는 건 믿어줬으면 좋겠어요. 처음 봤을 때부터 생각한 건데,
외모도 성격도 시원시원하고, 자동차 엔진처럼 늘 힘이 넘쳐서 그

렇지 못한 저로서는 그게 무척 부럽거든요."

"미인이 그렇게 말하니 비꼬는 것처럼 들리네요."

"어떻게 받아들이느냐는 제가 아닌 상대의 몫이니까, 그렇게 생각하셔도 저는 어쩔 수 없죠. 근데 사실 전 처음 보면 좀 까다롭게 보이나 봐요. 그럴 만도 하죠. 눈매는 치켜 올라가 있고, 피부가 창백해서 염세적으로 보이고, 무표정으로 있으면 지나치게 차갑게 보이잖아요."

신아는 낮게 헤에 하는 소리를 흘렸다.

"자신을 꽤 객관적으로 보고 있군요."

"모델이었으니까요. 디자이너 선생님이나 주변 사람들이 늘 하던 소리인데요 뭐. 그런데 진은 밝고 활달하고, 일단 인상만으로도 상대에게 호감을 줄 수 있는 이점이 있어요. 분명 진의 그런 면을 좋아해 준 남자가 있었을 거예요. 그죠?"

신아도 나이가 있으니 만큼 여러 연애를 해보았고, 그런 남자가 없었던 것도 아니기에 얼떨떨하게 그렇다고 긍정했다. 그러자 아영은 자신이 그런 고백이라도 들은 양 말갛게 웃었다.

"저는 고민하는 사람이 좋아요. 아, 저 사람도 나와 다르지 않은 인간이구나, 모두 나처럼 고민을 하고 사는구나 하는 동질감이 느껴져서요. 사람의 관계는 서로에게서 공통점을 발견할 때부터 시작된다고들 하잖아요? 누구에게나 호감을 줄 수 있는 진이니까, 아직 진을 제대로 보고 있지 않을 뿐인 그에게 천천히 다가가 봐요."

신아가 멀거니 자신만 바라보고 있자, 아영은 머쓱하게 뒷목을 붉적였다.

"너무 마음 편한 소리만 해서 미안해요. 하지만 전 침울해하고 있는 사람을 위로하는 거, 사실 잘 못하거든요."

아영은 세운 무릎을 감싸 안고 있던 팔을 내려 자리에서 일어섰다. 그리고 아직 앉아서 자신을 올려다보는 아영에게 슥 손을 내밀었다.

"보통 이런 위로를 곧이곧대로 받아들일 수 있을 만큼 좋은 성격은 아니지만, 신기하게 정말 마음이 편해졌어요. 들어줘서 고마워요. 피는 물보다 진하다고, 아영 씨 확실히 박 선생님의 딸이 맞나 봐요. 그분도 늘 어딘가 뜬구름 잡는 말을 잘하셨지만 듣다 보면 이상하게 마음이 풀렸거든요. 그래서 저도 박 선생님을 좋아했어요. 그리고 저, 성격은 많이 삐뚤어졌지만 최선을 다해주는 사람을 싫어하지는 않거든요."

외모로는 경란을 더 닮은 아영이지만, 그녀는 철운을 닮은 미소로 함박 웃으며 내밀어진 신아의 손을 맞잡았다. 그 미소를 보며, 신아는 길이 이래서 아영에게 끌린 걸까 조금 이해할 것도 같은 기분이었다.

「후.」

현호가 신아의 말을 알려주고도 한참이나 탁자에 엎드려 있던 길은 그제야 피로감 깊은 한숨과 함께 몸을 일으켰다. 그러는 동안 현호는 어느새 읽다만 책까지 가져와 보면서 식사를 하고 있었다. 주변에서 오만 천재지변이 일어나도 혼자만 묵묵할 것 같은 게, 태풍의 눈 가운데 우뚝 서 있는 암벽 같았다.

길은 혼자만 느긋한 현호가 왠지 괘씸해져 왈칵 충동이 일었다.
그래서 말했다.

「나 아영한테 말했어.」

「뭐라고.」

팔락, 현호의 가벼운 손짓을 따라 두툼한 책의 종이 한 장이 나
비 날개처럼 팔랑이며 넘어갔다.

「나랑 사귀자고.」

수프를 뜬 숟가락을 입가로 가져가던 현호의 다른 손이 허공에
서 우뚝 멈췄다. 살짝 고개 숙인 현호의 반듯한 이마 위로 머리카
락 몇 가닥이 스르륵 흩어져 내렸다. 일순 시간을 잃어버린 듯 굳
어 있던 현호의 눈이 길을 향하더니, 이내 멈추었던 모든 행동을
재계하며 무덤덤하게 입을 열었다.

「너 이마에서 피난다.」

길은 깜짝 놀라 자신의 이마를 짚어보았다. 뒤통수를 맞은 반동
으로 탁자에 이마를 박으며 긁혔는지 정말 미끄덩한 액체가 느껴
졌다. 얼른 닦아내자, 초크 때문에 거칠어진 손가락 위에 붉은 얼
룩이 묻어났다.

우스운 비유지만, 처음 팬티에 생리 혈이 묻은 것을 본 소녀들
의 마음이 이랬을까.

경악, 충격, 놀라움, 그러면서도 막연한 기대감. 또는 미약한 두
려움.

길은 신아가 화를 내며 외치고 간 한마디에 그녀의 마음을 눈치

챘다. 여태까지는 외나무다리 위에서 만난 철천지원수처럼 자신을 대하던 신아의 본심이 그렇다니. 경악이기도 하고, 충격이기도 하고, 혹은 놀라움까지 범벅되어 생소하게 다가왔다. 거기에 막연한 기대감은 없었지만, 생각지도 못했던 사람의 애정에 조금은 두려움까지 일었다.

어쩐지 이상하게 이마가 따갑더라.

신아의 본심도 그렇고, 현호의 태도도 그렇고, 자신이 자초한 것임에도 길은 기분이 엉망이라 주먹으로 탁자를 내려치며 따지듯 말했다.

「나 아영한테 사귀자고 했다니까!」

「그래서 뭐? 지금 나랑 싸우기라도 하자는 거냐?」

현호는 변함없이 담담한 어조였다. 시선은 여전히 책에 멈춰 있었고.

평소에는 친구의 흔들림 없는 모습이 퍽이나 믿음직스러운 것이었지만, 지금은 꿈쩍도 않는 게 싫어 길은 격앙된 말투를 내뱉었다.

「안 싸우면? 나한테 양보라도 할 거냐?」

「내가 머리에 총 맞았냐?」

기가 막히리만치 당당한 어조에 길은 어이없다는 듯 '핫!' 소리를 흘렸다.

「아, 그럼 어쩌자고!」

「네 마음대로 해.」

「뭐?」

「두 번 말하게 하지 마라. 네 마음대로 하라고.」

저 암호 같은 속을 다 알기는 무리지만, 그래도 몇 년간 붙어 다니며 꽤 해독(?)할 수 있게 되었다고 생각했는데, 길은 도무지 현호의 뜻을 파악하기가 힘들었다.

「그러니까…… 거 뭐냐. 아영을 유혹하든, 그래서 둘이 사귀든 마음대로 하라고? 설마 그런 의미냐?」

「정확히 이해했군.」

「너…… 내가 그래도 상관없는 거냐? 전혀?」

「네 마음이지.」

「너, 아영 안 좋아해?」

그제야 말하는 도중에도 계속 움직이던 그의 동작이 멈추었다. 그리고 잠시 후에 흘러나온, 정작 본인은 듣지 못하는 작은 고백.

「좋아해.」

낮은 음성이 어찌나 달콤한지, 길은 저도 모르게 소름이 돋았다.

「그럼 대체 뭘 어쩌자는 거야?」

「아직 내 여자도 아닌데 접근하지 말라고 엄포 놓을 권리는 어디에도 없지. 누굴 선택하든 걔 마음 아니야?」

「뭐냐…… 자신이 있다는 거냐?」

「꽤.」

「그 자신감은 대체 어디서 나오는…….」

현호는 길의 말이 끝나기도 전에 말끝을 서걱 잘라먹고 먼저 선수 쳤다.

「키스를 허락해 준 거 보면 저쪽도 아예 마음이 없는 건 아니겠지.」

「뭣! 이놈! 어느새 진도를 거기까지 뺀 거야?」

「네가 굼뜬 거지.」

그쯤에서 둘의 대화가 끊겼다. 길은 더 이상 다음 말을 찾지 못했다.

사실 아영의 태도를 보자면, 현호의 자신감이 잘못된 것만도 아니었다. 상대가 치를 떨며 싫어해도 현호는 천생 타고난 자신감을 잃을 만한 남자가 아니라는 건 둘째 치고. 아까도 멀리서 가만히 지켜보니, 현호의 등을 쫓는 아영의 시선이 묘하게 농밀했다. 영락없이 상대에게 매력을 느끼는 성인 여자의 눈빛이랄까. 그 눈빛에 울컥 호승심이 치밀어 올라 사귀자는 말을 해버린 것이었다.

확실히 갑작스러운 현호의 변화에 자격지심을 느꼈고, 아직 마음을 선뜻 접을 수 있는 건 아니었지만, 지금도 별로 아영과 일대 일의 특별한 관계로 발전하고 싶은 것은 아니었다. 그렇게 치면 참으로 모순된 마음이랄까.

발악. 그래, 마지막 발악이라고 불러야 할 것이다. 친구를 위하는 마음을 떠난, 남자로서의 마지막 발악.

그때, 타이밍 좋게도 아영이 두 남자에게로 돌아왔다. 신아는 지금만큼은 길의 얼굴을 보고 싶지 않은지 아영과 헤어져 다른 쪽으로 가버린 후였다.

「신아는 어때?」

「진이 어떤 성격인지는 현호 씨가 더 잘 알잖아요.」

아영은 자리에 앉으며 단연히 말했다. 그러자 둘이 대충 어떤 대화를 나누었을지 예상된 현호는 두 번 묻지 않았다. 게다가 방금 전에 그런 돌발 발언을 한 길이 있는데도 별로 신경 쓰지 않는 듯했다.

길은 마지막 발악을 떠나서도 도무지 어려워하는 구석이 없는 그에게 심술이 비죽 치솟아올랐다. 하지만 곧 그저 한숨 한 번으로 포기해 버렸다.

이러니저러니 해도, 결국 저런 면이 좋아 친구가 된 거니까.

「아영, 내 질문에는 대답하지 않는 겁니까?」

아영은 괜스레 현호가 신경 쓰였다. 비록 그는 듣는 척도 하지 않은 채였고, 이 문제는 확실히 짚고 넘어가야 했기에 언젠가는 다시 언급하려고 했지만, 현호가 있는 자리에서는 아니었다. 하지만 길의 눈이 형형한 빛을 발하고 있었기에 아영은 어쩔 수 없이 입을 열었다.

「미안해요.」

「아, 잔인하도록 확실한 거절이네요.」

「하지만 길도 별로 'Yes'란 대답을 기대한 건 아니었잖아요?」

「어째서 그렇게 생각하는데요?」

「온몸에서 그런 기운이 뿜어져 나오던걸요?」

진심을 간파당하자, 길은 당혹스러우면서도 일말의 미련이 살짝 고개를 디밀었다.

「그래서 처음에는 장난일 거라 생각했어요. 하지만 진심인 것만은 아니까, 마음은 고맙게 받아둘게요. 금발벽안의 남자로부터의 고백이라니, 로맨틱했어요.」

전혀 당황한 구석 없이 척척 대답하는 모습에 설렘은 없었다.

「설레지도 않았다니…… 그건 좀 충격인데요.」

「아뇨, 조금은 설레었어요. 진심이에요.」

「설레었어?」

그제야 현호의 말이 불쑥 치고 들어왔다. 아영은 잠시 별다른 감정이 없는 눈으로 현호를 빤히 주시하더니, 보란 듯이 고개를 끄덕였다. 그리고 다 들리는 크기로 혼자 독백하듯 중얼거렸다.

「현호 씨가 상관할 바는 아니지 않나.」

「아…… 뭐. 그래. 상관할 바는 아니지.」

현호는 다시 슥 고개 돌리며 전혀 아무렇지 않다는 양 역시 독백조로 읊조렸다. 보이지는 않지만 명백히 존재하는 투명인간처럼 뚜렷이 느껴지는 미묘한 긴장감에, 길은 순간 다시 울컥함이 치받혔다.

이것들이 지금 실연당하는 내 앞에서 염장을 지르나.

「뭐, 저 좋다는 여자 나열하면 에베레스트 정상에서부터 지상까지입니다. 나중에 후회하셔도…….」

「아, 하지만 응원하지는 않을 거예요.」

길은 살짝 눈을 크게 떴다. 모델답게 단호히 허리를 펴고 앉아 있는 아영에게서는 여태껏 보지 못했던, 기묘한 위압감이 풍겨 나오고 있었다. 막 상대의 고백을 거절한 여자가 풍길 만한 종류의 기운은 아니었다.

「이 상황에서 제가 할 말은 아니겠지만, 전 이미 누군가의 편이거든요.」

눈치가 있으니 만큼, 길이 이미 신아의 마음을 알고 있으리란 것을 알고 하는 말이었다. 아영은 자리에서 일어나 다른 쪽으로 걸어가며 요염한 팜파탈처럼 빙그레 웃고는 마지막 한 마디를 남겼다.

「한 마음으로 대동단결한 여자들의 의리란, 남자들의 의리 못지않아요.」

길은 부지불식간에 한 대 얻어맞은 듯 멍하니 아영의 당돌한 뒷모습을 쫓다가 현호를 바라보았다. 웬일인지 현호도 어이없다는 눈길로 멀어지는 그녀를 바라보고 있었다. 그 어떤 말에도 고잉 마이 웨이(Going my way)던 현호의 표정을 바꾸다니, 확실히 천생연분이긴 한가 보다.

「현호야.」

길은 언뜻 다정해진 어투로 은근하게 친구의 이름을 불렀다. 현호는 왠지 불안해진 표정으로 오랜 친구를 보았다.

「알다시피 내가 그렇게 착해빠진 놈만은 못 되어서 말이야. 가끔 방해를 좀 놓긴 하겠지만, 잘해봐라. 아영도 만만치가 않은데…… 파이팅이다?」

「독립 순사처럼 비장하게 말하더니 벌써 항복이냐?」

「친구를 위하는 마음이라고 해주지? 사실 마지막 발악이었거덩.」

「존나 닭살이십니다.」

그가 평소에는 쓰지 않는 단어와 말투에 길은 웃음이 배로부터 강렬하게 폭발했다.

「으하하하하! 푸……푸하핫. 지현호, 제대로 돌았…… 으악!」

길은 허리까지 장렬히 젖혀가며 웃다가 등받이가 없는 의자에서 굴러 떨어지고 말았다. 그러자 현호는 딱 한 마디만을 더 덧붙였다.

「등신.」

하지만 그 순간에는 현호도, 길도 웃고 있었다. 이래서 친구가 좋다고 하는 것인가 보다.

길은 후련했다. 마지막 발악이었고, 자칫하면 현호와의 사이가 틀어질 수도 있었지만 일순이나마 진지했던 진심을 아영에게 털어놓은 데에 대한 후회는 없었다.

사실 현호를 믿고 있었던 건지도 모른다. 친구를 위해서라는, 숭고하기도 하지만 유약한 명목 아래 아영에 대한 마음을 접진 않겠지만, 그렇다고 자신과의 우정도 등한시할 그가 아니라는 것을. 만약 현호가 '친구를 위해서니까'라는 등 씁쓸히 중얼거리며 아영을 포기했거나, '오늘 어디 죽어보자!' 하고 덤볐다면 길은 당장 그와 맺어왔던 관계를 모두 끝냈을 것이다.

이것으로 흔쾌히 친구의 행복을 응원해 줄 수 있을 것 같았다.

이미 나이 삼십 줄에 들어서서 얻은 깨달음이라고 보기에는 다소 생뚱맞은 구석이 있지만, 왠지 조금 어른이 된 것 같은 기분이 들었다.


「어이. 행키……가 아니라, 제인 핸트키.」

뒤에서 들려오는 진지한 음성에 전선을 정리하고 있던 신아는 우뚝 굳었다. 그 뒤 신아는 벌떡 일어나 다른 쪽으로 가려고 했다. 평소에는 아닌 척하면서도 길을 한 번이라도 더 보려고 열심히 그의 모습을 좇았지만, 지금만큼은 그 번드르르한 낯짝을 보고 싶지 않았다. 하지만 얼른 앞으로 돌아온 길이 그녀의 발걸음을 막았다.

「이야기 좀 하자.」

「이야기할 것 없어.」

신아의 목소리에 장난기는 없었다. 칼부림을 낼 듯한 악의도 없었다. 언뜻 듣자니 길은 얘가 벌써 날 포기했나 싶을 정도였다. 그만큼 그녀의 목소리는 어떠한 감정도 없는 무감각, 그 자체였다.

「난 어영부영 찜찜한 거 싫다.」

그 순간, 팩 소리가 나도록 신아가 고개를 돌렸다. 눈은 이미 부리부리하리만치 강하게 뜨여 있었고, 독기까지 담겨 있었다. 다만, 주체할 수 없는 눈물이 깊게 일렁이고 있다는 게 그 눈에 어울리지 않았다.

「그럼 뭐? 내가 아, 당신을 좋아해서 미안합니다, 라고 이야기라도 해줘야 하는 거야?」

「그렇게 말할 거냐?」

신아는 모든 감정을 정리한 듯 침착한 길의 어조에 노골적으로 핫하는 소리를 내뱉었다.

아니, 정리하고 할 것도 없었지. 어차피 나를 향한 감정은 적의에 지나지 않았는걸!

「좋아해서 미안하군요. 잘난 천재 길버트 버틀러 씨.」

「연극하냐? 완전 희극조로구만.」

신아는 앞에 선 길을 팍 밀치며 스쳐 지나가려 했다.

진짜 이런 남자를 왜 좋아하는지 자신의 어깨를 미친 듯 흔들어 쥐며 정신 차리라 하고 싶었다. 하지만 이런 와중에도 언뜻 닿은 그와의 접촉에 미친 듯 심장이 질주했다. 그에 주체할 수 없는 짜증이 와락 났다.

「차라리 이 모든 게 연극이었으면 좋겠다! 오만 지랄을 다 해도 꾸민 이야기일 뿐이니까!」

「넌 네 감정을 그렇게 매도하고 싶냐?」

우뚝. 시간이 완전히 배제되어 버린 듯 신아의 모든 움직임이 멈추었다. 그러자 묵직한 침묵이 내려앉았다.

이런 침묵은 불길함의 전조인데, 신아는 이런 상황에서도 설마 하는 자신이 너무나도 싫었다.

「미안하다.」

잠시 후에 떨어지는, 조금은 죄책감 어린 길의 어조.

신아는 그에게 등을 보인 채 서서 이를 악물고 말했다.

「죽어버려.」

「이야, 무섭다. 좋아하는 남자한테 그런 식으로 말하고 싶을까, 보통?」

「누가 너 따위를 좋아해!」

길은 휘익 휘파람을 내불었다. 손으로 모션까지 취해 보이는 것이, 그쪽이 더 희극을 연극하는 듯했다.

「강한 부정은 긍정이라지?」

신아는 다시 그쪽으로 홱 몸을 돌렸다.

「안 좋아해! 안 좋아한다고! 안 좋아한다니까!」

억지를 부리는 어린아이처럼 주변이 다 떠나가라 소리치는 신아의 모습에 길은 난감하게 웃었다.

「아예 광고를 해라.」

「이…… 이!」

「노력은 하지 않을게.」

당장 한 대 쳐줄 요량으로 손을 번쩍 치켜드는데, 길이 다시 진중해진 어조로 말했다. 그 목소리가 무섭도록 남자다워서, 신아는 다시 한 번 시간을 잃어버렸다. 하지만 동시에 어이는 완전히 가출을 해버렸다. 가출한 어이가 어디로 갔나.

「좋아하도록, 노력은 하지 않을 거다.」

「이런 상황에서 보통은…… 노력해 본다고 이야기하는 거 아냐?」

신아는 화가 나는 것도 잊고 되물었다.

「노력한다고 해서 사람의 감정이란 게 뜻대로 움직이는 게 아니잖아? 오히려 억지로 노력해 본다는 게, 순수하게 날 좋아해 주는 사람에 대한 모욕 같은데. 내 생각이 틀린 건가?」

맞는 소리 같기도 하고, 틀린 말 같기도 하고, 오히려 그래서 신아는 할 말을 찾기가 힘들었다. 하지만 울고 싶지는 않았다. 마지막으로 타협할 수 없는 자존심이었기에. 그 앞에서 울기까지 해버리면, 구제불능일 만큼 구차해질 것만 같았다.

「언제가라도 널 좋아할 수 있을지 그건 모르겠다. 그래서 구태의연한 말이지만, 미안하다.」

「자기 혼자만 편해지려는 위선적인 합리화 따위는 듣고 싶지 않아. 사실은 미안하지도 않으면서. 넌 세상 모든 여자들이 자신을 좋아하는 게 당연하다고 생각하고 있잖아!」

「으와, 나도 양심이 있는데 설마 그렇게는…….」

「닥쳐!」

팍 터져 나오는 일갈에 길은 찔끔 입을 다물었다. 변명이겠지만, 정말 그렇게 생각하고 있지는 않았다. 하지만 신아의 한 마디가 어찌나 강한지 저도 모르게 위축되어 버렸다.

「그래, 인정할 건 인정하겠어. 널 좋아하는 내 감정이 사실이긴 해. 하지만 그게 네 인간성마저 존경한다는 대변은 아니거든? 넌 구제불능이야. 그리고 바람둥이지. 최악의 인종.」

「뭐, 내가 바람둥이라는 건 사실이지만, 바람둥이가 정착하면 더 성실하다는 말도 있잖…….」

「지 버릇 개 못 주지. 그래서 네가 구제불능이라는 거야. 게다가 난 바람둥이도 갱생시키면 된다는 걸 믿을 정도로 순진하지도 못하고. 그럼에도 포기 못하는 내가 미친년이지.」

신아는 몸을 돌려 걸어갔다. 몸을 돌리고도 울지는 않았다. 대신 끝없이 자신을 위로했다.

됐어. 잘했어. 아주 당당했어. 멋졌어. 브라보. 최신아.

아무도 해주지 않을 찬사이기에, 신아는 자신에게 해주었다. 이렇게라도 하지 않는다면 꼴사납게 엉엉 울어버릴 게 분명했다. 그런 건, 너무 비참하잖아.

그녀가 멀어지자, 멀거니 서 있던 길은 다시 한 번 휙 휘파람을 불었다.

「신랄의 극치를 보여주는데? 이야, 반하겠구만.」

지극히 장난기 어린 어조였다. 사실 이런 어조는 신아에게 미안하면서도, 길은 이 사람이 안 된다고 꿩 대신 닭쯤으로 다른 여자에게 가는 게 싫었다. 아니, 바람둥이니 만큼 육체적으로 그런데는 기실 별다른 죄책감이 없지만, 감정적으로 그런다는 것은 왠지 너무나 얍삽하게 느껴졌다. 감정은 인간으로서 극히 본질적인 것이니까.

사람은 지독한 열병을 앓고도 언젠가는 새 사랑을 찾는다. 죽은 사람을 미친 듯이 그리워하며 울다가도 결국 살아가는 것처럼. 그러니 언젠가는 길도 새로운 사랑을 할 것이다. 하지만 지금만은 휙 다른 배로 갈아타지 않는 게, 아영을 떠나서 자신의 감정을 존중하는 것이라고 생각했다. 하지만 신아의 신랄하기까지 한 모습에 반하리만치 존경심이 든 것은 사실이었다.

**현**호가 슥 몸을 젖히자 이미 빌레이(확보)되어 있는 로프가
팽팽하게 당겨지며 그의 육중한 무게를 지탱했다. 그러자 현호는
한 발을 가파르게 깎아진 암벽에 대고, 다른 발을 들어 자신의 신
발 밑창을 확인했다. 미끄러움을 방지하기 위한 강철제 스파이크
인 아이젠(Eisen)이 많이 닳아 있었다. 그것이 마치 현호가 얼마나
쉼없이 인생을 걸어왔는지 대변해 주는 듯했다.

다시 신발을 신는 사이 마침 후등자로 오던 아영이 현호의 옆까
지 올라와 있었다.

"뭐 해요?"

"그냥."

오랫동안 산을 타며 단련된 손으로 로프를 탁탁 당겨보자, 암벽

의 틈새에 박혀 있는 슬라이드가 덜컥거리며 흔들렸다. 하지만 안심하고 오르라는 듯 별다른 움직임은 없었다.

현호는 문득 아영을 바라보았다. 아영은 고산의 희미한 바람에 느티나무 잎처럼 흔들리는 로프를 옆으로 치우고 있었다.

케른망틀 자일이라고 불리는 오색의 로프는 나일론 섬유를 꼬아 만든 중심부에 외부를 나일론 섬유로 짠 피복으로 싸서 만든다. 그만큼 웬만한 무게를 지탱할 수 있도록 설계된 로프는 등반자 상호간에 믿음을 주고 가장 의지할 수 있는 등반의 상징이기도 했다. 그래서 로프는 일명 '탯줄'이라고도 불렸다.

"로프라는 게 말이야."

현호는 초크를 다시 손에 묻히며 운을 떼었다.

"왠지 묘하지 않아?"

"뭐가요?"

현호는 슥 눈동자만 굴려 어리둥절한 표정의 아영을 보았다.

"우리를 연결해 주고 있는 것 같지 않아?"

"그렇죠."

나름 회심의 공격이었는데 아영은 뭘 새삼 그런 말을 하냐는 듯 담담했다. 그러더니 곧 뭔가를 깨닫고는 '아' 하며 다시 고개를 돌렸다.

"설마 그거 작업 들어온 거였어요?"

어이어이, 보통 누가 그런 질문을 하냐. 이 여자, 진짜 만만치가 않네.

하지만 현호는 그 말 대신, 수염이 제거(?)되어 이제는 완벽히 모습을 드러내고 있는 입술을 삐뚜름하게 말아 올리기만 했다.

"설마."

아, 또 저 성격 나빠 보이는 웃음. 하지만 저 웃음에 마냥 반감이 드는 게 아니라 묘하게 남자다워 보여서 가슴이 설레니 문제였다. 그런데 조금 느끼해야 할 말을 누가 그리 덤덤하게 한단 말인가. 담백이 인생의 모토인가, 이 남자. 조금 느끼할 것도 같은 이목구비가 진한 얼굴 생김 주제에.

"그럼 부지런히 올라가 볼까."

현호는 암벽의 돌출 부분에 한 발을 대고 다시 오를 준비를 했다. 그런데 그전에 문득 고개를 돌리고 잠시 청명한 하늘을 올려다보았다.

"물 냄새가 좀 나는군."

"물 냄새요? 전 잘 모르겠는데."

하늘은 여전히 온화하게 미소 짓고 있는 듯 화창하기만 했다. 독이라도 푼 듯 너무 푸르고 맑은 하늘도 불길함의 전조라지만, 아영은 어디에서도 물 냄새를 맡을 수가 없었다.

"비가 올 것 같은데."

"반갑지 않은 이야기네요."

그럴 만도 하다. 비가 오면 일단 암벽을 탈 수가 없으니.

"어쨌든 지금은 올라가 보는 수밖에 없겠지."

잠시, 그것이 지금 상황 그 자체만을 이야기하는 게 아니라, 어떤 풍파가 몰아친다 한들 멈출 수 없는 그의 행보에 대해서도 이야기한 것 같다는 건…… 지나친 비약일까?

혹자는, 진정한 자유로움은 돌아갈 곳이 있는 것이라고 했다. 하지만 요 십여 년간, 집과 절연 상태인 현호에게 돌아갈 곳은 없었다. 그렇다면 그는 신발 밑창의 아이젠이 닳고 닳아 더 이상 제 기능을 하지 못하게 되었다고 해도 또 걷고, 오르는 수밖에 없었겠지.

당신은 지금 무슨 마음으로 저 정상을 바라보고 있나요? 당신의 속마음을 조금 더 보여줘요.

현호의 감각은 정확했다. 현호가 베이스캠프로 내려가야 한다고 해서 어쩔 수 없이 되돌아오고 얼마 지나지 않아 비가 내리기 시작한 것이었다.

아영은 후드득후드득 텐트를 흔들어대는 바람 소리와 빗줄기의 거친 소리를 들으며 생각했다. 그 남자, 진짜 본능이 야수에 맞먹는군.

밖에는 아직 스태프들이 뛰어다니는 소리가 들려오고 있었다. 비가 더 오기 전에 텐트를 고정시키고 있는 줄을 더 단단히 박는 등 비가 지나갈 때까지의 준비를 해야 했기 때문이었다. 아영도 나가서 돕겠다고 했지만, 이번만큼은 모든 스태프들이 등반가는 몸을 소중히 해야 하는 거라며 만류했다. 하지만 그럼 왜 현호와 길은 밖에서 비를 쫄딱 맞으면서 일을 돕고 있는 건지, 아이러니했다.

아영은 앞에 놓인 스테인리스 컵을 들어올렸다. 손바닥에 살짝 압력이 가해지며 그곳에서부터 전신으로 퍼져 나가는 온기가 왠지 허리를 나른하게 만들었다. 뽀얀 김을 피워 올리는 커피를 한 모금 홀짝이자, 명치 부근이 잠깐 싸해지는가 싶더니 이내 포근한 온도가 감돌았다.

가끔 파르라니 흔들리는 등불에 의지한 텐트 안에는 조금 어둑한 불빛만이 자리잡고 있었다.

"나가서 돕지 않아도 괜찮을까요?"

육각형의 연필을 귀 한쪽에 꽂고 컴퓨터와 한참 씨름하고 있는 신아는 고개도 돌리지 않고 아영의 말에 대답했다.

"험한 일은 남자들에게 맡겨둬요. 이럴 때 놀아봐야지 언제 놀아보겠어요."

타다닥, 그녀의 손은 여전히 자판 위를 정신없이 날아다니고 있었다. 평소에는 그녀의 업무가 뭔가 싶을 정도로 별다른 일이 없었는데, 이렇게 보고 있자니 신아는 확실히 유능한 기술자인 듯한 모습이었다. 그녀도 그녀 나름대로의 일을 하고 있는 상황에서 아영은 자신만 할 일 없이 덩그러니 앉아 있는 것 같아 마음이 편치 않았다.

"그래도 현호 씨랑 길은 일하고 있는데……."

"그거야 현호가 아영은 감기에 잘 걸리는 체질이라고 그냥 두라고 했…… 웃. 아영한테는 말하지 말라고 했는데."

신아는 화려하게 춤춰대는 모니터의 영문자에 신경이 쏠려 있다가 저도 모르게 비밀을 털어놓고 말았다.

"네? 현호 씨가 뭐랬다고요?"

신아는 그제야 모니터에서 시선을 떼고 아영 쪽으로 몸을 돌렸다. 그녀의 얼굴에는 조금 난처한 듯한 웃음이 걸려 있었다. 하지만 종내에는 익살꾼처럼 씩 웃는 게, 또 무슨 장난을 치려고 저러는지 불안했다.

"저렇게 위해주는 남자도 있고~ 아영 씨는 좋겠네~"

"하……."

"그런 남자려니 해요. 스스로는 절대 인정하지 않으려고 하지만 은근히 다정하니까. 뭔 놈의 자존심이 그리 우직한지, 다정함을 절대 보이려고 하지는 않지만 가만 보면 아닌 척 다정하다니까요. 아, 그래. 그거요. 남자는 행동으로 말한다?"

아영은 슥 손을 들어 턱을 괴었다. 자신도 어쩔 수 없는 여자인가. 남녀 구분 없이 일하길 바라긴 했지만, 현호가 뒤에서 그렇게 신경을 써주었다니 그게 싫은 기분만은 아니었다. 하지만 진실을 알게 된 이상 이렇게 놀고 있는 건 좀 아닌 것 같아 자리에서 일어나 우비를 찾았다.

"뭐 해요?"

"그럼 더더욱 놀고 있어서는 안 될 것 같아서요."

"에에, 현호가 화낼 텐데."

"제가 지금 엄한 남편에게 꽉 잡혀 살고 있는 주부도 아니고…… 행동을 제약당할 이유는 없잖아요?"

"뭐, 사실이지만 그래도 전 엄청 부러운데요."

신아는 폭 한숨을 내쉬며 말했다. 길 앞에서는 반 오기, 반 분노에 무섭도록 신랄하게 굴었지만, 어디 짝사랑하는 여자 마음이 그렇기만 하겠는가. 아직도 이러는 자신이 너무나 멍청하게 보이면서도 선뜻 마음을 접기 힘들었다.

때마침 텐트 문이 걷히며 길의 투덜거리는 목소리가 들려왔다.

「아, 완전히 물독에 빠진 생쥐 꼴이야.」

그에 비해 묵묵히 텐트 안으로 들어온 현호는 휙 우비를 벗을 뿐이었다. 우비를 입고 일하긴 했지만 빗줄기가 점차 강해져 그것도 소용없이 길의 말대로 쫄딱 젖은 채였다.

「태풍이 오려는 것 같지는 않은데.」

현호의 말 뒤에, 의자에 다리를 꼬고 앉아 있는 신아가 짐짓 박수까지 쳐가며 덧붙였다.

「오우, 타이틀은 관능의 남자야?」

길은 존재하지 않는 유령이라도 된다는 듯한 모습이었다. 아마 신아 역시 자존심이 보통은 아니니, 자신이 그를 슬금슬금 피해야 할 이유는 어디에도 없다고 생각하고 있는 게 분명했다.

현호는 무슨 소리냐는 듯 신아를 돌아다보았다. 그는 옷을 입은 채 샤워하고 난 것처럼 꼭 젖어 있어서, 얇은 티셔츠는 매끈한 몸매를 모두 드러내며 그의 몸에 휘적휘적 휘감겨 있었다. 물기를 함빡 머금고 흘러내리는 머리카락이나, 희미한 윤곽으로 빛나는 물방울이 방울져 있는 짙은 피부나, 정말 '관능의 남자'라는 타이틀이 어울린다고 해야 하나.

신아도, 길도 있는데 아영은 일순 가슴이 왠지 묵직해지며 아랫배에서 열기가 들끓는 듯한 느낌이 들었다. 열화 덩어리라도 꿀꺽 삼킨 듯 온 가슴에서 뜨거운 무언가가 날뛰어댔다.

길도 현호와 비슷한 상태인지라, 네 사람밖에 없는 텐트 안은 기묘한 기류가 형성되기 시작했다. 머리 위로 불길이 날아다니는 것만 같아, 아영은 그 홧홧한 공기를 와해시켜 보고자 휙휙 손을 흔들었다.

정염에 타오르는 욕구불만의 여자도 아니고 이게 웬 생각이람.

「옷 좀 갈아입고 오지 그래요?」

하지만 현호는 수건으로 물기를 닦아낼 뿐, 옷을 갈아입고 올 생각은 없어 보였다.

「남자의 벗은 몸쯤이야 수없이 봤다며?」

남자가 쪼잔하게 그 말을 다 기억하고 있냐.

「지금 남자가 치사하게 그런 거 다 기억하고 있다고 생각했지?」

툭 치고 들어오는 말에 아영은 바로 반박에 나섰다.

「아뇨, 쪼잔하다고 생각했어요.」

「한 마디도 안 지는군.」

「그러니까 버티고 있지 말고 옷 갈아입고 와요. 감기 걸리면 어쩌려고 그래요?」

「걱정해 주는 거야?」

이 남자야, 당신 유두 보인다고!

「걱정은 걱정이죠. 현호 씨가 감기 걸리면 제가 곤란해지거든요. 정확히는 길과 제가요. 등반을 할 수가 없잖아요.」

두 사람이 말을 주거니 받거니 하는 와중에도 길은 열심히 제할 일을 하고 있다가 짜증난다는 듯 말했다.

「또 염장을 지르…… 에헤…… 에헷취리야~」

그것도 마지막은 요상한 재채기로 끝내며.

「길, 괜찮아요? 재채기가 평범하지 않은데.」

길은 코를 한 번 훌쩍이고는 괜찮다며 한 손을 들어 보였다.

「아, 아무래도 저는 강철맨 지현호랑은 달라서 옷을 갈아입고
와야겠어요.」

그리고 길은 다시 우비를 주섬주섬 주워 입고 텐트 밖으로 나섰
다. 정말 옷을 갈아입으러 가는 건지, 아니…… 진짜 옷을 갈아입
으러 가는 거긴 해도 신아와 한자리에 있는 게 불편해서 나가는
건지는 알 수 없었다.

길이 나가자, 신아는 묵직한 한숨을 내쉬고는 다시 자신의 일에
몰두하기 시작했다. 신아가 다시 손을 움직이니 아득한 텐트 안에
는 그녀의 손가락을 따라 타다닥 울리는 자판 소리만이 가득했다.
그 가운데 현호는 스테인리스 컵에 뜨거운 물을 부어와 마시고 있
었다. 아영도 자기 몫의 커피만 마시며 한참이나 침묵을 유지했
다. 그런데 갑자기 신아가 벌떡 자리에서 일어서더니, 극히 연극
조의 목소리로 말했다.

"어머나, 자료가 없네. 나가서 가지고 와야겠다."

그리고는 횡하니 비 오는 텐트 밖으로 나가 버려, 아영이 그녀
를 말릴 새도 없었다.

아니, 그렇게 노골적으로 자리를 피해줄 것까지야…….

문득 아영의 시선이 텐트 한구석에 세워져 있는 현호의 등산화
에 멎었다. 발도 예티(Yeti)처럼 크기도 크다.

"현호 씨."

"응?"

"현호 씨는 왜 그레이트 트란고에 오르기로 한 거예요?"

예전에 현호가 산의 어둠 속에 잠겨 중얼거린 말을 들은지라 이유를 대강 짐작할 수 있었지만, 그의 입으로 확실히 듣고 싶었다. 그때는 몰랐지만, 그 '선생님'의 정체가 다름 아닌 철운이었으니.

후루룩, 현호는 뜨거운 물을 한 모금 마시고 아무렇지도 않은 어조로 대답했다.

"박 선생님이 여기서 돌아가셨잖아. 마지막에 뭘 보셨을까, 궁금했어."

그것은 정말 간단한 이유였다. 하지만 무척 간절하면서 어딘지 애달픈 이유이기도 했다.

"'샹그리라'를 보지 않으셨을까요?"

뜬금없는 단어에 현호는 의아한 눈으로 아영을 바라보았다.

"샹그리라? 티베트 불교에서 이르는 낙원 말이야?"

'눈의 보금자리'. 히말라야 산맥의 북쪽에 존재한다는, 성자들이 사는 나라. 연꽃과도 같은 국토 안에 지고한 왕이 다스리고 있다는 도시. 금강석처럼 굳건한 오색 빛깔의 빙하로 뒤덮여져 외부로부터의 침입을 절대 허가치 않는 천연의 철벽 요새. 우리 세상의 혼돈으로부터 벗어난 천국. 성스러움과 평화의 땅, 샹그리라.

이름없는 계곡들과 험난한 산들을 지나야만 다다를 수 있다는 샹그리라는 이 히말라야 어딘가에 존재한다고 설화처럼 전해지고 있었다.

"아버지께서 제게 유언 남기시기를, 너의 샹그리라를 찾을 수 있길, 이라고 하셨어요. 전 그 말을 듣고 히말라야에 가기로 결심을 굳혔죠."

철운이 과거에 들려주었던, 매미의 이야기도 그에 한몫하긴 했지만.

아영은 가만히 자신의 양손을 펴 보았다. 이제는 제법 푸석푸석해져 있는 그 손을 살며시 쥐어보자, 알 듯 말 듯한 철운의 마음이 확실히 잡히지 않고 손가락 사이를 스르륵 빠져나가는 듯한 느낌이 들었다.

"아버지도 샹그리라를 찾으셨겠죠. 마지막에 보셨을지 아닐지는 알 수 없지만……."

아무렇지 않은 척하며 현호를 바라본 순간, 그의 눈빛에 아영은 옭매어졌다. 현호가 팔꿈치를 탁자에 괴고 손으로는 자신의 관자놀이를 괸 채 아영을 빤히 바라보고 있었다. 아영의 움직임 단 하나라도 놓치지 않으려는 듯, 가만히 그녀를 주시했다.

압박감. 까만 눈이 한 치의 흔들림 없이 자신을 담아갈수록, 아영은 느꼈다. 이대로 잡아먹힐지도 모른다고.

나무 탁자가 끼익 하며 작은 비명을 내질렀다. 그리고 이내 시큼한 물 내음에 젖어 있는 현호의 입술이 아영의 입술에 닿았다. 맞닿는 순간 아영에 녹아내리기라도 할까 현호는 아주 조심히 입술을 가져다 대었다.

아영은 사르륵 눈을 감아 내리며 깊어지는 그의 입술이 주는 환희를 느꼈다.

부드러워. 부드러워 미칠 것 같아. 이 여자는 뭐가 이렇게 부드러운 거야. 현호는 성마르게 아영의 허리를 왈칵 끌어당겨 그 너른 품 안에 가득 안았다. 그리고 그녀의 모든 것을 맛보지 않으면 안 되는 조급증에 걸린 것처럼 거칠게 입술을 부벼왔다.

아영의 입술 사이로 나지막한 신음이 새어나왔다. 그에 남자의 가슴속에 잠들어 있던 열기가 미친 듯이 날뛰었다.

"혀, 현호…… 하읍."

그녀의 숨결을 삼키고, 말마저 삼켜 버렸다. 품 안에서 바들바들 떨리는 작은 어깨가 이토록이나 사랑스러울 수가 없었다. 같은 정욕을 품고 칼칼해진 목소리마저 지극히 낭랑하게 들렸다.

낭창낭창한 허리가 남자의 우악스러운 힘에 휘어지고, 희미하게 떨리는 손은 남자의 강직한 팔에 휘감겨 왔다. 긴장으로 딱딱해진 팔에 그녀의 서늘한 머리채가 스치고, 섬세한 손가락이 주는 감촉이 느껴지자 현호의 신경 회로는 더더욱 요동쳤다. 그런데 순간, 수동적으로 받기만 하는 줄 알았던 여자의 손길이 현호의 가슴 근처에서 느껴졌다. 쿵 내려앉은 심장이 철근이라도 매달린 듯 무겁게 느껴졌다.

입술이 살짝 떨어져 나가자 불규칙하게 흘러나오는, 타는 듯한 숨결이 엉망으로 뒤엉켰다.

현호는 아영의 눈망울을 바라보았다. 까맣다, 그리고 깊어.

아영의 손은 여전히 현호의 심장 부근에 닿아 있었다. 마치 암벽에 가만히 손을 대고 그 고동을 느끼려는 것처럼.

"심장 소리가 느껴져요."

차근차근 흘러나오는 목소리가, 조금 헐떡이고 있는데도 아주 고왔다.

"살아 있으니까."

"그래요…… 살아 있죠. 그런데 무척 강하게 뛰는걸요. 현호 씨도 긴장돼요?"

"그래…… 무척."

아영은 설핏 웃었다. 무척이나 달콤한 미소였다. 그런데 그녀가 무언가 말하려는 찰나.

「어흠!」

짧고 강하게 울리는 헛기침. 길의 목소리였다. 놀란 아영이 얼른 현호를 밀어내자, 텐트 안에서 둘이 떨어지는 소리를 들었는지, 길이 징그럽게 웃으며 안으로 들어왔다.

「미안해서 어쩌나. 근데 밖에 비바람이 마구 몰아치는 게 추워서 더 이상은 안 되겠더라고. 이 불쌍한 어린 양을 좀 이해해 주시게나. 아, 미안해서 죽겠네에.」

하나도 미안하지 않은 것 같은 어조에 현호가 강하게 째려봐도 본 척도 안 하는 게, 방해할 거라는 말이 허언은 아닌 모양이었다. 다만 그 대가로, 신아의 차가운 한마디를 들어야 했지만 말이다.

「눈치없는 사람은 어딜 가나 미운털이지!」

현호는 후드득후드득 현란하게 떨어져 내리는 빗소리를 들으며 홀로 중얼거렸다.

"'샹그리라' 라……."

새벽의 장막이 채 걷히기도 전에 눈을 떴을 때, 아영은 가장 먼저 텐트의 문 너머로 강렬한 물 내음을 흩뿌리고 있는 바깥을 보았다. 다행히 비가 그쳐 있는 게, 밤새 다녀간 반갑지 않은 손님은 인사도 없이 떠나 버린 모양이었다.

아영은 부스스한 얼굴로 침낭에서 몸을 일으켰다.

"으응……."

고치 안의 애벌레처럼 침낭에 푹 파묻혀 잠든 신아는 얼굴에 와 닿는 차가운 기운이 싫은지 몸을 뒤척이며 침낭 안으로 더더욱 파고들었다. 아영은 신아가 깰까 싶어 사부작사부작 옷을 껴입고 밖으로 나섰다.

하아아, 비 때문에 온도가 많이 내려갔는지 물기에 젖은 고산의 새벽은 목이 절로 움츠러질 만큼 싸늘했다. 밤새 지나간 손님은 퍽도 무례했다. 블랙 그라벨 팀의 시간을 잠시 정체되게 만들었으면서, 제법 따스한 온도까지 같이 앗아가 버렸으니 말이다.

아영은 목께로 파고드는 한기에 껍질 안에 숨는 거북이처럼 몸을 움츠리다가, 두터운 오리털 파카를 벗어냈다. 그러자 휑하고 부는 비 내린 새벽의 바람이 살갗에 사정없이 닭살을 불러일으켰다.

"으, 춥다."

하지만 몸을 움직이는데 두루뭉술한 파카는 방해만 될 뿐이고, 움직이다 보면 금방 더워질 것이기 때문에 아영은 짐짓 자세를 바로 하고 초르텐 앞에 섰다. 배꽃 색의 새하얀 초르텐은 어둑어둑한 새벽의 그림자 아래서도 희미하게 발현하는 듯했다.

아영은 잔잔한 마음의 호수에 이미지 영상으로 작은 종이배 하나를 띄웠다. 그리고 신사가 숙녀에게 춤을 청하듯 경건하게 손을 앞으로 슥 내밀었다. 그러자 새파란 여명의 베일이 곧게 뻗은 팔을 사르륵 훑고 지나갔다. 그 순간, 아영은 몸을 휙 돌리며 움직이기 시작했다. 유수와도 같은 머리채가 그 동작을 따라 크게 출렁였다.

처음의 그것은 추위를 쫓아내 버리려는 듯 매우 기운찼다. 태권도처럼. 하지만 이내 격렬하게 흘러가던 강이 바다와 만나 차분한 수면이 되듯, 소리도 없이 공기를 휘감았다.

움직임을 따라 마음속의 호수가 격하게 출렁였지만, 종이배는 재주도 좋게 전복되지 않고 그 수면을 따라 방향을 바꾸며 자리를 잡았다.

배는 파도에 지배되지 않는다. 배는 물결을 배신하고 움직이지도 않는다. 그렇듯, 아영은 공기의 흐름을 거스르지 않고 그 보이지 않는 방향을 찾아가듯 동작을 계속했다. 그래서일까, 공기와 무척 이질적인 존재이면서도 새벽 공기 안의 그녀는 마치 그 안에 녹아든 것처럼 느껴졌다.

뒤에서 인기척이 들린 순간, 아영은 이미 내지른 발차기를 어찌하지 못하고 몸을 돌림과 동시에 상대에게 발을 휙 뻗고 말았다.

"엇."

다행히 상대가 뒤로 상체를 살짝 젖혀 치진 않았지만, 아영의 발은 그의 턱 바로 앞에 멈춘 상태였다.

"현호 씨?"

현호는 슬쩍 한쪽 눈썹을 휘었다.

"발 좀 내리고 말하지?"

그제야 깨달은 아영은 '아' 하는 외마디와 함께, 한 발로도 균형적으로 지탱하고 있던 몸의 무게 중심을 옮기며 발을 내렸다.

"이 시간에는 웬일이에요?"

"평소보다 좀 일찍 일어났는데 밖에서 소리가 들려서."

사실 아영을 본 것은 지금보다 오 분 정도 전이었다. 하지만 왠지 방해하면 안 될 것 같아서 말을 걸지 않았던 것뿐이었다. 아니, 솔직히 고백하자면, 넋 놓고 쳐다보느라 말을 걸지 못했다.

"무술 했었어?"

아영은 왠지 보여서는 안 될 장면을 보인 것처럼 어색하게 뒷목을 긁적였다.

"무술이라면 무술이랄까요. 진가 태극권이에요."

"한두 해 한 것 같지는 않은데."

"이십일 년 정도 했으니까 짧은 세월은 아니죠."

"아아, 박 선생님이 했던 거군."

"아버지랑 배우기 시작한 거니까요."

현호는 알았다는 듯 작게 고개를 끄덕였다.

"하긴, 그 아저씨도 그거 할 때만은 사람이 완전 달라 보였지."

아영은 콧등을 살짝 찡그리며 맞받아쳤다.

"그 말인즉 저도 달라 보였다는 말인가요?"

어쩐 일인지 현호는 큭큭 웃었다. 그리고는 아주 자연스럽게 손을 뻗어 아영의 주름 잡힌 콧등을 슥 훑었다. 왠지 다정함이 물씬 느껴지는 동작에 아영은 또다시 심장이 펄떡펄떡 뛰어댔다. 이러다가는 만성이 되어버릴 게 분명해.

"가끔씩 콧등에 주름을 잡는군. 주름이 안 사라지면 어쩌려고 그래?"

현호가 슥 지나쳐 가자, 아영은 그 뒤에서 조금 불만족스럽게 읊조렸다.

"오해할 만한 행동."

현호는 그 작은 목소리를 어떻게 들었는지 '응?' 하고 고개를 돌렸다.

"아무것도 아니에요."

"오해할 만한 행동이라고 한 거 들었어."

"들어놓고 다시 묻는다니, 악취미예요."

"뭐가 오해할 만한 행동이라는 거야?"

그렇게 묻는 현호 역시 어딘가 부루퉁한 목소리였다.

"그런 행동을 아무렇지도 않게 하다니, 보통 여자라면 오해해요."

게다가 시간만 나면 키스해 오는 주제에 사귀자든지 좋아한 다든지 하는 말은 한 마디도 하지 않는다. 그것이 괘씸해 아영은 짐짓 새치름하게 말하며 먼저 현호를 지나쳐 가려고 했다. 하지만 불쑥 올라온 현호의 손이 예의없게 아영의 머리통을 턱 쥐더니, 그대로 빙글 돌려 자신을 마주 보게 했다. 동시에 아영의 입술에 살짝 베이비키스를 했다.

"이래도 오해 안 해?"

아영은 기가 막혀 현호를 빤히 올려다보기만 했다. 그러자 현호 는 그 표정을 어떻게 해석한 건지, 다시 한 번 제대로 입을 맞추려

했다. 하지만 그전에 휙 튀어나온 아영의 손이 그의 입술을 막아 그 시도를 무산시켰다.

"음, 삼십 점."

"뭐야, 그 각박한 평가는?"

"전혀 로맨틱하지 않았어요. 그런 의미에서 삼십 점."

현호는 어쩔 수 없다는 듯 숙였던 허리를 폈다. 그리고 슥 팔짱을 끼는 모습이, 약간 삐뚜름하면서도 역시 묘하게 균형적인 자세를 가진 남자였다.

"그 로맨틱이라는 게 대체 뭔데?"

"음, 여자들의 영원한 꿈?"

"신데렐라 콤플렉스라도 있어?"

"누가 그런 거창한 걸 말해요. 그냥 사소하면서 로맨틱한 걸 말하는 거죠."

"설마 장미꽃 백 송이 가져다 바치면서 무릎 꿇고, 케이크 안에 반지 넣어두는 거?"

아영은 그녀로서는 드물게 모션까지 취해 보이며 '우엑' 하는 소리를 흘렸다.

"그건 로맨틱이 아니라 유치예요. 아닌 척하면서 드라마 은근히 많이 보셨네요. 혹시 그게 로맨틱이라고 착각하고 있는 남자 만나면 좀 전해줘요. 제발 먹는 것 가지고 장난 좀 치지 말라고."

그건 평소에도 생각해 왔던 내용이었기 때문에 거침없이 말해 주자, 현호는 잠시 뭔가를 생각하는 눈치였다.

"내 친구 중에 손재주 무지 없는 녀석이 있는데 말이야."

생뚱맞게 갑자기 웬 친구 이야기? 아영은 뜬금없이 이어지는 현호의 말에 귀를 기울였다.

"종이접기를 하는데, 진짜 빈말로도 괜찮게 접었다고 해줄 수 없는 수준이었다고 하는군."

"그런데요?"

"그런데 프러포즈할 때 그 실력으로 종이하트를 접어서 반지랑 함께 줬다고 하던데……."

"그 친구 분 프러포즈 성공했죠?"

"어떻게 알았어?"

"그게 바로 로맨틱이거든요."

현호는 더더욱 알 수 없다는 표정이었다.

"대체 로맨틱과 유치의 경계가 뭔데?"

"미묘한 거죠. 여자와 남자의 차이만큼이나. 게다가 이런 건 스스로 생각해 봐야죠. 열심히 고민해 봐요. 백 점을 바라면요."

아영은 여전히 아리송한 표정의 현호를 두고 몸을 돌려 걸어갔다. 그리고 흘긋 시선만 돌려 바라보자니, 에베레스트 산처럼 커다란 남자가 참을 수 없이 귀여워 보여 저도 모르게 후후 웃음이 나왔다.

한국에는 아직 풀지 못한 문제가 남아 있으니 이런 말은 무책임하겠지만, 왠지 이렇게 평생을 살아도 재미있을 것 같다는 생각이 들었다. 블랙 그라벨 팀은 한 달 반 후면 와해되어 버릴 거고, 시간에 구애받지 않는 듯한 성지에도 시간은 계속 흘러갈 것이다. 하지만 이런 생활이라면, 언제고 계속해도 나쁘지 않을 듯했다.

그때 아영은 몰랐다. 바로 며칠 뒤에 동료들과 그리고 정상을 보기 전까지는 떠나지 않으리라 믿었던 그레이트 트란고와 이른 이별을 하게 될 줄은.

제12장

**피**톤이라는 등반 용구가 있는데, 이것은 벽에 망치로 때려 박는 확보물을 말한다. 그만큼 안전성에 있어서는 우수하지만, 회수가 어렵다는 단점이 있었다. 그보다 더 큰 문제는…….

"그거, 안 박았으면 하는데요."

아영의 말에 막 망치를 꺼내 들던 현호는 무슨 말이냐는 듯 그녀를 바라보았다.

"피톤을 박으면 바위에 상처가 남잖아요."

피톤은 망치로 쳐서 거의 짓이겨 넣는 장치라, 인간처럼 자연 치유력이 없는 바위에는 엄청난 치명상을 남긴다는 게 가장 가는 문제였다. 물론 구멍 몇 개 낸다고 이 거산이 무너지거나 하진 않겠지만, 이곳에 오르는 사람은 블랙 그라벨만이 아니었다. 웬만한 시간으로는 풍화되지 않는 산을 수많은 사람들이 오르며 피톤을 팍팍 박아댄다는 것은, 산에게 죽으라고 고사 지내는 것이나 마찬 가지였다. 쓰지 않을 수도 없지만, 아영은 웬만하면 쓰지 않는 쪽 을 택하고 싶었다.

"그건 나도 안다만, 쓸 때는 써야지?"

아영은 잠시 난이도를 가늠해 보듯 거벽을 올려다보았다.

"이 정도는 괜찮을 것 같은데…… 안 되나요?"

현호도 잠시 생각하더니, 이내 옅은 한숨과 함께 망치를 다시 원래 자리로 되돌렸다. 그러자 아영의 미소가 짙어졌다.

—어이, 피톤 안 박아?

아래쪽에 있는 길이 그 모습을 지켜보았는지, 무전기로 물었다. 지직지직 울리는 기계음 때문에 그의 부드러운 목소리가 걸걸하 게 들려왔다.

「이 정도는 괜찮을 것 같다. 그냥 올라가 보지.」

결국 세 사람은 피톤을 박지 않은 채 다시 산을 오르기 시작했 고, 턱처럼 불쑥 튀어나온 거대한 칸테(Kante)에서 사고가 일어나 고 말았다.

만약의 사태에 대비해 이곳에서만 선등자로 오르고 있던 아영 은 로프를 통해 왠지 몸이 내려앉는 것 같다 느꼈다. 처음에는 기 분 탓인가 싶었으나, 로프라는 신경회로를 타고 경고가 전해져 온 듯한 느낌이라 아영은 설마하며 고개를 들었다. 그 순간, 두쿵 몸 이 내려앉으며 손과 발에서 느낌이 사라지고 몸이 공중에 붕 뜬 것 같았다. 그래, 마치 마약이라도 한 것처럼.

정말 신기하게도 비명은커녕 목소리조차 목 안에 짓이겨져 딱 붙어 있는 듯 나오지가 않았다. 그저 피톤 대신 무게를 지탱하고 있던 [18]헤드가 빠졌다는 사실만이 머릿속을 때려왔다.

　—확보기 제동시키…… 젠장!

　무전기를 통해 거칠게 욕지거리를 외치는 현호의 목소리가 들려왔다.

　아, 선등자가 추락할 때는 후등자가 확보기를 제동시키면…….

　"박향기!"

　거산을 진동시킬 듯 큰 목소리 때문이었을까, 필사적으로 터져 나오는 본명 때문이었을까, 아영은 거의 마지막 발악으로 손을 뻗었다.

　타악!

　거대한 칸테 끝에 있던 현호가 아영의 손을 낚아챈 것은 거의 기적이라고 해도 좋았다. 졸지에 현호의 팔에만 의지한 채 지상에서 까마득한 칸테에 매달리게 된 아영은 심장이 쿵쾅쿵쾅 울려대는 통에 지금이 현실인지 꿈인지조차 구별이 가지 않았다. 가슴에서는 8도 이상의 지진이 난 것만 같았고, 고막도 너무 쿵쿵 울려대 아플 지경이었다.

　우득.

　어? 지금 무슨 소리가…… 설마 로프가 끊어지는 소리…… 였나?

　투둑.

------------------------------------------------------------

18)헤드: 등산장비

넋 놓고 있는 그녀를 아프게 일깨우는 물방울이 이마 위로 떨어져 내렸다. 멍한 정신으로도 웬 비가 내리나 싶어 고개를 들자, 현호의 얼굴이 처참히 일그러져 있는 모습이 눈에 들어왔다. 후터분한 온도의 물방울은 그의 땀이었다.

—지현호! 너, 너, 팔!

길은 거의 비명을 내질렀다.

현호는 어금니가 아릴만치 이를 악물고 말을 거의 짓씹듯 내뱉었다.

「손…… 놓을 테니까 확보기 제동…… 시켜.」

그것이 현호가 할 수 있는 유일한 말인 듯했다.

아영은 불규칙한 숨소리 때문에 그가 자세히 어떤 말을 하고 있는지 알 수가 없었다. 시끄러워, 심장 소리가 너무 시끄러워. 그가…… 그가 다쳤을지도 모르는데…… 왜 아무 말도 할 수가…….

현호는 웬일인지, 이런 상황에서야 다정하게 웃어주었다. 눈물이 날 만큼 아주 온화하게.

"또…… 떨어지려니 무섭겠지만 조금만…… 참아."


「으와아…… 그워어…… 지현호, 너 독한 줄은 알았지만 이런 울트라 독종인 줄은 차마 몰랐다. 인간 맞냐?」

아영은 자신들이 어떻게 베이스캠프로 내려왔는지 기억조차 자세하지 않았다. 거의 본능처럼 몸을 움직이고 손을 놀렸다는 것은 알겠는데, 머릿속이 완전히 뒤범벅되어 제대로 된 생각이란 걸 할 수가 없었다. 그저 양호 스태프들이 분주하게 움직이고, 혼잡한 발걸음이 정신없이 얽히는 것만을 멍하니 듣고 있었다.

아영의 몸무게는 53㎏. 미달인 편이었지만, 아무리 현호라 해도 한 사람과 장비의 무게를 한 팔로 지탱할 수 있을 리가 없었다. 그것도, 떨어지면서 무시무시한 가속도가 붙은 무게를. 결과는 탈골이었다. 그나마 천만다행으로 큰 부상은 아니었지만, 저런 어깨로는 더 이상 강행군이 불가능했다.

「시끄러워.」

「어떻게 탈골된 어깨로 잠시지만 사람의 무게를 지탱하고 있었냐. 놀랍습니다. 놀라워요. 'What a surprise(놀라워라)' 코너에라도 보내볼까?」

「후, 다행히 큰 상처는 아닌데 이거 이래서야 등반은 불가능하겠는걸.」

현호의 탈골된 어깨를 맞추고 처치까지 모두 끝낸 의사는 절레절레 고개를 흔들었다. 우회해서 말하긴 했지만, 꼼짝없이 귀국해야 한다는 잔인한 결정이었다.

현호는 가만히 아영을 불렀다.

"이리 와."

아영은 아무렇지 않게 걸었다. 그리고 전혀 흔들림없이 그의 곁에 앉을 수 있었다. 하지만 매직 아이처럼 멍하니 허공을 부유하고 있던 시선은 좀체 본래대로 돌아와 주질 않았다.

나, 지금 현실에 있는 거 맞나.

"울고 싶으면 울어."

아영은 거세게 고개를 흔들었다.

"눈물, 안 나와요."

타악, 그때 현호가 아프도록 아영의 한쪽 어깨를 쥐어왔다.

"울어."

보통은 울지 말라고 해야 할 판에, 오히려 눈물을 종용하는 그의 말에 아영은 상황도 잊고 어이가 없어져 버렸다.

"뭐가 그렇게 두려운 거야? 눈물이 안 나오는 게 아니라 울면 안 된다고 자신을 세뇌하고 있을 뿐이잖아. 넌 언제나 수온이 일정해야 하는 호수가 아니야. 호수는 수온이 달라지면 그 안에 살고 있는 미생물들이 죽겠지만, 네 안의 온도가 달라져도 죽을 사람은 아무도 없어. 그렇게 자신을 억누르다가는, 네가 죽고 말걸."

그것은 마법의 주문이었을까. 거짓말처럼 눈물샘이 터져, 가득 부풀어 오른 물 풍선이 파악 터지듯 많은 눈물이 한껏 얼굴을 적셨다.

어려서부터 아영은 울어서는 안 된다고 스스로를 세뇌해 왔다. 굳이 그렇게 하고 싶어서라기보다는 그래야만 어머니가 늘 저렇게 불안해 보이는데 자신마저 울면 어떻게 되겠나 싶은 탓이었다. 그리고 처절하리만치 치열하게 부딪치는 경쟁사회에서 운다는 건 자신의 약함을 인정하는 길밖에 되지 않았다.

너무 일찍 어른이 되어버린 아이의 슬픔.

"왜…… 웃었어요?"

고개 숙인 아영에게서 한껏 억눌린 목소리가 희미하게 파동 치며 새어져 나왔다.

"뭘?"

"제 손 놓는 순간에, 왜 웃었냐구요."

현호는 생각이 안 나는지 물끄러미 하늘을 올려다보며 자신의 입가를 쓰다듬었다.

"내가 그랬나?"

"바보 같아요. 당신이 무슨 영화 속 주인공인 줄 알아요? 꼭 마지막에 웃어주는 것처럼 웃다니…… 정말 마지막인가 싶어서…… 무서웠어요!"

"뭘, 탈골일 뿐이었는데……."

"그런 말이 아니잖아요!"

현호는 잠깐 입을 다물었다가 자신이 괜찮다는 걸 보여주기라도 하려는 건지 개의치 않고 말했다.

"다친 건 난데 애먼 사람이 화를 내는군. 울라고 했지 화내라고는 안 했다고."

"차라리 화내요. 왜 그때 피톤을 박지 말라고 했냐고 혼내요…… 차라리…… 화를……."

아영은 꼴사나운 목소리가 새어나올 것만 같아 왈칵 손으로 입을 막았다.

"하지만 결국 박지 않은 건 나야. 만약 정말 피톤을 박아야 된다고 생각했다면 네가 뭐라던 난 박았을 거야. 공과 사를 떠나서, 목숨이 걸린 일이니까."

"하지만 저 때문이었잖아요……."

"이미 일어난 일에 네 탓이네 내 탓이네 하는 거 딱 취향 아니야. 이리 오기나 해."

현호는 주변 시선은 전혀 신경 쓰지도 않고 한 팔로 아영을 와락 끌어안았다. 그리고 깜짝 놀라 움칠거리며 벗어나려는 아영의 작은 머리통을 꽉 붙잡아 자신의 가슴께에 고정해 버렸다. 결국 아영은 그의 넓은 품 안에서 벗어나길 포기하고 더욱 몸을 기대었다.

심장 부근이 텅 비어버린 듯 공허한 느낌이 가슴속에서 맴돌았는데, 살아 박동치는 그의 심장 소리를 듣고야 아영의 심장도 다시 움직임을 재개했다. 하지만 눈물은 멈추질 않았다.

"아까 건 좀 로맨틱했어?"

도저히 심각해지질 않는 그의 말에 아영은 잔뜩 울음기가 섞인 목소리를 겨우겨우 내뱉었다.

"영 점…… 이에요. 호러였다구요."

현호는 희미하게 웃었다. 조금 난감한 듯도 한 웃음이었다.

"그거, 정말 어렵군."


─금일 항로상의 날씨는 대체로 양호할 것으로 예상되나 예기치 못한 기류의 변화로 인해 항공기가 갑자기 흔들릴 수도 있습니다. 손님 여러분께서는 다소 불편하시더라도 자리에 앉아 계실 때에는 안전을 위해 좌석벨트를 착용하여 주시길 바랍니다. 감사합니다. Ladies and gentlemen. The weather en—route is forecast to be generally fair with little turbulence. So, I recommend you keep your seatbelt fastened for your safety. Thank you.

잡다한 기계음 섞인 안내방송이 끝나자, 아영은 꼿꼿이 일으켜 세웠던 허리에 힘을 풀며 등받이에 푹 몸을 기대었다. 마음 같아서는 아예 의자 안으로 녹아 들어가 버리고 싶었다.

한참 묵묵히 고개를 숙이고 있던 아영은 옆을 바라보았다. 옆자리에는 현호가 비즈니스 석의 의자를 끝까지 뒤로 젖히고 죽은 듯이 잠들어 있었다. 진통제와 진정제를 놓았기 때문이었다.

평소에도 현호는 지나치게 큰 몸 때문에 비행기의 이코노미 석을 이용할 수 없었다고 들었다. 하지만 이번의 귀국길에서는 그런 사정이 아니었더라도 비즈니스 석을 이용해야만 했다. 며칠 전의 사고로 인해서였다.

아영은 천근만근 무거운 고개를 돌려 대각선에 있는 자리에 앉아 영자 신문을 보고 있는 블랙 그라벨 팀의 의사를 보았다. 아니, 전 블랙 그라벨 팀이라고 해야겠지.

그는 원래 영국에서 파견된 팀 내 의사였으나, 의학 지식이 없는 아영에게만 부상당한 현호의 인도를 맡길 수 없어 그를 안전히 이송하기 위해 함께 한국으로 가는 중이었다.

신아와 길, 블랙 그라벨 팀. 그들과는 아영, 현호 팀이 먼저 한국으로 돌아가야 했기에 파키스탄 현지에서 헤어졌다. 사고를 일으킨 아영을 찝찝한 시선으로 바라볼 법도 하건대, 그들은 등반이 성공하기라도 한 듯 웃으며 두 사람을 배웅해 주었다.

아영은 한숨에도 무게가 있다면 바로 비행기가 꺼져 내릴 듯 묵직한 한숨을 내쉬었다. 그러자 미동도 없이 잠든 줄 알았던 현호가 팔이 불편한지 낮은 신음을 내뱉으며 몸을 뒤틀었다. 아영은 과하게 놀라 현호에게 시선을 돌렸다. 다행히 현호는 그 한 번의 뒤척임만 보이고 다시 슥 잠들었다.

아영은 입가를 떠나지 않는 한숨과 함께 무릎까지 흘러내린 모포를 끌어올려 그의 위에 살포시 덮어주었다. 면도하지 않아 다시 톡톡 튀어나온 거뭇한 수염 때문인지, 부상 때문인지 잠든 그의 얼굴은 몹시 지쳐 보였다. 하지만 아영이 당장이라도 쓰러질 것마냥 현호보다 더욱 창백해 병색이 짙어 보였다.

이런 얼굴로 한국에 돌아가면 어머니가 더더욱 펄쩍 뛸 텐데.

아영은 피죽도 못 얻어먹은 것처럼 까슬까슬한 얼굴을 손바닥으로 쓸어내렸다.

「아영.」

나지막한 부름에 아영은 고개를 들었다. 블랙 그라벨 팀의 의사가 걱정스러운 기색으로 아영을 훑어보고 있었다.

「너무 자책할 거 없어요. 산을 탄다는 건 이미 추락하는 것을 전제로 하고 있으니까요. 현호는 무엇보다 그걸 잘 알고 있는 사람이에요.」

차라리 힐책이라도 해주었으면. 고작 그것밖에 못할 거면서 뭐 잘났다고 산을 탄다고 설쳤냐고 화라도 내주었으면. 비겁한 마음이지만, 그렇다면 난 나름대로 열심히 했다고 혼자 자기 합리화라도 해볼 텐데, 아무도 아영을 책하지 않고 오히려 있을 수 있는 사고라고 위로해 마음이 더더욱 무겁기만 했다. 게다가 만약 그 사고로 현호를 잃었다면…… 끔찍한 소름이 아영의 전신을 내달렸다.

순간 두려움이 확 치받쳐 오른 아영의 표정을 어떻게 해석했는지, 의사가 안쓰럽다는 듯 말했다.

「그렇게 세상이 다 끝난 듯한 표정하지 말아요. 그러면 현호의 마음이 더욱 안 좋을 거예요.」

아영은 희미하게나마 긍정의 뜻으로 웃어 보일 수밖에 없었다. 하지만 지금 심정을 말로 하라면, 정말 딱 죽고 싶었다.


—오늘도 저희 항공을 이용하여 주신 손님 여러분께 전 승무원을 대표하여 감사의 말씀을 드리며, 목적지까지 안전한 여행이 되시기를 바랍니다. 감사합니다. Ladies and Gentlemen. We'll begin descend for In—cheon International airport and expect to land…….

막 착륙 직전의 안내방송이 나왔을 때, 현호가 나른한 신음과 함께 잠에서 깨어났다. 그는 습관처럼 몸을 틀려고 하다가, 고정되어 있는 팔을 발견하고 그냥 슥슥 눈만 문질렀다.

몸은 커도 늘씬한 편이라 그런지 별로 곰 같다는 생각은 안 했는데, 의자에 푹 파묻힌 채 저러고 있으니 영락없이 겨울잠에서 일어나 곰실곰실거리는 곰이네.

"깨어났어요? 몸은 어때요?"

"그 진정제라는 거, 절대 하지 마. 마약 한 것 같아서 기분 더러워."

"마약은 해본 적이나 있어요? 어떤 기분인 줄도 모르면서."

"음, 그러고 보니 그러네."

현호는 끙끙거리면서도 자리에서 일어섰다.

"몸도 불편하면서. 그대로 있어요."

"난 오는 내리 잤어. 이러다간 터지겠어."

"뭐가 터지……."

거기까지 말하던 아영은 그가 화장실을 가려 한다는 걸 알고 오줌보가 터지겠다는 말이라는 걸 눈치 챘다.

나 원, 매너없게 꼭 그렇게 말해야 하나.

"도와줄게요."

"이봐, 난 미국 암 센터에서 이송되어 가는 중병 환자가 아니라고."

현호는 혼자 비척비척 화장실로 향했다. 일어서다가 높이를 잘못 가늠해 천장에 머리를 살짝 한 번 부딪치고는 말이다. 생리 현상이 급하긴 급한지 어기적어기적거리는 걸음도 여전히 그 특유의 어슬렁거리는 듯한 모습이었다.

아영은 시선으로 그의 뒷모습을 배웅하고 폭 한숨을 내쉬었다. 나, 저 남자 정말 좋아하나 봐.

물론 비단 다친 상대가 현호가 아니었더라도, 아영은 짙은 죄책감에 시달리며 속으로만이라도 울었을지 모른다. 하지만 사고가 난 당시 그가 웃는 순간, 심장이 멎을 것만 같은 두려움이 아영의 전신을 지배했다. 그래서 저도 모르게 사고가 났을 때 힘을 빼려는 현호의 손을 왈칵 쥐었다. 기습적인 고통에 신음하는 그의 모습에 놀라 결국 손을 놓긴 했지만, 그를 보는 게 마지막인 것만 같아 심장도 같이 추락해 내렸다. 그를 잃을까 봐, 아직 뭐 하나 제대로 함께하지 못했는데 그를 과거로 밀어두어야 할까 봐.

아영은 창의 덮개를 슥 밀어 올려보았다. 햇빛을 반사해 설맹의 위험을 안기는 고산의 눈처럼 강렬한 햇빛이 눈을 찌르듯 파고들었다. 얼싸안고 뒹굴고 싶을 만큼 포근한 구름의 바다가 저 먼 지평선까지 아직 끊임없이 펼쳐져 있었다.

잃어버린 지평선(Lost Horizon). 제임스 힐튼의 원작 소설인 극 중에서 주인공 콘웨이는 비행기를 타고 가다가 히말라야 설산에 추락한다. 그리고 한 원주민들에게 구출되며, 여태까지 그가 믿어 왔던 패러다임을 완전히 뒤엎는 새로운 세상을 경험하게 된다. 고통도, 슬픔도, 전쟁도, 기아도, 병도 없고, 사람들의 수명이 이백 세를 넘나드는 그곳은 '샹그리라'였다. 하지만 아영은 콘웨이가 아니었다. 될 수도 없지만, 아영을 태운 이 비행기는 콘웨이를 태웠던 비행기와 달리 그녀를 샹그리라에서 멀어지게만 하고 있었다.

아영은 떨리는 양손을 꽉 그러쥐었다. 괜찮아, 괜찮아. 그래도 그를 잃지는 않았잖아……

"온 뼈 마디마디가 비명을 질러대는군."

현호는 펼 수 없는 기지개 대신 목을 이리저리 꺾으며 오랜 비행에 대한 불만을 토로했다. 그 옆에서 걸어가고 있던 아영은 자신의 코를 꾹 쥐었다. 비행기에 타고나면 꼭 콧속이 너무 건조해져서, 내리고 나서도 뻐근한 쓰라림과 함께 싸한 냄새가 났다. 그것은 공항 특유의 냄새인 건지, 혹은 기분 탓인 건지는 알 수 없었다.

"왜? 코 아파?"

현호는 그런 아영을 눈치 채고 물었다. 그리고 아영이 아무것도 아니라며 고개를 흔들려고 하자, 한 손으로 그녀의 코를 꽉 쥐어 버리는 게 아닌가.

"읏, 뭐예요!"

"얼굴 좀 펴. 그렇게 오만상을 다 찡그리고 있으니 기껏 구해준 내 기분도 흥이 안 나잖아."

아영은 아무런 말도 하지 않았다. 그저 현호의 손이 떠난 자리를 살짝 쓰다듬으며, 조용히 고개 숙이고 있기만 했다.

아영은 입술을 꾹 깨물었다. 하지만 가슴이 답답해 공기를 한 번 들이쉬자 우는 소리와 함께 뜨거운 액체가 주르륵 흘러내렸다. 오랫동안 굳어 있던 눈물샘이 녹아버려서일까. 그마저 샹그리라에서 멀어지게 만든 죄책감 때문일까. 그럼에도 그를 잃지 않아서 다행이라는 마음 때문일까.

분명 그 소리를 들었음에도, 현호는 아영을 바라보지 않았다. 그저 멀쩡한 다른 손을 들어 파들파들 떨리는 어깨를 와락 안아줄 뿐이었다.

성수기가 아니라 한산한 공항 복도를 지나가던 사람들은 갑자기 무슨 일인가 싶어 둘을 빤히 주시했다. 그러자 둘의 뒤에 서 있던 의사가 아무것도 아니라는 듯 데면데면하게 웃으며 사람들에게 손을 들어 보였다.

의사는 앞서 있는 두 사람을 바라보았다. 어떤 상황에서도 흔들림이 없을 듯 듬직한 남자와 상처 입은 작은 새처럼 작게 떨고 있는 여자. '산'의 내음을 물씬 풍기는 두 사람은 태어나기를 한 몸으로 난 것처럼 무척 잘 어울려 보였다.

둘의 분위기가 처음부터 심상치 않다는 건 알고 있었지만, 어느새 이런 사이로까지 발전했는지…….

"미안해요."

"다 네 잘못이라는 것처럼 말하지 마."

아영은 고개 숙인 채 다시 고개를 절레절레 흔들었다.

"제가 자초한 거예요."

"내가 말했지. 이미 일어난 일에 네 탓 내 탓 하는 거 싫다고."

"사과라도 하게 해줘요."

현호는 그녀의 떨리는 어깨를 작게 도닥여주었다. 그 큰 손에 안심이 되어서, 아영은 눈물이 더욱 멈추질 않았다.

"그래서 네 마음이 편해진다면 얼마든지."

"현호 씨…… 다른 여자한테도 이래요?"

이런 상황에 묻자니 참으로 우스웠지만, 묻지 않고 넘어가면 계속 마음속의 앙금으로 남을 것 같아 아영은 물기 어린 목소리로 물었다.

출구에 다다르자, 현호는 잠깐 멈춰선 후에 아영의 몸을 돌려 자신을 바라보게 했다. 물론 그전에 의사에게 잠시 다른 곳을 보고 있으라고 손짓하는 것도 잊지 않았다. 그러자 의사는 '얼마든지'라고 능글맞게 말하고는 짐을 찾으러 배기지 벨트 쪽으로 가버렸다.

"솔직히 말하자면, 자신이 잘못했다는 걸 알고 있는 사람한테는 그래. 물론 어깨를 감싸 안아주지는 않지만."

아영은 물기가 그렁그렁해 부연 막으로 감싸인 듯한 눈동자로 현호를 올려다보았다.

현호는 작게 한숨을 내쉬었다. 여자의 울고 있는 얼굴이 예뻐 보이다니, 중증이로구만. 언제부터 이런 중병 환자가 된 거야?

"내가 이런 말 하자니 무지 닭살인데, 누구나 실패는 해. 어떤 사람은 운이 좋아 첫 등정을 성공하기도 하겠지만, 그저 운의 차이일 뿐이야. 요번에는 나도 운이 없어서 다쳤던 것뿐이고. 하지만 요번 등정은 운이 좋았던 편이라고 생각해. 뭔가를 얻었으니까."

"뭘…… 얻었는데요?"

현호는 씩 웃었다.

"글쎄, 뭘까?"

아영이 알 수 없다는 표정으로 올려다보고만 있자, 현호는 충동적으로 얼굴을 내려 그녀의 입술을 훔쳤다. 아무리 사람이 많이 없다 해도 보는 눈은 분명 있었기에, 아영은 깜짝 놀라 그를 밀어내려 했지만 이내 포기해 버렸다. 짭조름한 눈물로 젖은 입술에 살며시 와 닿는 그의 입술이 주는 감촉이 너무나 감미로웠기 때문이었다.

이미 주변의 웅성임은 저 귀 밖으로 밀려난 뒤였다. 아무런 소리도 들리지 않고, 그만이 자신의 세계를 온전히 채운 듯 무음(無音)의 세계로 빠져들었다.

가끔은, 이런 것도 괜찮겠지.

그의 얼굴이 서서히 멀어지자, 아영도 감아 내렸던 눈을 서서히 떠올렸다. 현호는 조금 뿌듯한 미소로 조용히 웃고 있었다. 그 순간, 그란 남자가 왜 그렇게 아름다워 보였을까.

"로맨틱이 아니라 미안하네. 이런 후줄근한 차림으로 키스라니."

아영은 희미하게 떨리고 있는 자신의 입술을 매만졌다.

"팔십 점이에요."

"허어, 네 로맨틱이라는 건 정말 어렵군. 어쨌든 그럼 백 점을 위해 분발해야겠는걸."

「이봐, 풍기문란 죄로 공항 경찰에게 잡혀갈라.」

짐을 다 찾아온 의사의 말에 그제야 아영은 얼굴이 발갛게 달아올랐다. 그래서 얼른 카트를 밀고 혼자 달아나 버리자, 뒤에서 현호가 피식 웃는 소리가 들려왔다. 자신도 동조하긴 했지만, 그런 그가 못내 밉살스럽기도 했다. 하지만 출구로 다가갈수록 걸음이 자꾸 미적거려졌다. 여태까지는 티격태격해도 아침에 눈 뜨면 그가 있었지만, 이제는 다르다.

혹시, 우리의 감정은 지상과 단절된 장소에서 일시적으로 일어난 프리즘 같은 것이 아니었을까. 너무나 찬란한 무지개 빛으로 빛났으나, 결국은 허무하게 사라져 버리고 마는…….

이곳을 벗어나 서로의 삶으로 돌아간 순간, 퇴색되어 버릴 충동은 아니었나.

아영은 또 두려워하고 있는 자신을 발견했다. 안정된 일상에서 일탈하는 것을 두려워했던 것처럼, 시간이 정체되어 버린 것 같았던 세계에서 벗어난다는 것을 두려워하고 있었다.

아영은 뒤에 오고 있는 현호를 돌아다보았다. 그러고 보니 그는 자신의 연락처를 묻지 않았다. 왜?

"저기 말이야."

그에게 다가가려는 찰나, 먼저 나서서 성큼 다가온 현호가 왜인지 어수룩하게 뒷머리를 긁적이며 운을 뗐다.

아, 연락처를 물으려는 건가? 아영은 노골적으로 안심했다.

"음, 그게……."

"밥 타요. 뜸 그만 들여요."

현호는 진지한 말을 하려는데 그렇게 말하는 아영이 얄밉다는 듯 잠시 그녀를 보았다.

"지금이라는 말은 아니야. 꼴이 이러니까."

왜 갑자기 자신의 옷차림에 대해 운운하는지 이해할 수 없었지만, 아영은 대체 무슨 말을 하려고 저러나 싶어 인내심있게 뒷말을 기다렸다. 그런데 확실히 막 귀국한 터라 그의 차림은 빈말로라도 깔끔하다고 해줄 수가 없었다. 아영도 어느 정도 매한가지긴 했지만, 그의 경우, 봄날에 머리 내민 당근 꼭지처럼 뽀록뽀록 올라와 있는 수염은 언뜻 보면 찝찝한 홀아비 냄새가 나는 것도 같았고, 너저분한 배낭과 옷은 그야말로 오래된 듯 보였다.

「이봐, 안 가?」

마침 의사가 하염없이 서 있는 두 사람이 답답하다는 듯 말했다.

「네 어머니께 인사드리러 가도 돼?」

아영의 눈이 놀랍게 뜨이면서 동시에 의아한 기운을 품었다. 연락처나 물으려는 건 줄 알았는데, 거기에 한 술 더 떠 인사를 하고 싶다고? 그런데 그 말을 왜 갑자기 영어로? 그의 성격상 의사에게는 일부러라도 들려주고 싶어하지 않을 말일 텐데, 불현듯 영어로 전환해 말해 버려 그 말을 알아들은 의사가 뒤에서 입을 떡 벌렸다. 현호는 으득 이를 갈며 매서운 눈으로 의사를 쳐다보았다.

「네가 영어로 말하는 통에 나도 모르게 영어로 말했잖아!」

풉, 아영은 꽤나 숙연한 분위기였다는 것도 깜빡하고 웃음을 흘리고 말았다. 전혀 다른 두 언어를 아무 어려움 없이 구사할 수 있는 게 이런 실수를 낳은 모양이었다.

「너, 그렇게까지 진지했던 거야?」

의사는 현호가 죽일 듯이 노려보고 있든 말든 놀라움에 찬 한마디를 내뱉었다.

「그럼 설마 내가 얘를 가지고 논 거겠어?」

하긴, 그러고 보면 14좌의 왕자는 이런 남자였다. 언제나 거산처럼 묵묵하지만, 아니, 오히려 그렇기에 한 번 움직이는 것에도 자신이 책임질 수 없다면 행동하지 않는 사람이었다.

아영이 피식 웃는 소리에 현호는 이런 소리 하고 있을 상황이 아니라 깨닫고 그녀를 바라보았다. 다행히도, 아영은 현호를 한눈에 끌어당겼던 큰 눈을 온화하게 빛내며 살포시 미소 짓고 있었다.

「좋아요. 대신, 번복하지 않기예요?」

비록 사랑해라든지 사귀자는 말은 해주지 않지만, 그는 어딘지 달달한 그런 말을 입에 담을 수 있는 성격이 아니기에, 이렇게 표현해 주는 거라고 아영은 믿었다. 이 정도면 충분하지 않을까.

덩달아 영어로 대답해 주는 그녀의 어조에서 느껴지는 결연함에 현호는 진심으로 웃었다.

"그럼……."

"아영아."

그때, 기습적으로 들려온 차가운 목소리에 아영은 번뜩 고개를 돌렸다. 거기에는 경란이 단정한 자태로 서 있었다.

현호 역시 갑작스레 치고 들어온 목소리에 놀란 듯 그녀에게 시선을 돌렸다. 아영보다 가는 얼굴선을 가진 경란은 외모에서부터 신경질적으로 보였고, 왠지 음울한 표정은 그녀를 생명없는 종이꽃처럼 보이게 했다.

"안녕하십니까."

현호가 얼른 인사했지만, 경란은 섣불리 어떠한 대답도, 표정도 보여주지 않았다.

과거에 현호가 한 질문에 철운은 우울하게 대답했다.

"음, 이 선생님의 안사람 말이냐? 아니, 엄밀히는 전처지. 저 설산 같은 사람이란다."

고고하면서 차분하지만, 변덕이 심해 가끔 도전하는 인간을 죽음으로 몰아넣는 패악까지 부리는 설산. 그때 철운은 설산의 의미가 정확히 무엇인지는 말하지 않았지만, 뒤이어 한 말로 추측해 보자면 그답지 않게 긍정적인 의미만은 아닌 게 분명했다.

확실히 경란은 한눈에 그러해 보였는데, 계속 궁금했던 철운의 전처를—철운이 하도 자랑을 해서 가장 궁금했던 사람은 딸인 향기였지만—만난 현호는 뭐라 형용하기 힘든 기분이었다. 그도 그럴 것이, 지금 경란은 옛 은사의 전처가 아니라 자신이 진지하게 여기고 있는 여자의 어머니였으니.

"어머니, 여긴 어떻게……."

경황이 없어 돌아간다는 연락도 하지 못했는데, 경란은 어떻게 알고 마중을 나온 듯했다.

아영의 신음 어린 음성에 경란은 대답 대신 슥 현호에게 시선을 돌렸다. 그리고 머리끝부터 말끝까지 그를 관찰하듯 훑는 시선이, 처음 만났을 때의 아영처럼 가라앉은 눈이었지만 결코 고와 보이지는 않았다.

"아영이와 같은 팀 멤버인가요?"

이내 경란이 물은 것은 선뜻 긍정하기도, 부정하기도 난감한 질문이었다. 철운에게 들어 현호도 그녀가 산을 싫어한다는 것을 알고 있는 까닭이었다. 하지만 거짓말할 수도 없고, 이 차림으로 부정해 봐야 신빙성도 없으니 현호가 입을 열려는 찰나였다. 경란이 다시 물었다.

"팔, 다쳤군요. 병원에 가봐야 하나요?"

"급한 것은 아닙니다."

이미 현지의 병원에서 응급조치는 모두 끝냈으니 거동이 좀 불편할 뿐, 당장 병원으로 가볼 필요가 없는 건 사실이었다.

경란은 그나마 정중하고도 묵직한 목소리가 마음에 들었는지 살짝 고개를 끄덕였다.

"시간이 괜찮으면, 같이 이야기 좀 하죠."

그 말에 가장 놀란 사람은 현호가 아닌 아영이었다.

"어머니, 그건⋯⋯."

"예."

아영이 뭐라고 만류하기도 전에, 현호는 단연하게 대답했다. 아영이 불안한 시선을 보내왔지만, 그에도 괜찮다는 듯 고개를 끄덕여 보이기만 했다.

현호는 조마조마한 표정의 의사에게 먼저 가도 괜찮다 이야기하고는 아영과 함께 경란을 따라나섰다.

좀 더 말끔히 차려입은 채였다면 좋겠으나, 오히려 이렇게 된 것이 다행일지도 몰랐다. 깍듯하게 양복을 차려입고 인사하러 간다면 보기야 좋겠지만 위선의 가면을 뒤집어쓰고 있을 뿐이다. 아무리 한꺼풀 뒤집어써 봤자 자신의 본 모습은 이런 것이니 있는 대로를 보여주는 게, 후일을 위해서라도 더 나은 길일 터였다.

현호는 잠시 아닌 척 티셔츠를 들어올려 킁 냄새를 맡아보았다.

그래도 최소한의 예의인데, 쉰내는 나지 않겠지? 이 티셔츠를 며칠 동안 입었더라?

제13장

**몰**랐다. 정말 전에는 미처 몰랐다. 자신이 길의 징글맞은 능청과 유들유들한 너스레를 부러워하게 되는 날이 올 줄이야.

세 사람이 함께 간 곳은 공항의 이층에 있는 한 카페였다. 경란은 멀리 갈 것도 없이 그냥 여기서 해결을 보는 게 낫겠다고 생각한 모양이었다.

다행인지 불행인지, 여느 카페와 다르지 않은 공항 카페는 고요했다. 다행인 점은 차분하게 대화를 나눌 수 있다는 것이고, 불행인 점은 이미 잊어버렸다고 여겼던 긴장감이 자꾸만 되살아난다는 것이었다.

수험을 칠 때 이렇게 긴장했던가? 아버지에게 산을 타고 싶다고 말했을 때 이렇게 긴장했던가? 스페인의 원정단에 처음 찾아갔을 때 이렇게 긴장했던가? 사실 하도 과거의 이야기라 그때의 긴장감은 잘 기억나지 않았지만, 하나 확실한 것은 이리 긴장되기는 실로 오랜만이었다. 카페에 자리를 잡고 앉은 후에도 침묵만 계속되는 상황이 이어지고 있으니 더욱 그러했다.

물론 현호는 겉으로 보기에야 존경스러울 정도로 별다른 긴장감을 느끼지 못하는 표정이었지만.

"이름이 뭐라고 했죠?"

경란이 입을 연 것은 인내심에 자신있는 아영마저 지쳤을 때쯤이었다. 아마 상황이 이래서 아영도 점차 차분함이 고갈되고 평소보다 빠른 속도로 동요가 드러나기 시작한 것이겠지만, 그만큼 경란이 오랜 시간을 끌기도 했다.

"지현호라고 합니다."

"아영이와는 그곳에서 만났나요?"

그곳이 그레이트 트란고를 뜻하는 말이고, 경란이 정확한 명칭을 입에 담기 싫어할 정도로 트란고를 싫어한다는 걸 현호는 한번에 알 수 있었다.

현호는 속으로만 쓰게 웃었다. 난항이 예상되는군.

개인적으로 마음에 드는 '향기' 라는 이름 대신 철운의 모든 흔적을 지우듯 딸을 '아영' 이라고 부르는 그녀와의 대면은 절대 녹록하지 않을 듯했다.

"예."

"그럼……."

"박 선생님과도 자주 함께 산을 탔습니다."

찻잔을 잡고 있는 경란의 손이 흠칫 떨렸다. 그 한마디는 경란에게 많은 것을 알려주었다. 현호의 의도대로, 그가 철운과 알고 지내던 사이였으며 경란이 그토록 싫어하는 등반가라는 것을. 후자에 대해서는 이미 눈치 채고 있긴 했지만.

경란은 고개를 들었다. 그리고 옆 자리에 조용히 앉아 있는 자신의 딸아이를 눈 안에 담았다.

"네가 원하던 것은 찾았니?"

경란은 어딘지 자포자기의 색이 진하게 묻어나는 목소리로 우울하게 물었다. 아영은 물끄러미, 자신의 얼굴을 희미한 잔상으로 그리고 있는 찻잔을 내려다보았다.

"아뇨, 실패했어요. 사고가 나서요. 하지만⋯⋯."

아영이 말하는 새에 경란의 시선이 잠시 고정되어 있는 현호의 팔에 닿았다.

"분명 얻은 것은 있어요."

그렇게 말한 아영은 말하고 나서야 갑작스러운 깨달음에 '아' 하는 단말마를 내뱉었다. 그에 경란과 현호의 의아한 시선이 그녀에게 멈췄지만, 아영은 이제야 이해한 현호의 말을 되새기느라 눈치 채지 못하고 있었다. 비록 등정에는 실패했지만, 요번에 간 히말라야에서는 무언가를 얻어왔다고 했던 현호. 원했던 정상은 보지 못했으나 분명 얻은 것이 있는 자신. 두 사람에게 그것은 서로였다. 현호가 말한 '얻은 것'이 자신을 칭하는 말이었다는 걸 깨닫자 괜한 쑥스러움이 밀려들었다.

경란은 그런 딸을 한없이 지켜보기만 했다.

협회로부터 아영의 귀국 소식을 전해 듣고 공항에 왔을 때, 멀찍이서 울고 있는 아영을 발견했다. 그 앞에는 한눈에 봐도 딸과 특별한 유대감이 있어 보이는 큰 남자가 서 있었다. 경란은 충격에 몸을 떨고 말았다. 철운을 떠올리게 하는 남자가 아영과 함께 있어서가 아니었다. 울고 있는 딸아이의 모습 때문이었다.

십대 때부터 자신의 극성에 떠밀려 모델 일을 시작했던 딸아이. 본래 성격 자체가 성숙했던 데다가, 너무 어려서부터 어른들의 세계에서 살아와서 그랬는지 아영은 자신을 온전히 드러내고 울 줄을 몰랐다. 어느 순간 놀라우리만치 침착한 딸의 얼굴을 발견했을 때야, 경란은 자신이 너무 일찍부터 딸을 치열한 경쟁의 세계로 내몬 것이 아닌가 하는 생각이 들었다. 하지만 때는 이미 늦어 있었다. 그리고 일면에서는 그런 생각이 들었으면서, 어여쁘고도 겸손한 딸아이를 찬사하는 목소리에 뒷목이 우쭐거렸더란다. 그러나 그것은 돌려 말하면 아영이 그 나이답지 않다는 은근한 비난이기도 했다. 그럼에도 경란은 자신의 욕심 끝에 내몰려 아영이 바라는 바를 제대로 마주 봐주지 않았다. 그래서 전화기 너머로 지나치게 밝아진 딸의 목소리를 들었을 때에야, 경란은 아영도 이런 목소리를 할 수 있구나 하고 깨달았다.

씁쓸했다. 이혼녀가 된 순간부터 독하게 먹었던 마음이 흐려질 정도로 씁쓸했다. 이 아이에게는 내가 전부인 줄 알았는데, 내가 없는 곳에서 커가는구나 싶어서. 물론 이미 스물아홉이나 먹은 딸을 보며 하는 생각으로는 늦은 감이 참으로 짙지만, 부모에게 자식은 언제나 아이이기 마련이니까.

딸아이가 언제부터 자신의 앞에서는 울지 않았더라. 전생의 기억처럼 희미해질 정도로 오래전이 마지막이었다.

부모란 자식에게 있어 마지막 안식처인데도, 이 아이가 마음 놓고 울 수 있는 환경 하나 만들어주지 못했구나. 그런 가슴 아픈 후회가 경란의 가슴을 적셨다.

솔직히 말하자면 공항에 올 때까지만 해도 다시 아영을 설득해 볼 생각으로 가득 차 있었다. 그런데 마음 놓고 울고 있는 딸과 자신 대신 묵묵히 그 울음을 받아주고 있는 남자를 보니, 이루 형용할 수 없는 감정에 심장이 점차 무거워져 갔다.

경란은 피곤한 듯 한 손으로 꺼끌꺼끌하게 느껴지는 얼굴의 표면을 쓸었다.

"네 아버지가 등정에 실패했을 때가 생각나는구나."

경란이 분노없는 목소리로 철운의 이야기를 하는 것은 처음이기에, 아영은 짐짓 놀란 표정이 되었다.

"그때도 네 아버지는 나를 붙잡고 엉엉 울었지. 다 큰 남자가 눈물 콧물 다 짜며 우는 모습이 흉해 보였어야 하는데, 이상하게 사랑스러워 보이더구나. 그리고 등정에 성공했을 때는 세상을 다 가진 듯이 웃었지. 그때는 그가 슬프면 마음 놓고 울고, 기쁘면 한껏 웃을 수 있는 안락처가 되어주고 싶었어."

어조는 여전히 본연의 그녀답게 차가웠지만, 그 목소리에만은 행복한 과거를 추억하듯 온화한 감정으로 일렁이고 있었다. 현호도 조금 의외라는 듯 경란을 보았다.

"하지만 인간의 감정이란 그렇게 변덕이 심해서, 어느샌가 나는 그런 마음도 다 잃어버렸더구나."

그렇다고 해서 자신보다 산을 사랑한 남편을 용서할 수 있는 것은 아니었다. 언젠가라도 돌아와 주었다면, 조금은 못 이긴 척 용서의 길을 걸었을지도 모른다. 어쨌든 사랑했으니까. 하지만 그는 돌아오기는커녕 자신의 곁이 아닌 산에서 죽었다. 그래서 용서하고 싶지 않았다.

"솔직히 말하자면, 네 아버지는 아직도 용서가 힘들단다. 그를 빼앗아간 산도. 그렇지만 산도 양심이 있는지 대신 하나를 주었구나."

"하나요?"

"너를 울 수 있게 해주었어."

아영은 잠시 놀랐다. 그런 말은 경란과 어울리지 않았다.

"넌 언젠가부터 울지 않는 아이였지. 난 네가 울지 않는다는 것도 모르고 있었어. 힘든 일이 있으면 울고, 슬픈 일이 있으면 우는 게 당연한데 말이야. 우스운 말일지는 모르겠지만, 왠지…… 이제야 네가 진정한 어른이 된 것 같구나."

달그락, 의지할 곳을 찾듯 찻잔을 쥐고 있는 경란의 손이 떨려왔다.

"쓰르라미……."

나직한 목소리가 고요한 공기를 가르고 두 여자에게 와 닿았다. 아영과 경란은 살짝 고개 숙인 채 탁자 쪽에 시선을 멈추고 있는 현호를 바라보았다.

"박 선생님께서는 한철이라도 열심히 울고 가는 쓰르라미가 되고 싶다고 하셨습니다."

아영은 가만히 생각했다. 아버지가 그 말을 그에게도 하셨구나…….

현호는 그렇게 말했던 철운을 회상하듯 옅게 웃었다.

"하필 매미가 아닌 쓰르라미라 표현하셨던 것은, 그냥 마음에 드셨기 때문이 아닐까요."

"정답인 것 같네요. 아버지께서는 후터분한 공기가 내려앉은 저녁 시간에 쓰르라미 우는 소리를 들으면 여름을 가장 잘 느낄 수 있다고 하셨으니까요."

현호의 말에 아영도 맞장구치며 천진한 소년처럼 말했던 철운을 떠올리고 희미하게 미소 지었다. 그런 둘을 보는 경란의 시선은 뭐라고 정의하기 힘들었다.

"이런 말, 건방지다 생각하실지도 모르겠습니다. 하지만 박 선생님께서는 울던 곳에서 죽는 쓰르라미와 달리 태어난 곳에서 눈을 감고 싶다고 하셨습니다. 비록 그 태어난 곳이 어디인지는 저 역시 알 수 없고, 비록 스스로의 약속을 지키지는 못하셨지만……단 한 가지만 알아주셨으면 좋겠습니다. 그분은 정말 어머님……을 사랑하셨다는 걸."

현호는 자신이 말해놓고도 조금 기가 막혔다. 어머님이라 칭하는 부분에서는 자기도 모르게 잠시 주춤하긴 했지만, 자신이 '사랑'이라는 달착지근한 단어를 입에 담을 수 있다는 것도 그렇고, 이 상황에 이런 말을 할 수 있다니. 간이 배 밖으로 나왔다는 건 일찍부터 스스로도 인지하고 있던 것이긴 하지만.

"역시……."

말을 다 듣고도 침묵으로 일관하던 경란은 놀랍게도 피식 웃으며 입을 열었다.

"그 사람의 제자로군요. 영향력이 강한 건지, 아영이도 그러더니 그 사람과 말하는 게 비슷하네요."

현호는 잠깐 놀랐다. 전혀 아는 척을 하지 않아서 모르리라 여겼는데, 자신이 철운의 제자라는 걸 그녀가 알고 있다니.

경란은 살짝 자세를 고쳐 잡더니, 어딘지 단호함이 보이는 표정으로 다시 말했다.

"솔직히 말하자면 현호 군 앞에서 이런 이야기를 할 필요는 없었지만, 굳이 현호 군 앞에서 이런 이야기를 한 건, 하나 알아두었으면 해서였어요."

철운은 말했다. 아내가 어떤 사람이냐는 현호의 질문에 설산 같다고 대답하고 뒤이어.

"자존심 강하고, 자신이 믿는 것이 100% 올바르다고 믿는 구석도 있지. 하지만, 어느 순간에는 자신을 바로 마주 볼 수 있는 여자란다. 하하, 역시 부족함 많은 이 선생님이 말하자니 머쓱하다만, 그런 모습에 반하기도 했지……."

그때는 그저 상상 속에 있었을 뿐인 경란이 지금은 현호에게 경고하는 듯도 한 눈으로 말을 이었다.

"아영이에게 나와 같은 아픔을 주지 말아요."

직접적으로 특별한 관계라고 말은 하지 않았지만, 이미 다 눈치 채고 있다는 경란의 말에 두 사람은 약간 부끄러운 듯한 표정이었다.

"물론, 그렇다고 두 사람의 사이를 적극 찬성하는 건 아니에요. 두 사람이 어디까지 갈지도 알 수 없고."

"어머니."

아영이 섭섭하다는 기운을 섞어 경란을 불렀으나, 그녀는 자기 할 말만 계속할 뿐이었다. 그러나 마지막 말을 덧붙이는 그녀는 조금 아픈 듯 기운없이, 그래도 희미하게 웃고 있었다.

"하지만…… 딸아이가 진심으로 원하는 남자를 만나 언제고 행복하길 바라는 게 어머니의 마음이랍니다……."


"들어가 봐."

먼저 카페를 나선 현호는 배웅해 주는 아영에게 말했다.

"연락할게."

조금이라도 더 있고 싶었지만, 아영은 아직 카페에 앉아 있는 경란을 혼자 내버려 둘 수 없어 고개를 끄덕였다.

"기다릴게요."

"응."

현호는 또 큰 손으로 어린아이 대하듯 아영의 머리를 슥슥 문지르더니 에스컬레이터 쪽으로 걸음을 옮겼다. 그도 감출 수 없는 미련이 남는지 몇 번 돌아보긴 했지만, 금방 아래쪽으로 모습을 감추었다. 마지막에 카페를 한 번 올려다보는 그의 눈빛이 형용하기 힘든 감정을 담고 있었다.

현호는 에스컬레이터에서 내려가자마자 공중전화를 찾았다. 그리고 다이얼을 누르려는데, 오랜만에 전화하려니 상대의 전화번호가 잘 기억나지 않아 잠깐 주춤거리다가 알음알음 기억의 페이지를 넘기며 대충 찍어 눌렀다. 그러자 수화기에서 흘러나오는 컬러링에 현호는 홀로 중얼거렸다.

맞게 걸었나 보군.

기운차다 못해 위풍당당한 클래식 곡. 지금 통화를 원하는 상대방과는 전혀 어울리지 않는 컬러링이었지만, 그의 아내를 상기해 보면 충분히 납득할 수 있었기에 현호는 자신의 기억력도 꽤 쓸 만하다 생각했다.

[차현…….]

"이봐."

상대방이 말을 다 끝내기도 전에 현호가 불쑥 말하자, 잠시 침묵이 감돌았다. 그리고 이내 흘러나오는 저음의 목소리에는 알 듯 말 듯한 웃음기가 섞여 있었다.

[수신자부담 전화인 거 보고 너 아닐까 싶었다.]

"죽지 않고 살아 있냐."

[그건 내가 해야 할 말 같은데. 발신자 번호를 보니 히말라야에서 돌아온 모양이군.]

"영광의 상처를 안고 말이지."

상대가 어리둥절해하는 기색이 느껴졌지만, 현호는 그가 무슨 소리냐고 물을 틈도 주지 않고 입을 열었다.

"이봐, 차현석. 몇 년 만에 전화해서 이런 말해서 미안한데, 고등학교 동창생이자 친구인 내 부탁 좀 들어주지 그래."

부탁을 주거니 받거니 할 정도로 자주 얼굴 보고 산 것은 아니지만, '현석'이라 불린 전화 상대는 영 부탁이라는 단어를 모르던 현호의 말에 의아해졌다.

[네가 웬일로 그렇게 거창하게 말을 하냐. 뭔 부탁인데?]

"그게……."

한편, 현호의 뒷모습이 에스컬레이터 아래로 사라질 때까지 지켜보았던 아영은 신식 모던 풍으로 꾸며져 있는 공항 천장을 가만히 올려다보았다.

울 수 있게 되었다라…… 그러고 보면 히말라야에 처음 갔을 때만 해도 자신은 스스로를 가둬온 틀에 갇힌 채 변화를 꾀하지도 않았다. 비록 흥분과 열망, 여태까지의 자신과 다른 변화를 꿈꾸며 성지에 발을 디뎠지만 오래전에 잃어버린 무언가를 어떻게 되찾아야 하는지도 알지 못했다. 그런데 현호는 요술쟁이가 요술을 부리듯 그런 자신을 화나게도 하고, 즐겁게도 하고, 기대하게 만들기도 했다.

철운은 사람은 쉬운 싸움에서 이기기보다 어려운 싸움에서 패하면서 성장해 간다고 말했다 한다. 이것이 어려운 싸움이었는지는 아직 알 수 없었다. 그리고 패배했지만, 이렇게 얻은 것이 있다. 사고가 난 순간에는 괜히 산으로 갔다고 후회하는 마음이 없잖아 있었으나, 도전해 보길 잘했다는 마음이 들었다.

그곳으로 갔기에 현호도 만날 수 있었으니까.

울 수 있다는 게 이렇게나 후련한 일이라는 것을, 그를 만나기 전에는 몰랐다. 그걸 깨달은 것만으로도 이번 등정은 큰 수확이었던 게 아닐까.


하지만 이건 아니잖아!

그 감동이 쭉 이어졌으면 좋았으련만, 지금 아영은 화가 났다.

아영은 성난 눈길로 눈앞에 놓인 전화기를 아예 뚫어져라 바라보았다. 그렇게 바라보고 있으면 기다리는 전화가 오기라도 한다는 양.

아영은 혹시 전화기가 고장 났나 싶어 수화기를 들어 귀에 대보았다. 통화음이 나는 거 보니 고장 난 것은 아니었다. 그게 더 화나 아영은 수화기를 부술 것처럼 내려놓았다.

왜 전화를 안 하는 거야?

등정에서 돌아온 후 아영의 일상은 예전보다 더 일률적이었다. 다음 등반이 있을 때까지는 할 일도 없고, 모델계에서도 은퇴해버렸으니 별달리 할 일이 없어서 거의 반 백수 생활이 이어지고 있었다.

습관처럼 일찍 일어나 태극권 도장을 다니고 아침을 먹고, 도서관을 간다. 평화로움이 충만한 공기 속에서 읽고 싶은 책을 읽는데, 도스토예프스키의 '죄와 벌' 을 다시 읽었고, 제임스 힐튼의 '잃어버린 지평선' 도 다시 읽었다. 그러고 나서 저녁에는 최근에 시작한 요가를 배우고, 귀가해서 식사를 하고, 멍하니 TV 시청도 좀 하고 잠이 든다. 가끔은 인공암벽 등반 센터에 가기도 하지만, 대체로 그것이 요즘 일상의 전부였다.

틀어놓기만 하면 쉼없이 타오르는 벽난로처럼 계속 움직이던 모델일 때와는 너무도 달라 처음에는 좀 어색했으나, 백수 짓도 하다 보니 중독이었다. 그래서 별다른 불만은 없지만, 날이 갈수록 아영은 불안감이 짙어져만 갔다. 현호에게서 연락이 없는 것이었다.

물론 경란이 나타나 경황없는 와중에 연락처를 받아가지 않았지만, 그거야 협회를 통해 물어보면 얼마든지 알 수 있는 것 아닌가. 게다가 연락한다고 했으니 믿고 계속 기다렸지만 전화기는 아영의 기대를 배반하고 침묵으로 시위할 뿐이었다.

처음에는 먼저 연락하려고 했다. 여자라고 마냥 집에 틀어박혀 기다려야 하는 시대도 아니고, 그런 성격도 아니었다. 그래서 협회를 통해 도심의 호텔에서 묵고 있다는 현호의 연락처를 받았지만, 다이얼을 누르다가 그만둬 버렸다. 누가 먼저 연락하느냐의 문제를 떠나서, 자진 '연락할게'라고 말한 주제에 자신을 싹 잊어버린 것처럼 전화 한 통 없는 그에게 화가 났다. 사귀자는 말이 없어도 이해해 주려고 했던 마음이 컴퓨터의 Delete 키 누르듯 지워질 지경이었다.

남자가 뒷심이 있어야 할 거 아냐?

"아영아, 전화기랑 원수졌니?"

보다 못한 경란이 청소를 하다가, 전화기 앞에 얼음인형처럼 싸늘하게 앉아 있는 아영에게 물었다.

그레이트 트란고에 다녀온 후에 가장 변한 게 있다면, 일상의 패턴을 제외하고는 경란과의 관계였다. 경란은 예전처럼 아영을 과하게 싸고돌지 않았다. 기실 싸고돌 만한 일이 없다는 게 더 정답에 가깝지만, 지나치게 참견하지 않고, 아영이 어디론가 날아가 버릴까 전전긍긍하지도 않았다. 아주 평범한 모녀 사이가 되어 있었다.

아영이 등반가를 생업으로 삼는다는 것에는, 이성으로는 타협해도 아직 감정적으로는 어려운 모양이었지만, 일단은 그것에 대해서도 조용했다.

"아무것도 아니에요."

그때, 어디선가 벨소리가 울리기 시작했다. 하지만 아영은 전화기 앞에 턱을 괴고 앉아, TV에서 나는 소리려니 하고만 있었다.

"아영아, 네 핸드폰이 울리는데?"

그제야 아영은 '어?' 하고 자리에서 일어나 방의 책상에 놓여 있는 핸드폰으로 다가갔다. 그러고 보니 등정 도중에는 죽여두었던 핸드폰을 다시 살려두었지. 협회에 등록해 둔 번호는 집 번호고, 핸드폰으로 오는 연락이라고 해봤자 모델 관계자뿐이었으니 거의 잊고 살고 있었다. 그런데 뾰로롱 뾰로롱 울고 있는 핸드폰으로 다가갈수록 설마하는 기대가 피어올랐다. 워낙 알 수 없는 남자니 어떻게 핸드폰 번호를 알아냈을지도 모른다는 생각이 든 것이었다. 그래서 그녀답지 않게 얼른 달려가 핸드폰 액정을 확인했는데, 역시 기대는 실망을 부르는 법이다. 걸려온 전화는 기대한 대로 낯선 번호이기는커녕 너무도 잘 알고 있는, 모델 동료로부터의 전화였다.

무시할까 했지만, 애가 웬일일까 싶어 일단 받아보았다.

"여보세요."

[여, 진아영! 혹시나 싶어 전화했는데 한국에 돌아와 있네?]

"오랜만이다."

모델 동료라면 일단 라이벌의 의미도 내포하고 있기 때문에 친구라고 할 수 있는 정도는 아니었다. 게다가 특별히 마음을 트고 지내던 사이도 아니었다. 하지만 만나면 반갑게 인사하고, 함께 어울려 놀 때는 나름 농담 따먹기도 하며 웃곤 하던 동료였다. 비록 대화 주제가 대부분 디자이너나 잡지사에 대한 불만, 동료 모델을 향한 시기였으나, 아영이 그런 주제에는 동참하지 않는다는 걸 그나마 이해해 주는 동료기도 했다. 누군가는 그런 아영을 보고 이상한 결벽증이라던가, 혼자만 고고한 척한다고 욕을 하기도 했지만.

[살아 돌아오긴 했나 봐? 너 요즘 우리 사이에서 완전히 이슈라는 거 아니니! 다른 사람도 아니고 네가 산으로 떠날 줄 누가 알았겠어? 나도 엄청 충격 받았다니까.]

별로 그런 종류의 이야기는 지금 듣고 싶지 않은데.

현호의 까칠함이 그새 옮았는지 아영은 왠지 모난 기분이 되어 버렸다.

[아참참, 이런 이야기를 하려고 했던 게 아니라, 너 요즘 할 일 없지? 일 하나 해보지 않을래?]

"일?"

[그래. 다른 것도 아니고 등반가로 전향한 모델! 충분한 광고 시너지 효과를 노릴 수 있지. 안 그래도 광고사에서 말 안 들어오디?]

안 그래도 오란 전화는 안 오고 반갑지 않은 전화에만 아영은 수없이 시달리고 있는 중이었다. 현호인가 싶어 확인도 안 하고 전화를 받아보면 광고사라든지 잡지사에서 인터뷰 요청이 들어오곤 했다. 비록 등정에 실패는 했지만, 첫 실패의 쓰라림을 맛본 것만으로도 충분히 소재 거리가 될 수 있다나.

불난 집에 휘발유 붓고 부채질하면서 더 타라고 굿을 해라, 해.

옛날이라면 경란이 즐거운 비명을 내지를 만한 일이었다. 모델 시절에도 딱히 일거리가 궁했던 것은 아니지만, 아영은 대중적인 모델이 아니라 쇼 모델계에서만 어느 정도 이름이 있는 모델이었으니. 하지만 아영은 단 한 군데에도 OK 사인을 보내지 않았다. 그러려고 등반가가 된 게 아니었기에 당연했다. 게다가 모델로서는 전격 은퇴를 선언하지 않았던가.

"기껏 소개해 줬는데 미안해. 지금은 별로 하고 싶지 않아."

[그 정 떨어지는 말투는 여전하다, 얘.]

불쾌감이 느껴질 만한 말투였지만, 별로 그런 기분은 들지 않았다. 상대도 십대 때부터 모델 일을 시작해 서로 깎아내리기 바쁜 세계의 말투에 익숙해져 있는 것뿐이고, 알고 보면 나름 소심한 성격이란 걸 알고 있어서였다.

기대하지 않는 상대에 대해서는 철저히 냉철한 성격만은 여전한 모양이었다.

[뭐, 하고 싶지 않다는데 어쩔 수 없지. 사실 광고사에서 너 소개시켜 주면 마진 엄청 떼어주기로 했는데 좀 아깝긴 하지만.]

게다가 아닌 척 음흉한 속내를 감추는 것보다, 그녀는 이렇게 대놓고 말하기 때문에 차라리 나았다.

[어쨌든 그래도 요즘 할 일 없긴 하지? 오늘 애들하고 모여서 분위기 끝~내주는데 가기로 했는데, 너도 어때? 기분 전환 좀 해.]

그래 봤자 그녀들이 갈 만한 데라고는 시끌벅적 요란한 클럽밖에 없었다. 빙글빙글 돌아대는 사이키 조명에 눈이 현란해지고, 들뜬 분위기에 이성이 묘하게 마비되어 버리는.

"클럽은⋯⋯."

[클럽 아니야. 요즘 새로 생긴 바(Bar)야. 클래식 바니까 걱정 안 해도 돼. 내가 너 클럽 안 좋아하는 거 뻔히 아는데 클럽에 끌고 가겠니? 수질 관리 하나는 끝내주는 데니까 걱정일랑 접으셔! 아주 그냥 청정 수렴구역이야.]

텐션 높은 그녀의 목소리를 듣고 있다 보니 아영도 저도 모르게 피식 웃음이 났다. 그래. 이렇게 기분이 안 좋을 때는 그녀처럼 나름 유쾌한 사람과 어울리는 게 정신 건강상 좋을지도 모른다.

"그래, 좋아."

[오우! 낚시질 성공! 너 나온다면 버선발로 달려올 애들 많다, 애! 후후. 이제 날 낚시질의 여왕으로 불러달라 해야겠는걸?]


화장을 한 것은 정말 오랜만이었다. 히말라야에 풀 메이크업을 한 채 오를 것도 아니고, 요즘은 딱히 화장을 해야 할 정도로 멀리 나간 적이 없으니 말이다.

모델 일이란 게 피곤함의 연속이긴 했지만, 아영도 여자긴 여자였다. 화장을 하며 점차 변해가는 얼굴을 보는 게 좋고, 어떤 옷을 입을까 고민하는 것도 나름의 즐거움이었다. 게다가 현호에게 말한 대로, 모델이었으니 만큼 아영은 예쁘고 멋진 것에 관심이 많았다. 외모지상주의자는 아니지만, 사실 인간인 이상 멋지고 예쁜 것을 보면 기분이 좋은 게 당연했다. 그리고 그런 것에 아예 관심이 없고는 하기 힘든 게 모델 일이기도 했다.

"어디 나가니?"

경란은 히말라야에서 돌아온 후에도 화장기없는 얼굴에 간단한 옷만을 걸치고 다니던 딸이 화려하게 중무장을 한 것을 보고 물었다.

"예. 모델 동료가 만나자고 해서요. 금방 들어올게요."

"재미있게 놀다오렴."

경란은 아영이 어여쁘게 치장하고 있는 모습을 보니 기분이 좋은 모양이었다. 부모는 누구나 고슴도치라고 하긴 하나, 안 그래도 예쁜 딸이 잘 꾸미고 나니 어느 누구보다 절세미인으로 보이는 듯했다.

아영은 다소 화려한 펄 빛이 섞인 크리스털 베이지색 립스틱을 바른 입술로 빙그레 웃어보였다.

"다녀올게요."

아영은 배웅하는 경란을 뒤로하고 약속 장소로 갔다. 전철을 타고 왔는데, 전철 안에서 '혹시 모델 아니세요?' 라고 묻는 여대생이 있어 조금 놀랐다. 평소에는 파운데이션 하나 안 바르고 거의 자연인에 가까운 모습으로 다녀서 그런지 알아보는 사람이 거의 없었는데, 역시 화장의 힘이란 대단했다.

그 여대생은 디자인과 학생으로, 등반가가 된 소식을 접했다며 힘내라고 말해주었다. 빈말로도 미인이라고는 할 수 없었지만, 여대생 특유의 풋풋한 미소와 발그레하게 홍조 핀 뺨이 그렇게도 예뻐 보일 수가 없었다.

그런 여대생이 기특하면서도 일순 현호도 이렇게 싱그러운 여자가 더 좋은 게 아닐까 하는 생각이 든 것도 사실이었다. 하지만 금방 잠시 가라앉았던 화가 나며, 그에 비해서는 자신이 다섯 살이나 어리다고 자위했다.

조용한 여자 마음 이렇게 흔들어놓고 연락도 없다니, 만나면 절대 그냥 용서하지는 않을 것이다.

"아영아!"

약속 장소로 가자, 저마다 목적지를 찾아가는 사람들의 부산한 발걸음이 얽히는 길거리에서 아영을 발견하고 반색하며 손을 붕붕 흔들어대는 그녀의 모습이 눈에 들어왔다. 그녀의 이름은 신애리였다. 본명은 왕춘애. 봄 춘에 언덕 애. 봄의 언덕이라는 아주 좋은 의미였지만, 모델로서는 치명적일 정도의 이름이라 애리는 자신의 본명 이야기만 나왔다 하면 거의 경기를 일으켰다. 사실 아영의 본명인 향기도 그녀 딴에는 퍽이나 촌스럽게 들렸는지, 애리는 거기에 묘한 동질감을 느끼는 모양이었다.

문득 신아가 말했던, 현호가 14좌의 왕자라는 별명에 경기를 일으킨다는 말이 떠올라 아영은 웃고 말았다. 하지만 금방 후회했다.

아, 또 그 남자 생각. 그만 하자, 그만 해. 그런 괘씸한 남자 생각 따위.

"어머, 어머?"

춘애…… 아니, 애리는 아영을 보고는 깜짝 놀라 아이라인이 짙게 그려져 있는 눈을 더 크게 떴다.

"나, 너 그렇게 웃는 거 처음 봐. 너 남자라도 생겼어?"

다른 때라면 생각이 꼭 그쪽으로 밖에 안가냐 싶었겠지만, 따지고 보면 거짓말도 아니었기에 아영은 말문이 턱 막혔다. 하지만 애리에게 들키면 어떤 공격(?)을 받을지 몰라 재빠른 임기응변을 발휘해 천연덕스럽게 웃었다.

"응? 뭘?"

"이야, 그게 아니면 산이 좋긴 좋은가 보다. 철벽 여인 진아영을 그렇게 웃을 수 있게도 만들고 말이야."

아영은 어색하게 자신의 볼가를 매만졌다.

"내가 어떻게 웃었는데?"

"엄청 온화했다니까! 완전 봄바람이 살랑살랑 불던데?"

아영과 거의 비슷한 신장의 애리는 굉장히 화려한 외모를 지니고 있었다. 아영이 단정하고 정갈한 외모라면, 그녀는 모델보다 연예인이 어울릴 정도로 반짝거리는 편이었다. 그것은 아영보다 진한 화장 탓도 있겠지만, 특유의 느낌이기도 했다. 물론 성형 수술 덕도 있고.

"어쨌든 가자. 애들은 이미 들어가서 기다리고 있거든? 히말라야가 어땠는지 이야기 좀 해주라. 다들 너 볼 겸, 그 이야기도 들을 겸해서 모였거든. 히말라야라는 건 우리에게는 완전히 별세계 잖아."

심심풀이 땅콩쯤 되는 안주 거리용으로 그 땅의 이야기를 들려 주기는 싫었다. 하지만 애리가 보이는 것은 순수한 호기심이라는 걸 아는 탓에 아영은 별말하지 않았다. 그리고 애리를 따라 그녀 가 침이 마르도록 칭찬하던 바(Bar)로 들어갔다.

입구에서부터 천박한 클럽과 다르게 고아한 분위기가 나는 바(Bar)의 안에는 일단 사이키 조명이 없었다. 클럽과 다르니 당 연한 이야기이겠지만, 아영은 그 현란한 사이키 조명에 두통이 올 지경이었기 때문에 일단 가산점이 플러스.

바 안은 퇴폐적인 분위기가 느껴질 정도로 어둡진 않았으나, 기 분을 나른하게 만드는 농롱한 분위기가 느릿느릿 유영하고 있었 다. 밤거리의 가로등처럼 아련한 주황 불빛 아래 작은 목소리로 이야기를 나누는 사람들은 클럽의 사람들처럼 긴박하고 숨이 막 힐 듯 조급히 굴지도 않았다. 부드러운 목소리로 대화를 유도하 고, 확실히 여유가 넘치는 얼굴로 웃었다.

"분위기 괜찮지?"

애리는 자리를 찾아가며 목소리를 낮추고 물었다.

"그러네."

"모델들도 자주 오고, 유명 인사도 여럿 오는 곳이야."

애리는 얼마 머지않은 곳에서 두 사람에게 손짓하는 일행을 발 견하고 먼저 그쪽으로 다가갔다. 아영도 따라가려는데, 마침 화장 실이 있는 복도에서 나오던 남자와 살짝 부딪치고 말았다.

"죄송해요."

"죄송합니다."

어딘지 싸늘한 기운이 느껴지지만 현호처럼 부드러운 바리톤이었다. 반사적으로 고개 들어 얼굴을 확인하는데, 그는 타입으로 치자면 현호와는 정반대의 남자였다. 피부처럼 두르고 있는 양복에 빈틈없이 맨 넥타이. 척 봐도 엘리트의 기운이 물씬 풍기는 그는 잘생겼다는 것을 빼고는 현호와 거의 공통점이 없었다.

"저, 어디서 뵌 적 없습니까?"

말 자체는 삼류 작업 대사였지만, 남자는 다시 한 번 전율을 불러일으키는 저음의 목소리로 가만히 물었다. 확실히 좋은 목소리였으나, 아영이 듣기로는 현호의 목소리가 좀 더 관능적인 것 같았다.

아영은 고개를 갸웃하며 대답했다.

"실례지만, 사람을 잘못 보신 것 같네요."

"그렇습니까? 죄송합……."

그때, 그가 말을 끝내기도 전에 그의 등 뒤에서 어떠한 악기를 떠올리게 하는 낭랑한 음성이 울렸다.

"이봐요, 차현석 씨."

남자와 동시다발적으로 시선을 돌리자, 거기에는 애리만큼 화려한 맛이 있는 미인이 서 있었다. 그러면서도 우아함의 극치인 듯 고운 외모의 미인은 어딘지 고까운 표정이었다. 잘록한 허리 위에 양손을 얹고 뻐딱하게 서 있는 자세가 그녀의 감정 상태를 대변하고 있었다.

삼십대 초반쯤 되어 보이는 남자에 비해 이십대 중반이나 되었을까?

"지금 내 앞에서 다른 여자한테 작업 거는 중이야?"

남자는 못내 그 말이 섭섭하다는 듯 눈살을 찌푸렸다.

"설마, 그냥 어디서 본 적이 있는 것 같아서……."

현호가 집안의 기대에 반하지 않고 엘리트로 살았다면 이 남자와 같은 이미지였을까? 지극히 도회적이고, 무척 양복이 잘 어울리며, 가볍게 쓸어 넘긴 머리 스타일이 멋진…….

"삼류 작업 대사 치지 말고 오기나 하셔!"

나이 차가 꽤 나는데도 여자가 남자를 꽉 잡고 있는 커플인지, 남자는 위압적인 분위기에 어울리지 않게도 '쳇' 소리 한번 내더니 아영에게 목례로 인사하고는 가버렸다. 여자도 무작정 안하무인만은 아닌 듯 아영에게 미안하다는 얼굴로 인사하는 것을 잊지 않았다.

"낯익은 얼굴인 게 당연하잖아. 저 사람 모델인 걸."

"아, 그래서였나?"

여자가 남자의 팔짱을 끼고 걸어가며 한 말이 아영에게도 들려왔다.

"어, 저 여자."

아영이 금방 뒤따라오지 않고 낯선 남자와 말을 나누고 있자 의아해진 애리가 다가오며 놀란 탄성을 내뱉었다. 아영은 저 두 사람을 아는 듯한 애리의 표정에 물었다.

"아는 사람이야?"

"알긴 알지. 개인적으로 아는 건 아닌데, 너 몰라? 저 여자 바이올리니스트잖아. 천재 바이올리니스트 민낙연. 그 옆은 저 여자가 스물한 살 때 결혼한 남편이고. 애도 있어. 둘이서 데이트라도 하러 왔나?"

아, 어쩐지 여자는 본 듯한 얼굴이다 싶었더니 천재로 유명한 바이올리니스트였다. 분명 일곱 살 때 데뷔했다던가. 크게 관심이 없던 분야라 자세히는 모르지만, 아마 청소년기 때 좌절했다가 성인이 되면서 다시 복귀한 것으로 큰 이슈를 불러일으켰던 인물이었다.

"음음, 역시 물이 좋아. 클래식 스타까지 오는 곳이니까 이제 이곳 물을 믿을만 하지?"

아영은 낮게 웃었다.

"꼭 내가 안 믿은 것처럼 말하네."

애리는 그러냐며 웃었다. 그리고 두 사람은 일행에게 다가가 오랜만에 해우의 기쁨을 나누었다.


"내가 오빠 때문에 못살아."

낙연은 자리에 돌아오고도 불퉁하게 토라져서는 날카롭게 자신의 남편을 흘겨보았다.

"작업이 아니었다니까 그러네?"

현석도 그 나름대로 억울했기에 열심히 자신을 옹호했다. 그러자 낙연은 더더욱 화난 듯 현석을 째려보았다.

"진짜 작업이었으면 그냥 뒀을 것 같아? 바로 머리끄덩이 잡고 싸웠어."

"우아한 바이올리니스트 체면이 말이 아니겠는데."

"우아하신 바이올리니스트도 여자거든?"

두 사람이 장난조로 이야기를 나누고 있을 때, 그들의 일행으로 보이는 한 남자가 특유의 느긋한 걸음으로 다가와 자리에 앉았다.

"화장실이 너무 깨끗해."

그는 오히려 그것이 불만인 것 같았다.

"왜, 깨끗해서 안정이 안 돼?"

낙연은 그를 놀리듯 말했지만, 그는 개의치 않고 동의했다.

"주변이 번쩍번쩍한 게, 나올 것도 다시 들어가겠더군."

"거기서는 신문지 위에라도 쌌냐."

조금 비꼬는 듯한 현석의 말에도 남자는 아무렇지 않았다.

"급하면 어쩔 수 없지."

"우와, 싫다."

낙연은 익살스러운 어조로 난색을 표했다.

"그나저나 부탁한 건 어떻게 됐어?"

이런 분위기가 무척 오랜만이면서도, 전혀 무리없이 이 공기에 융화되는 남자는 퍽이나 진지하게 물었다. 그러자 낙연은 못살겠다는 듯 웃었다.

"다 됐어. 이거 돈 받을 거다?"

"천문학적인 돈을 버는 유명인사가 내 박봉까지 뜯어먹고 싶냐."

"난 정당한 대가를 원할 뿐이라고."

"그러니까 그 정당한 대가가 뭔데? 그걸 말해줘야 주든지 말든지 하지."

낙연은 묘하게 웃었다.

"나중에 말해주지."

"그런데 그런 것까지 바라는 여자라니……."

바로 이어지는 현석의 말에 남자는 널찍한 어깨를 으쓱할 뿐이었다.

"그쪽에서 딱히 원한 건 아니야."

"네가 이런 짓까지 만들게 하다니 확실히 대단하긴……."

순간 현석의 말은 끝을 맺지 못하고 끊겼다. 몇 년 만에 말끔하게 차려입은 그의 친구가 우연히 고개를 돌렸다가 빠르게 표정이 굳어버렸기 때문이었다. 뭔가 싶어 그의 시선을 따라가자, 아까 화장실에서 나오다가 부딪힌 여자가 그 끝에 있었다. 여자는 낯선 사내의 곁에 앉아 희미하게 웃고 있는 채였다.

예상치 못한 곳에서 만난 여자를 향해 반가움이 든 것도 잠시. 남자의 표정이 험악하게 일그러졌다. 그 표정을 정통으로 목격한 낙연은 '오우' 하며 그다지 우아하지 않은 감탄사를 내뱉었다.

남자는 바람을 등지고 포복하고 있던 사자가 먹이를 노리며 몸을 일으키듯 소리도 없이 큰 몸을 일으켜 그쪽으로 걸음하기 시작했다. 낙연과 현석은 누가 부부 아니랄까 봐 서로 동시에 시선을 교환하고는, 아주 흥미진진하게 그 행동을 지켜보았다.


"우와, 신기하다. 난 그런 곳에서는 전화도 안 되는 줄 알았어.

헤에, 연결이 되는구나."

요즘 과학 기술이 얼마나 발달했는데 고산에서라고 통신 연결이 안 될까.

아영은 한 동료 모델의 감탄을 들으며 알코올이 섞인 칵테일을 마셨다.

웃으며 대화를 나눠도 기분이 풀리기는커녕, 술기운이 알싸하게 오를수록 연락하지 않는 현호에게 화만 끓어올랐다.

턱.

그때, 갑자기 튀어나온 큰 손이 끝 자리에 앉아 있는 아영 앞의 탁자를 거의 찍듯 짚어왔다.

"이 아가씨야."

머리 위에서 떨어지는, 바로 여성의 아랫배를 직격하는 깊은 저음의 목소리.

아영은 설마 하며 고개를 들었다. 거기에는 낯선 남자가 서 있었다. 날이 칼날처럼 번뜩 서 있는 검은 와이셔츠에 역시 검은 정장 바지. 그리 너저분했다는 것이 믿기지 않으리만치 단정하게 잘라 정리한 머리카락. 아까 그 남자에 비해서는 좀 더 내추럴한 차림이었지만, 그에 뒤지지 않을 정도로 눈앞에 선 남자는 쉬크하고 도시적인 이미지를 물씬 풍겼다. 숱이 많은 머리와 눈썹은 풍성했고, 농밀한 관능을 담은 눈동자는 한없이 깊었다. 우수한 유전자만을 모아놓은 것 같은 남자였다.

싸하게 온몸을 잠식한 알코올 기운이 눈에까지 올랐나. 왜 그가 잠깐 전화 한 통 없는 괘씸한 남자로 보였을까?

"누구세요?"

"하!"

너무나 당돌하고도 당연하다는 식의 질문에 현호는 기가 막혔다.

한 번도 자신 앞에서는 풀어 내린 적 없던 긴 머리채는 풍요로운 나일강처럼 펼쳐져 있었고, 보드라운 몸에서는 남성을 미친 듯 들끓게 하는 달콤한 화장품 냄새가 났다. 몸에 타이트하게 붙는 옷은 보기 좋은 몸매의 굴곡을 고스란히 드러낸 채였다.

상황이 그런 상황이기도 했지만, 자신의 앞에서는 등반을 할 때 빼고는 늘 펑퍼짐한 옷만 입고 다니던 그녀가 아니던가. 그런데 잠시 혼자 놔둔 새 '언제든지 OK'라는 팻말을 걸고 있는 것처럼 완전 무장을 하고 남자를 만나러 다녀?

이미 현호의 눈에는 적지 않게 섞여 있는 여자들은 보이지도 않았다. 그저 이 자리에 남자가 있다는 그 사실만이 중요할 뿐.

갑자기 등장한 그로 인해 테이블에는 이미 정적만이 남아 있었다. 그럼에도 현호는 태풍의 눈처럼 시선이 완전 주목되어 있다는 것도 신경 쓰지 않고, 현호는 안 그래도 저음인 목소리를 더욱 낮게 깔며 으르렁거렸다.

"지금 뭐 하는 거야?"

아무래도 자신을 알고 있는 듯한 말투에 아영은 미간에 좀 더 힘을 주고 그를 보았다.

"어? 현호 씨?"

현호는 그저 황당하다는 외마디를 내뱉을 수밖에 없었다. 이 여자, 설마 지금 취하기까지 한 건가?

"아영아, 아는 분이야?"

일촉즉발의 분위기에 애리는 괜스레 긴장한 목소리로 물었다.

"아, 그러니까 이 사람은……."

아영은 무의식중에 그를 소개하려다가, 뭐라고 소개해야 할지 말문이 막혔다. 동시에 전화하지 않는 그 때문에 이해심이 고갈되어 드러난, 사귀자는 말 한 마디 없는 그가 얄미운 감정에 왈칵 화가 일었다.

"어쩌다 알게 된 사람?"

"박향기."

진정 지옥에서 기어올라 온 것처럼 음산함 그 자체인 목소리로 현호는 나직히 그녀의 이름을 읊조렸다. 하지만 아영은 전혀 주눅 들지 않고 찌릿 그를 보았다.

"제 이름 박향기 맞거든요?"

"뭐가 문제냐. 오늘 왜 이렇게 삐딱선이야?"

"전화 한 통화 안 하는 남자랑 말 섞고 싶지 않네요."

아마 술기운이 없었다면 이런 말은 하지 않았을 것이다. 사람들이 다 지켜보고 있는 데서 모난 말을 하지도 않았겠지. 이래서 술이란 게 몹쓸 거라는 거다.

"하, 그게 문제야?"

아영은 상당히 아니꼬운 시선으로 그를 발끝에서부터 머리끝까지 훑어보았다.

아, 그러고 보니 팔. 다행히 깁스를 한 채는 아니었다. 오히려 언제 다쳤냐는 듯 멀쩡해 보였다.

현호는 아영의 걱정스러운 시선이 자신의 어깨에 닿는 것을 발견했는지, 그 특유의 성격 나빠 보이는 웃음을 지었다.

"적당히 놀다 가라."

현호는 아영의 머리를 예전에 한 것처럼 몇 번 슥슥 쓰다듬더니, 자신의 자리로 가버렸다. 어안이 벙벙해 그 뒷모습을 지켜보고만 있는데, 애리가 은근한 몸짓으로 아영을 툭 쳤다.

"솔직히 불어. 애인이지? 히말라야에 다녀온 게 아니라 잠수 타고 남자 사귄 거 아냐?"

"그런 거 아니야."

드물게 얼핏 불쾌감 어린 아영의 말투에도 애리는 가자미눈으로 현호의 뒷모습을 보더니 말했다.

"나이는 삼십대 초반쯤? 여유로운 분위기가 이십대는 아니야. 영락없이 어린 여자 친구 걱정하는 남자 친구구만! 이야, 저런 대어는 어디서 물었어? 낚시질의 여왕은 내가 아니라 너로 임명해야겠는데?"

"그런 거 아니라니까."

내가 강태공도 아니고 웬 낚시질. 게다가 사귀자는 말도 없었는데 애인은 무슨.

"본명으로 부르는데 아니긴 뭐가 아니야? 솔직히 불어라, 진아영. 후환이 두렵지 않으면."

더 말해봤자 믿지 않을 게 분명하기 때문에 아영은 그냥 입을 다물어 버렸다. 더 말하다가는 꼴사나운 하소연을 할 것 같기도 했고, 종내에는 화풀이까지 할 것 같아서였다. 아무리 기분이 안 좋아도 주변에 괜한 피해를 끼치고 싶지는 않았다. 그렇게 닫힌 아영의 입은 동료들이 다 합세해서 파고들어 와도 철벽처럼 열리지 않았다.

있는 대로 여유로운 척했지만, 다시 낙연과 현석이 있는 자리에 돌아온 현호의 기분은 이미 밟아놓은 지뢰였다. 아차해서 살짝만 발을 떼도 폭발하고 마는.

아영의 걱정스러운 시선에 신기하리만치 기분이 좋아지긴 했다. 하지만 그녀가 남자와 하하호호 놀고 있는 것은 감정을 제어할 수 있는 범위 밖의 일이었다. 그에 남의 눈치 보며 살아온 적이 없는 낙연과 현석도 일단은 현호의 기분을 살피는 눈치였다.

현석과 현호는 고등학교 동창생으로, 낙연이 그를 본 것은 현석과 결혼하고 나서도 꽤 오랜 후의 일이었다. 그도 그럴 것이, 워낙이 산에서 저 산으로 전전하는 현호였으니까. 낙연과 처음 만났을 때도 현호는 수염과 머리카락을 지리멸렬하게 길어 내린 상태였는데, 후일 그의 본 외모를 보았을 때는 낙연이 얼마나 기함을 했는지 모른다.

깔끔한 걸 좋아하는 낙연이 그토록 닦달을 해도 어디서 개가 짖나 하더니, 요번에는 그나마 멀쩡한 털 상태로 와서는 머리까지 정리하고, 놀라울 만한 부탁까지 하질 않나. 역시 유유상종이라고, 현석처럼 사랑에 미치니 보이는 게 없는가 보다.

낙연은 부글부글 끓는 냄비 같은 현호의 모습을 조금 더 즐기고 싶기도 했으나, 갈 길 잃은 불쌍한 어린 양(?) 구제하는 셈치고 사랑의 메신저 역할을 해주기로 결정했다.

가장 먼저 사랑의 결실을 맺은 업보인가? 난 어째 사랑의 메신저 역할만 계속하는 것 같단 말이야.

몇 년 전에도 이런 일이 있었다. 그때의 대상은 현석의 사촌형으로, 남부러울 것 없는 탄탄대로의 인생을 살아온 주제에 사랑에만은 과도하게 소심한 남자였다. 그래서 아주 오래전부터 한 여자를 짝사랑하면서도 냉가슴만 앓고 있었더란다. 물론 지금은 떡두꺼비 같은 쌍둥이까지 낳고 그 짝사랑하던 여자와 도란도란 잘도 살고 있었다.

"그거, 해줄까?"

애꿎은 물만 꿀떡꿀떡 들이켜고 있던 현호는 무슨 말이냐는 듯 낙연을 바라보았다. 하지만 곧 자신이 부탁한 게 떠올랐는지, 가만히 뭔가 생각하다가 비장하게 고개를 끄덕였다.

"지금 하려고 했던 건 아니었지만."

"원래 인생에는 변수란 게 있는 법이지. 그래서 즐거운 거 아니겠어?"

낙연은 자리에서 일어나며 웃었다. 그리고 무대로 나가기 전에 한 마디를 더 덧붙였다.

"사랑과는 전혀 연관없이 살 것 같았던 남자들이 사랑에 미치곤 하는 것처럼 말이야."


아영이 마신 칵테일은 알코올 도수가 낮은 것들이었다. 하지만 티끌 모아 태산이라고, 그것도 가랑비처럼 찔끔찔끔 계속 마시다

보니 얼굴이 발갛게 달아올랐다. 그래서 그만 마시자고 생각하면서도, 전화하지 않은 것에 대해 변명하기는커녕 그냥 제 할 일을 하러 가버린 현호에게 왈칵 섭섭함이 들어 멈출 수가 없었다.

무르익은 분위기 속에서, 아영은 칵테일을 한 잔 더 시켰다. 진 토닉. 말간 서리를 매단 채 얼음으로 깎은 듯한 잔 안에서 투명하게 찰랑이는 진 토닉이 바(Bar)의 조명을 아스라이 통과시켜 은근한 오팔 빛으로 반짝였다. 보는 것만으로도 시린 얼음 조각 속에 유영하는 레몬 조각. 나머지 재료는 드라이 진 1온스와 토닉워터 4온스. 진한 레몬 맛을 음미하지도 않고 들이키자, 싸한 알코올 맛이 명치 부근을 짜르르 울렸다.

"아영아, 너 몇 잔째야? 안 취하겠어?"

평소와 다른 아영의 모습이 생소한지, 애리는 다소 걱정스레 물었다. 그러자 아영은 이미 술기운이 느른히 퍼진 얼굴로 낮게 후후 웃었다. 그리고 투명 글라스를 손끝으로 사르륵 훑는 몸짓이 묘하게 색스러워 애리는 이상한 소름이 돋았다.

원래 예쁘장한 얼굴이긴 했지만, 얘가 이렇게 섹시한 얼굴을 할 줄 알았었나? 사랑이란 게 사람을 바꾸긴 하나 보네.

"응. 좀 취한 것 같……."

거기까지 말하던 아영은 글라스 끝을 훑고 있는 손끝을 우뚝 멈춰 세웠다. 그리고 가연가미연가하며 무언가를 찾는 듯한 시선.

애리는 아영의 시선이 움직이는 곳을 따라 고개를 돌려보았다. 단상 위에는 자신들과 전혀 연관없는 세계에서 사는 듯한 유명 바이올리니스트가 연주하고 있었다. 같은 예술적 분야라는 걸 따져 보면 일맥상통하기도 하지만, 저쪽은 어딘지 고루하면서도 전통적인 클래식 분야가 아니던가. 그래도 이 바(Bar)에서는 이름있는 연주자가 취미 삼아 연주를 하기도 했기 때문에 그다지 특이할 것은 없는 풍경이었다. 그럼에도 시선을 끈 건 그 바이올리니스트가, 무슨 관계인지는 알 수 없지만, 아까 테이블로 왔던 남자의 일행이었기 때문이었다.

비싼 티켓을 끊어야만 들을 수 있다는 바이올리니스트의 연주는 확실히 그만한 가치를 하는 것이었다. 하지만 여태까지는 어느 순간 갑자기 시작해 사람들의 대화 뒤에 BGM처럼 깔리고 있던 것이라 눈치 채지 못하고 있었는데, 일순 아영의 귀를 확 틀어잡았다. 왜였을까.

바이올린의 현과 활이 마찰할 때마다 맑고 영롱하게 울려 퍼지는 선율의 길. 어딘가 가슴이 미어지도록 서글프면서도, 한눈에 담기 어려운 거대한 풍경을 그 음률로 표현하듯 장엄하고, 웅장했다.

아영의 시선이 쏠린 것을 시작으로, 이미 바(Bar)에 있는 모두가 거의 넋을 잃고 그 연주에 귀 기울이고 있었다. 이미 대화 소리는 지상을 내려치는 빗소리에 잦아들듯 조용해진 후였다.

아주 깊은 곳으로 잠겨가는 것처럼 서정적으로 이어지던 채현음이 어느 순간 경쾌하게 변했다. 명랑하고, 그러면서도 온순하고, 순박하게 미소 짓는 신의 민족을 떠올리게 했다.

아영은 잔영을 남길 듯한 동작으로 서서히 조금 먼 자리에 앉아 있는 현호를 바라보았다. 그는 폭신한 소파에 앉아 팔을 팔걸이에 걸친 채 상당히 진중한 표정으로 그 연주를 듣고 있었다. 연주 자체를 즐기기도 하지만, 연주 후에 있을 무언가를 기대하듯.

이내 처음 시작했던 것보다 정적인 음으로 변하며 연주는 가만히 끝이 났다. 하지만 연주가 끝나고도 사람들의 움직임은 살아나지 않았다. 한참 후에 시간이 되돌아왔을 때는 그녀가 긴 연주회를 끝나고 받는 찬사처럼 화려한 갈채 박수가 울려 퍼졌다.

낙연은 바이올린을 작은 어깨에서 내려놓으며 빙긋이 미소 짓더니, 금방 단상 아래로 내려가지 않고 마이크를 잡았다. 하지만 잘못 잡은 마이크에서 기잉 하고 듣기 싫은 기계음이 길게 울려 잠시 미안하다는 표정을 지었다.

"사실 오늘은 연주할 계획이 없었는데, 부득이하게 새로 작곡한 곡을 여러분께 들려드리게 되었네요. 작은 이벤트인데, 이 곡의 제목을 맞춰보실 분? 맞추시는 분께는 소정의 상품을 드리도록 하죠."

돌발 이벤트가 즐거운지, 사람들은 저마다 손을 들고 연주를 들으며 느꼈던 감상을 담아 저들 임의대로 여러 가지 제목을 내놓았다. 하지만 적지 않은 제목이 나왔음에도 낙연은 정답이라고 고개를 끄덕여 주지 않았다. 아영이 손을 든 것은 그때였다.

낙연은 마치 기다렸다는 양 아영을 가리켰다.

"그쪽에 여자 분, 맞춰보시겠어요? 아직도 정답이 안 나왔으니 꽤 어려울 텐데요."

사람들의 시선이 모두 쏠려 있는 가운데, 아영은 아주 조용히 입을 열었다. 시선을 맞추진 않았지만, 현호도 자신을 보고 있다는 것을 알 수 있었다.

"샹그리라."

차분하고 맑은 목소리가 내놓은 생경한 단어에 사람들의 얼굴에 저마다 궁금증이 스며들었다.

낙연은 웃음을 잃지 않고 물었다.

"이유를 들을 수 있을까요?"

처음 듣는 곡의 제목을 왜 샹그리라라고 말했냐고? 그건 아영도 자세히 알기 힘든 이유였다. 다만 경쾌한 음에서는 셰르파들의 천진한 웃음을 보았고, 웅장한 선율에서는 장결한 설산을 보았다. 그리고 생명력 넘치는 흐름에서는 태양을 느꼈고, 가만히 잦아드는 클라이맥스에서는 태양의 그림자, 달을 떠올렸다.

장족어로 '마음의 해와 달'이란 의미를 가진, 히말라야 어딘가에 존재한다는 이상향. 샹그리라. 단지 그것을 보았을 뿐이었다.

"글쎄요, 그냥 그렇게 느꼈어요."

낙연은 고개를 끄덕이더니 다시 마이크를 잡았다.

"샹그리라는 티베트 불교에서 이르는 낙원이라고 하죠."

"어? 칵테일 이름 아니었습니까?"

"호텔 이름인 줄 알았는데?"

"레스토랑 이름 아니었어?"

사람들은 저마다 출렁이는 파도처럼 웅성거렸다. 낙연은 낭랑하게 웃었다.

"본래는 우리 세상의 혼돈으로부터 벗어난 천국이라는 의미라고 하더군요. 사실 여러분께는 죄송하게도, 이 곡은 딱히 정해진 제목이 없었습니다. 그냥 붙이는 게 제목이었던 거죠. 그리고 이제부터 이 곡의 제목은 샹그리라가 되었습니다. 왜냐구요? 저 여자 분을 위해 만들어진 곡이니까요."

그 말에는 아영도 놀란 눈이 되었다. 서로 이름을 알고 있긴 했지만, 아무런 관련도 없는 낙연이 왜 자신을 위해 곡을?

"어떤 남자 분이 와서 그러시더군요. 단 한 여자만을 위한 곡을 만들어달라고."

여자 손님들 사이에서 감탄 섞인 탄성이 신음처럼 새어져 나왔다.

"그리고 전 아주 비싼 개런티를 받고 곡을 만들어주기로 했습니다. 그 비싼 개런티란, 그 남자 분이 바로 이 자리에서 고백을 하는 거죠."

악동 같은 기질이 다분한 낙연의 말에 현호는 순간 놀란 표정이 되었다. 이런 건 전혀 예정에 없던 일이었다. 제대로 된 고백은 나중에 둘이서만 있을 때 하려고 했는데, 낙연은 지금 바로 이 자리에서 대대적으로 공개 고백을 하라고 종용하고 있는 것이었다.

현석은 눈에 띄게 당혹스러워하는 자신의 친구를 보며 미묘하게 웃었다.

"난 몇백 명 앞에서 했었다."

물론 그때는 결혼해 달라는 일생일대의 프러포즈였지만.

현호는 슬쩍 현석 쪽으로 몸을 기울이고는 거의 뇌까리듯 말했다.

"넌 그때 종이하트랑 반지를 줬을 뿐이잖아."

"너 더 미적거리다가는 실패한다?"

그 말에 현호는 두통이 오는지 불거진 관자놀이를 주무르며 햄릿이 죽느냐 사느냐를 고뇌한 것처럼 고민했다. 하지만 싸한 정적만이 남은 분위기가 자꾸만 자신을 압박해 와, 이러고 있느니 눈 한 번 딱 감고 저지르는 게 낫겠다는, 제법 남자다운 결론을 내렸다.

현호는 의자에서 슥 몸을 일으켜 아영에게 다가갔다.

아영은 그가 다가오는 시간이 영원처럼 길게만 느껴졌다. 그리고 이내 그가 자신의 바로 앞에 와 섰을 때는, 농담이 아니라 정말 심장이 입에서 튀어나갈 것만 같이 뛰고 있었다. 도로 숨쉬는 것도 잊어버릴 지경이었다.

아영의 앞에 서고도 어수룩하게 뒷목을 긁적이며 한참 주저하던 현호는 겨우 입술을 떼었다.

"향기야."

너무도 달콤해서 귀가 녹지 않을까 할 만큼 다정한 부름.

애리는 '어머, 어머' 소리를 내뱉느라 정신이 없었다.

"음……."

아영은 진토닉 잔을 으스러져라 쥐었다.

"밥 탄다니까요. 말하려면 빨리 말해요. 듣는 저도 부끄러워 죽겠으니까."

쪽팔리고 부끄럽고 당황스러운 것은 사실이었다. 하지만 현호의 단호한 말을 기다리는 아영의 얼굴에는 싫지 않은 감정이 그득했다.

"사귀어주지 않겠어?"

제14장

**타**앙, 둘 사이에 흐르는 조급함을 나타내듯 호텔 문이 거세게 닫히고 아영은 거의 현호에게 떠밀려 문에 등을 대었다. 하지만 수동적으로 받기만 하는 것이 아니라 자진해 그를 끌어안으며 이미 맞닿아 있는 그의 입술에 정신없이 매달렸다. 두 사람의 입술이 살짝 비켜 나갈 때마다 급박한 숨이 헐떡이며 흘러나와 어둑어둑한 방 안을 가득 매웠다.

열심히 부대낀 입술은 이미 붉게 부풀어 오른 채였고, 서로의 입술을 질척하게 젖힌 타액은 누구의 것인지도 불분명했다. 공기와 뒤얽히는, 피부에 화상을 남길 듯 뜨거운 숨결도 어느 누구의 것이라 할 수 있는 게 없었다.

자리가 파하고 암묵적인 동의 끝에 호텔로 가는 엘리베이터에

탔을 때만 해도 두 사람의 분위기는 못 참도록 어색했다. 처음 이성과 호텔에 오는 것보다 더 데면데면해서는, 누가 보면 고등학생 커플처럼 풋풋한 게 귀엽기도 하다고 까르륵 웃을 정도였다. 하지만 현호가 아영을 끌어당긴 것을 시작으로 누가 먼저랄 것 없이 두 사람은 입술을 부딪쳤다. 그리고 지금 떨어지면 심장이 멎어버리기라도 할 것처럼 갈급히 서로를 원하며 호텔 방으로 들어섰다. 몇 걸음 앞에 있는 침대까지 갈 여유도 없었다. 상대의 온기가, 들뜬 피부가 주는 감촉이, 온몸을 종횡하는 손길이 이 순간 죽도록 필요했다.

현호가 아영의 블라우스를 풀어헤치면 아영이 현호를 도와 그의 와이셔츠를 벗겨냈다. 현호가 스커트의 후크를 풀면 아영은 현호의 벨트를 풀었다.

성급한 현호의 큰 손이 레이스 브래지어 안으로 파고들어 소담한 젖무덤을 와락 쥐었다. 단지 그뿐이었는데, 아영은 뱀처럼 등허리를 쫘르륵 훑고 지나가는 전율에 어깨를 후드득 떨었다.

참을 수 없는 전율에 남자의 날렵한 허리를 왈칵 끌어안자, 배에 명백한 정욕을 품고 딱딱해진 그의 남성이 와 닿았다. 여성에서부터 달아오른 열기는 이미 아영의 전신을 잠식하고 있었다.

"뜨거워, 뜨거워서……."

현호는 격렬한 숨결을 내뱉으며 아영의 브래지어를 아래로 끌어내렸다. 살집이 탐스러운 가슴이 출렁이며 남자의 시선 앞에 그 모습을 드러냈다. 그러자 현호는 한 치의 여유도 주지 않고 이미 단단하게 영글어 있는 유두를 아프도록 꽉 물었다. 곧 습윤한 점막을 헤치고 나온 남자의 혀가 수줍은 유실을 가득 핥아 올렸다. 그리고 자신이 깨문 자리에 남은 흔적을 확인하듯 혀끝으로 샅샅이 훑었다.

"현, 현호……."

아영은 여성을 요동치게 만드는 애무에 뒷목을 왈칵 젖혔다. 뒷머리에 서늘한 문의 온도가 느껴졌다.

아영은 팔에 걸쳐져 자신의 행동을 제한하고 있는 브래지어 끈이 불편해, 한 팔을 브래지어 끈에서 빼내었다. 그러자 얇은 보호막에서 벗어난 가슴이 다시 한 번 출렁이며 흔들렸다.

제법 자유로워진 손으로 현호의 등을 끌어안자, 뜨거운 살갗에 감싸인 강철 같은 근육들이 움칠거리는 게 느껴졌다. 그 느낌이 좋아 아영은 비단결이 피부를 스치듯 그의 등을 한없이 쓰다듬다가, 그의 허리께로 손을 옮겼다. 보드라운 아영의 손이 와 닿자 그의 복부가 칼로 찔러도 칼날이 튕겨 나올 것처럼 강건하게 굳었다.

그가 자신을 만져 주길 바라지만, 자신 역시 그를 만지고 싶었다. 마냥 받고만 있기 싫어 아영은 그의 바지 속으로 불쑥 손을 밀어 넣었다. 전혀 상상도 못해본 행동이었지만, 열기에 들뜬 머리가 반쯤 마비되어 있어 몸은 본능이 원하는 대로 행하고 있었다.

그를 느끼고 싶어. 그가 전율하는 모습을 보고 싶어. 나로 인해서.

"헉……."

굳건한 남성을 감싸 쥐자, 그에게서 기분 좋은 듯도 하고 놀라운 것 같기도 한 한숨이 새어나왔다. 그런데 본능에 따라 행동하고 난 아영은 오히려 더 놀랐다. 저도 모르게 눈이 동그래졌다.

키 큰 사람들이 의외로 실속없다는 말이 있기도 하지만, 그의 몸집을 보면 물건이 그다지 작을 거라는 생각은 들지 않았다. 하지만 직접적으로 손에 담고 보니 그의 물건은 한 손에 감싸 안기 힘들리만치 거대했다. 그래. 큰 수준이 아니라 거대라는 단어가 어울렸다.

"앙큼한 짓도 하는군."

현호는 아영의 입술에 살짝 입맞추며, 허스키하게 가라앉은 목소리로 웃었다. 아직 못 박히지 않은 작은 손이 주는 감촉이 마음에 든 모양이었다.

아영은 펠라치오를 처음 시도한—입에 담기는 했어도 뭘 더 이상 어찌 못하는—여자처럼 눈을 크게 뜨고는 주저주저 말했다.

"예상보다…… 크네요."

"음, 칭찬이지?"

칭찬이 아닐 것도 없었지만, 굳이 칭찬인 것만도 아니었다. 과연 이걸 받아들일 수 있을지 걱정이 앞선 탓이었다. 하지만 그 걱정은 현호의 손이 은근히 아래쪽으로 파고들자 저 먼 곳으로 떠나 버렸다. 여기까지 와서 도망치고 싶지 않았고, 물리기도 싫었다.

긴 손가락이 까슬까슬한 음모를 헤치고 그 안에 숨은 늪지를 살짝 건드렸다. 전율. 이 느낌을 전율이 아니라고 뭐라고 이야기해야 할까.

아영은 거의 이성이 마비되다시피 해 그의 남근을 앞뒤로 슬쩍 매만졌다. 툭 불거져 나온 혈관이나 거대한 물건이 요동치는 느낌에 와락 두려움이 일었다. 하지만 현호가 기분 좋은 듯 하아 낮게 한숨을 내쉬어 그 숨결이 입술에 닿자, 아영은 본능처럼 손끝으로 끄트머리의 옴폭 파인 부분을 문질러 보았다. 촉촉이 젖은 끝에서 비릿한 내음과 함께 미끈거리고, 손이 녹을 듯 뜨거운 액체가 느껴졌다.

이 남자, 엄청 흥분했구나.

현호가 긴장으로 뻑뻑해진 아영의 허벅지를 젖히고 이미 녹진녹진한 중심으로 손가락을 들이밀자 억눌린 신음이 그녀의 입에서 쏟아졌다. 그의 손에 박힌 거친 못이 유두를 스치고 지나갈 때마다 미묘한 쾌감이 일었다. 다소 투박하지만 한없이 남자다운 그 손이 좋았다. 사탕을 조르듯 입술을 파고들어 종횡하는 혀가 주는 느낌도 좋았다.

내벽을 훑는 손가락이 여성 안의 은밀한 열점을 꾹 눌렀다. 그것이 스위치였는지, 남자의 손끝에 자극받은 열점이 팍 터져 올라 순식간에 척추를 따라 쾌감이 올라갔다. 뇌를 강하게 타격하는 느낌에 아영의 여성이 확 수축되며 물컹 쏟아져 내린 무언가가 현호의 손을 가득 적셨다.

하체가 이미 없는 것만 같았다. 아니, 의식이 이미 환상의 세계를 부유하고 있는 듯 현실감이 없었다.

"느꼈어?"

현호는 뜨거운 혀로 아영의 귓바퀴를 훑으며 음탕한 말을 그녀의 귓속에 흘려 넣었다. 그러자 아영의 얼굴, 심지어 귀에까지 타버릴 듯한 열기가 확 퍼져 올랐다.

"부, 부끄러워요……."

바들바들 떨며 힘겹게 흘려내는 작은 목소리에 현호는 남성이 더욱 날뛰는 것을 느꼈다.

젠장, 사랑스럽잖아. 귀엽잖아. 남자를 아주 미치게 만드는군.

현호는 주체할 수 없는 욕구에 아영의 부드러운 볼을 왈칵 감싸쥐고 입술에, 볼에, 눈가에까지 키스의 비를 퍼부었다. 타액에 젖은 입술이 살갗에 와 부딪칠 때마다, 가볍게 쪽쪽 하는 소리가 아닌 츱츱거리는 소리가 울렸다. 그 소리가 평소보다 살아 날뛰는 청각을 자극해 두 사람은 더더욱 타올랐다. 이러다가는 이대로 재가 되어버리는 것 아닐까. 하지만 둘 다 이런 쾌감 속에서라면 그런 것도 괜찮을지 모른다는 생각이 들었다.

현호는 혼탁한 목소리로 조금 간절하게 그녀의 귓가에 속삭였다.

"들어가도 돼?"

아영은 말로 하는 대답 대신 미약하게 떨리는 손으로 그의 등을 끌어안았다. 그러자 현호는 그 수락을 기쁘게 받아들여 아영의 한 다리를 어렵지 않게 들어올렸다. 그리고 바지와 팬티를 한꺼번에 벗어 내리며 준비를 마치기 무섭게 황홀한 늪지 속으로 파고들었다.

"하웃……."

충동을 참을 수 없다는 듯 한꺼번에 파고드는 굵직한 물건에 아영의 허리가 뻣뻣하게 굳었다. 그러자 현호는 그녀의 긴장을 피부를 통해 느꼈는지 안심하라는 듯 등선을 따라 허리까지 다정하게 쓰다듬었다. 허리와 엉덩이가 이어지는 부분에 폭 파인 홈까지 훑어 내리자, 아영의 허리가 스러져 내리며 두 사람이 결합이 좀 더 깊어졌다.

현호는 종이 한 장 비집고 들어올 틈도 아깝다는 듯 아영의 엉덩이를 양손으로 꽉 잡아 끌어당겼다. 아영은 필사적으로 현호의 목에 긴 팔을 감으며 풀리지 않는 욕구를 호소했다.

왠지 골반이 한계까지 벌어지는 느낌이었지만, 생각보다 아프지는 않았다. 오히려 가슴 끝이 간질거리는 느낌이 너무도 감질나 현호가 어떻게든 해줬으면 했다.

"현호 씨…… 현호 씨……."

잠깐 숨을 몰아쉬던 현호는 애절하게 자신을 찾는 여자의 목소리에 보답하듯 움직임을 시작했다. 그러자 이미 높은 온도를 전해 받아 더 이상 차갑지 않은 문이 아영의 등에 마찰했다.

하체를 파고드는 느낌에 아영은 신음했다. 몸이 흔들리고 그가 아주 깊고 은밀한 곳까지 파고들어올 때마다 머릿속에서 뇌가 굴러다니는 듯한 느낌이었다. 제대로 된 생각이라는 걸 할 수가 없었다. 힘겹게 눈꺼풀을 밀어 올리자, 보이는 것은 까맣게 가라앉아 있어야 할 천장이 아니라 화려하게 반짝이는 빛줄기였다. 때로는 옅게, 때로는 깊게 반짝이는 빛줄기가 남극에 뜨는 오로라처럼 이리저리 일렁였다. 그리고 세빙 현상이 일어난 듯 반짝이는 알갱이들이 망막 위로 작은 편린이 되어 사박사박 흩어져 내렸다.

아영은 필사적으로 그를 받아들이며 목과 허리를 더더욱 젖혔다. 그럼에도 정신이 이상해질 것만 같은 강렬한 쾌감을 참을 수 없어 팔을 젖혀 뒤의 문을 짚었다. 하지만 위로 치솟았다가 다시 아래로 내려앉는 몸 때문에 손바닥이 매끈한 문에 오래 붙어 있지 못하고 주르륵 미끄러져 내렸다.

급한 숨결이 엉망으로 뒤엉켰다. 그러다 어느 순간 현호의 움직임이 딱 멎었을 때, 여성의 안에서 뜨겁게 물컹이는 느낌이 터져 오르는 게 느껴졌다. 환희로웠다. 더 이상 무엇이 환희라고 할 수 없을 만큼, 엄청난 환희였다.

현호는 더없이 만족스러운 한숨을 토해내며 아영의 목덜미에 얼굴을 묻었다. 땀과 여러 가지 타액 때문에 몸이 기름칠이라도 한 듯 미끄덩거렸지만, 지금 그것은 문제되지 않았다.

"기분…… 좋았어요?"

현호는 고개 들어 아영을 바라보았다. 창문 너머로 희미하게 새어들어 오는 불야성의 빛 때문인지, 새로운 세상을 목격한 충격 때문인지, 아영의 검은 눈동자가 오색으로 빛나는 것처럼 보였다. 그 빛이 너무도 신비로워 현호는 무지개를 처음 본 사람들의 기분이 이렇지 않을까 라는 생각이 들었다.

"미치는 줄 알았어."

둘은 다시 열렬히 키스하기 시작했다.


섹스는 그것으로 끝나지 않고 침대로 와서 계속 이어졌다. 제2라운드의 시작을 두 사람 중 누군가 알린 것도 아닌데, 두 사람은 풀리지 않는 욕구의 탈출구를 찾듯 끊임없이 서로의 피부를 탐했다.

주름 하나 없이 빳빳하게 펴진 시트에 손끝이, 발끝이 걸릴 때마다 바스락거리며 메마른 낙엽 부스러지는 듯한 소리가 났다. 두 사람 분의 무게가 움직임을 반복하면 매트리스가 부드러운 소리를 내며 시트는 포근한 향기를 퍼뜨렸다.

두 사람은 깔끔하게 정리된 방 안에서, 세상에 오직 둘만이 남은 듯 태초의 모습으로 되돌아가 부끄러움 없이 서로를 내보였다. 처음에는 서로의 몸을 겹치며 이 상황이 못내 우스운 듯 웃음을 토해내기도 했지만, 그것도 곧 환희 서린 신음으로 변해갔다.

현호의 손이 감촉 좋은 살결을 따라 황홀하게 굴곡진 여자의 몸을 훑고 내려갔다. 그러자 아영은 시트를 꼭 쥐고는 마치 야수에게 잡혀 먹기 직전의 토끼처럼 몸을 떨었다. 현호는 그 떨림이 왠지 심상치 않아 보여 걱정스레 물었다.

"왜 이렇게 떨어?"

그러면서도 현호의 손가락은 이미 한가득 풍요로워져 있는 여성 속으로 어렵지 않게 파고들고 있었다.

아영은 더더욱 시트를 꽉 쥐며 눈물이 그렁그렁한 눈으로 고백했다.

"기분이…… 너무 좋아서……."

말간 눈물이 가득 차올라 있는 큰 눈과 아기의 그것처럼 보송보송한 피부. 희미하게 떨리는 목소리가 그의 남성을 그대로 직격했다.

"윽……."

"어, 어? 왜 그래요?"

"아니……."

현호는 난감한 듯 웃었다.

맛만 봐도 좋아라 하고, 상상만으로 몽정하는 사춘기 청소년도 아니고 단지 그 말에 이토록 흥분해 버리다니. 면 팔려서라도 입 밖으로 내뱉고 싶지 않은 말이었다. 대신 현호는 그 흥분을 몸으로 표현하려는 듯 큰 몸으로 아영을 덮어버리고 풍성한 젖무덤에 입술을 묻었다.

그녀의 가슴 계곡에서는 이성을 마비시키는 달콤한 냄새가 났다. 아니, 매끄러운 살갗 자체에서 복숭아 향처럼 새콤하고 진한 향이 나는 듯했다. 매력적으로 느껴지는 이성에게서 나는 특유의 페로몬인 건가.

어쨌든 좋았다. 지금은 그 향기에 더욱 젖어드는 것만이 중요할 뿐.

현호는 아영의 잘록한 허리를 잡고 끌어내려 땀이 베인 허벅지를 충분히 벌렸다. 아영은 가장 은밀한 부분을 드러내 놓는 자세가 못내 부끄러운지 당혹스러운 날숨을 들이켜 쉬었다. 꼭 어린아이가 기저귀 가는 것 같은 자세. 반사적인 수치스러움에 허벅지를 움츠리려고 했지만, 허벅지를 꽉 쥐고 있는 현호의 단호한 손이 그것을 용서하지 않았다. 그는 오히려 홀린 듯 손을 내려 도톰하게 부풀어 올라 있는 부분을 가만히 쓰다듬었다. 아영의 어깨가 다시 떨렸다.

"아프진 않아?"

"아프지는 않…… 앗……."

아영의 대답이 끝나기도 전에 정점을 훑던 손끝이 입구 안으로 빨려 들어가듯 스르륵 파고들어 장막 안에 숨은 쾌감점을 느릿하게 자극했다.

"괜찮아?"

하지만 아영은 입술을 꼭 깨물 뿐, 대답할 여력은 없어 보였다.

현호는 아영의 허리가 무너져 내릴 만큼 끈질기고도 여유있게 애무하고는 손가락을 뺐냈다. 그리고 그녀의 양 발목을 최대한 조심스럽게 쥐었다. 한 손에 폭 감싸이는 발목은 너무도 가늘어 우악스레 쥐면 부러질 것만 같았다.

발목을 쥔 채로 다리를 높이 들어올리자, 아영은 다시 한 번 날카로운 신음을 흘렸다. 그리고 불뚝 솟은 남성이 여성으로 침입해 들어왔다. 처음보다는 느긋하게, 아영이 안달날 정도로 천천히.

시트 위에 퍼진 파문 속에서 아영의 낭창낭창한 몸이 활짝 휘었다. 하지만 현호는 자신을 폭 감싸는 여성 안에서 다른 종류의 쾌감이 느껴질 만큼 느릿느릿하게 움직였다.

아영은 자신과 같이 미미하게 일그러진 그의 얼굴을 보다가, 서서히 시선을 돌려 그의 팔을 바라보았다. 침대를 짚고 있는 그의 왼팔을 따라 쭈욱 시선을 올리자, 그의 팔뚝에 새겨져 있는 문신이 그가 움직일 때마다 함께 꿈틀거리는 것이 보였다. 아영은 그의 어깨를 짚고 있던 손을 내려 조심히 그의 팔뚝에 둘려져 있는 문신을 따라 그렸다. 그러다가 충동적으로 그것을 손톱으로 긁어 내렸다.

"읏."

갑작스레 팔뚝을 엄습하는 따가움에 현호의 동작이 잠깐 멈추었다. 그제야 아영은 핫 하고 정신이 들었다.

"미안해요. 아팠어요?"

현호는 아영의 손톱이 할퀸 자신의 왼팔을 바라보았다. 하지만 별로 불쾌해하는 기색은 아니었다.

"문신은 왜?"

아영은 미안하다는 듯 미소를 보여주었다.

"순간 긁으면 벗겨지지 않을까 하는 생각이 들어서……."

이런 와중에 엉뚱한 아영의 생각이 귀여운지 현호는 피식 웃었다.

"산을 타는 데도 몸이 비실하다고 해서 우발적으로 새긴 거였지."

지금 그를 보면 믿지 못할 말이긴 해도, 어렸을 때야 호리호리한 미소년이 아니었던가.

"좀 남자다워 보일라나 싶어서."

"음, 그때도 아래는 상당히 남자다웠을 것 같은데요."

아영의 말에 현호는 씩 웃더니 힘차게 허리를 밀어붙였다.

"앗……."

"이거?"

아영은 못살겠다는 듯이 그를 휙 째려보았다. 그러자 현호는 낮은 웃음을 터트리며 아영을 가만히 안았다.

이내 다시 움직이기 시작했지만, 이미 한 번 하고 난 후라 여유가 있어 그런지 두 사람은 장난을 하기도 하고 이야기를 나누기도 하며 한참 동안 서로를 맛보았다.


현호는 어느 순간 서서히 걷혀가는 잠의 장막에 눈을 떴다. 낯
선 천장이 보여 나른하게 눌어붙어 있는 잠 기운에 잠시 이곳이
어딘지 파악을 못하다가, 자신이 누군가를 안고 있다는 걸 깨달았
다. 고개를 돌려보자, 까맣고 풍성한 긴 머리채가 작은 어깨를 덮
고 자신의 팔에 휘감겨 있었다. 남자의 짙은 피부색에 대비되는
하얀 팔은 자신의 허리 위에 놓여 있었다.

아직 시간은 새벽과 밤의 경계가 모호한 때였다. 창문을 타고
넘나드는 부서질 것 같은 달빛이 시트 위에서 푸른 물줄기가 되어
시리게 출렁였다. 그 달빛의 축복을 받은 듯 하얗게 빛나는 여체
에 다시 정욕이 끓어올랐다.

바(Bar)에서 현호가 겨우 고백했을 때, 아영은 말했다.

"오늘 그 말 하지 않았으면 가만 안 뒀어요."

소심한 듯하면서도 은근히 당돌한 여자.

게다가 덕분에 고백이 잘된 건 고마웠지만서도, 두고두고 놀림
감이 될 일을 만들어준 낙연에게 왜 시키지도 않은 짓을 했냐고
얼핏 비난하자, 낙연은 성격답게 오히려 입매를 길게 늘어뜨리며
웃었다.

"남자가 말이야. 하려면 제대로 하라고. 나중에 둘만 있는데서
슬쩍 말하는 건 어째 좀스러워 보이지 않아? 나 참, 좋은 일 해주
고도 타박 얻어먹네. 나중에 아영 씨한테 다 이를 거야."

그쯤 되면 그에게 가장 무서운 건 역시 아영이었기에, 현호는

낙연에게 백기를 흔들어 보일 수밖에 없었다.

날 이렇게 만들다니. 조금 밉살스럽기도 해서 현호는 규칙적인 숨결을 내뱉고 있는 아영을 살짝 흔들어 깨웠다. 곧 아영이 희미한 한숨을 내쉬며 부스스 눈을 떴다. 그러자 현호는 두말할 것도 없이 아영의 몸을 찍어 누르며 입술을 겹쳤다.

"으음. 현호 씨, 그만⋯⋯."

"충분히 잤잖아."

"이 시간부터⋯⋯."

아영은 몰려드는 잠을 포기할 수가 없는지 다소 칭얼거리는 음성으로 현호에게서 벗어나려고 했다. 하지만 현호는 완고했다.

"웃, 뭐 하는 거예요."

"쉿. 착하지."

"자, 잠깐. 대체 무슨 자세를 시키려고⋯⋯."

앞선 섹스와 다르게 움직이는 그의 손길에 아영은 정색하고 말했다. 그러나 반쯤은 자의로, 반쯤은 현호의 힘에 끌려 그가 시키는 대로 자세를 바꾸었다.

"이야, 유연성 좋네."

"하웃⋯⋯ 음⋯⋯ 이, 이런 자세는⋯⋯."

"나쁜 짓 안 해."

"나쁜 짓을 한다는 게 아니라⋯⋯."

한 번도 해보지 않은 자세에 얼핏 두려움이 일면서도, 아영은 새로운 종류의 쾌감이 자신을 덮어오는 걸 느꼈다.

"역시 무술을 해서 그런가?"

"최근에 요가를 시작했거든요."

"오, 어쩐지 허리 휘는 게 남다르더라."

"얼렁뚱땅 넘어가려고 하지 마요."

"설마, 부탁하고 있는 거라고."

"나 참⋯⋯."

어이없다는 기색과 달리, 아영은 더는 거부하지 않았다.

아침 일곱 시. 일찍 들어온다고 말하고 나갔으니 어젯밤에 들어왔어야 할진대, 그보다 몇 시간을 더 늦게 집에 돌아온 아영은 아주 조심히 현관문을 열었다. 부디 경란이 아직 일어나지 않았길 바라는 수밖에. 다행히 아늑하게 잠들어 있는 집 안에는 인기척이 없었다. 그럼에도 아영은 경란이 일어나기라도 했을까 봐 고양이 걸음으로 얼른 욕실에 들어갔다. 땀과 타액으로 온몸이 엉망이라 호텔에서 대충 씻고 오긴 했지만, 집의 것과 다른 샴푸 냄새가 나면 경란이 의심할 수도 있으니 다시 샤워를 해야 했다.

아영은 모델 시절 익힌 버릇대로 순식간에 훌훌 옷을 벗어버렸다. 그리고 아침에 편의점에서 대충 사 입은 팬티를 난감하게 바라보았다. 어젯밤에 입고 간 팬티는 현호가 벗기다가 급한 마음에 잡아뜯어 버렸는지 더 이상 제기능을 할 수가 없었다.

아영은 고개를 절레절레 저으며 팬티를 내려놓고는 긴장된 근육을 이완시키는 뜨거운 물줄기 아래에 섰다. 내려다본 몸은 그의 큰 손에 잡아뜯긴 팬티 못지않게 엉망이었다. 붉고 푸른 자국들로 인해 피부가 얼룩덜룩한 것은 말할 것도 없고, 가슴 끝에는 그의 잇자국까지 남아 있었다. 술기운과 정욕에 불타오른 간밤이 얼마나 격렬했는지 단적으로 대변해 주는 증거였다. 게다가 마지막에는 그런 자세로…….

아영은 물기가 차박차박 밟히는 자신의 볼을 쓰다듬어 보았다. 또 붉다. 이러다가는 아주 삶아버리겠다.

아영은 그 생각은 털어버리려는 듯 젖은 머리카락을 가득 쓸어 넘겼다.

긴 머리채를 감싸 쥐고 때론 머릿결 사이를 헤엄치는 물고기처럼 유순하게 매만지던 그의 긴 손가락. 가슴이 뿌듯해질 만큼 온순하게 웃어주던 미소. 역동적으로 꿈틀거리는 근육과 땀방울을 튕겨내는 듯했던 강인한 피부. 마치 악기를 연주하는 것처럼 자신의 몸 위를 종횡하며 애무를 퍼붓던 손가락.

아영은 후드득후드득 떨어져 내리며 욕조와 피부를 쳐대는 물줄기 아래서 우뚝 굳어버렸다. 그리고 그다지 크지도, 좁지도 않은 욕실을 정신없이 둘러보았다. 부끄러워진 탓이었다. 십 년 정도 쌓인 욕구불만도 모조리 풀어졌을 만큼 섹스를 했는데도 이런 자신을 믿기가 힘들었다. 긴밤을 떠올리는 것만으로 또 흥분의 기미를 보이다니. 그래서 아영은 누가 쫓아오기라도 하듯 얼른 샤워를 끝마쳤다.

옷을 막 다 입고 편의점에서 사 온 팬티를 어떻게 할까 들어올리는데, 예고도 없이 문이 벌컥 열렸다.

"아영아?"

아영은 흠칫 놀라는 동시에 팬티를 와락 등 뒤로 감추었다.

"아, 어머니? 왜요?"

"너 언제 들어온……."

방금 이불을 털고 일어난 것으로 보이는 경란은 버석버석한 머리를 쓸어 넘기며 묻다가, 딸을 머리끝에서 발끝까지 훑어보았다. 물기를 담뿍 머금은 머리카락은 옷 위에 짙은 자국을 그리며 드리워져 있었고, 막 뜨거운 물로 샤워를 마쳤기 때문인지 얼굴은 묘하게 상기되어 있었다.

간밤에 있었던 일을 모두 파내려는 것처럼 자신을 샅샅이 훑어보는 경란의 눈길이 부담스러워 아영은 오히려 짐짓 무슨 일이냐는 표정을 지어 보였다.

"아니, 아니다. 다음부터는 일찍 다니렴."

그리고 경란은 문을 닫고 밖으로 나가 버렸다. 그 뒤에서야 아영은 안도의 한숨을 폭 내쉬었다. 하지만 안도의 한숨을 다 내쉬기도 전에 다시 문을 벌컥 열리더니, 경란이 기억났다는 얼굴로 말했다.

"너 없는 동안 전화 왔었다."

"전화요? 누구한테서요?"

경란은 잠시 연락달라고 했던 상대방의 이름이 잘 기억나지 않는지 긴가민가한 표정이었다.

"이름이 뭐라고 했더라……."

방금 전까지 함께 있었으니 현호는 아닐 거고…… 물론 현호라면 경란이 이름을 기억 못할 리 없겠지만.

"아, 최신아라고 하더라."

아영의 표정이 놀란 듯 바뀌었다. 먼저 한국으로 귀국하는 현호와 아영을 공항에서 배웅하며 곧 연락하겠다고는 했지만, 신아가 벌써 연락을 줄지는 미처 몰랐기 때문이었다. 그런데 순간, 다시 화장실 문을 닫고 나가려던 경란이 마지막으로 덧붙인 말에 아영의 눈이 크게 뜨였다.

"한국 관광 좀 시켜달라고 전해달라더라."

"예에?"


아영을 데려다 주고 오는 길에 현호는 잠시 눈에 띄는 가게로 들어갔다. 학생들은 저마다 학교로 향하고, 사회인들은 직장에서 분주하게 일하고 있는 시간, 스르륵 소리도 없이 열리는 자동문을 통과해 들어간 서점에는 고요한 기운이 감돌고 있었다.

그곳은 현호가 그토록 학을 떼는 아버지의 서재와도 같았다. 경제학의 권위자이자 고명한 교수인 아버지.

어린 현호가 슬쩍 훔쳐볼 때면, 아버지는 늘 바위처럼 묵직하고 엄한 표정으로 고아한 서재에 앉아 있었다. 희미한 가죽 냄새와 판형, 분류, 저작자별로 가지런히 꽂혀 있는 책들. 찍소리도 내면 안 될 듯 엄숙한 서재는 현호에게 있어 침범할 수 없는 일종의 성지였다.

현호가 서점 안으로 들어서자 사람들의 시선이 한 번씩 그를 스쳐 갔다. 동양인의 평균 규격에서 심하게 오버되어 있는 몸집과 진중한 분위기에 어우러지는 잘생긴 얼굴이 확실히 시선을 잡아끄는 모양이었다. 하지만 현호는 신경도 쓰지 않고 잡지 코너 앞에 섰다. 마침 그 코너에서 좋아하는 아이돌이 나온 잡지를 보고 있던 여자가 불쑥 나타난 그를 보고는 흠칫하는 것이 느껴졌다.

현호는 잠시 시선으로만 고르게 꽂혀 있는 책들을 슥 훑었다. 그리고 이내 펼쳐 든 것은 시일이 꽤 오래된 잡지로, 미처 수거되지 않고 책꽂이에서 숨죽이고 있던 것이었다.

감흥 없는 표정으로 펼쳐 든 순간, 현호의 짙은 눈매가 작게 요동쳤다.

박향기!

우연인지 필연인지, 현호가 찾고자 했던 것이 바로 눈에 띄었지만, 일순 남자의 가슴을 불끈하게 만드는 광고에 그의 표정이 심히 마뜩찮아졌다. 그 광고 자체가 나쁜 것은 아니었다. 다만, 청바지 광고인 듯 음영이 짙은 흑백색 지면 안에 타이트한 청바지만 입은 채 역동적인 자세로 서 있는 모델이 다름 아닌 아영이라는 게 문제라면 문제였다. 그것도 우락부락한 상체를 고스란히 드러낸 남자의 몸에 쭉 뻗은 팔을 감고 있으니 말이다. 게다가 길게 흩날리는 그녀의 머리카락이 중요 부위는 교묘하게 가리고 있었지만, 현호도 간밤에야 본 가슴의 관능적인 굴곡은 온전히 드러나 있었다. 단지 일이었을 뿐이라 해도 현호는 이가 절로 악물렸다.

이런 광고도 찍었다니!

찬양하고 싶을 만큼 황홀한 굴곡을 가진 여체, 희뿌옇게 번지는 어슴푸레한 조명 아래 현악기의 현을 퉁기듯 휘어지는 허리, 뜨겁게 달뜬 숨결, 그렁그렁한 눈물이 고여 묘한 빛으로 반짝이는 눈동자, 살포시 감겨오던 긴 팔과 다리.

불현듯, 눈을 치켜뜨고 있는 지면 안의 여자 모델과 간밤의 아영이 겹쳐지자 현호는 아랫도리가 부지불식간에 달아올라 버렸다. 그 감각이 생경해 저도 모르게 불에 덴 듯 잡지를 내려놓자, 옆의 여자가 이상하다는 눈길로 그를 흘긋 훔쳐보았다.

현호는 얼른 몸을 돌려가려다가, 마침 시선 끝에 걸리는 책 하나를 발견하고는 그것을 꺼내 들었다. 푸른 설산을 배경으로 순박하게 미소 짓고 있는 얼굴이 표지 전면에 그려진 책.

〈쓰르라미를 위하여.〉

철운의 등반 경험담을 담은 자서전이었다. 막 책이 출간되었을 당시, 철운은 크나큰 함박웃음을 머금고 짐짓 근엄하게 사인까지 해서는 현호에게 쿡 찔러주었다. 그때 현호는 뭘 이런 걸 가지고 생색이냐며 본심과는 달리 시큰둥하게 반응했지만, 그 책을 몇 번이나 꺼내보았는지 모른다.

〈쓰르라미는 자신이 울던 곳에서 생을 마감한다. 비단 쓰르라미뿐만 아니라 모든 매미는 자신이 목청 높여 우는 목소리에 취한 듯 그 자리에서 숨을 거둔다.

나는 생각한다. 과연 나 눈 감을 곳은 내가 울던 자리일지, 내가 태어난 자리일지. 인간은 몇 번이고 다시 태어난다. 유기적인 생명체로서 눈 뜰 때 태어나고, 인생의 격동기를 겪으며 다시 태어나고, 나름의 자기 성찰을 완료할 때 다시 태어나고, 생을 거둘 때마저도 '죽음'이라는 이

름으로 다시 태어난다. 그렇다면 내가 태어난 본질적인 자리는 어디일 것인가.〉

주관적으로는 소중한 사람의 마음이 담긴 글이니 현호는 좋았지만, 객관적으로 보자면 철운답게 뜬구름 잡는 소리만 하는 책이라서 많이 팔리지는 않았다. 간간이 서점에서 발견해도, 지금처럼 한구석에 조용히 자리잡고 있을 뿐. 하지만 현호는 그것이 참으로 철운답다고 생각했다. 언제나 가만히 그 자리에 있어주는 정신의 아버지. 그와 같은 책.

그는 실로 현호의 정신적인 아버지였다. 비록 핏줄은 이어져 있지 않으나, 값으로 환산할 수 없는 많은 것을 주었고, 친아버지에게 받을 수 없었던 애정을 주었으며, 이제는 연인이 된 여자를 주었다.

현호는 '쓰르라미를 위하여'란 제목이 큼지막하게 박혀 있는 책을 책꽂이에 돌려놓으며 홀로 읊조렸다.

아버지라……

한때는 철운을 아버지로 둔 아영이—당시는 향기로만 알고 있었던—무척 부러웠다. 동시에 아버지를 존경하고, 자식을 사랑하는 부녀 사이를 선뜻 이해할 수가 없었다. 자신과 아버지란 남자는 그저 같은 집에 동거하고 있을 뿐인, 남보다도 못한 사이였으니까.

만약 아버지가 철운 같은 사람이었다면, 자신은 산으로 떠나지 않았을까? 아니, 떠났더라도 평범한 가족처럼 도란도란 대화를 나누고, 경험한 것을 무용담처럼 자랑하듯 늘어놓을 수 있지 않았을까?

현호의 입매에 감출 수 없는 씁쓸함이 배어났다.

절대 일어날 수 없는 가정에 대해 상상력을 펼치는 것은 스스로에게 맞지 않았다. 아마 아영과 경란을 보고난 후라 괜히 감상적이 된 모양이었다.

그때, 어디선가 기본적이다 못해 더 이상 기본적일 수 없을 만큼 단조로운 핸드폰 벨소리가 울리기 시작했다. 하지만 자신의 것일 리 없으니 현호는 신경도 쓰지 않았다. 그런데 자꾸만 사람들이 뭐냐는 듯 쳐다보는 시선이 피부로 느껴지자, 그제야 현호는 한국에 있을 때만 임의로 사용하고 있는 핸드폰을 기억해 냈다.

얼른 꺼내 들어 보았지만, 액정에 뜬 번호는 전혀 모르는 것이었다.

―「알로하!」

제법 자연스럽게 슬라이드를 밀어 올리고 귓가에 댄 것까지는 좋았는데, 말을 하기도 전에 들려온 중저음의 목소리에 현호의 눈썹이 휘었다.

―「봉~쥬르돠덴타챠오르군아프돈꼬메스톼~」

굳이 목소리에 집중하지 않아도 발신자가 누군지 알 것 같아 현호의 입매가 슬쩍 뒤틀렸다. 덤으로, 외계인 어처럼 당최 무슨 소리인지 알 수 없는 말이 저 나름대로의 인사라는 것도 알 수 있었다. 아마 첫 시작은 프랑스어로 '안녕'인 봉쥬르(Bonjour)일 거고, 다음은 확실치 않지만 구텐 탁(Guten Tag)쯤 되는 것 같고, 순서

대로 챠오(Ciao), 굳 아프톤(God Afton), 꼬메 스타(Come Sta)인
듯했다. 무슨 노래 메들리도 아니고 한꺼번에 다 이어 붙여 기묘
한 운율까지 섞어 말하는 통에 웬만해서는 알 수 없겠지만, 발신
자를 잘 알고 있는 현호로서는 어렵지 않게 이해할 수 있었다.

「시끄러워.」

현호가 또 단 한 마디로 일축해 버리자, 핸드폰 너머에서 장난
기 어린 소년처럼 툴툴거리는 목소리가 들려왔다.

—「말하는 꼬락서니 좀 보게!」

「그나저나 무슨 일이야? 국제전화는 돈 많이 나온다고 안 하던
네가…….」

현호는 다른 사람들에게 방해가 될 것 같아 서점을 나서며 퉁명
스레 말했다. 하지만 뒤이어 자신만만하게 들려오는 길의 말에 막
서점을 나선 현호의 걸음이 우뚝 멎었다.

—「이야, 한국 하늘 한번 멋지구나! 아주 우중충한 게 딱 강철맨
지현호를 떠올리게 만들어? 안 그래?」

보지 않아도 알 큰 선글라스를 밀어 올리며 히죽거리고 있을 길
의 표정이 보이는 것 같았다.


부아아앙!

마치 괴수가 울부짖는 듯한 소리를 내는 차체가 말 그대로 미친
듯이 질주하며 눈이 따라가기도 전에 앞을 지나갔다. 다소 황량하
게 펼쳐진 경기장에선 향토적인 흙 내음이 났고, 둔탁하게 불어오
는 바람에는 옅은 오일 냄새와 화약처럼 뭔가 탄 듯한 냄새가 섞

여 있었다. 무섭게 달려나간 차의 바퀴가 서킷과 강하게 마찰하며 남기고 간 잔향인 듯했다. 하지만 그 무엇보다 강하게 느껴지는 것은 피부에 직접적으로 와 닿는 열정의 향기였다.

등 뒤로 장황하게 펼쳐진 좌석에는 인적이 아주 드문드문 있을 뿐, 큰 경기장은 퍽이나 한산해 을씨년스러울 정도였다. 하지만 먼 곳에서 차를 정비하고 있는 사람들의 열정이 이곳까지 느껴지는 것만 같았다.

부우우, 콰아앙!

다시 한 번 화려한 차체가 거의 서킷 위를 미끄러지듯이 기민하게 달려나갔다. 엔진이 터지는 듯한 질주 음과 공기를 찢는 것 같은 속도가 그렇게나 박진감 넘칠 수가 없었다.

"헤에, 실제로 보니까 진짜 무섭도록 빠르네요."

아영은 경기장의 난간에 매달려 이미 소실점까지 나아간 차를 보며 감탄했다. 피식 웃는 소리가 들려 고개를 돌리자, 현호가 어린 조카를 보듯 웃고 있었다.

오늘도 그는 히말라야에서와 달리, 깔끔하고 도회적인 차림을 한 채였다. 그렇게 치면 아영 역시 마찬가지였다. 히말라야에서는 줄기차게 헐렁헐렁한 트레이닝복이나 등산복만을 고집했지만, 지금은 영락없이 데이트를 즐기는 아가씨의 차림새였다. 나비 날개처럼 팔랑이는 시폰 치마, 하얀 블라우스를 받쳐 입은 파스텔 색의 카디건. 신발은 오랫동안 신어와 발에 딱 맞는 굽 낮은 구두였지만, 반 묶음으로 묶어 올린 머리카락은 바람결에 함함히 휘날리며 달콤한 향기를 풍겼다.

어딜 보나 도시 커플인 두 사람에게서 히말라야에 있을 때의 모습을 발견하기는 어려웠다.

현호가 곁에 와 서자, 무스나 젤을 바르지 않은 그의 머리카락이 흑단 빛으로 사르륵 휘날렸다.

"근데 F1(Formula 1) 경기장에는 왜 온 거예요?"

고백이 있은 바로 이틀 후 현호에게서 걸려온 전화는 놀랍게도 데이트 신청이었다. 그가 고백하기를, 히말라야에 돌아와서부터 계속 전화를 하고 싶었으나 여러모로 문제가 있어서 계속 미뤄왔다고 했다. 그 문제란 탈골된 그의 팔과 아직 팔십 점 수준에서 멈춰 있는 그의 로맨틱 수치였다나. 아영이 워낙 그의 부상에 죄책감을 가지고 있으니 어느 정도 회복이 된 후에 만나려고 했고, 어디 백 점 한번 받아볼까 싶어서 친구에게 그 곡을 부탁해 오고 있었다고 덧붙였다. 엄밀히는 친구가 아니라 친구의 아내에게 부탁한 거였지만.

"그냥. 이런 데는 싫어?"

"아뇨, 나쁘지 않아요. 전 좀 남자 같은 성향이 있나 봐요. 어렸을 때부터 바비 인형이나 소꿉놀이보다 남자애들의 자동차 장난감이 더 부러웠고 격투기 같은 게 더 재미있었어요."

"저런, 절대 주먹다짐 하면 안 되겠는데."

장난기 어린 어조에 아영은 웃고 말았다. 태극권을 계속 연마했으니 무술 실력은 그보다 좋겠지만, 등치랑 힘이 있으니만큼 지지 않을 자신이 있으면서도 그리 말하는 그가 귀여웠던 탓이었다.

「우옷!」

그 순간, 멀리서 재미있어 죽겠다는 듯 들려오는 목소리에 현호는 팍 한숨을 내쉬었다.

「거기 커플, 분위기 좋은데~」

건달들이나 껄렁껄렁 거리며 할 만한 대사에 바로 신아의 질책이 날아들었다.

「눈치없는 놈!」

머지않은 곳에 서 있는 길과 신아는 영락없이 바캉스 차림이었다. 특히 길은 하와이의 에메랄드 빛 해변에서나 입을 법한, 야자수가 큼직하게 그려져 있는 하와이안 셔츠에 면바지를 입은 채라, 선입견이겠지만, 방종한 바람둥이 그 자체였다. 하지만 신아도 크게 차이는 없었다. 본질적인 감정은 덮어두고라도, 뱀과 망구스가 무색하도록 치고받는 사이 주제에 하는 짓은 왜 저리도 같은지 세계의 여덟 번째 미스터리였다.

「제인 핸트키, 너도 마찬가지야.」

이를 바득바득 가는 현호의 말에야 신아는 미안하다는 듯 샐쭉 웃어 보였다. 하지만 길과 별다를 것 없이 능글맞은 기운이 철철 떨어져 내리는 게, 별로 진심은 보이지 않았다.

이제 막 따끈따끈한 연인 사이가 되어 데이트 한번 제대로 해보려는데, 왜 이럴 때만 한마음으로 대동단결하는 건지……. 길과 신아는 연락도 없이 한국으로 온 뒤 두 사람 사이에 쏙 끼어들었다. 한국에 딱히 아는 사람도 없고 심심하다나.

처음에는 현호나 아영이나 둘만의 시간을 가질 생각이었지만, 현호는 '나랑 안 놀아주면 고자 된다!' 라는 둥 헛소리를 지껄이며 떽떽거리는 길에게 질려서, 아영은 '고국에서 외로움만 느끼고 가라구요?' 라고 징징거리는 신아에게 휘말려 어쩔 수가 없었다. 서로 한 명씩 꼬리에 달고 가면서 미안하다고 사과할 생각이었는데, 각자의 뒤에 딸려온 길과 신아를 보고 어찌나 어이가 없었는지.

「길, 하와이안 티셔츠는 대체 왜 입은 거예요?」

비록 대놓고 말하지는 않지만, 현호와 비슷한 심정의 아영은 한숨을 섞어 말했다. 그러자 길은 푸른 눈동자를—지금은 선글라스 때문에 현호의 표현을 빌리자면 통색쯤으로 보이지만—장난스레 빛내며 대답했다. 그것도 보란 듯 양팔까지 활짝 펴 보이며.

「관광 왔다는 느낌이 팍 들지 않아요?」

「촌스러워.」

실제로 그렇기도 했지만, 데이트를 방해한 길에게 현호는 가차 없는 일갈을 날렸다.

「아, 나 일부러 사 입은 옷인데 정말 그래요. 아영?」

길은 확실히 요령이 좋았다. 요령이 좋달까, 방법(?)을 터득하는 게 빠르달까. 아영이 동의만 해주면 현호가 더 이상 뭐라고 하지 않을 거란 걸 눈치 챈 듯했다.

아영은 난감하게 웃었다.

「악취미예요.」

난감하게 웃은 거에 비해 아주 딱 부러지게 비수를 날리긴 했지만.

「하여간 오버를 하니까…….」

「진의 밀짚 모자는 계절과 어울리지 않을뿐더러 자기주장이 지나치게 강해요.」

쯧쯧 혀를 내차며 안쓰럽게 말하던 신아는 아영의 제법 엄한 말에 머쓱하게 입을 다물었다.

「크하핫, 오십보백보라니까!」

허리까지 꺾어가며 킬킬거리는 길을 보고 신아는 시선으로 그를 찢어죽일 것처럼 찌릿 눈을 흘겼다.

「오십 보와 백 보에는 엄밀히 차이가 있다고 말한 게 누구였더라?」

현호는 한 편의 코미디 같은 둘을 보며 고개를 절레절레 내저었다. 그리고 두 사람이 티격태격하는 사이 아영의 어깨를 감싸 다른 쪽으로 이끌었다. 찰거머리 띠인 길과 신아에게서 벗어날 수는 없겠지만, 조금이라도 둘만의 시간을 가지고 싶었다.

「정말 발전이 없는 녀석들이라니까.」

이번에 아영은 진심으로 난감한 듯 웃었다.

길에게 향하는 마음을 어쩌지 못하고 있는 신아. 신아의 마음을 선뜻 받아들이지 못하는 길. 그래서 한때 싸우지도, 마주 보지도 않고 서먹해졌던 둘. 그럼에도 어느 정도 시간이 지나니 그때의 일을 의식적으로 덮어두려는 듯 두 사람의 사이는 원점이었다. 하지만 아영은 왠지 다행이다 싶어졌다. 좋아하는 사람과 말도 섞지 못한다는 게 신아에게는 더 큰 고통일 테니까.

"현호 씨, 차 좋아해요?"

아영은 아직 스파크가 튀어대는 길과 신아에게서 시선을 돌리며 물었다.

"응. 산을 타지 않았으면 레이서가 되는 것도 괜찮았을 정도로."

그러고 보면 차를 운전한지 꽤 되었을 텐데도 현호는 아영을 데리러 몰고 온 차를 아주 능숙히 운전해 보였다. 뭐랄까. 그의 여유로운 느낌이 좀 더 농익어 보였다고 해야 하나. 그래서 여자들이 운전하는 남자에게 매력을 느끼나 싶어지기도 했다. 그런데 산도 그렇고, F1도 그렇고, 어찌 됐거나 그는 집안의 기대와는 전혀 다른 길을 걸을 수밖에 없는 운명이었나 보다.

"현호 씨는 왠지 위험을 즐기는 것 같네요. 산도 그렇고."

산을 타는 것과 마찬가지로, 레이싱도 목숨과 위험을 담보로 그 스릴감을 즐기는 것이 닮았다. 산이 수많은 산악인들의 생명을 거두었듯이, 한 손가락으로 셀 수 없는 숫자의 레이서들이 서킷의 불새로 남지 않았던가. 그렇게 보면 이승과 저승의 경계가 달리 있는 것도 아닌 듯했다.

"살아 있다는 걸 가장 잘 느낄 수 있게 만드는 재료지. 위험이라는 건."

"사는 데 꼭 그런 조미료가 필요해요?"

기실 현호처럼 산에 미쳐 있는 자신이 할 만한 말은 아니겠지만서도.

"음, 조미료라기보다는 그냥 천성인 것 같아. 그런데 지금은 하고 싶어도 불가능해."

아영은 고개를 살짝 갸웃거렸다.

"왜요? 산이 더 좋아서?"

"그렇게 멋진 대답이면 좋겠지만, 레이서는 체격이 작을수록 유리하거든. 좁은 공간의 머신 안에 잘 들어가니까. 사실 키는 좀 커도 상관없는데, 등치가 있으면 매우 곤란하지. F1 드라이버의 평균키는 172㎝ 정도야."

「오, 차 죽이는데!」

그때, 멀리서 어느새 공방을 끝낸 길의 목소리가 들려왔다.

「누런 구렁이, 너 천박하게 말하는 거 어떻게 좀 못해?」

「넌 여자가 그렇게 괄괄하게 굴어야겠냐?」

「해보자는 거냐!」

땡. 제2라운드의 종이 울리는 소리를 들으며 아영은 애써 두 사람의 꽥꽥거리는 목소리를 무시하려는 듯 현호에게만 집중했다.

"그거, 상당히 곤란하겠는걸요. 현호 씨 체격으로는."

현호는 당장 조용히 못하겠냐고 길의 뒷머리를 한 대 때려줄까 심각하게 고민했다. 하지만 말해봤자 뭐 하나 싶어져 아영에게 '그렇지?' 하며 대답하고는, 오색찬란한 레이싱 수트를 입고 있는 사람들이 몰려 있는 스탠드 쪽을 가리켰다.

"저쪽으로 천천히 걸어가 볼까?"


현재 F1 머신은 일반적으로 10기통 3000cc, 출력은 600마력이다. 1980년대에는 터보엔진이 허용되어 6기통 1500cc으로 1000마력을 육박했으나, 성능이 너무 높아져서 안전성에 대한 문제가 자꾸만 불거지며 80년대에 들어서서 터보엔진이 금지되었다. 하지만 보통 차량의 마력이, 차량마다 차이는 있지만, 100마력의 수준에서 상회하는 것을 보면 600마력도 엄청난 성능이 아닐 수 없다.

그 출력으로 바퀴와 마찰하는 서킷에 불길을 일으키며 음속의 속도로 질주하는 것이다. 라스트 스퍼트에 올랐을 때는 머신 안에서도 속도의 압력에 심장이 짓이겨질 것 같다고 하니, 진정 속도광들만 넘볼 수 있는 영역이랄까. 하지만 순식간에 머신과 한 몸이 되어 소실점과 만나는 경계에서 현실을 초월하는 것 같은 느낌은……

"그건 쾌감이지."

아영은 덧붙였다.

"음, 일종의 카타르시스?"

"쾌감과 차이는 뭐야?"

현호와 아영은 어딘지 조금 쓸쓸한 듯도 한 바람의 방향을 역류해 걸었다. 그리고 경기장 좌석 아래쪽에 있는 통로를 한없이 따라 걸으며, 이런저런 이야기를 나누었다.

현호를 만나기 전 아영이 만난 남자들은 대부분 일 관계로 만나 특별한 사이로 발전한 부류라, 나눌 만한 화제가 일 이야기 말고는 없었다. 그래서 그 소재거리가 떨어지면 종종 웃지 못할 시시범범한 분위기가 연출되고는 했는데, 현호와는 전혀 그런 것이 없었다. 이 화제가 끝나면 여자들의 수다처럼 자연스럽게 다른 주제가 등장했고, 쓸데없는 논쟁도 즐겁기만 했다.

"카타르시스는 문학과 심리, 두 가지로 나눌 수가 있죠. 문학에서는 비극을 봄으로써 마음에 쌓여 있던 우울, 불안, 긴장이 해소되는 게 정의잖아요."

"뭐야, 그건. 결국 말하자면 남의 불행을 보고 즐긴다는 것 같은데?"

"현호 씨는 그런 적 없어요? 우울할 때 남이 불행한 걸 보면 난 저 정도는 아니잖아 하는 기분."

"사실 우울할 때야 남이 행복한 것도 보고 싶지는 않지만, 그렇다고 우울의 탈출구를 남의 불행으로 삼는 건 어째 고약하잖아? 그런데 그렇다면 이건 카타르시스랑 별로 관계없지 않아?"

"제가 말하고자 하는 건 심리학적 분야예요. 마음속에 억압된 감정의 응어리를 언어나 행동을 통해서 외부에 표출하면서 정신의 안정을 찾는 거. 뭐, 순수하게 속도를 즐기는 걸 수도 있겠지만요. 하지만 방화를 저지르는 범죄자들을 봐도 일반적으로 순수하게 방화를 즐긴다기보다는 사회나 타인에게 불만을 가지고 그걸 해갈하려는 행동의 표출이잖아요?"

현호는 미묘하게 입매를 끌어올렸다.

"비유가 좀 잘못되지 않았어?"

사실 논점에서 좀 벗어난 것 같기는 하지만 그와 주고받는 대화가 좋아 아영은 베시시 웃었다.

"그런데 무슨 심리학이라도 전공했어? 의외로 잘 알고 있네."

"의외로라니, 그 말의 저의는 뭐예요? 근데 대학 때 심리학 강의만 들어도 충분히 알 수 있는……."

아영은 말을 다 끝맺지 않았다. 이제야 설마하는 가설이 떠오른 탓이었다. 분명 현호는 예전에 히말라야에서 말하길, 수험을 보자마자 짐 싸들고 스페인으로 날았다고 했지? 그럼 대학은?

"왜 또 말을 하다 말아? 그거 안 좋은 버릇인데."

"현호 씨, 대학은 어떻게 했어요?"

대화를 나누는 중에도 조금씩이나마 계속 이어지던 그의 걸음이 멈추었다. 그리고 아영을 내려다보는 눈길이 어쩐지 씁쓸한 감정을 담고 있었다.

"대학 안 나온 남자는 싫어?"

아무리 상대를 사랑해도 사람마다 타협할 수 없는 부분이 있긴 했다. 경란의 예만 들어도 그녀는 남편이 산으로 나도는 것을 결국 용서하지 못했고, 어떤 사람은 그리 죽고 못사는 상대가 식사를 게걸스럽게 하는 걸 보고는 오만정이 다 떨어졌다고 하지 않았던가. 그것은 남이 보면 유별나기도 하다 싶을 만큼 사소한 것일 수도 있고, 제법 그럴듯한 이유일 수도 있었다.

아영에게 학력은 전혀 그런 범위의 일이 아니었다. 어려서부터 일을 시작했기 때문에 아영도 대학에는 그다지 성실하지 못했고, 학력이 그 사람을 대변한다고 생각지는 않았다. 물론 기본 학력은 필수 교양이라지만, 예전에 유행했던 말대로 성적이 행복순은 아니라 믿는 쪽이었다.

"제가 동요하지 않는 척한다고 생각할지도 모르겠지만, 전혀 그렇지는 않아요. 꼭 대학이 그 사람의 지식 수준을 대변하는 것도 아니고 말이에요. 하지만 현호 씨…… 한국 돌아와서도 집에 찾아가지 않았죠?"

현호는 다시 한 번 웃었다. 하지만 왠지 가슴이 먹먹해질 정도로 쓴 웃음이었다.

"스무 살 때 집을 나간 후로 난 그 집 자식이 아니게 되었거든. 어디 사는지도 몰라."

그랬다. 현호의 연락처를 물었을 때, 협회에서 말하길 호텔에 묵고 있다고 하지 않았던가. 그가 남보다 과도하게 이산저산을 전전했던 이유는 돌아갈 곳이 없었기 때문인지도 모른다.

문득 그의 닳아버린 아이젠이 떠올랐다. 그에 아영은 가슴이 알싸하게 쓰려지는 기분이었다.

"원래 살던 곳에 계속 계실지도 모르잖아요."

"홀랑 이사 가버렸다는 데 걸지."

아영은 뒷짐을 진 채 몇 걸음 더 앞서가 그를 바라보았다. 뭉툭한 바람이 다소간 강하게 불어와 두 사람의 옷깃을 훔쳐 갈 듯 흩날렸다.

"저는 현호 씨 집이 어떤지 잘 모르고, 괜한 참견으로 여길지는 모르겠지만, 한 마디만 할게요. 부모와 자식 간은 그렇게 쉬운 관계가 아니라고. 저희 어머니도 기냐 아니냐를 따지면 그다지 좋은 어머니라고는 할 수 없었고, 그런 어머니에게 때론 화도 나고, 섭섭하기도 하고, 멀게만 느껴지기도 했는데…… 결국 부모와 자식이란 그렇더라구요. 가장 가까운 만큼 미우면서도 한없이 유착된 관계."

그때, 성큼 다가온 현호가 뒤에서 든든한 팔로 아영을 왈칵 옭아매었다.

"왜요?"

그 동작이 왠지 필사적으로 느껴져 살짝 그를 바라보자, 햇빛에 비춘 그의 눈동자가 짙은 암갈색으로 일렁이고 있었다.

"너 지금 또 그랬어. 한 걸음 떨어져 있으려는 것처럼 말했지."

아, 괜한 참견으로 여길지는 모르겠지만 이라고 말했던 거?

"애인이라고 해도 어느 정도 선은 지켜야 할 것 같아서요."

솔직담백한 애인이라는 단어가 기분 좋은지 현호는 빙긋이 웃었다. 화사한 미소가 짙어지고, 그의 한쪽 볼가에 존재를 드러낸 보조개가 또 참을 수 없이 귀여워 보였다. 그래서 한 손을 들어 그의 볼을 살포시 쓰다듬어 보았다. 예전에는 만져 보고 싶다는 생각에 그칠 뿐이었다. 하지만 지금은 이렇게 자신의 손을 포근히 그러쥐며 만져 봐도 된다는 듯 허락의 눈빛을 보내줄 거라 믿었기 때문이었다.

두 사람에게 더 붙으라고 말하는 것처럼 불어오는 바람이 따스했다.

"솔직히 말하자면 지나친 참견은 짜증나지만, 향기 너는 좀 더 내 안으로 들어왔으면 좋겠어."

향기. 그의 기분 좋은 저음이 아주 다정히 자신의 이름을 불러줄 때면 정말 향기가 나는 듯했다. 온후한 애정으로 가득한.

"그렇게 허락했다가 제가 집착이라도 해버리면 어떻게 하려고 해요? 저 뒤끝 길어요."

"네 성격에 퍽이나?"

"하지만 평소에는 화내지 않는 사람이 한 번 화나면 더 무섭잖아요. 안 그러던 사람일수록 뒤끝이 길지 아닐지 알 수 없는 거예요. 강철을 달구면 더욱 뜨겁다는 말도 몰라요? 저 의외로 오지랖도 넓어요."

그 말을 끝으로 갑자기 키스가 시작되었다. 길과 신아가 보고 있을지도 모르지만 굳이 누가 시작했다고 할 것도 없이, 가만히 흐르는 시간의 흐름을 따라 동시에 서로의 입술을 음미했다. 어디서건 눈만 마주치면 서로 살갗을 문대는 닭살 커플들이 참 보기 싫었는데, 이제야 그들이 왜 눈이 마주치는 곳에서 튀는 불꽃을 참지 못했는지 알 것 같았다.

아영과 현호는 누가 보든 상관없다는 듯 서로의 온기만을 갈구했다. 입술이 촉촉하게 젖어들고, 그를 바라보는 눈빛도 은밀히 젖어들었다.

이거야 원, 눈꼴 시린 닭살 커플의 전형이네.

"조금 더 나를 욕심내 줘. 내 안에 들어와. 언제든지 환영이니까."

미소가 예쁜 남자. 자신보다 머리 하나는 더 큰 남자를 보고 느낀 거라고는 약간 어폐가 있긴 하지만, 수면에 동심원이 퍼져 가듯 서서히 떠오르는 그 미소가 너무나도 예뻤다. 그리고 아영만은 얼마든지 수용하겠다는 것처럼 활짝 펴주는 그의 품도.

"그럴 거예요. 이제 오지 말라고 해도, 소용없어요."

"설마 그런 말을 할까."

부드럽고도 화려한 물결이 일렁이는 서로의 눈빛을 얼마나 주시했을까. 어디선가 벨소리가 울리기 시작했다. 그저 따르릉 울릴 뿐인 벨소리. 아영의 핸드폰 벨소리는 일본의 파친코 기계 돌아가듯, 여러 비트로 연주되는 음이었기 때문에 아영은 현호를 올려다보았다. 그런데 어째서인지 현호도 아영을 뻔히 바라보기만 했다. 마치 전화 안 받고 뭐 하냐는 듯.

"현호 씨 핸드폰 아니에요?"

"아."

현호는 또 그제야 핸드폰을 기억해 냈다.

주머니에서 주섬주섬 핸드폰을 꺼내 드는 폼이, 제 눈에 안경이라고 이제는 뭐든지 멋있어 보이는 상대라지만, 아영은 조금 우스워 보였다. 그 어수룩한 모습이 귀여워 보이기도 했지만.

"여보세요? 어, 네가 웬일…… 싫어."

현호는 말을 다 들어보지도 않고 명백히 싫다는 내색을 하며 딱 잘랐다. 아영은 의아한 표정을 지었다. 그란 남자야 원래 퉁한 캐릭터라지만, 상대가 누구기에 저렇듯 불쾌한 기색을 감추지 않는 걸까.

현호는 잠시만 기다리라며 손짓해 보이고는 조금 떨어진 곳에 가서 통화했다. 그동안 아영은 난관에 매달려 시험 주행을 계속하고 있는 차를 지켜보다가, 길과 신아 쪽으로 시선을 돌렸다. 머지 않은 곳에 있는 두 사람은 언제 또 제2라운드를 마쳤는지 막역한 친구처럼 함께 환호성을 지르고, 떠들고, 웃고 있었다. 그런 둘을 바라보는 아영의 눈에 따뜻한 빛이 잦아들었다. 그런데 얼마 지나지 않아 현호가 난감한 기색으로 다가오더니, 묵묵히 아영에게 핸드폰을 건네주었다.

아영이 '왜요?' 라는 시선을 보내자 다시 한 번 핸드폰을 내밀어 일단 받아보라 무언으로 말할 뿐이었다. 아영은 순순히 핸드폰을 건네 받아 귓가에 대었다.

[아영 씨, 모처럼의 데이트를 방해해서 미안한데 저희랑 저녁 식사하지 않으실래요?]

청명한 바이올린 음처럼 또랑또랑한 목소리. 전화 상대가 현호의 친구라는 현석의 아내, 바이올리니스트 민낙연이라는 것을 깨닫기까지는 오래 걸리지 않았다.

아영이 눈짓으로 무슨 일이냐고 물었지만 현호는 뜻대로 하라는 듯 자신의 썰렁한 뒷목을 긁적이기만 했다.

"낙연 씨…… 였던가요?"

[네, 민낙연이라고 해요. 현호 오빠한테 말했더니 당장에 싫다는 말부터 날아오네요. 너무해라. 뭐, 둘만 있고 싶은 기분을 이해 못하는 건 아니지만서두요. 현호 오빠 옛날이야기 해줄게요.]

카랑카랑한 목소리가 핸드폰 밖으로도 새어나갔는지, 현호는 다시 아영에게서 핸드폰을 받아 들어 퉁명스레 말했다.

"너 안 바쁘냐? 애들은 어쩌고?"

[하루 정도는 괜찮습니다. 오라버니, 어여쁜 동생의 청을 매몰차게 거절해야 속이 풀리겠어?]

"네가 왜 내 동생이야?"

[나 참, 그럼 친구의 안사람으로서 초대한다고 해두자. 어쨌든 오케이?]

"싫어. 이것들이 왜 남의 데이트를 방해 못해 안달이야?"

[이것들이? 풋, 또 있나 보네.]

가열찬 거절의 말이 나간 순간, 아영의 눈빛이 악동처럼 반짝였다. 분명 현호의 옛날이야기를 해준다고 했겠다?

"현호 씨, 가요."

현호는 핸드폰을 든 채로 어이없다는 눈길을 아영에게 보냈다. 그러자 아영은 그런 그에게 결정타를 날리듯 함박 웃어 보였다. 웃음을 파는 것 같아 미안하면서도, 이렇게까지 하면 그가 절대 거부할 수 없다는 것을 본능적으로 알고 있기 때문이었다.

낙연의 초대를 받아 간 레스토랑은 꼭 외국 영화에서나 볼 법한 곳이었다.

별빛이 은근한 눈빛을 보내는 저녁 시간, 레스토랑의 가운데는 윤기 어린 빛을 발하는 그랜드 피아노가 놓여 있었고, 그 뒤로는 계단형의 단상, 앞에는 단 낮은 무대가 있었다. 보통 단상이 좀 더 높은 자리에 있는데, 이 레스토랑은 오히려 가운데의 무대가 더 낮고 그것을 중심으로 테이블들이 좀 더 높은 위치에 있는 구조였다.

아영은 지극히 클래식한 느낌의 레스토랑을 신기한 듯 둘러보다가, 끊임없이 툴툴거리는 목소리에 곁에 선 현호를 바라보았다.

"그만 좀 툴툴거려요."

"일분일초가 아까운데 길 녀석과 신아에게도 모자라 왜 걔들한테 시간을 할애해 줘야 하는 거야."

"이미 초대에 응했으니까 오늘은 그만 포기해요."

그러면서도 현호는, 과장 보태서, 억만년 만에 입어보는 듯한 정장이 못내 불편한지 어깨 부분을 만지작거렸다.

꼭 정장을 입고 와야 하는 곳이니까 낙연이 오늘만 죽었다 치고

번듯하게 차려입고 오라고 어찌나 신신당부를 하던지. 그녀도 현
호가 평소에 어떻게 하고 다니는지 잘 알고 있는 모양이었다. 그
래도 현호는 끝내 넥타이만은 메지 않았지만, 그는 넥타이 기피증
이 있으니 그것만은 이해해 주기로 했다.

길과 신아는 어쩔 수 없이 돌려보냈다. 다른 약속이 있다고 말
하자 불만 가득한 얼굴로 한 마음이 되어 '에에에' 소리를 내는 모
습들이란. 아무리 산과 함께 살아와 본래 나이보다 순박(?)하다지
만, 둘의 그 모습은 정말 더도 말고 덜도 말고 딱 열 살짜리의 것
이었다. 하지만 아영이 신아를 끌고 다른 쪽으로 가서 '이건 기회
잖아요. 길을 꼬셔서 데이트라도 해요'라고 말하자, 신아는 활짝
핀 얼굴로 당장 현호에게 잘 가라 손을 흔들었다. 게다가 여전히
수긍 못하고 절대 못 간다며 억지 부리는 길의 복부에 주먹도 한
방 먹여주었다. 기습공격에 사레까지 들려 죽을 듯이 콜록거리는
길이 안쓰럽긴 했지만, 아영은 이때다 싶어 얼른 현호의 팔을 잡
고 날랐다. 그때, 아영에게 끌려가며 현호는 얼떨떨하게 한마디
했다.


"의외로 행동력 죽여주네."


"아영 씨! 현호 오빠."

입구와 머지않은 곳에 이미 먼저 와 있는 낙연과 현석이 보였
다. 낙연은 지나치게 호화롭지 않으면서도 이런 곳과 잘 융화되는
원피스를, 현석은 현호와 달리 넥타이까지 똑바로 맨 양복 차림이

었다. 자동차 대기업인 K자동차의 경영기획 부장을 맡고 있다는 현석은 양복을 입고 자도 될 정도로 편안해 보였다.

현석은 아영과 눈이 마주치자 다소 서늘한 느낌의 눈매를 풀며 목례로 살짝 인사해 주었다.

"일현이랑 아현이가 불쌍하다. 허구한 날 둘이 놀러 다니는 부모를 부모라고……."

일현과 아현은 낙연, 현석 부부의 아들, 딸이었다.

"누가 들으면 오해해요. 오라버니. 정말 매일 떼어놓고 다니는 줄 안다고."

"아니었냐?"

"지현호, 낙연이한테 왜 그래? 수틀리면 월담하다 걸려서 벌로 여학생들 반을 차례대로 순회했다는 거 말한다."

아내를 싸고 돌며 불쑥 끼어드는 친구의 말에 현호의 한쪽 눈썹이 활처럼 휘었다.

"넌 수업시간에 졸다가 여학생들 반 순회했잖아?"

서로의 치부를 하나씩 밝혀 버린 두 친구는 동시에 말했다.

"에이즈."

"에이즈."

뜬금없이 병명을 말하는 두 남자에게 두 여자는 의아한 시선을 보냈다. 그러자 두 남자는 서로끼리만 통하는 이야기에 피식 웃더니 그 뜻을 밝혔다.

"남학생들이 잘못만 하면 여학생들 반에 돌리는 걸 벌이라고 주는 선생님이 있었거든. 별명이 에이즈였고."

"걸리면 죽는다는 거였지."

"일단 물면 절대 안 놓는다고 해서 피라냐나 불독이라는 별명도 있었고."

"꽤 나이가 있으신 분이었는데 아직 정정하시려나?"

모진 선생님들의 별명은 어느 학교나 다 비슷한 것이라, 아영은 피식 웃으며 물었다.

"남녀공학이었나 봐요?"

"공학은 공학이었는데 남학생 반이랑 여학생 반이 갈려 있었지."

그러고 나서야 아영은 두 사람과 인사를 나눌 수 있었다.

"반가워요. 아영 씨, 모델 맞으시죠? 저번에 바(Bar)에서 봤을 때는 미처 몰랐는데, 모델에서 등반가로 전향하셨다면서요? 현호 오빠는 히말라야에서 만났나 봐요?"

"네, 같이 등정하면서 만났어요."

낙연은 차분하게 웃음 짓는 아영을 보며 상당히 단정한 느낌의 여자라 생각했다. 아영도 자신만큼이나 경쟁이 불가피한 세계에서 살아와 그런지 어딘가 본능적으로 벽을 두는 느낌은 있었으나, 성인 여자 특유의 침착함이 호감을 주었다. 기실 인상은 조금 신경질적으로 보이기도 했지만, 보이는 대로의 성격이 아니라는 것도 금방 눈치 챌 수 있었다.

문득 아영이 물었다.

"두 분은 어떻게 만나셨어요?"

낙연의 나이는 현석보다는 무려 아홉 살이나 어리고 아영과 비교해도 네 살 어린 스물다섯이었다. 하지만 일단 만나기를 연인의 친구의 안사람으로 만났으니 존댓말을 하는데 거부감이 들지도, 어색함이 느껴지지도 않았다.

낙연과 현석은 잠시 미묘한 눈길을 교환했다.

"저희는 그다지 좋지 않게 만났어요. 제가 육교에서 떨어지는 걸 남편이 받아줬거든요."

"나름 로맨틱하네요."

맞장구쳐 주는 아영의 말에 낙연은 소리 높여 명랑하게 웃었다.

"그런데 제 팔꿈치가 남편의 갈비뼈에 작렬해서 남편은 전치 일 개월 판정을 받았었는걸요. 그땐 아주 죽이네 살리네 이를 아득아득 갈던걸요."

현석은 헛기침 몇 번과 함께 물을 삼켰다.

"그렇게 치면 저희도 그다지 좋지 않은 첫인상이었어요. 호텔에서 방을 안내해 준 사람이 방을 잘못 안내해 줘서, 현호 씨가 허리에 수건 한 장만 두른 채 샤워실에서 나오다가 저랑 마주쳤거든요."

현석은 물을 마시다 말고 '풋' 하는 소리를 흘렸고, 낙연은 노골적으로 '푸하핫' 소리를 내며 웃었다. 이번에는 현호가 어색하게 물을 마실 차례였다.

"카라쿰이 찾는 소리에 급한 대로 걸치고 나왔던 것뿐이지……."

"누가 볼 거라는 생각은 안 했어요?"

"전라도 아니었구만."

"그래도 그때 엄청 놀랐다구요."

"아아, 어찌나 소리를 새되게 지르던지 귀가 다 아프던데."

종내에는 고집스러운 입매를 말아 올려 성격 나빠 보이게 웃는 현호의 모습에 아영은 그의 다리를 툭 쳤다. 그런 둘을 지켜본 현석은 평생 혼자 산만 타고 다닐 것 같았던 친구의 변화가 싫지 않다는 듯 미미하게 웃었다.

"아."

식사를 끝내고 디저트로 나오는 차를 마시고 있던 도중, 갑자기 낙연이 외마디를 흘렸다. 그리고는 무슨 생각을 하는지, 막 찻잔을 내려놓는 자신의 남편을 바라보며 눈을 반짝였다.

"여보야."

아영은 조금 놀란 듯 낙연을 바라보았다. 어린 나이에 결혼을 해서 그런지 낙연은 현석을 '오빠'라고 칭했는데, 지금은 아주 달착지근한 어조로 다소 낯간지러운 호칭을 사용했기 때문이었다. 하지만 남편을 바라보는 낙연의 애정 어린 눈빛 덕분인지, 망설임 없이 그리 부를 수 있다는 게 조금 부러운 것도 같았다. 그러나 정작 현석은 과도할 정도로 기대감 넘치는 아내의 눈빛을 마주하고 일순 그답지 않게 송골이 모연해졌다. 이유인즉.

"그거 하자."

아내가 저런 식으로 자신을 부를 때는 부탁할 게 있어 그러는 것을 아는 까닭이었다. 게다가 불분명한 주어가 뜻하는 바를 단번에 눈치 챈 현석은 등허리에 땀까지 주르륵 흐르는 기분이었다.

"꼭 그걸 여기서……."

"해야겠어."

현석이 곤란 색이 역력한 얼굴로 모호하게 웃자, 아영은 무슨 일이기에 그가 저리도 꺼려하는 건가 싶어졌다.

"나 지금 오빠한테 죽으라고 하는 거 아니거든? 오히려 내가 부탁하는 건데 안 된단 말이야?"

현석은 끙끙거리기까지 하며 한참을 고민하더니, 결국 자리에서 일어났다. 낙연은 그럴 거면서 뭐 하러 괜한 반항을 했냐는 듯 승리자 특유의 만면 가득한 웃음을 지어 보였다.

현석은 낙연에게 손을 내밀며 피로 색 짙은 한숨을 내쉬었다.

"예술가의 남편 된 남자의 고뇌랄까."

현호는 무슨 뜬구름 잡는 소리냐는 얼굴로 둘을 짐짓 여유롭게 쳐다보다가, 얼마 후에 어처구니없다는 어조로 중얼거렸다.

"그게 아니라 사랑에 미친 중병 1호 환자겠지."

하지만 역시 두 사람의 행동을 지켜보고 있던 아영에게서 나온 말은 현호로서는 전혀 반갑지 않은 것이었다.

"좋아 보이는데 왜요."

그도 그럴 것이, 무대로 나가기 전에 낙연이 웨이터를 불러 주문한 게 춤을 출 곡명이었는지, 두 사람이 무대에 서자 아주 잔잔하게 연주되던 음악이 다른 곡으로 바뀌었다. 그리고 두 사람은 서로에게 살짝 인사하고 춤을 추기 시작했다. 왈츠를 추듯 경쾌하게, 탱고를 추듯 조금은 느른하게.

현호는 아영의 말에 왠지 모를 위기감이 들었는지, 두 사람을 잘 논다는 듯이 쳐다보며 불만족스럽게 한마디 했다.

"저 녀석은 원래 음악과는 몇만 광년쯤 떨어져 살았는데, 낙연이가 바이올리니스트라 그런지 가끔 저렇게 나사 하나 빠진 짓을 한다니까."

"나사가 빠지다니, 넘겨 들을 수 없는 말인데요."

현석을 두둔하는 연인의 말에 현호는 미간이 찡그려졌다.

"너 그 말은……."

"아내를 위해 부끄러움도 희생하는 저 정신, 경건하기까지 하지 않아요? 현호 씨는 기본이 안 되어 있어요. 기본이."

"또 그 로맨틱 타령이라면……."

"시끄러워요."

헛, 제법 날카로운 아영의 어조에 현호는 반박할 말도 잊어버리고 말았다.

두 사람의 작은 유희를 위해 연주되는 곡은 아영도 잘 알고 있었다. Por una cabeza. 영화 '여인의 향기'에 OST로 나왔던 곡이라, 다른 사람들도 제목은 몰라도 음을 들으면 '아, 이 음악!' 하고 깨달음의 탄성을 터트리곤 했다. 시각장애인 '프렝크 슬래드'와 온화한 캐러멜 색의 머리카락을 가진 여배우가 레스토랑에서 탱고를 출 때 흘러나왔던 곡.

아, 그러고 보니 프렝크 슬레드를 위해 마련되었던 레스토랑도 꼭 이런 느낌이었다.

처음에는 신사가 숙녀에게 댄스 한 곡을 청하는 것처럼 조금은 장난스러우면서도 진지하고, 명쾌한 곡조. 그리고 음은 점차 리드미컬하게. 탱고의 발상지, 부에노스아이레스의 정경을 보여주듯 음악은 정열적인 리듬을 타기 시작했다. 마치 세계적인 무역항의 상기된 분주함과 명랑함을 그대로 내보이는 듯했다.

"저런 것도 백 점의 로맨틱이에요."

"네 로맨틱이란 건 정말 어렵다니까?"

결혼을 해서 애도 둘이나 있는 데다가, 나이 차는 무려 아홉 살이나 나지만 현석과 낙연은 마치 친구 같았다. 처음에는 영 떨떠름한 기색이었던 현석도 봄을 알리는 나비처럼 경쾌한 아내를 보더니 차가운 얼굴을 풀며 웃고 있었다.

저런 것이 결혼이라면, 참 좋을 것 같았다.

기실 아영은 결혼에 필요한 건 활활 타오르는 열정적인 사랑이 아니라, 숨을 쉴 수 있는 공기라고 믿는 쪽이었다. 그리고 로맨틱이란 건 환상일 따름이고, 결혼은 명백한 현실이라는 것을 모를 정도로 어리지는 않았다.

물론 두 사람도 현실적으로 부딪치는 부분이 있을 것이고, 때론 서로에게 섭섭하다든지 불쾌한 점도 있을 것이다. 하지만 사람의 삶에는 각자의 색채가 있듯, 저런 고운 빛의 색채가 나는 관계라면……

으음, 연애 초기에 할 만한 생각은 아니잖아.

그때, 마침 한 춤 멋지게 뽑은 두 사람이 다른 손님들의 박수 소리를 뒤로하고 자리로 돌아왔다. 중간에는 저도 모르게 빠져서 추긴 했지만, 현석은 영 친구의 얼굴을 보기가 민망한 얼굴이었다. 현호는 그것을 눈치 채고 '요것 봐라' 하는 식의 눈빛을 보냈다.

"두 사람도 추지 그래요? 여기서는 흔히 하는 거라 아무도 신경

안 써요."

한참 몸을 움직여서 더운지 낙연이 냉수를 들이키며 권하자, 아영은 깜짝 놀라 고개를 내저었다.

"아뇨."

현호가 아영의 눈치를 살피듯 넌지시 물었다.

"추고 싶어?"

아까만 해도 나사가 빠졌느니 뭐가 어쨌느니 영 마뜩찮게 굴더니, 추고만 싶다면 해줄 것 같은 어투라 아영은 의외라는 눈으로 그를 보았다. 그러자 현호는 아영의 눈빛이 의미하는 바를 알아챘는지 그제야 조금 미안하다는 듯 웃었다.

"추고 싶다면 미안한데, 난 전혀 출 줄 몰라서."

아영은 웃고 말았다.

"바라지도 않았어요."

"허어, 또 자존심을 건드리네."

손으로 펄럭펄럭 부채질을 하던 낙연은 그런 두 사람을 물끄러미 보다가, 당차게 벌떡 일어나서는 아영의 손을 잡아끌었다.

"남자가 협조를 안 해준다니 어쩌겠어요? 제가 아영 씨를 슬쩍 해 버려야지."

"네?"

"어이, 민낙연?"

낙연은 자신을 제외한 세 사람이 황당한 눈을 하거나 말거나 막무가내로 아영을 끌어당겨 무대로 나갔다. 그리고는 아영의 손을 직접 자신의 어깨에 얹어주며, 바이올린의 현을 연주하는 손으로 슬며시 아영의 허리를 안았다.

"보통 리드하는 쪽이 남자니까, 제가 키는 더 작지만 남자 역 할 게요. 오옷, 이거 금단에 도전하는 기분이라 흥미진진한데요."

아영은 낙연의 악동 같은 눈을 보며 풋 웃고 말았다.

연주단도 여자 둘이 무대로 나오자 조금 당황한 눈치였지만, 이 내 두 사람 사이에 흐르는 웃음을 보고는 다시 'Por una cabeza' 를 연주하기 시작했다.

주변 시선이 신경 쓰이던 아영도 곧 짙어진 미소와 함께 낙연을 따라 몸을 움직였다. 처음 춰보는 스텝에 잠깐 낙연의 발을 밟기 도 했지만, 그녀는 처음엔 다 그런 거라고, 현석도 배울 때는 자신 의 발을 무진 밟아댔다고 웃으며 알려주었다.

자리에 남은 두 남자는 낙연의 기행을 하루이틀 보는 게 아니면 서도, 수면처럼 차분해 보였던 아영마저 그 기행에 동조하자 황당 하다는 빛을 감추기가 힘들었다. 하나, 곧 명랑한 웃음을 공유하며 장난하듯 춤추는 두 여자를 보니 중병 환자들의 웃음이 피어났다.

"산이 애인이네 헛소리하던 너도 네가 말하는 중병 환자 대열 에 합류했구나."

현석의 말에 현호는 자신이 그런 말을 한 적이 있었던가 하며 옅게 웃었다.

"왠지 알 것 같긴 하지만, 어디에 반한 거야?"

"네가 향기의 매력을 알아서는 곤란한 거 아냐?"

"향기? 애칭 한번."

긍정적인 변화를 맞은 친구가 대견하긴 했지만, 너무 급작스러운 변화는 적응되지 않기 마련이라 현석은 놀리듯 말했다.

"이상한 오해하지 마라. 본명이 박향기야. 진아영은 가명이고. 너도 박 선생님 알지?"

"아, 얼마 전에 돌아가신 네 은사 분?"

"그분 딸이야."

현석은 작게 '헤에' 하는 소리를 흘렸다.

"하늘에서 노발대발하시겠는데. 이런 소도둑놈 같으니 하면서."

"소도둑놈은 너지. 아홉 살이나 어린 파릇파릇한 새싹을 홀랑 낚아채 장가들어 버렸으니."

"그 소린 다른 데서도 신물 나게 들으니까 너까지 보태지 마라. 골치 아프다."

"그러게."

현호와 달리 헤비 스모커인 현석은 담배가 생각나는지 버릇처럼 입술을 한 번 쓸었다. 하지만 지독하게 제 건강을 챙기는 현호의 앞에서 담배를 피우면 바로 간접 흡연이 어쩌고 하는, 진짜 마누라인 낙연도 하지 않는 바가지를 긁을 게 분명하기 때문에 자제하기로 했다. 이 레스토랑 자체가 금연이기도 했지만.

"음, 그래도 낙연이가 아니면 안 된다는 기분이었다."

"아아, 중증이지."

선선히 동의를 표하는 현호의 말에 현석은 이 녀석도 완전히 중병 환자 다 되었군 싶어졌다.

현석은 조금 자조적으로 중얼거렸다.

"금기에 도전한 남자들이로군."

"비약이 심하시군."

"말이 그렇다는 거지. 난 아홉 살 어린 여자, 넌 은사 분의 딸. 유유상종이다."

"음, 그분 성격을 보면 허허 웃으면서 너희가 좋으면 좋은 거겠지 하실 분인데?"

현호는 잠시 어느새 남자 역할을 하며 춤추고 있는 아영을 바라보았다. 치맛자락이 앙증맞은 무릎을 감질나게 감추었다 내보였다 하며 율동적으로 팔락거렸다.

"티티카카 같았어."

조금 멍한 듯 들려오는 현호의 말에 현석은 턱을 괴고 의아하게 말했다.

"세계에서 가장 높은 곳에 있는 호수 말이야?"

"처음 본 눈동자가 맑고 찬란했어. 참 예쁘더라고."

현석은 어이없다는 표정을 짓더니 이내 피식 웃어버렸다. 자신은 낙연에게 뭐라고 했던가. 화려하게 밝아오기 위해 준비하고 있을 뿐인 새벽이라 이야기하지 않았던가. 실로 유유상종이었다.

"축하한다. 중병 환자 2호."

그때, 한참 발걸음을 엮으며 춤추던 낙연과 아영 쪽에서 큰 웃음이 낭랑하게 울려 퍼졌다. 뭔가 싶어 고개 돌리자, 아영이 또 낙연의 발을 밟아버렸는지, 두 여자는 못내 우스운 듯 까르륵 웃고 있었다. 그런 둘을 바라보는 남자들의 눈빛은 한없이 다정했다.

제15장

잠깐 입술을 뗀 두 사람은 서로의 피부를 보듬으며 가만히 웃음 지었다. 뇌까지 침범한 술기운 때문인지, 그저 행복한 가슴에서 오는 웃음 때문인지, 그저 마냥 좋았다. 그래서 두 사람은 뱀이 허물을 벗듯이 하나하나 서로의 옷을 벗어가며 옷이 하나 몸을 벗어날 때마다 살갗을 접촉하고, 두 번째 옷이 벗어나면 입술을 부비고 또 미소 지었다. 그의 손길이 머리카락을 사르륵 쓸어 넘겨주는 느낌도 좋고, 손바닥에 쓸리는 단단한 피부의 느낌도 좋았다.

침대로 가기도 전에 반 전라가 된 아영과 현호는 방 가운데서 서로를 끌어안고 다정한 기분을 탐닉했다.

"오늘 즐거웠어요."

아영은 등 뒤로 돌아온 현호의 손이 브래지어 후크를 제법 능숙하게 풀어내는 것을 느끼며 한껏 웃음을 섞어 속삭였다.

"즐거웠어?"

현호는 보기보다 퍽이나 풍만한 아영의 가슴을 감싸 쥐었다. 손 안에 묵직하게 들어맞는 무게와 보드라운 살결이 미치도록 황홀했다.

"네. 현호 씨 고등학교 때 이야기도 재미있었어요."

아영은 대답을 하면서도 현호의 손길을 더 간절히 바라듯 그의 어깨를 감싸 안았다.

"아, 별로 들려주고 싶지 않은 이야기였는데."

이제 현호의 손은 하의까지 침입해 들어오고 있었다. 가녀린 목 줄기를 가늠하듯 한 번 쓰다듬고, 오롯이 솟아 먹음직스럽기까지 한 가슴을 거쳐, 납작하고 깨끗한 배를 지나, 달콤한 습지를 감춘 작은 천 조각 안으로 파고들었다.

다소 까슬까슬한 수풀을 장난치듯 어루만지는 손길에 아영은 환희 어린 신음을 한번 토해내고 킥킥 웃었다.

"제일 기억에 남는 이야기는요. 음…… 현호 씨가 학교 옥상에서 밧줄 타고 삼층으로 내려가려고 하다가 삐끗해서 떨어졌던 이야기예요."

현호는 현석이 국가기밀이라도 된다는 양 비밀스럽게 풀어놓은 고교 시절의 추억 하나를 상기하며 피식 웃음을 흘렸다. 목덜미를 지분거리고 있는 입술에서 흘러나온 숨결은 이미 뜨겁게 달아올라 있었다.

"진짜 별의별 짓 다 했었지."

"아무리 이층에서 잠깐 멈추고 떨어졌다고 해도 골절상 하나 없었다면서요? 그때부터 통뼈였나 봐요?"

"그때 뼈가 약해져서 네 무게에도 탈골된 거 아냐?"

현호가 농담을 섞어 지나가는 식으로 말해주었기에, 아영은 갑작스레 밀려드는 죄책감에 시달리지 않아도 되었다. 대신 아영도 농담조로 대답했다.

"무게에도라뇨. 사람이 얼마나 무거운데요."

"어디 볼까?"

그러더니 현호는 마당쇠가 제 힘 자랑하듯 아영을 번쩍 들어올렸다. 그것도 심지어 좋게 말해 로망이고 나쁘게 말해 유치하기 짝이 없는 공주님 안기 자세로.

뒷목에 손을 밀어 넣고 허리를 들어올리기에 뭘 하려나 싶었는데, 반항할 새도 없이 허공에 몸이 붕 뜬 아영은 거의 비명을 내지르고 허겁지겁 현호의 목을 감싸 안았다. 처음에는 떨어지기라도 할까 봐 걱정부터 와락 들었지만, 제법 안정된 자세로 자신을 침대에 내려놓는 현호를 보니 웃음부터 났다.

"완전 삼손이네."

현호는 아영을 밀어 넘어뜨렸다. 그 김에 길게 풀어헤쳐진 아영의 머리카락이 공중에서 선회하듯 가득 흩날렸다.

"그럼 넌 데릴라야?"

웃음 섞인 현호의 말에 아영은 소리 높여 웃었다.

"데릴라는 삼손의 애인이었지만 삼손의 힘의 원천인 머리카락을 잘라 배신했잖아요. 데릴라 안 할래요."

"뭘, 어떻게 보면 맞는 의미구만. 내 수염을 밀어내게 했잖아."

아영은 뱃속에서부터 폭발하는 웃음을 참기가 힘들어 거의 뒹굴며 웃었다. 아, 이렇게 목이 아프도록 웃어본 게 또 언제였더라.

"그래서 힘이 사라졌어요?"

아영은 와락 현호를 끌어당기며 은근하게 물었다. 의심할 바 없이 뚜렷한 유혹의 몸짓.

현호는 능글맞게 씩 웃었다. 이 남자 보게.

"설마, 펄펄 끓어 넘치지."

"아, 너무 넘치면 제가 곤란해요."

"토끼인 것보다야 낫잖아?"

"토끼가 또 지구력 하나는 끝내주죠. 그런데 자신이 그렇지 않다고 남의 상처를 후벼 파는 말은……."

"그런 말이 아니지."

그런데 그때, 아영은 손을 뻗다가 실수로 침대 옆 탁자 위에 놓인 잡지를 쳐 떨어뜨려 버렸다. 얼른 일어나 주우려고 하자, 현호는 집중하라는 듯 그녀를 잘록한 허리를 끌어당겼다. 하지만 이미 그 잡지가 아영의 손에 잡히고 난 뒤였다.

"어? 이거?"

아영은 왠지 낯익은 잡지에 의구심이 들어 페이지를 넘겨보았다. 파라락, 잡지의 종이들이 일률적인 소리를 내며 넘어가고 나타난 얼굴에 아영은 작게 숨을 들이켰다. 하고 많은 페이지 중에 하필이면 딱 그 페이지가 펴진 이유는 현호가 보다가 표시해 둔

듯 접힌 자국이 있었기 때문이었다.

"엇."

현호는 짐짓 당황한 듯 잡지를 뺏어들려고 했지만, 아영이 입매를 늘어뜨려 웃은 게 먼저였다.

"뭐 이런 걸 찾아보고 그래요?"

그것은 모델을 그만두기 얼마 전에 찍은 청바지 광고였다. 함께 광고를 찍은 남자 모델이 자꾸만 작업을 걸어서 곤란했던 기억이 같이 되살아났다.

현호는 서점에서 보고 분노의 불길에 사로잡히긴 했지만, 결국 사버린 잡지를 낚아채듯 빼앗아 원래 자리로 되돌리려고 조금 더 몸을 밀어 올렸다.

"모델인 너는 어떤 얼굴을 하고 있는지 궁금해서 찾아봤는데, 이런 광고를 찍었겠다?"

"일일 뿐이었어요."

아무래도 그 남자 모델이 작업을 걸었다는 건 이야기하지 않는 편이 나을 듯했다.

"그래도 말이야."

현호가 몸을 일으키며 그의 잘 익은 금빛 가슴이 시야를 가득 메우자, 아영은 무의식중에 손을 뻗어 팽팽하게 당겨 올라간 가슴 근육을 매만졌다. 현호는 잡지를 되돌려 놓고 아영을 내려다보았다. 남자의 강인한 등을 훑어 내리는 은연한 역광에 비춘 얼굴은 어린 악동처럼 장난기 어린 듯했고, 성적인 매력을 아낌없이 발산하는 남자 그 자체인 듯도 했다.

"그런데 저걸 보니⋯⋯."

"보니?"

여자의 손길은 여전히 멈추지 않고 남자의 굳건한 가슴을 쓰다듬고 내려가, 검은 유두를 감질나게 스쳤다.

"잡지를 보고 자위하는 남자들의 마음을 알 것 같더군."

어이가 없어진 아영은 씩 웃고 있는 현호를 올려다보았다. 하지만 늘 심드렁하던 그가 새롭게 보이는 탓인지, 신기하게 거산 같은 남자가 귀여워져 곧 저도 모르게 낮은 웃음이 새어나왔다. 그러자 현호는 웃지 말라는 듯 또 아영의 코를 살짝 꼬집었다.

"뭐예요. 그 잡지란 거 보통은 플레이보이쯤 아니에요?"

"잡지는 잡지잖아?"

"그건⋯⋯."

삼천포행 열차를 타려고 하는 아영의 집중력을 되돌리려는 듯, 현호는 봉긋 위로 솟아 있는 그녀의 양 가슴을 포옥 손 안에 담아 가두었다.

모델은 가슴이 빈약해야 옷태가 더 사는 법이라, 제법 살집 두툼한 가슴을 그다지 좋아하지 않았는데 성찬(聖餐)을 받는 것처럼 행동하는 현호를 보니 아영은 왠지 뿌듯해졌다.

현호는 몰캉몰캉한 가슴을 가볍게 주무르며 야무진 유두를 살짝 입 안에 머금었다. 그러자 아영의 긴 다리가 그의 허리에 자연스럽게 휘감겨 왔다. 그래서 이로 깨물고 혓바닥으로 한 그득 핥아 올리며 자극하자 길게 흘러나오는 신음이 심장에 불길을 일으켰다.

괜스레 조급해진 마음에, 바위처럼 단단한 허벅지 사이에 더 단단하게 솟은 남성을 아영의 은밀한 부위에 밀어붙였다. 아영은 뜨거운 남근이 밀고 들어오는 느낌에, 현호는 여린 부분을 꽉 죄어오는 탄성을 느끼고 앓는 소리를 내었다. 단순한 육체의 자극 때문만은 아니었다.

내 사람이라고 자신있게 말할 수 있는 내 여자가 온 가슴으로 자신을 받아들이며 방문을 환영하는 느낌. 아니, 원래부터 하나였던 것이 잠시 두 개로 갈리었다가 다시 하나로 접합되는 느낌. 이런 걸 정신적인 포만감이라고 해야 하는 걸까?

사랑. 사랑이라는 구태의연한 것 때문인가. 현호는 자신의 상태가 정말 중증이다 싶어졌다.

"현호 씨, 조금만 천천히……."

"새삼? 아파?"

자신을 몇 번이나 받아들였으면서 영 익숙지 않아 보이는 아영에게 현호는 물었다.

"처음에는 멋모르고 받아들였지만, 솔직히 현호 씨 거 너무 커요. 벅차다구요."

피식 웃은 현호가 좀 더 진중히 밀고 들어오는 느낌에 아영은 신음했다. 여성이 한계까지 벌어지는 느낌이었다. 하지만 곧 아영은 그의 우거진 머리카락을 헤집으며 튼실한 목을 더욱 끌어안았다. 그를 열렬히 환영하듯.

피스톤 운동이 시작되자 그에게 호흡을 맞추며 숨을 몰아쉬던 아영의 머릿속에 번뜩한 깨달음이 스쳤다. 이런 상황에서 좀 생뚱

맞긴 하지만.

"아, 현호 씨 혹시 예전에 친구의 아내가 떠오른다고 했던 말, 그거 낙연 씨를 말하는 거였어요?"

"으응?"

현호는 쾌락에 들떠 혼탁해진 눈으로 아영을 내려다보았다. 그 눈에는 후터분할 정도로 온도 높은 열기가 가득했다.

"왜…… 그, 뭐였더라……."

아영은 머릿속을 부옇게 만드는 쾌락에 더듬더듬 할 말을 찾았다.

"파키스탄에서 히잡을 사면서…… 친구의 아내가 떠오른다고……."

"어? 어어. 맞아."

아, 확실히 모 아니면 도, 딱 부러지는 낙연은 선선히 자신의 잘못을 인정할 줄 아는 성격으로 보였다.

현호는 불만이 그득한 목소리로 으르렁거렸다.

"박향기. 정말 집중 안 할래?"

"풋, 미안해요."

아영은 사과의 뜻으로 그의 허리에 둘러진 다리를 더욱 옭아매며 그를 자신의 깊은 곳으로 받아들였다. 두 사람의 환희 어린 음성이 물결친 시트 위로 부서져 내렸다. 그렇게 열락의 밤이 깊어가…… 는 듯했으나, 세 번째 섹스가 시작될 쯤에 울부짖는 남자로부터 전화 한 통을 받기는 했다.

―「감히 날 행키 뱅키에게 팔아넘겼겠다…… 내가 오늘 온 서

울 곳곳에 끌려 다니며 얼마나 욕봤는지 알아? 네가 내 아픔을 아냐고! 에잇, 고자 되는 저주를 내려 버리겠…….」

철컥, 물론 현호는 말이 끝나기도 전에 모질게 전화를 끊어버리고 다시 아영에게 돌아왔지만 말이다.

알아주는 이 하나 없어 슬픈 그 이름, 길버트 버틀러라.


세상 위로 새벽 여신의 푸른 베일이 드리워질 때까지 밤새 아영과 침대에서 뒹군 현호는 잠이 부족한 듯 긴 하품을 내뱉었다. 그와 사랑을 나눌 때는 시간이 어찌 가는지도 몰랐지만, 아영도 잠이 부족하기는 마찬가지였기에 그가 하품을 끝내자마자 저도 모르게 쩍 하품이 나왔다. 하품에는 전염성이 있다는데 과연.

현호는 그런 아영을 보며 어린 악동처럼 키들키들 웃었다.

호텔의 엘리베이터가 일층에 닿아 소리도 없이 스르륵 열리자, 아영은 현호에게 말했다.

"바래다줄 필요 없어요. 잠도 부족할 텐데 올라가서 좀 더 자요."

현호는 당치도 않다며 반박했다.

"차도 있는데 뭐 하러 전철 타고 가? 바래다줄게."

"졸음 운전은 사고의 지름길. 그것도 몰라요?"

"거창도 하시지."

"거창이 아니라 사고는 예고하고 찾아오는 게 아니라구요. 전철 타고 졸다 보면 집에 금방이에요."

현호는 그런 고지식한 태도는 귀엽지 않다는 듯 아영의 코를 살짝 꼬집었다.

"됐네요. 이 아가씨야."

"또또 코 꼬집는다. 못살아."

둘이 바래다주네 마네 하며 그 로비를 가로질러 입구 쪽으로 다
가가는데, 마침 입구의 회전문을 통해 들어온 여자가 급한 몸짓으
로 두 사람을 스쳐 지나갔다. 아영과 현호는 두 사람의 이야기에
만 정신이 팔려, 그 여자가 가다 말고 놀란 듯 걸음을 멈춰 세우는
것도 알지 못했다. 두 사람이 의아하게 고개를 돌린 것은 그 여자
가 급하게 뛰어와 현호를 와락 돌려 세웠을 때였다.

"이봐요!"

얼마나 다급한 부름이었는지, 단번에 시선이 돌아가게 만든 목
소리가 꽤나 히스테릭하게 들렸다.

한눈에 보기에도 꽤 비싸 보이는 옷을 단정하게 차려입은 여자
는 왠지 낯이 익은 얼굴이었다. 이미지 차이는 분명 있었지만, 서
늘하게 찢어진 눈매라든지 여자치고는 이목구비가 진한 얼굴 생
김이라든지 고집있어 보이는 표정 등이 누군가를 굉장히 떠올리
게 했다.

아영은 설마하는 여자의 얼굴을 보자마자, 그녀의 생김새가 지
금 바로 곁에 서 있는 남자와 무척 닮았다는 것을 깨달았다.

"현호…… 설마 현호니? 너, 현호 맞지?"

뜻하지 않은 곳에서 그토록 그리워하던 인물을 만난 여자의 목
소리는 속절없이 떨리고 있었다. 평소에는 아영만큼이나 침착하
게 가라앉아 있을 것이 분명한 눈은 순식간에 부연 막에 감싸이며

말간 눈물이 울렁울렁 차 올랐다.

왜인지 여자를 바라만 보고 있던 현호는 그제야 시간을 되찾은 듯, 칼칼하게 가라앉은 목소리로 천천히 입술을 떼었다.

"누나……."

아영은 현호가 그 호칭을 부르기 전에, 이대로 모른 척할까 고민했다는 것을 알 수 있었다.

그런데 그의 누나라면, 준 재벌가에 시집을 갔다는 전 변호사 누나? 현호가 스무 살 때 이미 시집을 간 사람이라 그런지, 그녀는 동생인 그와 상당한 터울이 있어 보였다.

"세상에……."

명진은 거의 탄식했다. 그리고 천근만근 무거워 미동하는 손을 들어, 이제는 목을 꺾어 올려다봐야 할 정도로 커버린 동생의 볼을 감싸 안았다. 현호는 움찔하지도 않고 가만히 자신의 볼을 내어맡겼다. 하지만 얼굴은 석고로 굳힌 것처럼 무표정했다. 그 표정이 너무도 차가워 보여, 아영은 일순 그가 낯선 남자처럼 느껴졌다.

"내 동생 현호 맞니? 변했구나. 정말…… 너무나도 변했어. 연약해 보이는 게 그렇게 콤플렉스더니…… 남자다워졌구나."

스무 살. 소년이기도 하고 청년이기도 한 경계에서, 미처 남자가 된 모습을 모두 보여주지 않고 시야에서 홀연히 벗어나 버린 막내는 어느샌가 장성해 있었다. 오로지 산이나 몸을 움직이는 것에만 관심이 있고 그 흔한 여자 친구 한 명 사귀지 않더니, 이렇게 고운 아가씨와 함께 있기도 했다.

명진의 시선이 가지도 못하고 끼어들지도 못하고 상황을 지켜보고만 있던 아영에게 멎었다. 시선이 마주치자, 아영은 얼른 그녀에게 꾸벅 허리 숙여 인사했다.

그제야 움직임이 살아난 현호는 신경질적으로 명진의 손을 거의 뜯어내듯 치웠다.

"애써 반가운 척할 것 없어."

현호가 원래부터 퉁퉁거리는 게 성격이긴 했지만, 본심으로 이렇게 악의 가득한 말을 내뱉은 적은 없었다. 그에 아영이 놀란 듯 '현호 씨!' 하고 짧게 그를 불렀다. 하지만, 현호는 당혹스러울 만큼 다정하게 그녀의 어깨를 감싸 안으며 '쉿' 하는 소리를 흘릴 뿐이었다. 아닌 척해도 다정한 사람이긴 했으나, 지금은 마치 명진에게 보여주려는 듯한 행동이었다.

"애써 반가운 척이라니, 왜 그런 말을 하는 거야?"

명진이 못내 섭섭한지 질책조로 말했다. 그런 누나를 보며 현호는 같잖다는 듯 입매를 말아 올렸다.

"기대를 박차고 뛰어나간 순간부터 그 집에서 나는 없는 사람이 아니었던가?"

"그래도 넌 내 동생이야! 내가 어떤 마음으로 널 기다렸는지 알기나 하니? 언젠가는 돌아올 거라고 기다렸어! 얼마나 찾았다고!"

"난 범죄자처럼 숨어 있지도 않았고, 신문만 펼쳐도 내가 어디 있는지 다 나와. 그런데 찾아다녔다고?"

"하지만 아버지가 연락하면 용서하지 않겠다고……."

명진은 제발 믿어달라는 표정으로 간곡하게 반박했다. 하지만 그럴수록 현호의 비웃는 듯한 기색이 짙어졌다.

"그래, 그거야. 누나에게도 난 그 정도뿐이었던 거지."

전 변호사답게 유창한 언어지변을 가지고 있음에도 불구, 너무도 변해 버린 동생의 모습과 얼결에 이루어진 만남이 맞물려 명진은 말문이 턱 막혔다. 하지만 굳이 그의 말이 억지일 것도 없었다. 만약 정말 동생을 간절하게 찾았다면, 명진은 얼마든지 그에게 연락할 수 있었을 것이다. 그런데도 그렇게 하지 않았던 이유는 동생이 먼저 돌아와 주길 바라서였고, 어려서부터 엄격한 아버지에게 저도 모르게 길들여져 버린 습성 탓이었다. 시집을 가 출가외인이 되고는 아버지의 통제가 많이 느슨해지긴 했지만, 정신에 새겨진 트라우마는 평생을 가는 것처럼, 어렵기만 한 아버지에 대한 두려움은 이 나이가 되어서도 사라지지 않았다. 그리고 아주 솔직히 말하자면, 현호에게는 절대 말할 수 없지만, 집안과 전혀 어울리지 않는 길을 간 동생이 조금 낯부끄럽기도 했다.

그녀의 집안은 말할 것도 없고, 시댁도 웬만한 엘리트가 아니고서는 얼굴 들고 살기 어려운 집안이었으니까. 이제 동생은 그 특정 분야에서 나름 성공해 유명인이라면 유명인이 되었지만, 내부에서도 언제나 긴장감이 돌고 있는 시댁에서는 대놓고 말할 수 없었다.

"가자."

현호는 지체없이 자리를 뜨려는지 아영의 어깨를 끌어당겼다. 하지만 아영은 다리에 힘을 주어 버티고 섰다.

"현호 씨!"

"그냥 와."

아수라장에 휘말려 들고 싶은 마음은 없었지만, 이대로 그의 누나를 등지고 갈 수는 없었다. 게다가 다른 누구도 아니고 현호의 문제가 아니던가. 아영은 힘주어 자신을 끌어당기는 현호의 손을 뜯어냈다.

"이렇게 피할 일이 아니잖아요."

"내버려 둬."

지독히도 냉정하게 떨어지는 한 마디는 아영을 저 선 밖으로 왈칵 밀어내는 느낌이었다. 그것이 현호의 본의가 아니라는 건 알지만, 아영은 차가워진 손을 꾸욱 쥐었다.

"현호 씨, 지금 위선적인 말을 하고 있다는 건 알죠? 현호 씨는 분명 참견해도 좋다고 했어요. 전 언제나처럼 한 걸음 떨어져 있기를 포기하고 현호 씨에게로 걸음을 내딛기로 했구요. 그러니까 나에게는 자격이 있는 거예요. 틀려요?"

"그건……."

"현호 씨도 지금 나름대로 혼란스러워서 이런다는 건 알겠지만, 당신은 이제 치기 어린 스무 살 소년이 아니잖아요. 그만 방황해요."

사실 아영도 아직 그녀 나름대로의 문제점을 안고 있고, 이미 해탈해서 지상을 내려다보고 있는 신선이 아니었다. 현호보다 못난 점이 있기도 하고 어린 구석도 있지만, 이런 문제에 대해서 따끔히 지적할 자격이 없다고 생각하지는 않았다.

현호는 무어라 정체 모를 욕지거리를 뇌까리더니 혼자 호텔 문을 나서 버리고 말았다. 이렇게 있다가는 아영에게마저 못된 소리를 할 것 같아서였다. 아영의 말마따나 내색은 안 했지만 갑작스러운 만남에 혼란이 오기도 했다.

아영은 현호가 이대로 멀리 가버릴 만한 사람이 아니라 알기 때문에 일단 창백하게 식은 안색으로 서 있는 명진을 돌보기로 했다.

"좀 앉으시겠어요?"

명진은 순식간에 몇 년은 더 늙어버린 듯 해쓱한 얼굴로 겨우 아영을 마주 보았다.

"아가씨는?"

"경황이 없는 도중이라 이제야 소개를 해서 죄송해요. 진아영이라고 합니다. 음…… 저, 현호 씨랑은 보다시피……."

잠시 말해도 되나 주저했으나, 아영은 용기를 내기로 했다.

"사귀고 있어요."


명진은 호텔의 카페에 아영과 마주 앉자마자 침착함을 되찾았다. 이런 곳에서 집 나간 동생과 재회한 충격 때문에 크게 흔들리긴 했지만, 현호의 누나답게 기본적으로 갈팡질팡하는 성격은 아닌 모양이었다.

평소의 모습을 되찾자 명진은 한눈에 보기에도 좋은 집안 출신인 듯한 품위를 잃지 않고 물었다.

"진아영 씨라고 하셨죠? 실례가 아니라면 직업이 어떻게 되는지 물어도 될까요?"

쿠션 언어를 적절히 이용해 묻는 모습에서도 그녀가 살아온 환경과 성격이 그대로 엿보였다.

직업 이야기가 나오자마자 설핏 긴장하는 아영의 표정이 눈에 들어왔는지, 명진은 조금 기운없이 웃고는 말했다.

"꼬투리를 잡으려고 물은 건 아니니 걱정 마세요. 그냥 아영 씨에 대해 알고 싶어서 그랬어요. 전…… 현호가 누굴 만난다고 해도 반대할 자격이 없으니까요."

순간 괜한 걱정으로 설마 반대하고 싶은 건가 하는 생각이 들었지만, 꼭 그런 뜻으로 이야기한 건 아니라 깨닫고 아영은 가만히 대답했다.

"사실 저도 등반가를…… 생업으로 삼고 있어요."

명진은 메마른 입술을 물로 축이다가 '아' 하는 외마디를 흘렸다.

"전혀 그렇게 안 보이는데 의외네요."

그 어조에 불쾌함이라든지 꺼려하는 기색은 없었다.

"원래는 어렸을 때부터 모델 일을 했는데, 얼마 전에 전향했어요. 본명은 박향기라고 합니다."

"아, 혹시 아버지 존함이 박, 철 자(字), 운 자(字) 되시나요?"

아영은 현호가 철운의 이름을 말했을 때보다 놀랐다. 그녀가 철운을 알고 있을 줄은 상상도 하지 못했기 때문이다.

"그건 어떻게……."

"현호가 집을 나가기 전에는 저와 친했거든요. 터울은 많이 났지만, 오히려 그래서였는지 절 더 따라주었거든요. 그래서 그런 은사 분이 있다는 이야기도 들었고…… 그 은사 분의 딸 이름이 향기라는 것도 현호에게 들어 알고 있어요."

생각보다 더 깊게 이어져 있던 그와의 관계가 새삼 신기해져 아영은 조금 얼떨떨하게 머리카락 끝을 매만졌다.

명진은 주문을 받은 아르바이트생이 커피를 내올 때까지 침묵하며 아영을 관찰하듯 보았다. 조금 예민할 것처럼 생기긴 했지만, 그런 이미지를 누그러뜨려 주는 단아함이 전신에 감돌고 있는 미인은 확실히 자신의 동생이 좋아할 만한 타입이었다. 크고 맑은 눈망울이라든지 화사한 생김새라든지 결코 천박하지 않은 분위기 등등이.

"사람의 인연이란…… 이어질 것이라면 언젠가 이어진다는 말이 맞는 것 같네요."

"저, 그런데 실례가 아니라면 이곳에는 어떻게?"

명진은 말하기에 앞서 커피 잔을 잠시 내려다보았다. 암갈색 액체가 퐁퐁 동심원을 퍼뜨리며 암울하게 가라앉아 있는 자신의 얼굴을 비춰왔다.

"이 호텔이 남편 회사의 계열사예요. 몇 년 전에 인수한 거라 현호는 모르는 것 같지만……."

하긴, 만약 그 사실을 알았다면 현호는 이 호텔에 체크인을 하지 않았으리라. 그렇게 보면 명진의 말마따나, 끈끈한 혈육으로 묶인 인연 역시 무시할 만한 게 아니었다.

"남부끄러울 것 없이 배우고 나서 간 시집이었는데도, 그렇게 호락호락하지만은 않았어요. 물론 모든 시집살이가 쉽지만은 않겠지만, 올케와 동서들은 여자 주제에 많이 배워서 그런지 뻣뻣하다고 수군거리고, 어머니는 어머니대로 김장 하나 못한다고 많이 못마땅해하셨죠."

명진은 무슨 이야기를 하려고 그러는지, 웬만큼 알고 지내는 사람에게도 하기 힘든 말을 아영에게 풀어놓기 시작했다. 하지만 지금은 상황이 많이 나아졌는지 목소리가 그나마 담담했다.

"아영 씨는 저희 집안이 어떤지 알고 있는 것 같으니 계속 말할게요. 집안이 그렇다 보니 시집가는 그때까지 부엌에 한 번 제대로 서본 적이 없었어요. 시댁에도 가정부 아주머니가 있긴 했지만, 많이 배웠으면 뭐 하냐, 기본이 안 되어 있는데…… 그런 식이었죠."

설핏 웃는 명진의 얼굴은 지독히도 썼다. 싸늘히 식은 커피를 한입에 털어 넣은 것보다.

"배움이 모든 미덕의 근본이라고 알고 자란 자존심에 많이 상처를 입었죠. 그래서 초기에는 수시로 친가로 가곤 했어요. 제게 꼭 맞는 환경이 거기 있었고, 툴툴거리긴 해도 오면 늘 반겨주는 현호가 있어서……."

어린 동생이 그 시절 시댁에서 상처받던 그녀에게 일종의 구원이었다는 것은 아영도 알 수 있었다.

"현호는 아무런 내색도 하지 않았죠. 그저 나이도 많으면서 시댁 욕만 하는 누나의 말을 가만히 들어주었을 뿐. 그런 아이였어요. 하지만 그랬기에 전 제 고민에만 빠져, 동생이 어떤 고민을 하고 있는지도 제대로 바라보지 않았죠…… 그 결과, 현호는 이해자가 없는 집을 포기해 버린 거구요……."

쓰디쓴 회고. 그때 조금만 더 현호의 쓰게 웃는 얼굴을 이상하게 여겼더라면. 그저 어려 보이기만 했던 소년이 어떤 과정을 거쳐 남자가 되어가고 있는지 주목했더라면.

"현호가 사라진 후에야 그 아이도 제게 이해를 구하고 싶어했을지도 모른다는, 도움을 원하고 있었을지도 모른다는 생각이 들더군요. 하지만 말이죠……."

"……."

"나중에 신문에서 그 아이의 소식을 발견하고도 전 연락하지 못했어요. 더럭 드는 반가움 뒤에 왜 이런 부끄러운 길을 가버렸냐는 비난이 들었죠. 시댁에서 어떻게 비아냥거릴까 두려웠어요."

아영은 섣불리 위로 할 수도, 맞장구칠 수도, 선뜻 나설 수도 없어 계속되는 그녀의 이야기를 듣기만 했다.

"오히려 아영 씨에게는 잘된 일일지도 몰라요. 만약 현호와 결혼을 생각하고 있다면…… 객관적으로 제 친가, 그다지 좋은 집이라고는 할 수 없으니까요."

그제야 아영은 꿀이라도 담은 양 꾹 다물고 있던 입을 열었다.

"건방진 말이라고 여기실 수도 있겠지만, 가족이란 그 정도뿐인 존재가 아니라고 생각해요. 제가 장담할게요. 현호 씨도 그게 본심인 것만은 아닐 거예요. 은근히 융통성없고 고집이 센 사람이니까…… 괜한 소리를 한 걸 거예요."

그는 새였다. 돌아갈 곳을 그리워하는 새. 하지만 방향 감각을 잃어버려 어디로 날아가야 할지 모르게 되어버린 그런 새. 아영이라는 새로운 둥지를 찾긴 했지만, 근본이 되는 둥지를 그리워하는 마음은 아영을 사랑하는 마음과는 별개의 것이리라. 어느 것이 더 소중하다 할 것도 없고, 둘 다 아주 소중한 둥지일 것이다.

명진은 세월의 흔적이 느껴지는 손으로 자신의 눈을 감쌌다. 곧 어깨가 파르르 떨리며 그녀의 입술 사이로 흐느낌이 새어져 나왔다. 그녀는 자신을 탓하고 있을까. 이기적이었고 편협했던 자신을. 그럼에도 동생이 가고만 길을 선뜻 이해해 줄 수 없는 자신을.

명진은 한참 울고 나서 발갛게 부어오른 눈으로 말했다.

"집에는 현호를 만났다고 이야기하지 않을게요. 그 아이는 이제 더 이상 보호가 필요한 어린아이가 아니고, 이렇게 좋은 여자도 만나 스스로 잘살아가고 있으니까요. 모른 척해주는 게…… 제가 할 수 있는 마지막 일인 것 같네요. 부디, 현호를 잘 부탁해요. 아영 씨."

명진은 이만 가보려는 듯 자리에서 일어섰다. 아영은 마음 같아서야 이 자리에서 해결을 보고 싶었지만, 이 문제는 알렉산더 대왕 식으로—엉킨 실을 한 번에 잘라내 버리는—풀 수 있는 문제가 아니었다. 그리고 십여 년간을 쌓아온 만큼 그 응어리가 너무도 단단했다. 아영은 일단 한 가지만 물어보기로 했다.

"한 가지만 물어도 괜찮을까요? 현호 씨의 본가, 현호 씨가 집을 나간 후에 이사를 했나요?"

명진은 갑작스러운 질문을 이해하기 힘든 표정이면서도 선선히 입을 열었다.

"집은……."

　명진과 헤어져 호텔 밖으로 나온 아영은 주변을 둘러보았다. 그
리고 멀지 않은 담벼락 아래, 단연 눈에 띄는 장신이 기대서 있는
것을 발견했다. 역시 다른 곳으로 가버리지 않고 아영이 나오길
기다리고 있었던 모양이다.

　아영은 천천히 현호에게로 다가갔다. 양 주머니에 손을 넣고 서
있는 그는 장난감을 빼앗긴 어린아이처럼 삐친 표정이었다. 아영
의 시선이 잠시 그의 발밑에 멎었다.

　"담배 피웠어요?"

　그의 발 옆에는 피우다 만 장초가 찌그러진 캔처럼 아무렇게나
버려져 있었다. 옆의 휴지통에는 금방 뜯은 듯한 담뱃갑이 그의
악력에 처참히 우그러진 채로 뒹굴고 있었다.

　현호는 무뚝뚝하게 대답했다.

　"역시 입에 안 맞아."

　"피지도 못하는걸 뭐 하러 피웠어요? 돈 아깝게."

　"답답해서."

　짧게 대답한 현호는 주머니에서 손을 빼내 별다른 손질 하지 않
은 머리를 벅벅 문질렀다. 속이 답답했다는 것은 그 역시 이 만남
을 그저 스쳐 가는 정도로 여기지 않는다는 의미였다.

　"좀 걸을래요?"

　"집에 가서 발 닦고 잠이나 자."

아영은 찌릿 눈을 흘겼다. 그의 본심은 '피곤할 테니 일단 집에 가서 자'라는 걸 알 수 있었지만 말하는 본새가 참으로 미운 까닭이었다.

"그런 말투 참아주는 데도 한계가 있어요. 자극하지 말고 순순히 말 들어요."

예전에는 그가 어떤 말투를 하던 참견할 권리가 없었으나, 이제는 자신의 남자가 되었으니 버릇 하나는 제대로 들여놔야겠다 싶었다.

강하게 치고 들어오는 일갈에, 벌써부터 공처가 기질이 농후한 현호는 입술을 한댓발 내밀더니만 그녀의 뜻에 따라 걸음을 움직였다.

훈훈하게 불어오는 바람이 사람들을 스쳐 지나 아영과 현호까지 훑고는 멀리로 달음박질해 갔다.

"현호 씨는 고집이 너무 세요. 부모님까지 꼭 그렇게 이기려고 해야겠어요?"

아영이 그 문제에 대해 이야기 안 할 리는 없었기에 현호는 툭 내어뱉듯 답했다.

"네가 우리 집 꼰대를 보면 그런 말 안 나올걸."

"또또, 말투. 철없는 고등학생도 아니고 아버지한테 꼰대가 뭐예요?"

"알았어. 미안해, 꼰대가 아니라 늙은이."

아영은 제법 엄하게 입술을 물었다. 그리고 곧 자신의 이야기를 꺼내었다.

"부모님이란 나이가 들면 자연스럽게 자식들한테 기대실 분들인데, 그전에는 좀 져드려도 되잖아요. 어렸을 때야 울컥해서 집을 나갔다 해도, 자식 이기는 부모 없다고 아무리 엄하신 분이라고 해도 못 이기는 척 받아주실 거예요. 물론 집에 따라 그 과정이 그다지 순탄치 않을 수 있겠지만……."

"그건 네 이야기야?"

"맞아요, 제 이야기. 알다시피, 우리 어머니도 고집 세시잖아요. 현호 씨 아버지에 비해 더하면 더하셨지 절대 덜하진 않으실 걸요. 제 아버지와도 단칼에 이혼해 버린 거 보세요. 하지만 본심은 꼭 그렇지만은 않으셨어요. 계속 아버지께서 돌아와 주길 바라셨어요. 처음에도 이혼 이야기를 꺼낸 건 아버지께 위기감을 주기 위해서였대요. 단지 그뿐이었는데 서로 굽히지 않다 보니 일이 악화되어 버린 거였죠."

현호는 성마르게 자신의 머리카락을 쓸어 넘겼다.

"내가 지금이라도 기대대로의 길을 간다면 받아주실지도 모르지. 하지만 그랬다가는 분명 수년 안에 널 과부로 만들걸."

과부? 과부!

아영은 큼지막한 눈을 더 크게 뜨며 휙 현호를 바라보았다. 그러나 현호는 아영의 뜬금없는 시선에 왜 그러냐는 시선을 보내올 뿐이었다.

이 남자, 지금 무슨 말을 한 건지 인식하지 못한 건가? 과부라는 건 결혼이라는 전제가 있어야만…….

"모의고사 성적이 2등으로 떨어졌다고 의자로 두들겨 맞아

봤어?"

헉, 그 수준까지였나 싶어 아영은 작게 날숨을 들이켜 쉬었다.

"일류도 그냥 일류가 아니라 초일류여야지만 만족할까 말까 하는 분이야. 숙이고 들어간다 해도, 계속 등반가를 할 거라고 말하는 시점부터 협상은 결렬이지, 완전히."

"하지만 현호 씨, 그거 알아요?"

문득 아영의 걸음이 멈추자 현호의 움직임도 멈추었다. 강처럼 거리를 빠르게 흘러가는 사람들은 갑자기 멈춰 선 두 사람을 한번 의아하게 바라보고는 휙휙 스쳐 지나갔다.

"현호 씨 집이요, 이사했대요."

현호는 대수롭지 않다는 듯 어깨를 으쓱였다.

"거 봐, 내가 이겼지?"

예전에 장난식으로 말했던 내기를 말하는 것이었다. 하지만 아영은 그 농담에 맞장구치지 않고 진지하기 그지없는 표정으로 말을 이었다.

"하지만 현호 씨가 스물일곱이 될 때까지 거기 계셨대요. 그쯤에는 땅 문제가 있어서 옮기지 않을 수 없었다고 하네요."

"그래서? 결국 옮기긴 옮겼다는 거네."

"뭔가 느껴지지 않아요?"

"뭐가?"

아영은 불확실한 사실의 끈을 잡아보고자 단연히 말했다.

"우리, 예전에 현호 씨가 살던 집으로 가보지 않을래요?"

"주변 풍경은 많이 바뀌었지만 분위기만은 여전하네, 여긴."

태어나서부터 계속 봐와 눈에 익은 동네지만, 이미 시간의 흐름을 타고 많이 낯설어진 골목을 타고 걸으며 현호는 말했다.

아영은 긴장할 만한 상황에도 변함없이 느긋한 그의 곁에서 걸어가며 주변 풍경을 하나하나 눈에 담았다. 단독 주택만 즐비한 골목에는 깨끗한 벽돌이 수순대로 박힌 담장을 따라 가을꽃이 활짝 피어 있었다. 돈 있는 자들 특유의 여유로움이 한적한 골목 곳곳에서 느껴졌다.

"예상은 했지만, 좋은 동네에서 자랐네요. 현호 씨."

"지긋지긋하지. 이 도시적인 한가로움이 얼마나 사람을 지치게 만들던지. 꼭 물속에 정체되어 있는 느낌이야."

"배부른 소리입니다."

"그래. 호강에 겨워 요강에 똥을 싼다."

"정말!"

현호는 정색하는 아영을 보며 큭큭큭 웃었다. 긴장감이 좀 있으면 좋으련만. 뭐, 그런 모습이 좋은 거긴 하지만.

차를 세운 곳에서부터 한참을 걸어 들어오고 나서야 두 사람은 현호가 태어나 자라온 집에 다다를 수 있었다. 우아한 무늬가 새겨진 철장 대문에서부터 왠지 모를 돈 냄새가 느껴졌고, 안쪽에 가만히 잠들어 있는 차에서도 부유함이 고대로 전해져 왔다.

"확실히 이사 갔나 보네."

"어떻게 알아요?"

잠시 그 안을 들여다보던 현호가 미묘하게 가라앉은 목소리로 말했다.

"아직 여기 살고 있다면 정원이 저럴 리 없거든. 우리 어머니 취향이 아니야."

현호의 말에 아영은 고개를 빼고 안을 들여다보았다. 오색찬란한 꽃들과 비싸 보이는 난들이 줄줄이 소시지처럼 세워져 있는 정원은 보기 좋긴 했지만 어딘지 단정하지 못한 맛이 느껴졌다.

아영은 벨을 꾸욱 눌렀다. 그러자 벨소리로 흔한 '엘리제를 위하여' 음이 흐르고 조금 후에 스피커에서 여자의 목소리가 흘러나왔다. 나이 대는 얼추 현호의 어머니와 비슷한 것 같았다.

─누구세요?

"저, 말 좀 여쭈려고 하는데 혹시 여기 예전에 살던 분들이 어디로 이사 갔는지 아시나요?"

뒤에 서 있는 현호의 표정이 못마땅하게 변했다. 아영의 말을 듣고 순순히 따라오긴 했지만, 이렇게 단도직입적으로 질문을 할 줄은 몰랐다.

─예전에 살던 가족이요? 그건 왜…… 아!

스피커 너머의 여자는 의아하게 대답하다가, 무언가를 깨달았는지 탄성을 내뱉었다. 하지만 곧 뭔가 이상해진 듯 혼자 중얼거렸다.

─이상하다? 분명 남자라고 했는데…….

"남자요?"

─예전에 여기 살던 사모님께서 어떤 남자가 찾아와서 자기들 행방을 물으면 대답은 하지 말고 연락처를 꼭 받아달라고 신신당

부하셨거든요. 중요한 일인지 거기에 대한 사례금까지 주셨어요. 이름이 뭐라고 했더라…….

아영은 심장이 콩콩 뛰는 것을 느끼고 스피커 쪽으로 좀 더 얼굴을 기울였다.

"혹시 남자 분 이름이 지현호라고 하지 않던가요?"

─아! 맞아요! 지현호! 그 집안도 지 씨였던 걸로 봐서 인척 관계인 것 같던데……. 그 남자는 한 번도 찾아온 적이 없었어요. 아가씨도 그 남자를 찾는 건가요? 그 남자가 돈이라도 떼어먹었어요?

아영은 순간 풉 흘러나오는 웃음을 참지 못했다. 아마 현호가 어느새 좀 떨어진 곳으로 가버려 모니터에는 아영밖에 보이지 않는 모양이었다.

"아뇨, 그런 건 아니지만…… 어쨌든 알려주셔서 감사합니다."

그리고 아영은 낮은 계단을 내려와 현호의 곁에 다가가 섰다. 그런데 현호의 표정이 참으로 볼만했다. 오만 불만을 다 품은 저 불퉁한 표정이라니.

"완전 범죄자 취급이로군."

아영은 고개를 절레절레 내저었다.

"이제 알 것 같지 않나요? 적어도 현호 씨 어머니는 현호 씨를 기다리고 계세요. 땅 문제로 어쩔 수 없이 이사했다는 말을 들었을 때부터 그냥 아무 조치 없이 이사 가버리지 않았을 거라는 생각이 들었거든요."

"그래도 어디로 갔는지 알려주지 말라고 했다는 건 찾아오지 말라는 말이겠지."

"꼭 그렇게 부정적으로 생각해야겠어요?"

현호는 대답없이 성큼 앞서서 골목을 걸어 내려가 버렸다. 아영도 얼른 그의 뒤를 쫓아갔다.

"반겨줄 사람 하나 없는 곳으로 굳이 돌아가고 싶지도 않아."

"현호 씨 누나가 있잖아요."

"누나는 시집갔잖아."

명진을 만났을 때 그렇게 모난 말을 하긴 했어도, 그녀가 자신을 반긴다는 것은 알고 있는지 현호는 아영의 말에 부정하지 않았다.

차에 타고도 현호는 무슨 생각을 하는지 앞 차창에 시선을 고정하고 있을 뿐, 선뜻 운전해 이곳을 벗어나지 않았다. 조수석에 앉은 아영은 그런 현호를 물끄러미 바라보았다.

"뭐, 그 녀석이 있다면 또 모르겠지만."

이내 좌석 의자에 덜썩 등을 기대는 현호의 표정에는 쓸쓸함이 뚝뚝 흘러넘쳤다.

"그 녀석이라뇨?"

"이미 죽었을 거야. 이렇게 오래는 못 살 테니까. 내가 집 나갈 때 아주 새끼이긴 했지만⋯⋯."

"애완동물 키웠어요?"

"개. 집에 돌아오면 유일하게 반겨주던 녀석이지. 꼬리 살랑살랑 흔들면서 말이야."

스무 살, 수험을 보고 돌아온 날에도 집에는 아무도 없었다. 그

집을 보고 더더욱 결심을 굳힌 현호가 간소한 짐만을 챙겨 밖으로 나오자, 그 집에 온 지 얼마 안 되는 강아지 추크치가 두다닷 뛰어왔다. 그리고 그의 발목에 정신없이 몸을 문대는 것이 아닌가. 은회색 모피에 정전기가 일 정도로 비비고 현호를 말가니 올려다본 눈동자는 어서 돌아오라 말하고 있었다. 아침이면 늘 사라졌어도 오후에는 돌아오는 현호였기에, 반복학습 효과로 그가 또 금방 돌아올 거라고 순수하게 믿고 있는 눈이었다.

현호는 왠지 울컥 눈물이 날 것 같아 꼬리를 미친 듯 흔들며 학학대는 추크치를 하염없이 쓰다듬어 주었다. 그때 추크치에게 느낀 감정은 미안함인 것도 같았다. 인간에 비해 얼마 살지도 못하는 녀석을 끝까지 돌봐주지 못하는 것에 대한. 하지만 현호는 결심 어린 표정으로 지긋지긋한 집을 나섰다. 추크치의 천진한 눈빛에 더불어 다시는 못 볼 울타리를 뒤로하고.

"이제는 삼손이 아니라 플란다스의 개예요?"

우울하게 가라앉아 가는 분위기를 상쇄시켜 보기 위한 아영의 농담조에 현호는 피식 웃었다.

"미안하지만 그 녀석의 이름은 파트라슈가 아니라 추크치였어."

아영도 그를 따라 웃고는 무릎 위에 놓여 있는 핸드백을 열었다. 그리고 원래 그에게 주려 했던 메모지를 건네주었다.

"멋대로 받아와서 미안해요. 전해는 줄게요. 선택은…… 현호 씨가 해요."

받아 든 메모지에는 하얀 종이를 배경으로 명진의 가지런한 글

씨가 낯선 주소를 보이고 있었다.

"이사 간 현호 씨 집 주소예요."

잠시 굳어 있던 현호는 와그작 메모지를 쥐었다.

제16장

**송**순의 하루는 별다를 것이 없었다. 하버드대를 조기 졸업해 앞길이 누구보다 창창하긴 했지만, 커리어를 쌓기도 전에 지씨 집안의 장남에게 시집을 온 후로는 그냥 전업주부로 생활했다. 아이들이 어렸을 때는 잠시 명예교수로 활동을 하긴 했다. 하지만 십여 년 전에 심한 우울증을 앓으면서 그것도 그만두어 버렸다.

처음에는 고민 상담 한 번 하지 않고 더럭 가출해 버린 아들이 괘씸해서 오냐, 나도 널 없는 아들 셈치마라며 오기를 부렸다. 만약 그때 아들을 찾으려고 했어도 우직한 남편이 용서치 않았겠지만, 사실 스무 살짜리가 견뎌봐야 얼마나 견딜까 싶었다. 황소고집을 뛰어넘는 아들의 고집과 완고한 자존심을 안일하게 여겼던 것이다. 아들은 어렸을 때부터 자신이 잘못했다고 여기지 않는 일에는 벌을 받으면 받지, 그 자리를 모면하고자 고개 숙일 줄을 몰랐는데도.

현호가 집을 나가고 몇 달이 지나 괘씸함이 걱정으로 바뀌었을 때야, 송순은 아들이 굶어 죽어도 자진해서 돌아오지 않을 성격이라 깨달았다. 그제야 급히 아들의 행방을 수소문했는데, 어이없다고 해야 할지 놀랍다고 해야 할지, 행동력 하나는 단연 발군인 아들의 소재지를 스페인에서 찾을 수 있었다.

당장이라도 스페인으로 날아가 끌고 오려고 했다. 하지만 송순의 계산착오는 아들의 성격만이 아니었다. 남편의 성격 역시 송순의 성격만큼 녹록하지 않았던 것이다. 스페인으로 가는 비행기 티켓까지 끊어놓았지만, 송순은 남편의 불같은 화에 한동안은 한 발자국도 집 밖으로 나갈 수가 없었다.

송순의 우울증은 그때부터 전조를 보였다. 잠은 제대로 잘지, 먹는 건 잘 먹을지, 누가 해코지하지는 않을지, 옷은 제대로 입는지, 위험하지는 않은지. 봇물처럼 한 번 터지기 시작한 걱정은 꼬리에 꼬리를 물고 깊어져만 갔다. 처음에는 불면증이 오고 모든 일에 무기력해지며 입맛이 떨어졌다. 사실 이런 모습을 보이면 남편도 못 이기는 척 스페인행을 허락할 거라 여겼다. 하지만 그 또한 송순의 계산착오였다. 남편은 송순이 그럴수록 더더욱 싸늘한 분노를 토하며 현호를 호적에서 아예 파내 버리는 수속을 하겠다고 득달같이 날뛰었다. 그때 송순이 할 수 있는 일은 억지로라도 무기력증을 떨쳐 낸 모습을 보이는 것과 그 서류 수속을 막는 것밖에 없었다.

팔 하나를 잘라낸 것처럼 허한 가운데에서도 시간은 잘만 흘렀다. 몇 년이 순식간이었다. 그래서 남편의 화가 그나마 누그러졌을 때쯤 해서 송순은 금기(禁忌)였던 현호의 이야기를 슬며시 꺼냈다. 그제야 남편은 아닌 척하면서도 현호를 찾아오는 걸 허락했다. 하지만 되지 않을 일은 어떻게 해도 되지 않는 건지, 하필 그때 현호에게서 엽서 한 장이 도착했다.

엽서에는 희미한 조롱조가 섞인 영어 문장 딱 한 줄만이 쓰여 있었다. 반가우면서도 화들짝 놀란 송순이 증거 인멸을 해버리기도 전에 남편이 그 엽서를 보았고, 사멸했던 그의 화가 다시 미친 듯 날뛰었다. 그때 남편의 모습은 가히 지옥의 야차와 다를 게 없었다.

시간은 그렇게 다시 흘렀다. 사실 이제는 거의 자포자기였다. 몹시 지친 탓이었다. 게다가 신문 등지에서 현호의 소식을 발견할 때마다 혼자서도 잘, 집에 있을 때보다 더 힘차게 살아가는 듯한 모습에 이대로도 좋지 않을까 싶어졌다. 집으로 돌아오면 현호는 또 남편의 등쌀에 시달려야 터였다. 그러니 비록 그리움이 깊어도, 아들이 이 하늘 아래 어딘가에서 행복하게 살고 있다면 괜찮다 싶어진 것이었다.

그러던 와중, 송순은 며칠 전에 한 통의 전화를 받았다. 상대가 정체를 밝히지 않았다면 기억해 내지 못했을 목소리의 주인공은 예전에 살던 집에 새로 들어온 안사람이었다.

설마 현호가? 저도 모르게 자리를 박차고 일어섰는데, 상대는 말했다.

[그 남자가 찾아온 건 아닌데, 어떤 아가씨가 한 번 찾아왔어요. 사모님이 이사 간 집을 묻더라구요. 남자와 아는 사이인 것 같았어요. 전화 드릴까 말까 고민했는데, 아무래도 사례금 받은 게 있고 하니 이런 거라도 도움이 될까 해서요.]

비록 현호의 소식은 아니었지만, 송순은 뭔가 인연의 끈이 다시 닿기 시작하는 느낌에 심장이 쾅쾅 뛰어댔다. 희미한 희망이 피어올랐다. 하지만 그 통화 후로 며칠이 지났지만, 이렇다 할 만한 일이 없었다. 이사 간 집을 물었다는 아가씨와라도 연락이 된다면 좋을 텐데, 그녀는 이름이나 연락처를 전혀 밝히지 않고 가버렸다고 했다.

그래도 기다렸다, 뭔가 또 다른 연락이 오길. 그렇게 오늘이 되었지만, 사람이 없는 시간에는 유독 썰렁한 큰 집에 벨소리는 울리지 않았다.

컹!

하염없이 시간만 죽이고 있던 송순은 고개를 들었다.

컹! 컹컹!

추크치? 이미 수명을 넘겨 알음알음 죽을 날만 기다리고 있는 추크치가 밖에서 목이 찢겨져라 짖어댔다.

새끼였을 때나 젊었을 때는 현호처럼 활동적인 개였지만, 추크치는 언젠가부터 짖을 줄을 몰랐다. 나이가 너무 들다 못해 죽을 날마저 지나 버려 짖을 힘도, 밥을 먹을 힘도, 걸을 힘도 없었던 것이다. 그런데 지금은 마치 회춘이라도 한 양 기운차게 짖고 있었다. 설마 회광반조(回光返照)인 건가?

추크치는 현호가 개 한 마리 키우고 싶다고 해서 들여온 개였다. 게다가 우스운 말일지도 모르겠지만, 서늘한 눈매 같은 게 현호와 닮아 그가 가출하고는 아들 대신으로 정성껏 키워왔다.

하지만 그녀의 남편은 추크치를 좋아하지 않았다. 처음 들여왔을 때는 은근히 동물을 좋아하는 사람이라 머리도 쓰다듬어 주고, 드물게 밥도 한 번씩 챙겨주고 했지만, 현호가 증발하고는 아들에 대한 기억을 모두 밀어내려는 듯 추크치도 제대로 보지 않았다. 그럴수록 송순은 더 추크치를 아꼈다. 이제 가족들도 잊어가는 아들을 계속 기다려 주는 양 죽지 않고 있는 추크치가 고마워서였다.

만약 죽을 때가 되어 저러는 것이라면 곁에라도 있어줘야지 싶어 송순은 얼른 카디건을 챙겨 입고 마당으로 나갔다. 현관에서 나오자마자 정문 쪽은 보지도 않고 개집 쪽으로 갔는데, 말년을 넘긴 사람처럼 은회색 털이 제법 하얗게 센 추크치가 벌떡 일어서서 끊임없이 짖고 있었다.

송순은 그제야 의아하게 시선을 돌렸다. 그리고 흠칫 놀랐다. 정문의 철창 너머로 굳은 듯 우뚝 서 있는 장신이 있었다. 왜 남의 집 개를 저리 빤히 바라보고 있나 싶어 송순은 덜컥 두려움이 일었다. 상당히 큰 남자의 등치도 그렇고, 무서울 정도로 딱딱해져 있는 표정에 강도인가 싶어져서였다. 잘생긴 얼굴이나 말끔한 모습이 전혀 그렇게는 보이지 않았지만, 추크치가 정신없이 짖어대니 와락 의심이 생겼다.

"이봐요, 당신……."

송순은 경고 한마디 따끔하게 해주려고 몇 걸음 정문 쪽으로 다가갔다. 그런데 남자가 송순을 보고는 큰 몸을 휙 돌려 가려고 했다. 그 순간, 송순은 번뜩 머리를 스치는 생각에 실성한 여자처럼 다급하게 정문을 열었다. 그리고 간절하게 그 그리운 이름을 내어 불렀다.

"현호야!"

급히 몸을 돌린 현호는 얼마 가지 못하고 멈칫했다. 자신을 알아보지 못하고 수상하다는 시선으로 보던 어머니가 자신을 소리 높여 부르고 있었다.

송순은 현호가 멈춰 서자 더 확신을 얻었는지 다시 한 번 그를 불렀다.

"현호야!"

현호는 억겁인 것만 같은 시간 후에 서서히 고개를 돌렸다. 소리 높여 아들을 부르긴 했으나, 송순은 더 이상 다가오지 못하고 정문을 연 채로 눈물만 방울방울 흘리고 있었다. 조용히 흐르는 서러운 눈물이 현호의 가슴 안에 묵직하게 들어앉았다.

처음에 아영에게 주소를 받았을 때는 찾아오지 않으려 했다. 그녀에게 말한 대로, 반겨줄 사람 하나 없는 집에 가서 괜한 가시가 되고 싶지 않았다. 하지만 명진의 글씨가 적힌 메모를 보면 볼수록 어머니의 이름이 가슴에 차 올랐다. 비록 그녀도 마냥 온화한 어머니만은 아니었지만, 이상하게 그리웠다. 한 번씩 두터운 애정으로 자신을 불러주던 목소리가 듣고 싶었고, 도시락을 챙겨주던 마른 손을 잡아보고 싶었다. 그립지 않다 합리화해 온 마음이 순식간에 와해되어 버리는 것이었다.

아주 멀리서 이제 어떤 곳에서 삶을 꾸려가고 있는지 슬쩍 지켜보고만 오려고 했다. 그 광경을 그리는 것만으로도 몇 년간은 마음 편히 살 수 있을 것 같았다. 하지만 낯선 골목 어귀로 들어섰을 때, 멀리서부터 갑자기 귀가 따갑도록 짖어대는 개의 울음소리를 들었다. 심장이 쿵쾅거렸다. 걸음이 저절로 빨라져 저도 모르게 정문 앞으로 다가갔다.

세상에. 추크치, 추크치였다.

추크치가 분명한 시베리안 허스키.

집을 떠날 때만 해도 두 손 안에 다 들어오는 크기였던 강아지가, 이미 죽었어야 할 녀석이, 자신이 큰 것만큼이나 무섭도록 커다래져서는 씩씩하게 짖고 있었다. 왜 이제야 돌아왔느냐고 질책하는 것처럼. 그럼에도 잘 돌아왔다고 환영하는 것처럼.

"혹시…… 예전에 살던 집에 찾아왔다는 아가씨랑…… 아는 사이이니?"

하고 싶은 말은 산적해 있지만, 만나면 무슨 말을 할까 늘 상상해 보았지만, 송순은 그런 질문밖에 나오지 않았다.

너무도 커버려 이질감까지 느껴지는 아들의 침묵하는 너른 등이 그 말에 긍정했다.

"그래…… 그렇구나. 어느새…….""

송순은 한없이 고개를 주억였다. 억눌린 울음이 꺼억꺼억 목에서 새어져 나왔다.

현호는 당장이라도 다가가 울지 마시라고, 아들이 왔다고, 그녀를 안아주고 싶었다. 하지만 발이 땅에 못 박힌 듯 움직이지 않았다.

순간 현호의 걸음이 마음과는 전혀 다른 방향으로 움직이기 시작했다. 자신에게는 선뜻 다가설 권리가 없었고, 준비하지 않은 만남이 연거푸 터져 혼란스러웠다. 어서 이 자리를 벗어나야만 했다.

"현호야!"

송순은 멀어지는 아들을 절실하게 불렀다.

"기다리고 있을 거란다! 넌 누가 뭐래도 내 아들이야! 기다리고 있을 테니까…… 마음이 정리되면…… 그러면…… 그 아가씨를 데리고 꼭 한 번 찾아오렴."

매몰차게 뿌리치고 가기 힘든 어머니의 음성에 잠시 멈추었던 현호의 걸음이 계속해서 멀어져 갔다.

"이번에는 전처럼 길지만 않길 바라고 있단다……."

송순의 마지막 말이 현호의 귀에 아프도록 틀어박혔다.

컹컹!

추크치는 예민한 개의 청각에도 현호의 발걸음 소리가 들리지 않을 때까지 쉬지 않고 짖었다.


아영은 현호의 전화를 받자마자 거의 튕겨 나오듯 집에서 나와 그의 호텔로 왔다. 전화를 걸고도 한참 동안 말이 없는 게 이상했는데, 잠시 후에 흘러나오는 목소리가 칼칼하게 잠겨 있어 무슨 일이 있었구나 싶어진 탓이었다.

복도의 조명에 왠지 음울한 금빛으로 빛나는 방 번호를 확인하고 문을 열자, 독한 술 냄새가 확 끼쳐 왔다. 방 안은 어두웠다.

급한 대로 옷을 대충 껴입고 온 아영은 소파에 무너지듯 앉아 있는 현호에게로 다가갔다. 이미 술을 다 마셨는지, 은근한 결벽증이 있는 성격답게 빈 술병은 탁자 아래 가지런히 세워져 있었고, 컵에도 알알한 알코올 향만이 남아 있었다.

아영이 자박자박 다가오는 소리에도 현호는 관자놀이를 짚고 앉아 있을 뿐, 고개를 들지 않았다. 아영은 그의 앞에 무릎을 꿇고 앉아 그를 올려다보았다. 강인한 남자의 눈이 조금 부옇게 젖어 있었다. 울지는 않은 듯했지만, 둔탁해진 눈동자가 금세 뜨겁게 젖을 것처럼 흐려 보였다.

아영은 가슴이 먹먹해져 왔다. 그리고 왠지 울고 싶어져 버렸다. 울지 않는 그를 대신해서라도 울고 싶었다. 하지만 아영은 오히려 더 쾌활한 목소리로 말했다.

"술병 있는 대로 퍼질러 놓고 청승 떨고 있을 거라 예상했는데 너무 단정한 모습 아니에요?"

농담조에 현호는 희미하게 웃었다.

"난 영화의 주인공이 아니지. 그리고 그 짓도 히로인에게 무슨 일이 생겼을 때 해야지 멋있는 거 아냐?"

다 큰 성인 남자가 연 끊긴 가족 문제로 이렇게 흔들린다는 것이 그는 못내 부끄러운 모양이었다. 그리고 적막감을 참기 힘들어 기어코 아영을 부르고 말았다는 것도.

"아들이란 제 마누라 생기면 어머니고 누나고 없다더니 과연.

아들 낳기 무섭네요. 이봐요. 지현호 씨. 다른 여자는 그렇게 생각할지도 모르겠지만, 제가 보기에는 지금 당신 무지 멋있어요. 진정한 남자 같아요."

아영은 현호에게 전화를 받았을 때부터, 아니, 그에게 명진의 메모를 건네주었을 때부터 그는 집에 찾아가 볼 거라 확신했다. 비록 가보기만 할지언정 가보기라도 할 거라고, 믿고 있었다. 그래서 현호가 집에 찾아갔다는 말은 하지 않았어도 찾아간 후에 이런 상태가 되었을 거라 예측하고 있었다.

"살아 있었어."

"추크치요?"

주어가 쏙 빠져 있는 말이었지만, 아영은 단박에 눈치 채고 반문했다.

"응. 골목 어귀에 들어서자마자 왈왈 짖어대더라고. 이기적인 주인이었는데 아직도 발걸음 소리를 기억하고 있나 봐. 나 같으면 밉살스러워서라도 잊었을 텐데."

꼭 저 같은 말을 하는 현호에 아영은 피식 웃었다.

"개란 그렇게 충성심이 남다르다고 들었어요. 나도 개나 키울까."

아니지. 등치는 커다래서 아직 스무 살 소년처럼 어려 보이기도 하는 이 남자를 키워야지? 사리에 밝아 제대로 큰 줄 알았더니, 아직 이렇게 타인의 손길을 갈구하고 있지 않은가.

"이미 먼저 가버렸을 거라 생각했는데…… 살아 있었어."

현호는 손을 더 내려 자신의 눈까지 감쌌다.

"어머니가…… 우시더라고. 기다릴 거라며…… 우시더라."

현호의 목소리가 조금 젖어들었다.

아무리 나이를 많이 먹어도 어머니의 눈물은 아이들의 가슴에 애달픈 물결을 불러일으키는 것이겠지.

아영은 손을 들어 그의 눈을 가린 손을 치워냈다. 그의 눈에는 물기가 적적히 스며들어 있었다.

"나 좀 안아주지 않겠어?"

아영은 말없이 몸을 일으켜 한 품에 그의 머리를 보듬어 안았다. 언제나 든든하던 그가 이토록 작아 보이다니. 하지만 비를 만난 흙벽처럼 무너지기 직전의 남자가 전혀 실망스러운 건 아니었다. 못나 보인다거나 하지도 않았다. 오히려 가족 따위 필요없다며 심드렁하게 굴지 않는 그가 어느 남자보다 멋져 보였다. 그리고 언제나 그를 무장하고 있던 초연한 갑옷을 풀어내고 자신 앞에 숨겨진 스무 살 소년을 보여주어 고마웠다. 이 사람에게 난 아픔을 보여줘도 괜찮은 사람이구나 싶어서.

기실 그와의 연애는 격렬한 사랑은 아니었다. 천둥이 우르르 쾅쾅 몰아치고 불꽃이 미친 듯 날뛰는 그런 격렬한 사랑 말이다. 가랑비에 옷 젖는 줄 모르는 사이처럼 가만히 젖어들듯 다가온 사랑이었다. 하지만 세상에는 수십억 명의 인류가 살고, 그들은 갖가지 색의 사랑을 한다. 두 사람의 사랑도 그 갖가지 색 중의 하나였다. 그저 아영은 보드라운 가랑비처럼 자신에게 젖어들어 있는 그가 사랑스러웠고, 비록 격렬하진 않지만 따스한 애정에 이렇게나 가슴이 뭉클했다. 그것만으로도 충분하지 않을까.

팔걸이에 걸터앉은 아영의 허리에 현호의 손도 자연스럽게 둘러져 와 폭신한 가슴에 얼굴을 묻었다. 하지만 현호는 울지 않았다. 부드러운 온기에 감싸인 순간 정말 왈칵 눈물이 치밀 듯한 전율이 일었지만, 볼썽사나운 오열은 터져 나오지는 않았다.

그날 아영은 밤새 현호를 안아주었다. 그리고 침대에 누워 그가 잠들 때까지 자장가를 불러주었다.

"엄마가 섬 그늘에 굴 따러 가면 아기는 혼자 남아……."

누구나 배웠을 '섬집아기' 동요가 불만족스러웠던지 그는 잠기운이 잔뜩 묻어나는 목소리로 말했다.

"오던 잠도 달아나겠다."

"구관이 명관이에요. 이 노래가 자장가로 얼마나 좋은데. 어디 현호 씨가 얼마 만에 잠드나 내기할까요?"

"좋아."

물론 현호는 아영에게 패하고 말았다. 그것도 완벽한 패배였다. 노래가 두 번 반복되기도 전에 편안한 향기에 감싸여 스르륵 잠의 세계로 여행을 떠나고 만 것이었다.


「그놈의 자존심이라는 게 문제예요.」

자신과 전혀 상관없는 문제라는 듯 길은 느긋하게 말했다. 하지만 나름의 걱정이 묻어나오는 목소리였다.

「자존심이랄까…….」

그때 마침 카페의 아르바이트생이 다가와 커피를 리필 하겠냐고 제안했다. 아영은 빙긋이 웃으며 부탁드린다는 말과 함께 빈

찻잔을 전해주었다. 그동안에도 맞은편에 앉은 길은 햄스터가 톱
밥 속으로 파고들듯 눈앞에 놓인 책에 골몰하고 있었다. 연필로
무언가를 계속 끼적거리며.

아영은 남은 각설탕을 만지작거리며 말을 이었다.

「자존심이라기보다는, 미안함인 것 같아요.」

설탕 가루가 묻은 손끝을 비비적거리자 꺼끌꺼끌한 알갱이가
마찰하며 부서져 내리고, 손끝에 진한 단내가 묻어났다.

「현호 씨, 끝까지 집으로 돌아가겠다고는 말하지 않는 거 보면,
자존심을 떠나서 이제와 돌아가기 미안한 거 아닐까요.」

그제야 대화 도중에도 책에서 떠날 줄 몰랐던 길의 시선이 아영
을 향해왔다.

「솔직히 미안하다고 인정할 만한 녀석은 아니지만요.」

아영은 어깨를 한 번 으쓱해 보였다.

「고집 세잖아요.」

「똥고집이죠.」

정신적으로 피로한 듯 깊이 잠든 현호를 차마 혼자 두고 갈 수
없어 또 외박을 하고만 아영은 아침에 전화를 한 통 받았다. 굳이
누굴까 추측해 볼 것도 없이, 또 아침이 밝자마자 현호가 묵고 있
는 호텔로 쳐들어온 길이 걸어온 전화였다. 아영은 어쩔까 하다가
현호는 좀 더 자도록 내버려 두고, 일층으로 내려와 길과 호텔의
카페에 앉았다. 그리고 며칠간 있었던 일을 솔직히 털어놓았다.
아무리 길이 그의 친구라지만 극히 개인사인 이야기를 말해도 되
나 싶긴 했으나, 도움이 필요할 것 같았다.

「근데 아까부터 열심히 하고 있는 건 뭐예요?」

아영이 턱을 괴고 묻자, 길은 '아, 이거?' 라며 씩 웃어보였다.

「한국의 수학 문제집이요. 한국은 의무교육 도중에 배우는 수학의 수준이 높다고 들었거든요.」

조금 더 몸을 내밀고 펼쳐져 있는 문제집을 보자, 거기에는 역시 눈을 현란하게 만드는 그의 필체가 어지럽게 얽혀 있었다. 한 지면을 빼곡히 채운 글자들이 춤을 추듯 날아다니는 게, 다른 사람이라면 보기만 해도 관자놀이가 지끈거려올 듯했다.

「한국어 읽을 줄 모르잖아요?」

「숫자만으로 유추하는 거죠. 주어진 조건을 제대로 알 수 없으니까 한 문제에만도 최소 열 개의 계산을 해보는 거구요. 나름 재미있는데요?」

목적을 알 수 없는 기행에 아영은 피식 웃어버렸다.

「이러니저러니 해도 결국 수학을 좋아하긴 하네요.」

「뭐, 타고난 거니까.」

「아, 지금 좀 재수없었던 듯도.」

이제는 현호처럼 대놓고 말할 줄도 알게 된 아영의 모습에 길은 덩달아 웃었다. 하지만 이내 웃음기를 거두고 연필로 문제집 한 구석에 죽죽 낙서를 그으며 말했다.

「현호도 타고난 거예요. 이 천편일률적으로 굴러가는 도시의 기틀에는 맞춰 살 수 없도록. 저도, 행키…… 가 아니라 제인도, 아영도. 하지만 결국 태어난 건 도시에서죠. 뭐, 제인은 [19]코츠월즈에

--------------------------------------------------------

19)코츠월즈: 영국의 시골 지방

서 태어나기 했지만……」

아영은 잠시 눈을 크게 떴다.

「진이 어디서 태어났는지도 알아요?」

길은 무심코 말해 버린 것을 아영이 지적하고 나서야 눈치 챘는지 연필 꼭지로 뒷머리를 긁적였다. 조금 쑥스러운 듯.

「알기는 현호보다 오래 알고 지냈으니까……」

비록 별다른 말은 하지 않지만, 미묘하게 웃는 아영의 얼굴에서 어떤 종류의 위기감을 느낀 모양인지 길은 얼른 화제를 전환했다.

「그러니까, 제가 하고 싶은 말은……」

「결국 태어난 곳을 그리워하고는 있을 거란 말을 하고 싶은 거죠?」

길은 '빙고' 라며 손가락 하나로 척 아영을 가리켰다.

「어떻게 보면 초월자 같아도, 어수룩한 구석이 있는 녀석이니까 어떻게 해야 하는지 몰랐던 걸 거예요. 그러니 나머지는 아영의 몫이죠.」

「책임 전가예요?」

동의하면서도 농담조로 말하자, 길은 호쾌하게 입매를 말아 올렸다.

「설마요. 바통 터치라고 해줘요.」

「이거, 자칫했으면 남자 라이벌이 생겼을지도 모르겠네요.」

「너무해라. 제가 아영을 좋아했었다는 거, 벌써 기억의 저편으로 떠내려 보낸 거예요?」

당혹스러워진 아영은 길에게 시선을 멈추었다. 올곧게 아영을 바라보고 있는 길은 여전히 입가에 웃음을 머금은 채 부드러운 눈빛을 하고 있었다. 그 눈에 더 이상의 앙금은 없었다. 아영은 못살겠다는 듯 웃으며 대답을 되돌려 주었다.

「과거형에 자존심 상했어요.」

길은 키들키들 웃었고, 아영도 낮은 웃음을 흘렸다.

「현호 씨 일어날 때쯤 된 것 같으니까 전 먼저 올라가볼게요. 길은 진이랑 좀 놀아줘요. 아무리 한국이 고국이라지만 진은 교포 3세라서 별다른 인척도 없는 것 같으니까요.」

「뭐어…… 참.」

길은 대답하기 곤란한 듯 말끝을 애매모호하게 늘리다가, 막 생각났다는 얼굴로 운을 띄웠다.

「저 모레 영국으로 돌아가요.」

몸을 일으키던 아영은 놀란 표정으로 길을 바라보았다.

「벌써요?」

「원래 파키스탄에서 바로 영국으로 가려고 했는데, 아무래도 현호도 그렇고 아영도 걱정돼서 무작정 온 거였거든요. 한국 관광도 해볼 겸이긴 했지만, 아영은 기 팍 죽어 있을 거라고 생각했는데…… 아, 지현호가 선수 쳤어요~」

천연의 장난기로 거기까지 말한 길은 제법 진중한 표정으로 슥 손을 내밀었다.

「다음 일정 나오기 전에 집에 한번 들러야죠. 저 역시 찾아가지 않은 지 꽤 됐거든요. 다른 팀에 배정되면 언제 만날지 모르니까…… 실연당한 남자 불쌍하다 적선하는 셈치고 악수 한번 해요.」

아영은 주저할 것 없이 길의 손을 맞잡았다. 현호와 비슷한 느낌의 거친 손은 따뜻했다. 친구를 아끼는 우정의 온도로, 동료를 위해주는 인성의 온도로.

그리고 길은 맞잡은 손을 처음 만났을 때처럼 붕붕 흔들었다. 그때는 손을 포옥 감싸 쥐는 느낌에 의아함을 품었는데, 지금은 그저 가슴이 따스해지기만 했다. 가슴속에 유유히 흐르는 바다의 빙하가 이미 모두 녹아 없어진 것처럼, 그 바다에 물비늘이 아름답게 반짝이고, 다정히 쏟아지는 햇빛에 프리즘이 일렁이는 듯했다.

「현호에게는 간다고 말하지 않아도 괜찮아요. 한 번도 잘 가란 인사를 해본 적이 없거든요. 그러니까 아영에게도 잘 지내라는 말은 하지 않을게요.」

그러고 보면 사고가 난 후, 길은 이슬라마바드 공항에서 먼저 가는 아영과 현호를 배웅해 주면서도 그에게 '잘 가'라든지 '또 보자'라든지, 심지어 '몸조심해라'란 말도 하지 않았다. 다만, 퍽이나 방정맞게 웃으며 '네 무게 때문에 비행기 추락하지 않도록 기도해라!'라고 농담 한마디 건넸을 뿐이었다. 하지만 그것이 결코 인정없게 보이지는 않았다. 오히려 부러울 만큼 두터운 우정이 느껴졌더란다.

아영은 길의 손을 좀 더 꽉 쥐었다.

「촐싹거리다가 비행기 놓치지 말아요.」

길은 활짝 웃어주었다.

제17장

**"그**것에 대해서는……."

수화기를 타고 넘어오는 목소리에 대답하려는 찰나, 문의 잠금키가 열리더니 잠시 외출했던 아영이 방 안으로 들어왔다. 아영은 막 일어난 듯 침대 가장자리에 앉아 통화하고 있는 현호를 보더니, 손에 뭔가 바리바리 싸들고 온 봉지를 들어보였다. 편의점 봉지인 것을 보니 간소한 먹을거리라도 사 온 모양이었다. 그리고 말없이 탁자 위에 그걸 내려놓는 게, 아마 통화하고 있는 그에게 방해가 되지 않으려는 듯했다.

현호는 아직 수화기를 들고 있다는 것도 잊은 채, 등에 자를 댄 것처럼 바르게 걷는 아영의 뒷모습을 바라보았다. 상황에 적절한 말인가 싶기는 한데, 제 버릇 개 못 준다고 아영은 모델 시절의 버릇을 완전히 버리지 못하고 늘 저렇게 걸었다. 걸음에도 이 표현이 어울린다면 또박또박 하달까, 거침이 없다고 해야 할까. 물론 평상시에도 모델 워킹으로 걷는 건 아니지만, 최대한으로 옷태를 살리는 걸음걸이였기에 같이 거리를 걷다 보면 저도 모르게 돌아보는 사람이 많았다. 아영은 그걸 전혀 모르는 눈치였다. 그래서 그런지 걸음걸이는 모두 저리 물럿거라 하는 양 당당한 주제에, 현호가 묘한 눈길로 바라보면 커다란 눈을 말똥거리며 오히려 '왜요?'라고 물었다. 그러면 이상하게 으스러져라 껴안아주고 싶어지는 것이다. 그 상반되는 느낌이 귀여워 미치겠기도 하고, 보호 본능을 일으킨 달까. 그럼에도 어느 순간에는 맑은 날의 히말라야처럼 포근하게 그를 그 가슴 안으로 끌어안아 줄 줄 알았다. 그리고 고개를 숙인다고 해서 그것이 꼭 지는 것만은 아니라는 걸, 무언으로 알려주었다.

물론 그것은 현호가 자발적으로 얻은 깨달음일 수도 있었다. 그녀는 그저 그 자리에 존재해 주었을 뿐일지도 모른다. 하지만 기꺼이 아픔을 수긍해 주겠다며 그 자리에 있어주는 것만으로도 그녀는 현호가 뻣뻣한 고집을 꺾고 조금 더 여유있게 상황을 보게 해주었다.

그녀는 선물이었다. 철운이 그에게 보내준 선물. 초르텐 앞에서는 먼저 가버린 그에게 볼멘소리를 했지만, 그의 시신이 잠든 무덤 앞에서는 절을 하고 말해야겠지. 이토록 멋지고 감격스러운 선물을 남겨주셔서 감사하다고.

하지만 일단······.

그런 깨달음은 깨달음이고, 현호는 먹이를 노리는 매처럼 아영의 뒷모습에서 시선을 떼지 않으며 수화기를 향해 입을 열었다.

아영은 비닐봉지의 입구를 헤치고 사 온 음료수 캔을 넣어놓고자 냉장고 쪽으로 다가가 허리를 숙였다. 그런데 마침 그가 전화 상대에게 '다시 연락하지'라고 말하는 것과 수화기를 내려놓는 소리가 들려와 고개를 돌리지 않고 말했다.

"먹을거리 좀 사 왔는데, 음료수 마실래요? 아니면 물로……."

그렇게 말하며 무심하게 냉장고 문을 열던 아영은 흠칫했다. 잠깐의 침묵 후에 슬쩍 시선을 내리깔자, 또 어느새 다가온 건지 그의 맨발이 자신의 발 옆에 있는 것이 보였다. 발딱 몸을 일으키려는 순간, 등으로 묵직하게 가해지는 무게에 저도 모르게 '윽' 소리를 내자 낮은 웃음과 함께 그의 손이 슬금슬금 치맛자락 아래로 파고들었다. 그리고 느른하게 무릎에서부터 허벅지, 이내 허락도 없이 그 안쪽까지 제법 험궂은 손바닥으로 핥듯이 쓸어 올렸다.

"뭐예요, 이 무례한 손은?"

"글쎄."

아직 잠 기운에 젖은 듯, 노곤히 읊조리는 목소리가 무섭도록 낮고 남성적이었다. 하지만 이 햇빛 환한 아침부터 남자와 몸을 섞고 싶은 생각은 없었기에, 아영은 명백한 목적을 가진 그의 손에서 벗어나고자 걸음을 내디뎠다. 그러나 그의 손이 재빨리 올라와 팬티 끝에 손가락을 턱 걸어버렸다. 그에 아영은 이러지도 저러지도 못하고 다시 멈춰 설 수밖에 없었다.

궁여지책으로 휙 몸을 돌리자, 그가 '엇' 하는 외마디를 흘리는 동시에 팬티를 무사히 구출(?)해 내었다. 하지만 금세 허리를 붙들려 아영은 작게 바동거렸다.

"갓 잡아 올린 생선이라 그런지 팔팔하기도 하네."

아영은 허리에 단단히 둘러진 그의 팔을 아프지 않게 찰싹 내리쳤다.

"자꾸 장난칠 거예요?"

"설마. 장난이라니, 진심인데."

아영은 현호의 말은 듣는 둥 마는 둥 아무리 힘을 줘도 꿈쩍 않는 팔을 떼어내려고 안간힘을 썼다. 그래도 힘 하나 들이지 않고 요지부동인 그가 얄미워 찌릿 눈을 흘겼다. 하지만 역시 콩깍지 쓰인 남자 눈에 뭐가 예뻐 보이지 않을는지, 쿡쿡 웃던 현호는 당장 아영을 돌려세워 그녀를 잡아먹을 듯 와락 입 맞추었다.

허리를 어찌나 단호히 옭아매고 있는지, 탄력있는 젖무덤이 남자의 가슴에 짓이겨질 듯 눌려 아영은 숨이 턱 막혀왔다. 하지만 못난 자식(?) 떡 하나 더 준다는 심정으로 그의 목에 팔을 감았다. 하지만 아침인사 키스로는 퍽이나 진탕한 키스에 듣기 민망한 접촉음이 울리고, 그가 교묘하게 혀를 휘감아오자 아영은 저도 모르게 집중해 버렸다. 옷감 너머로 여실히 느껴지는 그의 잘 다듬어진 근육을 음미하며, 더욱 몸을 밀착시키고 조르듯 매달렸다. 그 덕분에 다시 은밀히 기어올라 온 그의 손이 치마를 들치고 하체의 한쪽 언덕을 꽉 쥐었을 때야 그 사실을 깨달았다.

"지금은 안 돼요."

엉덩이에서 느껴지는 손길에 겨우 정신을 수습하고 말했지만,

현호는 무표정하게 아영을 내려다볼 뿐이었다. 또 무슨 꿍꿍이가 있어서 저렇게 설정 가득한 표정으로 쳐다보나 싶었더니 아니나 다를까, 현호는 입꼬리를 말아 올리며 마지막 보루 속으로 침입하려 했다. 하지만 아영도 고분고분히 넘어가 줄 생각은 없었다.

"밥부터 먹어요."

현호는 아영의 귓바퀴를 살짝 깨물며 그 위로 느른한 숨을 끼얹었다.

"하고 나서. 하고 나면 배고파서 밥이 더 맛있을 거야."

"회유하려고 해도 안 넘어가요. 제가 무슨 어린애예요? 먹는 걸로 꼬시게."

"어린애는 꼬시지도 않아."

"했다가는 은팔찌 차죠."

아영은 매몰차게 그의 손을 떨어뜨려내고 탁자로 다가가려 했다.

"자꾸 그러면 음식에 오징어를 풀어버리는 수가 있어요."

독도 아니고 오징어를 풀어버린다는 말에 현호의 표정이 기묘하게 바뀌었다.

"어째 갈수록 협박하는 강도가 높아지네."

"어쨌든 밥부터 먹어요. 알겠죠?"

아영은 자못 부드럽게 웃으며 현호의 팔을 이끌려 했다. 하지만 그는 탁자로 가기는커녕 고집 부리듯 다시 아영을 끌어안았다.

"맛있는 음식은 가장 처음에 먹는 법이잖아?"

"맛있는 건 가장 마지막에 먹는 거 아녜요?"

아영은 이 남자가 또 무슨 생뚱맞은 소리를 하나 싶어 그를 뻔히 올려다보았다. 그러자 현호의 입술이 닿을 듯 말 듯 아영의 입술에 근접한 거리에서 멈추고, 그는 음탕한 농담을 속삭이듯 읊조렸다.

"난 가장 먼저 먹어."

현호의 이가 아랫입술을 아프지 않게 오독 깨물고 위로 올라와 다시 입술을 점령했을 때야, 여전히 어리둥절하던 아영의 표정에 깨달음이 스쳤다.

뭐야, 이 남자 지금 나를 음식에 비교한 거야? 밥 먹고 나서 진지한 이야기 좀 해보려고 했더니, 당최 도와주질 않네.

"현호 씨 그게 아니라…… 읍."

어쩔 수 없이 이야기 좀 하자고 대놓고 이야기하려는 순간, 현호는 시끄럽다는 듯 아영의 입술을 한입에 훔쳤다. 그리고 말할 틈도 주지 않고 치열을 샅샅이 훑으며 습한 점막을 자극했다.

하아, 역시 기분은 좋았다.

그래도 키스가 끝나면 말하려 결심했지만, 그의 손이 바로 팬티 속으로 파고들어 도톰한 정점을 훑는 바람에 아영의 어깨가 떨려왔다. 허리를 안고 있던 다른 손은 티셔츠를 끌어올리며 직행해 와 어렵지 않게 브래지어의 후크를 풀었다.

작은 압박에서 벗어나 대신 남자의 손에 잡힌 가슴에서 올라오는 감각에, 은밀한 곳에서 기어오르는 쾌감에 아영의 몸은 서서히 힘이 풀렸고, 현호는 그걸 눈치 챈 듯 그녀를 따라 몸을 낮추었다. 타액으로 젖은 그의 입술이 떨어졌다고 느꼈을 때는 이미 부슬부슬한 카펫 위에 등을 대고 누워 있었다.

아영이 몽롱한 눈으로 늘어져 있는 새, 현호는 잠깐 촉촉이 젖은 습지에서 손가락을 빼내고 그녀의 팬티를 끌어내렸다. 팬티가 긴 다리를 벗어나 바닥에 안착할 때까지, 현호는 말려올라 간 치마 아래로 언뜻언뜻 보이는 우거진 검은 수풀에서 눈을 떼지 않았다. 그 눈빛에 취한 듯 아영은 그를 말릴 생각도 못하고 역시 지켜보고만 있었다.

현호는 그것으로 끝내지 않고 이번에는 카디건의 단추를 하나하나 풀기 시작했다. 다소간 타이트한 카디건은 남자의 손에 잠금이 풀릴 때마다 톡톡 터져 나가며 그의 눈길을 환영하듯 옆으로 벌어졌다.

카디건을 모두 열어 젖힌 그가 그 안에 받쳐 입은 티셔츠를 목 부근까지 슥 끌어올리자, 뽀얀 젖무덤을 그냥 덮고만 있을 뿐인 브래지어 아래로 동그스름한 능선이 모습을 보였다.

그것은 지독히도 색정적이었다. 스며드는 햇빛 아래, 풍성한 가슴과 음밀한 치부를 숨김없이 내보인 채 누워 있는 여자의 모습이라는 건.

자세히는 알 수 없지만, 아영도 자신이 꽤나 부끄러운 모습으로 누워 있다는 것은 알 수 있었다. 하지만 색욕이 가득한 남자의 눈을 올려다보고 있자니, 조금은 짜릿하기도 했고, 싫은 기분만은 아니었다.

나, 이렇게 휩쓸리기 쉬운 성격이었나.

아니라는 것만은 분명했다. 적어도 이 남자에겐 통용되는 이야기가 아닌 듯했지마는.

"현호 씨…… 끝나면 밥 먹는 거예요?"

마침 아영의 가슴으로 향해가던 현호는 시선으로만 그녀를 바라보고 난감한 듯 웃었다.

"갑자기 왜 밥에 집착을 해?"

밥이라기보다는, 밥 먹고 난 뒤에 이야기를 하고 싶어서 그러는 거지만.

"음, 밥 먹는 건 중요하니까?"

"어디 가서 밥 굶고 다닌 적은 없는데 말이야."

"뭐…… 하긴요."

아영은 피식 웃었고, 그제야 현호는 허락을 받고 당당하게 애무를 시작했다.


아영은 자신의 피부처럼 뜨겁게 달아올라 있는 현호의 가슴에 대고 다소 격렬한 숨을 내쉬었다.

"현호 씨……."

"응?"

기분 좋게 아영의 머리카락을 쓰다듬던 현호는 그 움직임을 멈추지 않은 채 반문했다.

"현호 씨는 대체 왜 한 번으로 안 끝나는 거예요?"

아영은 현호의 위에 올라타 있는 자세 그대로 상체만 벌떡 일으킨 채 물었다. 그녀의 눈에는 불타다 남은 잔재처럼 미처 다 가시지 않은 쾌감이 서려 있었지만, 피로감이 어려 있기도 했다.

"꼭 두 번, 세 번씩……."

좋다고 다 받아준 자신의 문제도 없지는 않겠지만, 지금도 두 번이나 달리고 난 후였다. 기실 두 번쯤이야 양반이지, 조금 쉬고 났다 하면 그는 또 허기진 짐승처럼 달려들었다.

현호는 전혀 난처한 기색없이 씩 웃었다. 얄미워라.

"글쎄, 그거야 하반신 사정이라서 난 모르겠는데."

아영은 은근히 가자미눈을 뜨고 그를 보았다.

"남자는 허리하학적 생물이라더니."

"그러게 말이야."

"웃지 말아요. 밉살스러우…… 꺄악!"

그의 위에서 내려와 침대를 벗어나려던 아영은 갑자기 가해지는 물리적인 힘에 몸이 벌러덩 넘어가, 저도 모르게 새된 비명을 내지르고 말았다. 그러자 아영을 뒤로 넘겨 버리고 어느새 윗자리를 차지한 현호가 낮게 목을 울리며 웃었다.

"또 꺄악이네."

단조로우면서도 풍부한 저음이 귓가에 다가오자 아영은 웃어버렸다. 잠시 멍해 있다가 그와 처음 만났을 때가 기억난 탓이었다.

두 사람의 첫 마디는 다름 아닌 '꺄악!' 그리고 '꺄악?'이었다. 그때 놀라 현호를 올려다보았을 때, 그는 마치 에베레스트 산처럼 보였더란다. 그때만 해도 현호와 이렇게 될 거라고는 상상도 못했던 자신과 그 상황이 떠올라 아영은 웃을 수밖에 없었다.

"그때 주저앉은 날 보고 무슨 생각을 했어요?"

아영은 이불 속에 감춰진 그의 허리를 끌어안으며 가만히 물었다.

"너는?"

"거인. 역광을 등지고 서서 그런지 더 커 보였거든요."

"예티(Yeti)라고 생각했을 줄 알았는데."

"음, 사실 그 생각도 조금 했어요. 그 지리분산한 머리카락과 수염 속에 이런 미남이 있는 줄 누가 알았겠어요."

아영은 살포시 그의 양 볼을 감싸 쥐며 속삭였다. 조근조근 울리는 연인의 음성에 현호는 웃고 말았다.

"예전에도 말했지만…… 난 정말 티티카카 호수가 생각났어."

태고의 신비를 품은 듯 영롱하게 반짝이는 티티카카 호수. 그 호수가 그녀의 눈 안에서 일렁이고 있는 것만 같아 묘한 소름이 돋았다는 말까지는 차마 할 수 없지만, 아영의 눈은 정말 빠져들고만 싶은 눈동자였다.

"사실 예전에 들었을 때는 비아냥거리는 게 아닐까 싶었는데…… 과찬이네요."

현호는 작게 웃고 아영이 무거울까 봐 옆으로 돌아내려가 그녀의 곁에 나란히 누웠다. 아직 정오도 되지 않은 시간의 햇볕이 잦아들고 있는 천장에는 조그만 얼룩도 없었다. 한참 말없이 천장만 주시하던 아영은 그제야 하고자 했던 말을 꺼내었다.

"있잖아요, 현호 씨."

"응."

"그분이 말씀하시더라구요."

"그분?"

현호는 고개만 돌려 아영을 바라보았다. 아영의 시선은 여전히 햇빛 내음이 배어 있는 천장에 머물러 있었다.

"현호 씨 누님이요."

현호는 아무런 말도 하지 않았지만, 보지 않아도 그의 표정이 설핏 굳어졌을 거란 걸 아영은 알 수 있었다.

"헤어지기 전에…… 그러셨어요. 현호 씨에게는 말하지 말아달라고 했지만, 사실 그분도 현호 씨가 간 길이 수치스럽지 않았던 건 아니라고. 현호 씨의 아버지가 기대한 대로의 길을 가주었으면 하고 바랐다고."

아직까지 현호는 잠잠히 그녀의 말을 듣고만 있었다.

"하지만 나중에야 그런 생각을 하셨대요. 한 번이라도 현호 씨가 그 기대에 부응하도록 결심할 무언가를 자신들은 해준 적이 없다고. 하지만 현호 씨는 가족 모두의 이해자였대요. 그분이 힘들 때 유일하게 이해해 주던 단 한 사람이었고, 아버지의 기대를 이해하고 그에 어울리게 발돋움을 해왔고…… 현호 씨의 어머니께서 편찮으셨을 때도, 모두가 스스로의 삶에 바빠 돌보는 둥 마는 둥 했을 때도 유일하게 어머니 곁에 늘 있어주던 사람이라고 하시더라구요."

그렇게 말하며 명진은 또 울었다. 아무리 울고 또 울어도 이미 지나간 버린 세월은 되돌릴 수 없는데도, 치받히는 감정을 참을 수 없는 듯 하염없이 눈물을 흘렸다. 그때 아영이 해줄 수 있는 일은 손수건을 건네는 것, 그 정도밖에 없었다.

"그런데도 동생이 어려서 집밖에 자리가 없었기 때문이라 생각했던 자신이 부끄러우시대요. 묵묵히 자신이 할 수 있는 일을 해온 동생을 모독하는 것과 다름없었다면서……. 뒤를 돌아보면 언제나 그 자리에 있어주던 동생이 처음이자 마지막으로 자신이 하고 싶어한 일을 택한 건데, 왜 좀 더 빨리 이해해 주지 못했을까……. 이해해 줄 수 없어도, 이해해 주었어야 하는 건데 하시면서…… 우셨어요. 아주 섧게."

현호는 더 이상 참지 못하고 벌떡 상체를 일으켜 세웠다. 바람이 일 정도로 세게 몸을 일으키는 그를 보고 아영도 얼른 몸을 일으켰다. 하지만 그가 조금 더 앞에 앉아 있어 표정이 보이지 않았다.

아영은 조심스레 손을 뻗어 그의 한쪽 어깨를 살짝 틀었다. 머리카락이 살짝 드리워진 그의 표정은 얼음이 뚝뚝 떨어지리 만큼 차가웠다.

"월권이라는 거 알고 있어요. 하지만 잠깐만 제 이야기를 들어줘요. 단도직입적으로 말하자면, 전 현호 씨가 가족과 화해했으면 해요. 현호 씨도 그걸 바라고 있잖아요. 그렇지 않다고 대답하지 말아요. 당신은 방법을 모르고 있을 뿐이에요."

아영은 그가 더는 듣고 싶지 않다며 당장 자리를 박차고 가버릴까 걱정되어 자못 간절하게 말을 이었다.

"가족들도 현호 씨가 돌아오길 바라고 있잖아요."

"누나와 어머니는 그럴지도 몰라. 하지만 아버지는……."

아영은 발작적으로 몸을 옮겨 그의 앞에 앉았다. 막 섹스를 끝내고 난 터라 태초로 돌아간 듯 알몸이었지만 신경 쓰지 않았다.

그에게 못 보여줄 모습을 보이고 있는 것도 아니고, 오히려 태어난 본연의 모습 그대로 그를 마주하는 건데 부끄러울 필요도 없다 생각했다.

"당신은 이제 스무 살짜리 어린아이가 아니잖아요. 아버지를 이겨서 뭐 할 건데요?"

"굳이 자존심 문제인 것만이 아니라……."

"현호 씨가 이제라도 기대대로의 길을 가지 않는다면 받아들여 주지 않을 거라는 말을 하고 싶은 건가요? 하지만 현호 씨……."

아영은 현호의 시선을 피하지 않고 당돌하게 맞받아쳤다.

"급하게 생각하지 말아요. 저도 마음 같아서야 당장이라도 화해했으면 좋겠지만, 한 번 틀어져 버린 인간관계란 깨진 유리병과도 같잖아요."

현호는 자리에서 일어섰다. 하지만 아영은 그를 만류하지 않고, 주섬주섬 바지를 찾아 입는 그의 등을 보며 변함없이 차분한 어조로 말을 계속했다.

"순식간에 붙여버려 볼썽사나운 유리병이 되기보다는, 오랜 시간 공들여 붙이다 보면 예전처럼 완벽하진 않아도 그럴듯하게 원상복귀 시킬 수 있지 않을까요? 사실 저 같아도…… 십사 년이 지난 후에야 돌아온 아들이 있다면 쉽게 받아들일 수만은 없을 것 같거든요."

급한 통에 훌훌 벗어던진 티셔츠를 찾느라 현호가 허리 숙이자 그의 튼실한 견갑골이 불거져 올랐다.

아영은 그쯤에서 말을 멈추고 그의 넓은 등을 복잡 미묘한 눈으로 바라보았다. 결코 아영의 말을 듣는 둥 마는 둥 하는 건 아니고 묘하게 무거워 보이는 뒷모습인데도, 아무런 말 없는 그를 어떻게 해석해야 할지 알 수 없었다.

현호는 바닥에 정신없이 흩어져 있는 아영의 옷을 챙겨 전해주었다. 아영이 하는 수 없이 옷을 받아 들어 묵묵히 입자, 무슨 의미인지 현호는 가만히 아영을 품에 안았다. 왠지 그의 행동이 애절하게 와 닿았다.

이내 기대고 있던 그의 가슴에서 고개 들어 바라본 현호의 눈은 어딘지 씁쓸했다.

"다음 일정 나왔어."

아영은 번뜩 침대 옆 테이블 위에 가만히 숨 죽이고 있는 전화기로 시선을 돌렸다. 설마, 아까 호텔 방에 돌아왔을 때 하고 있던 전화가?

"솔직히 말할게."

현호는 보들보들한 온기를 품은 아영의 볼을 안타까운 듯 매만졌다. 그의 손끝이 눈가를 스쳤을 때는 저도 모르게 볼을 살짝 움츠렸지만, 결코 싫어서가 아니라 알고 있는 현호는 오히려 그런 아영이 더욱 귀여운 듯했다.

"어떻게 해야 할지 모르겠어."

솔직히 털어놓는 현호의 모습에 아영은 그를 끌어다 침대에 앉히고 자신도 그 옆에 앉았다. 현호는 현명한 답이라도 기대하는 듯 앉은 자세 그대로 살짝 허리 숙이고 아영을 바라보았다. 아영은 천장을 한번 바라보았다가 어깨를 상하로 들썩이며 푹 숨을 내쉬었다.

"확실히, 곤란하네요. 이제 가족과 좀 어떻게 해볼까 했는데 다음 일정이 나왔다니."

"집에 가보면 너도 나와 있을지도 몰라."

잠시 홀로 생각하던 아영은 현호 쪽으로 몸을 돌려 앉았다.

"진지하게 물을 게요. 현호 씨는 왜 산으로 가요?"

현호는 잠시 턱을 괴고 고민하는 눈치였다. 대답하기 곤란한 질문이어서도, 대답할 말이 없어서도 아니라, 어떤 단어를 써야 적당할지 가늠해 보이는 것이었다.

"샹그리라…… 그래. 샹그리라를 찾기 위해서인지도 모르겠군."

"저와 같은 이유네요."

"그래, 누구나가 그러는 것처럼 나 역시 어딘가에 있을 낙원을 찾은 것이었는지도."

"하지만 굳이 샹그리라가 산에만 있는 것일까…… 아?"

아영은 말하다말고 자기가 한 말에 스스로 놀란 듯 탄성을 내뱉으며 우뚝 멈추었다. 현호의 얼굴 쪽에 멈춘 눈은 크게 뜨인 채였다.

"왜 그래?"

아영은 한참이나 그러고 있더니 믿을 수 없다는 듯 자신의 손을 탁 내려쳤다. 그리고 번뜩 다시 현호를 바라보는 눈은 '유레카!' 라도 외치고 싶은 듯했다.

"그거였어요."

"뭐가?"

아영은 그 질문에는 대답하지 않고 갑자기 분주히 자신의 주변을 돌아보며 무언가를 찾기 시작했다. 현호가 왜 이러나 싶어 바라만 보고 있자, 이내는 그의 어깨를 우등우등 밀며 급하게 굴었다.

"그거요, 그거. 그거 어디 있어요?"

"진정해. 뭘?"

이제 아영은 그의 어깨를 찰싹찰싹 때려가며 말했다.

"아버지랑 제 사진요."

현호는 도무지 아영의 갑작스러운 행동을 이해할 수 없으면서도, 곰이 꿀단지 모시듯 들고 다니는 사진을 찾아 건네주었다. 그러자 아영은 여전히 시간이 십여 년 전에 정체되어 있는 사진을 애달픈 눈으로 바라보았다. 철운과 어린 아영은, 아니, 향기는 그곳이 낙원이라는 양 세상을 다 가진 듯한 웃음을 짓고 있었다.

"이거였어요……."

작게 읊조리는 음성에서는 벅찬 눈물이라도 떨어져 내릴 것만 같았다.

"저기, 나 이해할 수가 없거든?"

아영은 천천히 궁금하다는 표정의 현호를 바라보았다. 햇빛에 비춘 그녀의 암갈색 눈은 묘한 굴곡으로 일렁이고 있는 채였다.

가게에서 허리를 숙이고 한참 동안 무언가를 고르던 아영은 알맞은 걸 발견하고 얼른 그것을 집어 들었다. 그것은 원형으로 돌

445

아가는 진열대에 꽂혀 있던 엽서였다. 시린 푸른빛으로 은은하게 빛나는 설산의 모습이 한쪽 면에 인쇄되어 있는.

아영은 딱딱한 느낌의 엽서를 손끝으로 음미하며 계산대에서 값을 치르고 밖으로 나왔다. 그리고 밖에서 하염없이 다른 곳을 바라보고 있는 현호에게 다가가 짐짓 뿌듯한 표정으로 그 엽서를 건네주었다. 하지만 현호는 엽서를 받아 들고도 묘한 눈길로 그것을 내려다보기만 했다. 그러자 아영은 그를 끌고 가 근처의 노천 카페 테이블에 앉았다. 그리고 묵직한 표정으로 엽서에 시선을 꽂고 있을 뿐인 현호를 어딘지 기대감 어린 눈으로 바라보았다.

오늘도 그는 제법 단정한 차림을 하고 있었지만, 며칠 뒤면 이번에는 6000m급의 안데스 산 등정에 나서기로 되어 있었다.

"어렵게 생각하지 말아요. 그냥, 하고 싶은 말을 쓰는 거예요."

아영은 펜을 꺼내 그의 손에 쥐어주었다. 그때까지도 현호의 손은 그저 힘없이 늘어져 있을 뿐이라, 꼭 기운없는 노인에게 수저를 쥐어주는 느낌이었다. 하지만 곧 그의 손에 꾸욱 힘이 들어갔다.

호텔 방에서 현호에게 사진을 건네 받아본 아영은 말했다.

"너의 '샹그리라'를 찾을 수 있기를……."

첫 시작은 철운이 죽기 직전에 아영에게 남겼다는 유언이었다.

"제가 어렸을 때 아버지께 말한 적이 있었죠. 전 절대 아버지처럼 산으로 가지는 않을 거라고. 그런데도 아버지는 샹그리라를 찾길 바란다는 유언을 남기셨어요. 전 그게 원하는 대로 산으로 떠나라는 말인 줄 알았어요. 하지만 아버지 성격으로 보건대, 타인의 선택을 종용하는 분은 아니시잖아요. 그런데 아버지가 왜 그런 유언을 남기셨을까요?"

아영은 그제야 여기저기 복잡하게 널려 있던 마음들이 한군데로 응축되는 것 같았다.

"혹시 그런 시 기억해요? 여행 후에 도착한 도시에 아무것도 없다고 분노하지 말라. 설령 목적지에 아무것도 없다 해도 넌 그 여정에서 깨달음을 얻었으니 그 목적지는 너에게 커다란 것을 선물해 주었다. 만약 그 목적지가 없었다면 너의 여행을 시작되지도 않았으니, 그 목적지에 감사하라."

"그런 시가 아니지 않았어? 문장이 완전히 다른데."

또 꼭 걸고넘어지는 현호의 말에 아영은 피식 웃었다.

"시가 자세히 기억나지 않아서요. 어쨌든 그건 그냥 넘어가고…… 아버지가 말씀하신 샹그리라란 그 목적지였어요. 그리고 어떻게 보면 허무하게도, 그 목적지는 바로 원점인 거예요."

그럼에도 현호는 선뜻 이해할 수 없다는 표정이었다.

"우리는 원점에 아무것도 없다 생각하고 여행을 떠났죠. 하지만 여행을 끝내고 돌아온 우리의 원점을 보세요. 떠났을 때처럼 현호 씨에게는 아무것도 없나요……? 전쟁이나 기아, 아픔이 없지는 않지만…… 허무맹랑한 이야기이기도 하지만, 우리의 샹그리라는 이곳이 아니었을까요?"

회상에서 돌아온 현호는 잠시 아영을 바라보았다. 맞은편에 앉은 아영은 다시 한 번 '어서'라고 말하듯 작게 웃었다. 조금 더 머뭇거리던 현호는 그제야 펜을 제대로 쥐고, 공백이 보이도록 엽서를 뒤집었다. 하지만 선뜻 뭐라고 써야 할지 알 수 없어 한참이나 더 펜을 만지작거리며 주저한 후에야, 현호는 무언가를 써 내려갔다. 써야 할 말이 많은 듯했지만, 현호가 쓰기로 선택한 것은 떠났을 때처럼 단 한 문장뿐이었다.

현호가 엽서의 다른 쪽에 주소까지 쓰고 나자, 아영은 함께 자리에서 일어섰다. 그리고 세월이 흔적이 느껴지는 빨간 우체통 앞에 서서, 엽서 넣기를 어려워하는 현호의 손을 이끌었다. 현호의 손이 움직여 입구에 엽서를 넣자 달캉 하는 소리가 울리더니 이내 우체통은 잠잠해졌다. 무사히 당신의 말을 전해줄 테니 걱정하지 말라는 듯.

아영은 묘한 눈길로 우체통에서 시선을 뗄 줄 모르는 현호를 보고 보드랍게 웃었다.

현호는 잠시 시선을 옮겨 너렁청하게 빛나고 있는 푸른 하늘을 눈 안에 담았다. 맑은 하늘은 마치 히말라야에서 본 하늘처럼 청명했다.

"네 다음 일정은 다시 그레이트 트란고지? 난 안데스로 가니까…… 당분간 떨어져 있을 텐데, 둘 다 산으로 나도니 순탄치가 않겠는데."

현호의 손이 진정 아쉽다는 듯 아영의 손을 꾹 그러쥐었다. 그에 아영은 그의 든든한 팔에 살포시 팔짱을 끼었다.

"우리는 또 산으로 가지만, 괜찮잖아요? 목적지는 이곳에 있으니까. 이제 안심하고 돌아와도 괜찮아요. 제가 있어줄 테니까요."

물론 아영도 등정을 하다 보면 부득이하게 그가 한국에 돌아와 있는 동안에 일정을 맞출 수 없는 일이 왕왕 있겠지만, 그녀의 돌아올 곳도 이곳이니까.

"혼자 바람피우지나 말아요."

현호의 표정이 묘해졌다. 제법 엄한 아영의 말에서 오류를 발견한 까닭이었다.

"혼자? 그럼 둘이 바람피우나? 우리 둘이 피우면 그건 바람이 아닌데?"

아영은 농담에 웃지 않고 현호를 큰 눈 안에 담았다. 어딘지 그녀의 표정이 어느 때보다 숙연해 보였다.

"'여신'에게로 돌아갈 때는 꼭 함께하겠다고 약속해 줘요."

여신(女神). 때로는 푸를 정도로 흰 베일을 쓰고, 때로는 강철색의 옷을 입고, 때로는 황토색의 망토를 두르고 언제나 웅장하게 존재하는 히말라야.

그 뜻을 눈치 챈 현호는 작게 웃었다.

"약속할게."

이제 아영도 현호도 웃고는 있지만, 그것은 조금 슬픈 약속이었다. 결국 산에서 죽고만 철운처럼, 두 사람도 언젠가 산에서 죽으리라는 예언이 섞여 있기에. 하지만 두 사람은 약속했다. 혼자 여신에게 돌아가지는 말자고.

"고맙다, 향기야."

"뭐가요?"

뜬금없는 감사의 인사에 아영은 궁금하다는 표정을 지었다.

"여행을 떠나주어서? 아니, 나를 만나주어서……."

아영은 앞으로도 그들을 말없이 반겨줄 순정한 여신처럼 미소 지었다.

나날이 우울해하는 송순을 혼자 둘 수 없어 본가를 찾은 명진은 가정부 아주머니에게서 엽서를 받아 들었다. 가정부 아주머니는 의아한 표정이었다. 뜻 모를 한 줄만 써져 있는 엽서를 이해할 수 없는 모양이었다.

역시 의아하게 엽서를 받아 든 명진은 장엄한 설산이 펼쳐진 엽서의 앞면을 보고 심장이 쿵쾅쿵쾅 뛰어댔다. 그래서 미동하는 손으로 뒷면을 돌린 순간, 명진은 왈칵 울고 말았다.

"어머니, 어머니!"

명진은 가정부 아주머니가 놀라는 것도 신경 쓰지 않은 채 눈물을 감추지 않고 송순을 소리 높여 불렀다. 명진의 손에 꼭 쥐어진 엽서에는 막내의 힘찬 필체가 그녀의 다급한 걸음을 따라 흔들렸다.

〈아직 그곳에는 제 자리가 남아 있습니까?〉

그 옆에는 몇 년 전에 왔던 엽서와 달리, 답변을 받을 수 있는 주소가 쓰여 있었다.

**봄**날의 햇살이 다정하게 스며드는 거실 안. 그곳에는 부드러운 가죽 냄새가 나는 소파가 놓여 있었고, 그 곁에 보좌관처럼 선 테이블 위에는 꽃병이 가지런히 놓여 있었다. 꽃병은 조선시대 고려청자처럼 고아한 빛이 나는 것으로, 한 다발의 보리가 꽂혀 있었다. 바삭바삭 마른 보리는 추수하는 가을날의 풍요로움을 상징하듯 넉넉해 보였다.

마치 시간이 느릿느릿 흐르는 것 같은 곳이었다. 언제나 빨리빨리를 외치며 정신없이 굴러가는 경쟁사회와 동떨어진 것 같은……

기자는 그 포근함에 절로 입가에 미소가 그려졌다.

그때, 만나기로 한 사람들이자 이 집의 주인인 두 사람이 거실로 들어섰다. 그리고 다 크면 상당한 덩치가 될 법한 시베리안 허스키 강아지 한 마리도 그들의 곁을 따라왔다.

"이 녀석, 저리 가."

강아지가 발치에서 뱅글뱅글 돌며 쓰다듬어 달라 머리통을 다리에 대고 비비자, 남자는 아내를 보호하듯 강아지를 툭툭 옆으로 밀어냈다. 하지만 어린 아들에게 착하게 있으라고 말하듯 쓰다듬어 주는 것도 잊지 않았다.

"조심해."

"나 넘어져도 안 죽거든?"

"걱정해 줘도."

"작은 친절, 큰 민폐."

"아, 예."

어린 커플처럼 연신 투닥거리며 다가온 두 사람은 기자를 보고는 머쓱하게 웃었다. 못 보여줄 모습이랄 것은 없지만, 그들을 인터뷰하러 집까지 찾아와 준 기자가 멀거니 지켜보고 있었기 때문이었다.

얼핏 봐도 확실히 부부로 보이는 두 사람은 등반가 커플이 아니라 배우 커플이라고 해도 믿을 정도로 반짝반짝 빛이 나는 듯한 외모였다. 남편 쪽은 예전부터 '14좌의 왕자'라는 별명으로 유명할 만큼 잘생긴 얼굴이었다. 그리고 그 특유의 느른한 분위기를 큰 몸에 휘감고 있었고, 산달인 아내 역시 뒤질 것 없이 고운 얼굴 생김이었다.

타박을 먹고도 그는 아내가 넘어질까 조심히 그녀를 이끌어 거실의 소파에 앉았다. 그의 큰 몸이 먼저 소파 위에 무게를 가하자

튼튼한 원목 소파가 묵직하게 내려앉았다. 그만큼 큰 남자였다. 하지만 표범처럼 날렵한 몸이기 때문인지 다부진 근육에 어우러지는 장신이 과도하게 부담스러워 보이지는 않았다. 강아지는 여전히 학학 대며 그들의 발치에서 애교를 부려댔다.

무서운 생김새에 비해 강아지의 눈동자가 퍽이나 천진해 기자는 설핏 미소 지었다.

"안녕하세요."

기자가 목례로 인사하자, 아내가 먼저 손을 내밀어 악수를 청했다. 그녀의 손은 몇 년간 산을 타와서인지 여타 여자보다 거친 느낌이었지만, 기자는 그 손에서 왠지 모를 청명함을 느꼈다. 푸르고 맑은 산의 공기랄까. 그리고 그녀의 눈은, 구태의연한 표현이지만 정말 호수 같았다. 크고, 영롱하고, 금방 물이 뚝뚝 떨어질 것처럼 물기 어려 보였다.

"기다리게 해서 죄송해요."

"아뇨, 괜찮아요. 그럼 바로 인터뷰를 시작해도 괜찮을까요?"

기자는 가방 안에 챙겨온 보이스 레코더를 꺼내 들어 탁자 위에 올렸다. 그리고 녹음 버튼을 꾸욱 누르자 테이프가 조용히 돌기 시작했다.

"아영 씨께서는 얼마 전에 에베레스트 등정을 성공하셨죠?"

아영은 그때를 상기하듯 잠시 자신의 남편을 바라보더니, 온화한 얼굴로 고개를 끄덕였다.

"에베레스트 부부 등정으로 이슈를 불러일으키셨는데, 남편 분과 함께 갔다고 해도 걱정되지는 않으셨나요?"

그레이트 트랑고 등정에 실패한 그 해에 아영은 다시 그곳으로 갔고, 정상을 보았다. 그리고 운해(雲海)가 지평선까지 펼쳐진 정상에서 눈물을 흘렸다.

어슴푸레 지는 노을빛을 받은 구름이 바람에 휘휘 휘감기며 파도처럼 가만히 출렁이는 모습은 마치 불꽃의 바다 같았다.

그 자리에서 철운에게 말하듯 이야기했다. 언제나 당신은 더없이 멋진 아버지였다고. 사랑한다고. 하늘과 운해가 만나는 지평선까지 넘실넘실 흐르는 불꽃의 바다가 저 너머 어딘가에 있을 철운에게 이 말을 전해주길 바라며.

그렇게 등정에 성공하고 한국으로 귀국한 아영은 마침 안데스 등정을 끝내고 돌아와 있던 현호에게 프러포즈를 받았다. 사귀자고 말할 때의 고백이 워낙 거창했기에 로맨틱 수치에 만족할 만한 수준은 아니었지만, 아영은 그럴 때마다 그답지 않게 부끄러워하는 현호가 귀여워 웃으며 승낙했다. 그리고 올린 결혼식은 성대하진 않았지만, 하나같이 그들의 앞길을 축복해 주는 사람들에게 감싸인 채였다. 물론 처음에 경란은 선뜻 반기지는 않았다. 몇 번 아영에게 다시 생각해 보라며 종용하기도 했다. 예상대로였다. 하지만 아영이 설득에 설득을 거듭하자, 그 모습에서 절대 현호와의 관계를 무효화시킬 수 없는 결심을 보았는지, 고개를 끄덕이고 말았다. 아영이 계속 산을 탄다면, 차라리 현호 같은 남자가 좋을지도 모른다 생각한 것이리라.

그리고 두 사람은 계속 산을 올랐다. 같이 등정할 때도 있었지만 따로 할 때도 있었다. 하지만 걱정되진 않았다. 그는 약속해 주었으니까. 여신의 품으로 돌아갈 때는 꼭…… 두 사람이 함께 가겠다고.

"솔직히 무서움이 없는 건 아니었지만, 남편과 함께 갔기 때문에 걱정이 많이 줄었다고 해야겠죠. 이래 봬도 이 사람, 산을 타는 것에는 확실히 베테랑이니까요."

아영의 대답에 그녀의 허리를 안은 채 앉아 있던 현호가 슬쩍 몸을 들고 불퉁하게 말했다.

"산 타는 것만?"

"평소에는 당신 어딘가 어수룩한 구석이 있는 거 알지?"

기자는 슬쩍 웃었다. 예사말을 하며 친구처럼 개구진 느낌의 두 사람이 보기 좋았던 탓이었다.

아영와 현호가 예사말을 시작한 건 프러포즈를 받은 레스토랑에서부터였다. 그때 현호는 늦은 감이 있긴 하지만 이제라도 편하게 말을 하는 게 어떠냐고 제안했고, 아영은 존댓말도 편안하긴 했으나 굳이 거절하지 않았다. 그러면서 시작한 예삿말은 왠지 입에 착 붙지 않고 붕 뜬 느낌이었지만, 계속하다 보니 다섯 살의 나이 차를 한 번에 축소시켜 주는 것 같아 마음에 들었다.

"기분이 어떠……."

"추크치!"

기자가 다른 질문을 물으려는 찰나, 소파 아래에 얌전히 있나 했던 강아지가 위로 펄쩍 뛰어올랐다. 기자의 질문에 귀 기울이던 아영이 깜짝 놀라자, 현호가 재빠르게 추크치를 번쩍 들어올렸다.

팔을 묵직하게 만드는 무게에 현호는 꼬리를 파닥파닥 흔들어대는 추크치에게 '이 돼지 녀석' 하고 싫지 않게 중얼거렸다.

"개의 이름이 추크치인가 봐요?"

덩달아 놀라 기자는 목소리를 가다듬은 후에 물었다.

아영은 내려가라는 말도 듣지 않고 현호의 무릎에 턱을 대고 털푸덕 누워버리는 추크치를 묘한 눈길로 바라보았다.

"네. 풀네임은 추크치 주니어죠."

"아, 어미 개가 따로 있나 보네요."

"이미 죽어 없지만요. 그리고 어미 개는 아니고, 그냥 같은 종이에요."

추크치 시니어로 불리게 된 원래 추크치는 그가 안데스로 떠나기 전에 죽었다.

추크치는 현호가 찾아왔던 날 이후 정말 회춘한 것처럼 밥도 우적우적 먹고, 힘찬 청년 개처럼 왈왈 잘도 짖었다 한다. 그랬는데 며칠 뒤 저녁에 조용히 숨을 거두었다. 개집에서 나오지 않는 추크치가 이상해 안을 들여다보니, 잠을 자듯 죽어 있었다 들었다. 신에게 받은 수명을 훌쩍 넘긴 늙은 개가 그제야 깊은 잠의 세계로 떠난 것이었다.

추크치는 정말 현호를 기다리느라 죽지 않고 있었던 걸까. 원래 죽을 날만 기다리고 있던 나이이긴 했지만, 그렇지 않고서야 현호를 보고 나자마자 마치 한(恨)없는 인간처럼 온화한 표정으로 갈 수는 없지 않을까……. 그 말을 전해 들었을 때, 아영은 눈물을 참지 못했다. 수명마저 초월한 채 주인을 기다려 주었던 작은 생명이 너무나도 사랑스러워서.

그래서 현호와 결혼하면서 아영이 먼저 시베리안 허스키를 키우자고 제안했다. 둘의 직업이 직업인 탓에 현호는 잠시 주저하는 기색이었지만, 금방 그래 주면 좋다고 대답했다. 둘 다 집을 비울 때면 추크치 주니어는 현호의 어머니인 송순이 봐주는 편이었다. 그녀 역시 아들을 끝까지 기다려 준 추크치에 깊은 연민을 가지고 있었음으로, 추크치 주니어에게도 무한한 애정을 감추지 않았다.

기자는 잠시 깊어지는 아영의 눈빛을 이상하게 여겼지만, 곧 그들이 다른 부부 등정보다 더 큰 이슈를 불러일으켰던 일에 대해 물었다.

"기분이 어떠셨어요, 에베레스트 등정을 끝내고 돌아와 임신했다는 걸 아셨을 때?"

아영은 에베레스트 등정을 끝내고 돌아와서부터 산에서는 전혀 전조가 없던 증상에 시달렸다. 미친 듯이 잠이 쏟아진다든지 입맛이 완전히 돌변한다든지 밤에 갑자기 일어나 아버지가 보고 싶다고 대성통곡을 하는 통에 현호의 얼을 쏙 빼놓기도 했다. 그래서 병원을 찾자, 의사는 무려 임신 삼 개월이라고 했다. 그 말을 듣는 순간 아영은 놀라움도 뒤로하고 그 자리에서 타올라 죽을 것처럼 얼굴을 붉히는 수밖에 없었다.

산을 오르기 전에는 건강검진이 의무화되어 있었다. 관례이기도 하고, 산을 오른다는 것에 있어서는 몸만큼 중요한 게 없기 때문이었다. 그런데 에베레스트로 떠나기 전에 임신을 했다면 그때 받은 검진에서 몰랐을 리가 없었다. 등반 중, 다들 잠든 새벽에 나란히 누워 서로의 몸을 아주 조금만 지분거리다가 오히려 불타올라 한 번 관계를 가졌는데…… 그게 바로 '대박' 터진 모양이었다.

시기를 계산해 보면 다들 등정 중의 밤에 무슨 일이 있었는지 알 테니, 아영은 사정을 모르는 의사 앞에서도 부끄러움에 피가 역류할 것만 같았다.

그 말을 전해 들은 현호는 아영이 임신을 한 채로 에베레스트를 올랐다 생각이 닿자 거의 기절할 듯한 얼굴이었다. 다들 언제 임신이 된 건지 알 거라는 아영의 부끄러움 섞인 말에는 부부가 다 그런 건데 뭐 어떠냐고 능청맞게 넘길 뿐이었다.

아영은 그때 경악하던 현호의 표정을 떠올리고는 나지막이 웃었다.

"놀라긴 했어요."

"난 정신이 까마득했다고. 잘못되기라도 했으면……."

현호는 상상조차 하기 싫은지 반듯한 미간에 골을 만들었다. 하지만 아영은 더없이 다정하게 에베레스트 산처럼 크게 부풀어 오른 자신의 배를 쓰다듬어 내렸다.

"그래도 태어나기 전에 에베레스트의 정상에 가본 아이는 우리 초마가 유일하지 않을까?"

"초마?"

기자는 낯선 이름에 반문했다.

"아이의 태명이에요."

"멋진 이름이네요. 특별히 뜻이라도 있나요?"

"초모룽마. 에베레스트 산의 현지 이름이라고 해요. 뜻은 세계의 모신(母神)이라고 하죠. 만약 남자아이라면 좀 어폐가 있는 이름일 테지만…… 태어나기도 전에 에베레스트에 가본 이 아이에게 특별한 이름을 주고 싶었거든요."

그런 뜻이구나 싶어 기자는 짧은 탄성을 내뱉었다.

"그럼 앞으로 예정은 어떻게 되시나요? 아이가 태어나도 등반가를 계속할 예정이신가요?"

아영은 잠시 초마가 잠든 자신의 배를 보았다.

"예. 산은 계속 오를 거예요. 부모가 모두 그러니 초마가 좀 외로울 수도 있겠지만…… 산에서 돌아오면 언제나 초마에게 말해 주려고 해요."

현호는 조용히 울리는 아내의 목소리를 들으며 조금 더 그녀를 자신에게로 끌어당겼다. 기자는 그 다정한 모습에 괜스레 질투가 나면서도 부러움이 들어 당당한 커리어우먼 인생에 종지부 찍고 시집이라도 가야 하나 싶어졌다.

아영은 반질반질한 눈으로 자신을 보는 추크치의 머리를 살며시 쓰다듬어 내렸다. 추크치는 그 손길이 기분 좋은지 콧등에 주름을 잡으며 그르렁 그르렁 목을 울렸다. 그리고 아영은 현호의 손을 잡았다.

"너는 우리의 '샹그리라'라고."

첫 등정에서 실패하고 탄 비행기는 아영을 샹그리라에서 멀어지게 만든 것이 아니었다. 그녀가 살아가는 곳에 존재하고 있을 샹그리라로 데려다 준 것이었다. 그리고 이제 '돌아올 곳' 샹그리라는 앞으로 태어날 이 소중한 결실이 되어줄 것이다……

## 여담

　임신한 아영의 배가 부풀어 오를 대로 부풀어 오른 어느 날, 현호는 전화를 한 통 받았다. 무심결에 전화를 받았는데, 그 너머에서는 뭐가 그리 서러운지 다짜고짜 곡부터 하는 여자의 목소리가 들려왔다. 현호는 수화기를 슬쩍 떼며 인상을 찌푸리고 나서야 엉엉 오열해 대는 여자가 신아라는 걸 깨달았다. 놀라서 전화를 바꾼 아영이 한참 얼레고 달래고 진정하라고 한 후에야, 신아는 코를 쿨쩍이며 친상 당한 사람처럼 운 이유를 이야기했다. 신아가 무슨 말을 했는지 아영은 눈을 휘둥그레 뜬 채로 놀라는 것이 아닌가.

　전화를 끊은 아영에게 그 이유를 전해 듣고는 현호도 잠시 놀랐다. 그리고 현호는 언제나 자신을 놀리기만 하던 친구에게 당장 전화를 걸었다.

　「너, 신아한테 사귀자고 고백했다며?」

　수화기 너머의 길은 그 소식을 어떻게 벌써 알았냐며 Shit부터 시작해서 damn it까지 골고루도 중얼거려 댔다. 하지만 괜한 부끄러움에 그런다는 것을 알 수 있었다. 그리고 길은 열이 홧홧 끓어대는 목소리로 겨우 사건(?)의 전말을 털어놓았다.

　—「전혀 그런 감정이 없었는데…… 그 지독하게 신랄한 모습이 계속 보니 예뻐 보이지 뭐야.」

「완전 변태로군.」

―「젠장! 좋을 대로 말하라고! 단 한 마디에 가버렸어.」

「무슨 말?」

―「사람들 다 보는 광장에서 엄청나게 큰 목소리로 외치잖아. '그래도 좋아한단 말이야, 이 개자식아.'」

현호는 그 광경이 상상되어 드물게 폭소하고 말았다. 그러자 그의 발치에 누워 있던 추크치도 주인의 큰 웃음소리에 덩달아 '컹컹!' 하고 짖어댔다. 그리고 얼마 후, 아영은 현호를 닮아 아주 고집있어 보이지만 잘생긴 아들을 낳았다.

우리는 살아간다. 흐르는 강처럼, 순환하는 바다처럼, 움직이는 구름처럼. 히말라야 어딘가에 존재하는 '샹그리라'는 정체되어 있지만, 우리가 살아가는 '샹그리라'는 우리의 삶에 밀접해 그 변화에 순응하고 움직이고 있으니까. 그렇기에 샹그리라를 찾고자 걸음을 멈춰 세울 필요는 없을 것이다. 열심히 앞으로 나아가며 어느 순간 고개를 돌리면, 샹그리라는 바로 우리의 곁에 있어줄 테니까.

# 작가후기

기실 〈샹그리라〉의 원제는 〈불꽃의 바다〉였습니다. 에필로그를 보셨다면 눈치 채셨을 수도 있겠지만, 아영이 그레이트 트란고 정상에 올라 볼 풍경을 묘사한 단어였던 거죠. 하지만 당시의 〈불꽃의 바다〉는 완결을 보지 못하고 연재 중단된 상태로 제 하드에 조용히 잠들었습니다. 훗날을 기약하면서. 언젠가 번뜩 직감처럼 계속 이어 써야겠다고 마음먹었을 때, 써둔 글을 다시 보니 너무 엉망이라 처음부터 쓰기로 결심, 그 과정에서 제목도 바뀌며 〈샹그리라〉로 재탄생되었습니다.

참, 제목에 대한 한 가지 비화. 티베트 불교에서 이르는 낙원이란 의미의 '샹그리라'는 '샴발라'라고도 불립니다. 하지만 개인적으로 생각하기에 이 글에 더 어울리는 발음은 '샹그리라'인 것 같아 이쪽으로 결정을 보았습니다. 그리고 어떤 분께서 '호텔 이름 아니었어요?'라고 물어보신 것이 기억에 남네요.

소설 내에 조연으로 등장하는 낙연&현석 커플에 대해 이야기하자면, 이 커플은 제 다른 출간작인 〈나의 새벽〉의 주인공들입니다. 좌절한 천재 바이올리니스트와 인간미없는 일 중독자. 두 사람은 그렇게 만났죠. 하지만 여기서 볼 수 있듯, 이렇게 나름 행복하게 살아가고 있습니다. 하지만 이 글에 갑자기 낙연&현석이 등장해 어리둥절한 분들이 분명 있으실 거라 생각합니다. 사실 〈나의 새벽〉에는 향기&현호에 대한 이야기가 전혀 언급되지 않거든요. 하지만 〈나의 새벽〉 연재 당시, 현호는 현석의 집 나간 형으로 등장했었습니다. 거기서도 현호는 물론 산을 갈망했습니다.

종이책으로 수정되며 그의 이야기가 빠져 버리고 말았지만, 언젠가는 꼭 따로 써야지 마음먹었고, 그의 이야기도 이렇게 세상 빛을 볼 수 있게 되었습니다. 그래서 출간본과는 다르지만 연재분과 거의 비슷한 〈나의 새벽〉 E-book에는 현호가 잠깐씩 등장합니다. 하지만 이 글이 이 시리즈-〈나의 새벽〉, 〈라이벌〉, 〈샹그리라〉-의 마지막은 아닙니다. 언제가 될지는 저도 알 수 없지만, 시리즈 어딘가에 모습을 비추었던 인물의 이야기가 더 나올지도 모르겠습니다. 그때 등장할지도 모르는 이 커플을 보고 즐거워해 주셨으면 좋겠습니다.

글의 중간에 잠깐 나오는 박 선생님이 참가했다는 4부작 다큐멘터리에 관한 이야기는 MBC의 〈아! 에베레스트〉 다큐멘터리에서 모티브를 따왔습니다. 자료조사 도중 우연히 보게 된 다큐멘터리인데 아들의, 남편의, 오빠의, 동생의 시신을 얼음 설산 속에 묻고 살아야 했던 유족 분들과 동료의 시신을 찾으러 가는 원정대원 분들은 어떤 심정이셨을까요. 늦은 감이 짙긴 하지만, 고인의 명복을 빕니다. 시신만이라도 가족의 곁에 돌아간 분들이 부디 안심하고 좋은 곳으로 가셨기를 바라봅니다.

'인간은 쉬운 싸움에서 이기는 것보다 어려운 싸움에서 패배하면서 비로소 성장한다.' 글 내에서 박 선생님이 말한 것으로 나온 이 말은 산악인 엄홍길 선생님께서 하신 말씀입니다.

제가 늘 왔다 갔다 하는 길목에는 엄홍길 선생님의 전시관이 있습니다. 건물 자체는 그리 크지 않지만 눈에 딱 띌 만큼 큼지막한 간판. 계속 그 앞을 지나다 녔으면서 왜 오랜 후에 발견했는지 의아했으나, 어쨌든 그제야 세계 최초로 8000m급 히말라야 15차 등정을 성공하신 엄 선생님께서 도봉산 아래서 크신 걸 알게 되었습니다. 아, 고향은 경남 고성이신 것으로 알고 있습니다. 엄 선생님께서 캐릭터의 모델이거나 한 건 아닙니다만-전 모델을 정해놓고 쓰는 편이 아니라- 뭐랄까. 기분이 좀 묘했습니다. 그걸 알게 된 게 이 글을 쓰고 있을 당시인데, 제가 이 글을 쓰게 된 것과 묘한 인연이 있는 것만 같았다고 한다면, 지나친 비약일까요? 그래도 아마 이 글을 쓰지 않았다면 유별나게 여기지 않았을지도 모르겠습니다.

책이 더해가면 더해갈수록 고마운 분들도, 그 깊이도 늘어납니다. 그래서 무척 행복합니다. 언제나 변함없는 사랑, 하나 언니와 주희 언니. 번뜩이는 유머 센스로 저를 내내 웃게 해주신 당컹님, 귀여운 좋이, 원고하느라 수고 많으신 탱님, 오랜만에 귀국한 수달 양, 엔돌핀 영자 양, 그리고 부모님. 특히 청어람의 멋지고 유쾌한 트리오! 각 잡기의 달인, 종민님. 지윤님. 그 책을 보여주셔서 저를 부러움의 바다에 빠트린 규진님. 그 책 없어지면 종민님을 닦달해 주시… 쿨럭. 농담이에요. 웃음. 세 분 다 고생 많이 하셨습니다.

요번에는 밀키스와 커피를 정말 신물이 올라오도록 마셨습니다. 원고 하는 내내 갈증을 풀어주었던 밀키스, 커피와 귀에 툇이(?) 돋도록 들었던 Acoustic Cafe의 Last Carnival, The Ancient Sun, 라흐마니노프 피아노 협주곡 2번에도 고마움을 전합니다. 무엇보다 응원해 주신 분들과 책을 집어 들어주신 분들 모두 너무 감사드립니다.

부디 이 글이 작으나마 여러분의 용기와 즐거움이 될 수 있기를 바라며.

2007년 도봉산 기슭에서
조례진 드림.